Vitaliano Brancati

Der Alte mit den Stiefeln

Erzählungen

Mit einem Nachwort von Geno Pampaloni

Aus dem Italienischen von Helmut Mennicken

Diogenes

Titel der Originalausgabe:
›Il vecchio con gli stivali e altri racconti‹

Umschlagillustration: Kees Van Dongen,
›Intérieur à la porte jaune‹, 1910 (Ausschnitt)

60/91/24/1
ISBN 3 257 01872 X

Inhalt

Auf der Suche nach einem Ja

Zuletzt verschwand der schwarze Tisch mit der alten Illustrierten, auf der so viele fieberhafte und müde Finger ihre Abdrücke hinterlassen hatten. Doch dem Tisch erging es sogleich wie den Gemälden aus dem 17. Jahrhundert; wie den beiden alten Damen, die ab und an zur Tür gingen, mit dem Amtsdiener sprachen und sich wieder hinsetzten; wie dem Hauptmann, der, kaum hatte er mit vorgeschobenem Unterkiefer die Türe geöffnet, mit vorgeschobenem Unterkiefer sich mit der Hand über die Wange fuhr; wie dem kleinen Alten, der scheu die Augen zum Dach verdrehte wie einer, der sich nicht traut, zu einem Balkon hinzusehen, auf dem ein Mädchen ihre Knie zeigt. Kaum war alles vor ihm schwarz geworden, erklang ein wütendes Hupen, und einige Stimmen schrien: »Gib acht! Gib acht!«, andere wurden zu einem einzigen Angstschrei, und nach einem heftigen Schlag überwältigte ihn ein Schmerz, dessen schlimmste Eigenart die Verwirrung war, das Unwissen darüber, woran zu leiden war, wie zu leiden sei und ob es nicht vielmehr darum ging, überhaupt nicht mehr zu leiden.

Riccardo war der Länge nach zu Boden gestürzt. Doch wie? Worauf und worunter? Und dann: Dachte er mit der Stirn oder mit einem Autoreifen? Weshalb saß auf seinem Hals kein Kopf mehr, dafür aber ein Rad? In Wirklichkeit dachte er weder mit dem einen noch mit dem anderen, und seine Gedanken suchten angestrengt das Gehirn, wie ein noch nicht ganz ausgereiftes Küken nach der Schale des Eis suchte, aus dem es geschlüpft war. Wo war sein Kopf? Seine Gedanken, die sich noch nie zuvor so nackt außerhalb eines Gehirns bewegt hatten, schlichen mit einem absurden Gefühl der Scham mitten durch das Blut und den Staub hindurch, da sie weder zu verstehen geben wollten, daß sie aus einem Autoreifen herausgekrochen waren, noch zugeben, daß sie – sich selbst überlassen – unfähig waren, auch nur eine Minute lang zu überleben.

Der Kopf war weit weg, wer weiß wo, zerquetscht. »Los!« dachte Riccardo. »Machen wir Schluß damit!«

Und tatsächlich war Schluß mit allem: Er war bereits tot.

An dem hohen und stillen Ort, an dem er sich wiederfand, gab es keine menschlichen Gesichter mehr, weder Gebäude noch Tiere noch Gegenstände. Nur ein gleißendes Licht, das dort, wo es weiß aufleuchtete einen Durchgang freigab, und sich dort, wo es blau war, so fest wie ein Fußboden erwies, und in einer Spirale nach oben anstieg. Es gab einige Wolken, die eilig dahinzogen und sich manchmal duckten, um unter den blauen Bogen hindurchzugelangen, sowie einen Mond, der wie ein Spiegel leuchtete und alle Bilder widerspiegelte, die an ihm vorbeizogen: Dies waren die wenigen und ewigen Dinge, die an die Stelle der zahllosen und vergänglichen von früher traten.

Bin ich wirklich tot? dachte Riccardo. Oder träume ich bloß?

»Nein, es ist kein Traum!« sagte jemand an seiner Seite. »Du bist wirklich tot!«

Riccardo wandte sich nach rechts und sah ein strenges und geistesabwesendes Wesen, dessen Blick sich inmitten des Lichts verlor wie ein Lichtstrahl im Nebel.

»O Gott, o Gott!« sagte Riccardo. »Mein Leben ist so blöde, wenn es so endet. Laßt eine so blöde Sache nicht auf meinem Gewissen lasten!«

»Was willst du? Ungeboren sein?«

»Das nicht, Gott bewahre! Aber ihr habt mich aus dem Verkehr gezogen, bevor ich die letzten Worte sagen konnte. Dabei hatte ich sie bereits in Gedanken formuliert: Es waren die besten! Die Freunde kapieren nichts von dem Teil, den ich unten rezitiert habe! Alle werden denken: ›Was hat er eigentlich damit sagen wollen?‹ Und meine Mutter ...«

Hier stieß Riccardo einen Schmerzensschrei aus, der weder dem festen noch dem luftigen Licht gefiel, da das Weiß sich eng mit dem Blau vereinigte wie eine Lippe mit der anderen, wenn der Mund sich zu einer Grimasse des Widerwillens verzieht.

»Nicht schreien!« sagte der Engel. »Hier wird nicht geschrien! Komm lieber mit mir!«

Schnell stiegen sie die Windungen des blauen Lichts hinauf, die immer steiler wurden und sich zuletzt gegen den Himmel lehnten wie eine Sprossenleiter gegen eine glatte Mauer.

So erreichten sie eine großzügig mit Schemeln ausgestattete Hochebene. Darauf saßen und warteten viele tote Leute, denen Sanftheit und Geduld im Gesicht geschrieben standen.

»Was machen denn die da?« fragte Riccardo.

»Sie warten darauf, eingelassen zu werden.«

»Aber dann ist das hier ja ein Vorzimmer?« sagte Riccardo seufzend.

»Ja, das himmlische Vorzimmer.«

»Himmlisch oder nicht, Vorzimmer bleibt Vorzimmer! Und gibt es hier auch Amtsgehilfen?«

»Ich bin einer von ihnen. Und in dieser Eigenschaft melde ich dich jetzt beim Großen Sekretär an.«

»Augenblick mal! Ist dieser Große Sekretär ein intelligenter Mensch?«

»Hier, mein Bester, besitzt jedes Wesen die für sein Amt förderlichen Fähigkeiten. Stell also keine dummen Fragen!«

Nach diesen Worten überquerte der Engel die Hochebene, was diejenigen, denen er sich näherte, veranlaßte, zu ihm hochzublicken in der vergeblichen Hoffnung, er komme sie abholen. Er verschwand hinter einer Tür, deren Feierlichkeit sich dadurch äußerte, daß sie aufrecht im leeren Raum stand und weder zur Rechten noch zur Linken noch darüber von einer Mauer eingefaßt war.

Nachdem der Engel vorübergegangen war, ließen alle ihre Köpfe sinken und widmeten sich dem Boden, als wäre er ein abwechslungsreiches und einzigartiges Buch. Auf diese Weise vergingen Tage und vielleicht sogar Jahre. Es ist kaum möglich, sich im Reich der Toten zu langweilen, da es kindisch wäre, angesichts der Ewigkeit eine Zeitrechnung in Minuten aufzustellen. Nach tausend Jahrhunderten, die man damit zugebracht hat, eine Margerite mit der Fußspitze zu schaukeln, hat man nicht einmal das Recht auszurufen: »Wie langweilig ist das Leben hier!«, da die

Zukunft, die vor einem liegt, nicht weniger lang ist als diejenige, die sich ankündigte, bevor die ersten tausend Jahrhunderte abgelaufen waren. Und die Zukunft, so heißt es, ist immer für eine Überraschung gut.

Niemand also gähnte. Derselbe Riccardo, der eine außergewöhnliche Ungeduld im Blut gehabt hatte, gab sich damit zufrieden, sich an einen seiner Gähnanfälle auf der Erde zu erinnern, den er vorwurfsvoll ans Vorzimmer eines Generalsekretärs gerichtet hatte. Und es war, als hätte er gegähnt. Im übrigen hatte sich der Saal bereits geleert, und der Engel gab ihm mit einem Wink zu verstehen, er möge vortreten.

»Bin ich dran?« sagte Riccardo.

»Ja! Beeil dich!«

Bald stand Riccardo vor dem Großen Sekretär, der am Rand einer Himmelsöffnung saß, von wo aus er, wenn er die Augen nach unten richtete, die lebenden Menschen und ihre Städte betrachten konnte, genauso wie eine gute alte Frau, die – während sie mit einem alten Herrn über Geschäfte redet – mit dem Fuß die Kätzchen und die Katze zusammenbringt, sie trennt und dann wieder zusammenbringt.

»Signor Sekretär«, sagte Riccardo erregt. »Ich bin so plötzlich gestorben, daß ich nicht kapiert habe, wie und woran ich gestorben bin!«

»Das geht den meisten Menschen so!« seufzte der Große Sekretär. »Aber eigentlich hättest du später sterben sollen. Dem Register entnehme ich, daß dein Ende für das Jahr 1965 vorgesehen war, das Auto dich dagegen 1935 überfahren hat.«

»Wie hat es zu einem solchen Irrtum kommen können?«

»Wenn du einem Scherz nicht abgeneigt bist, so würde ich sagen, daß die Autos auf Erden viel, viel, viel zu schnell fahren und, indem sie die Menschen überfahren, dem Willen Gottes rundweg zuvorkommen! Aber hier herrscht der Ernst vor.«

»Also?«

»Also sage ich dir, daß du wegen einer reinen Zerstreutheit des Schicksals hast sterben müssen.«

»Und ließe sich das denn nicht rückgängig machen?«

»Was willst du? Die Menschen haben mich gelehrt, daß man die großen Fehler korrigiert, indem man nicht mehr auf sie zurückkommt. Und meiner Meinung nach fängst du besser nicht mehr damit an, wo du einmal damit aufgehört hast. Welches Vergnügen könntest du daran finden, zweimal zu sterben? Nicht nur das! 1965 würdest du unter ein viel schlimmeres Auto geraten, als es das von 1935 gewesen ist.«

»Signor Sekretär, was Sie sagen, ist wahr. Aber wahr ist auch, daß mein so aus Zerstreutheit und in Eile abgeschlossenes Leben nichts Ernsthaftes an sich hat. Und ich kann mich noch nicht von meiner Mutter, meinem Vater, meinem kleinen Bruder, von meinen Freunden und Luisetta trennen. Viele Dinge trage ich unbefriedigt in meinem Herzen, noch kann ich die Ewigkeit durchqueren mit dem ständigen Verlangen – um nur dieses eine zu erwähnen – nach diesen Frühjahrsanzügen, die ich dem Schicksal zufolge noch vor meinem Tod hätte anziehen sollen. Darunter ist ein gestreifter, der mir sehr gut steht!«

»Du bist wie jene Trunkenbolde, die hier ankommen und über den Schluck Wein betrübt sind, der noch in ihrem Glas übrigblieb, als der Tod ihren Durst ein für allemal gelöscht hatte. Die Menschen sind und bleiben unverbesserlich, einer wie der andere! Die Ewigkeit reicht nicht aus, damit sie erwachsen werden!«

»Exzellenz, verzeiht mir bitte! Aber wenn ich nach drunten zurück könnte, wäre ich glücklich!«

»Ins Leben zurück?«

»Ins Leben zurück!«

»Sieh doch mal her!« sagte der Große Sekretär, sich nach rechts und nach links drehend. »Sieh einfach mal her!«

Riccardo beugte sich über den Rand des Abgrunds hinaus, und als er hinunterblickte, sah er auf der Treppe einer Kirche in Reims einen Bettler sitzen, der mit dem Kopf auf den Knien und einer Hand flach auf dem Boden eingeschlafen war.

»Nein, nein, nein, nein!« fuhr der Große Sekretär fort. »Der ist nicht mal in der Lage, weiter seinen Beruf auszuüben! Seine Frau hat gut daran getan, ihn auszuschimpfen! Schläft am hellichten Tag ein, während die reichsten Leute der Stadt an ihm vorbeigehen!... Und was macht der andere?«

Riccardo beugte sich noch ein wenig weiter vor und sah einen Herrn, der glücklich auf den Wegen eines öffentlichen Parks spazierenging. Ein beliebter Schlager lag ständig auf seinen Lippen, so daß in seiner Nähe fortwährend die Wörter »Liebt euch!« und »Kinder!« zu hören waren. Aber in seinem Innern, besser gesagt in seiner Vergangenheit, bewegte sich im Gleichschritt, ähnlich wie ein Gefäß, das hinten an einem Karren baumelt, ein Diebstahl.

»Wie?« sagte Riccardo. »Dieser so glücklich aussehende Mann hat gestohlen?«

»Ja, er hat gestohlen«, sagte der Große Sekretär.

»Und er hat keine Gewissensbisse?«

»Nein, keine Gewissensbisse.«

»Aber die bekommt er bald?«

»Ach!« seufzte der Große Sekretär. »Wer weiß das schon?«

»Aber das Gewissen muß sich doch eines schönen Tages rühren!«

»Dann sieh dir mal sein Gewissen an!«

Riccardo schärfte seinen Blick und sah auf der Schulter des glücklichen Herrn ein kleines Wesen mit schläfrigen Augen, das dazu neigte, jedermann zuzulächeln, so daß es – wegen des Ortes, an dem es sich befand und wegen der Liebkosung, mit der es sein Köpfchen an das Ohr des dicken Mannes legte, an einen Papagei erinnerte und, wegen seiner Bereitschaft zu lachen und zuzustimmen, wie eine verrückt gewordene Neuvermählte aussah in jenem Augenblick, da sie ihr Jawort gibt und zugleich mitansehen muß, wie ihr Bräutigam aufsteht und sich davonmacht.

»Was ist mit ihm passiert?« fragte Riccardo.

»Ah, mein Lieber! Dieser Mann ist ein Spitzbube! Hat er einmal beschlossen, einen Diebstahl zu begehen, so schreit er seinem Gewissen zu: ›Guck mal da, das Vögelchen, das Vögelchen!‹, wie man es bei Kindern macht, wenn man ihren Blick von unseren Händen ablenken will.

Das Gewissen sieht nach oben, er taucht mit den Händen nach unten in die Kasse. Wenn das Gewissen wieder auf ihn hinunterblickt, hat er den Diebstahl längst begangen, das Geld ist bereits weggesteckt, und er zeigt lächelnd seine leeren Handflächen her.«

»Und das Gewissen?«

»Das Arme, das zugleich auch seinen Stolz hat, tut so – da es nicht gut zugeben kann, daß ihm irgend etwas von diesem Vorgang ganz und gar entgangen war –, als hätte es nichts gesehen, obwohl es in Wirklichkeit alles gesehen hat, die Tat jedoch aus dem einfachen Grunde weder getadelt noch verhindert, weil es nichts zu tadeln gegeben habe. Daher habe es sich nicht um einen Diebstahl, sondern um eine gerechtere Verteilung von Gütern gehandelt; zudem habe sein Herr sich einzigartige Verdienste erworben, die auf die eine oder die andere Weise belohnt werden müßten. Da es sich auf diesen Weg begeben hat, gibt es jetzt nichts, wozu es nicht lächeln und nicht Ja sagen könnte... Aber das Gewissen hat seinerseits wiederum ein Gewissen, und dieses letztere ist sehr viel strenger. Und zwar so streng, daß – wenn das Gewissen den Mann so gut behandelt und ihn sich bereichern läßt – das andere es quält und, wie man sieht, ihm mächtig zusetzt. Doch laß uns lieber weggehen. Denn um die Dinge auf Erden zu erklären, würden wir eine Ewigkeit brauchen, und das wäre auch noch vergebens. Folge mir!«

»Wohin führen Sie mich?« fragte Riccardo.

»Ins himmlische Archiv.«

Als sie eine lichtüberflutete, eher tiefblaue als himmelblaue Wiese überquerten, sah Riccardo eine Menge von

Seligen. Er konnte feststellen, daß der Himmel vor allen anderen Dingen die Vernunft und die Bescheidenheit ehrte. Die Gäste am ewigen Tisch waren größtenteils anständige Leute, die auf der Erde ohne viel Lärm gearbeitet und sich geregt hatten, als Gott dies verlangte, und sich Träumen und Gedanken nicht mehr und nicht weniger als notwendig hingegeben und vom Leben mal gut, mal schlecht gedacht hatten, ohne je einerseits in Mißtrauen, andererseits in rauschhafte Schwärmerei zu verfallen: kurz und gut, ringsum waren weder Amerikaner noch Indianer zu erblikken, während man auf Schritt und Tritt Italienern aus dem zwölften und dreizehnten Jahrhundert sowie Athenern aus dem vierten Jahrhundert vor Christus begegnete.

»Gut!« sagte Riccardo, als er von der Wiese in einen Salon hineintrat, der von drei Wänden aus steinfarbenen Wolken begrenzt, jedoch ohne Gewölbe war.

Der Große Sekretär holte aus einer dieser Wolken eine himmlische Schriftrolle heraus.

»Du könntest«, sagte er, »ins Leben zurückkehren, aber... Es gibt ein Aber!«

Riccardo erblaßte. »Ist es ernst?« fragte er.

»In gewissem Sinne schon.«

»Sagen Sie es! Ich bin auf alles gefaßt.«

»In dieser Schriftrolle steht eine Frage geschrieben. Lies selbst: ›Möchten Sie, daß Signor Riccardo ins Leben zurückkehrt?‹«

»Und an wen richtet sich diese Frage?«

»An deine Freunde. Falls eine dieser Personen unten ans Ende dieser Schriftrolle ein Ja schreibt, kannst du sofort ins Leben zurückkehren.«

»Ein Ja? Nur ein einfaches Ja?«

»Sonst nichts!«

»Und meinem Freund geschieht nichts Schlimmes, weil er ein Ja geschrieben hat?«

»Rein gar nichts.«

»Aber wie denn? Ein Ja, nur ein einfaches Ja? Ein kleines Ja mit der Schreibfeder?«

»Mit der Schreibfeder oder mit dem Bleistift, ganz wie es ihm beliebt.«

»Na ja, ich bitte um Entschuldigung, aber für mich ist die Sache gelaufen! Ich betrachte mich als lebendig.«

»Eile mit Weile! Und bedenke, daß ein Ja nur dann einen Wert hat, wenn es nicht von einer Frau, einem Verwandten oder einem Unbekannten stammt. Es muß von einem deiner Freunde kommen. Bedenke ebenfalls, daß du dir das Ja innerhalb nur einer Nacht besorgen mußt!«

»Schon gut, gut, gut! Das soll kein Hindernis sein! Es ist eine reine Formsache. Ich gehe auf die Erde und komme sofort mit einem Ja zurück. Übrigens, wie stell ich es an, mich meinen Freunden vorzustellen?«

»Du nimmst wieder dein menschliches Aussehen an. Berührt man dich jedoch, so stellst du dich als so leer wie die Luft heraus. Du kannst in einer bestimmten Höhe fliegen und durch die Türspalten eindringen. Mach dich also auf den Weg, und viel Glück!«

»Aber, aber ... Ich habe fünfzig Jahre im himmlischen Vorzimmer gewartet. Von meinen Altersgenossen treffe ich deshalb keinen mehr an.«

»Richtig! Ich drehe die Zeit zurück. Du wirst also eine Stunde nach deinem Tod auf der Erde ankommen. Adieu!«

»Adieu!« sagte Riccardo, riß dem Großen Sekretär die Schriftrolle aus den Händen und überquerte tänzelnd die überfüllten Wiesen, so ergriffen war er von jenem geheimnisvollen Ehrgeiz, den die Lebenden nur dann erfahren können, wenn sie sich mit den Toten vergleichen.

Und sogleich machte er sich auf den Weg.

Es war Nacht, als Riccardo den kleinen Garten des Freundes durchquerte. Und da seine Füße weder den geringsten Lärm auf dem Kiesweg verursachten, noch die Steinchen bis zu den Beeten rollten, empfand er eine so starke Sehnsucht nach dem Leben (wie damals an den Frühlingsabenden, wenn er denselben Weg nahm, um Luigi mit einem Pfiff aus zwei Noten zu rufen, während er sich mit abgewandtem Gesicht tausend Gedanken darüber machte, daß der Kopf des Freundes sich im roten Viereck des Fensters bewegte, lediglich zwei Fußbreit von den Sternen und dem schwarzen, klaren Himmel entfernt), daß er die Stufen im Laufschritt nahm, in den Flur trat und die Tür zum Arbeitszimmer öffnete.

Der Freund hatte die Wange auf ein Blatt Papier gelegt, das mit kleinen Nägeln befestigt und mit Linealen und Zirkeln bedeckt war. Das blaue Licht beleuchtete die geschlossenen Augenlider und warf den Schatten der Nase zwischen die auf das Papier gezeichneten Dreiecke.

Riccardo näherte sich lächelnd und setzte sich an die andere Seite des Tisches. Dann hustete er wie gewöhnlich, wenn er den Freund am Tisch schlafend überraschte. Er hustete zwei-, drei-, viermal. Schließlich hob Luigi seinen Kopf und versuchte, sich mit den Fingern über die Augenbrauen streichend, ohne Mühe noch Hast zu erkennen, wer ihn da geweckt hatte.

»Ach, du bist's?« sagte er mit einer ziemlich ruhigen und heiteren Stimme, aus der Riccardo schloß, daß sich die Nachricht von seinem Tod noch nicht verbreitet hatte.

»Ich bin's, du Schlafmütze! Schon eine Stunde lang beobachte ich dich beim Schlafen.«

»Los, weg, fort!« rief der andere aus, dessen kühnes und emsiges Leben immer gegen einen seltsamen Schlaf hatte ankämpfen müssen, der sich unvermittelt auf ihn warf wie eine Decke, die über ein umherflatterndes Küken geworfen wird und unter der es nach Stunden entmutigt und voller Verdruß wieder herkriecht. »Komm, hör auf damit!«

Vom üblichen Verlangen gepackt, irgend etwas zu unternehmen, und zwar sofort, stand er dann vom Tisch auf und begann herumzuhüpfen.

»Komm, gehen wir raus!« trällerte und schrie er. »Laß uns spazierengehen! Gut, daß du gekommen bist! Sieh mal her!« Und er zeigte Riccardo einen zwei Finger breiten Papierfetzen, auf dem geschrieben stand: »Ich und Luisa, du und Riccardo heute abend um zehn im Park. Maria.«

Riccardo las die Notiz und las sie noch einmal mit einem Gefühl der Beklemmung und beinahe von Schwindel, da Luisas Worte, um zehn Uhr, im Park, das Aussehen eines lebhaften Gefunkels in einer tiefschwarzen, unendlichen Wüste angenommen hatten, mitten in jener Ewigkeit, die noch in ihm steckte.

»Ich kann nicht mit dir gehen«, sagte Riccardo.

»Los, los!« sagte der andere und steckte einen Zipfel der

Krawatte durch die Schlinge. »Steh auf und laß uns losgehen!«

»Ich hab dir doch gesagt, daß ich nicht mitkommen kann.«

»Und warum nicht?«

»Mir geht's nicht gut, und ich fühle, so klar, wie vier plus vier acht ergibt, daß ich nur noch wenige Stunden zu leben habe.«

»Moment mal! Das ist einer von deinen Scherzen, die mir für den ganzen Abend die gute Laune verderben können! Wechsle lieber das Thema!«

»Täte es dir leid, wenn ich sterben würde?«

»Willst du wohl aufhören?«

Hier entstand eine Pause.

»Luigi, ich mach keinen Spaß!«

Der Freund, der gerade seinen Rock anzog, näherte sich ihm, die Arme in der Luft: »Du willst mir wohl einen Schrecken einjagen, wie?«

»Nein, mein Lieber! Antworte mir lieber im Ernst: Täte es dir sehr leid, wenn ich sterben würde?«

Der andere sah ihn mit einer so sauren Miene an, daß Riccardo es bereute, sich an einen solch liebevollen Freund gewandt zu haben, wenn es doch für das Wenige, um das er ihn bitten wollte, ausgereicht hätte, sich an irgendeinen Freund zu wenden.

»Na ja, lieber Luigi, ich muß gar nicht sterben!« Hier gab es eine zweite Pause, in der Luigi einen schweren Atemzug ausstieß. »Ich bin schon tot. Dein teurer Riccardo ist zwar in deinem Zimmerchen sozusagen aktiv, in Wirklichkeit aber gibt es ihn nicht mehr!«

»Mein Gott! Mein Gott!« sagte der andere und betrachtete ihn mit einer Mischung aus Zuneigung und Angst, wie man eine teure Person betrachtet, die langsam die Fassung verliert.

»Nein, ich bin nicht verrückt, lieber Freund! Komm näher und berühre meine Brust... Nur los! Vorwärts! Nur Mut! Ja, so! Hebe die Hand! Los, nicht zittern! Drück, drück fester! Siehst du, wie du in meine Brust reinfährst? Drück ruhig weiter! Es tut mir überhaupt nicht weh!«

Luigi zog seine Hand wie aus einer Flamme zurück und warf sich auf einen Stuhl am Tisch, stützte den Kopf mit den Händen ab und wälzte ihn schreiend und weinend hin und her.

»Laß das doch!« riet Riccardo ihm, auch er gerührt. »Laß das doch! Dagegen ist ein Kraut gewachsen.«

Der andere drehte sich zu ihm hin: »Was kann das wohl sein?«

»Du möchtest also nicht, daß ich tot bin?«

Als einzige Antwort brach Luigi in ein noch viel heftigeres Weinen aus und drehte ihm wieder die Schultern zu.

»Luigi, hör mir zu und antworte! Möchtest du, daß ich noch am Leben wäre?«

»Aber Riccardo, aber Riccardo, aber Riccardo! Was stellst du für Fragen? Was stellst du für Fragen?« Mit seiner Linken ergriff er eine Haarsträhne und zog sie bis auf die Augen herunter, während er sich in den rechten Handrücken biß.

»Luigi, du hast mir nicht geantwortet. Dabei brauche ich deine Antwort. Möchtest du, daß ich wieder lebe?

Möchtest du, daß all dies wie ein böser Traum vorübergeht und ich mit dir zu Luisa und Maria gehe, die jetzt schon unter den Platanen stehen und auf unseren Steinchenregen warten? Möchtest du das? So antworte mir doch!«

»Ja, doch, ja, doch, aber ja! In meinem ganzen Leben will ich nichts anderes mehr!«

»Na, dann schreibe dein Ja auf dieses Blatt«, und Riccardo rollte die Schriftrolle aus, die im irdischen Licht geheimnisvoll zu leuchten begann wie der Himmel selbst. »Wenn du mit der Feder oder mit dem Bleistift ein kleines Ja an den Rand schreibst, dann kann ich ins Leben zurück, und wir kommen noch rechtzeitig zu den Mädchen!«

Luigi stürzte sich auf die Feder wie ein Hase, der entwischen will, ergriff sie, hob sie in die Höhe und tunkte sie ein: »Komm her, schnell! Wo soll ich es hinschreiben?«

»Hier unten hin«, sagte Riccardo und hielt die Rolle auf dem Tisch glatt.

»Was ist das denn für ein Blatt?« fragte Luigi, vom Funkeln des Wasserzeichens beeindruckt.

»Ein Blatt aus dem himmlischen Register.«

»Und wo kommt es hin?«

»Es geht zurück ins Reich der Toten.«

»Und weißt du, was sie im Reich der Toten mit meinem Ja machen? Nur so aus Neugier.«

»Nichts! Es wird dort aufgehoben.«

»Und erfährt man denn im Reich der Toten, daß das Ja von mir stammt?«

»Bestimmt erfährt man das. Aber denk dran: Dir geschieht nichts Schlimmes. Was sag ich, Schlimmes? Dir geschieht überhaupt nichts Unangenehmes.«

»Schon gut!« Er tauchte erneut die Feder ein. »Und du wirst leben?«

»Ja, sofort.«

Luigi begann, ihn genauer in Augenschein zu nehmen, ihn von Kopf bis Fuß zu betrachten, schüttelte schmerzlich den Kopf und schmatzte kaum wahrnehmbare Küsse. »Ah, nein!« platzte er heraus. »Du bist tot! Du bist tot! Ich hab dich verloren! Ich bin allein geblieben, allein, allein, ganz allein! Du hättest mich nicht allein lassen dürfen!«

»Aber, mein Lieber, schreibe einfach dein Ja hin, und dann leiste ich dir sofort Gesellschaft!«

»Nein, nein, nein! Das gibt es nicht, daß man mit einem kleinen Ja, mit einem Federstrich, eine geliebte Person wieder ins Leben zurückholt!«

»So schreib es doch hin, und dann wirst du sehen!«

»Nein, das glaub ich nicht, das glaub ich nicht, das glaub ich einfach nicht! Ein Ja, nichts als ein Ja«, und inzwischen kritzelte er nervös mehrmals ein kleines Ja auf sein Zeichenblatt, auf die Buchumschläge und auf den Tisch selbst, »ein Ja, also, und du bist nicht mehr tot, sondern lebst, lebst mit mir, wie immer? Das glaub ich nicht!«

»Mein Lieber, du hast so oft Ja auf dein Blatt geschrieben. Schreib eins, nur eins auf diese Rolle, und dann wirst du sehen, daß das, was ich dir gesagt habe, wahr ist, nichts als die reine Wahrheit.«

»Glaub ich nicht, glaub ich nicht!« erwiderte der andere, von einem Schmerz überwältigt, der immer stärker wurde.

»Du willst kein kleines Ja auf dieses Papier schreiben«, sagte Riccardo, nun wirklich in Panik, »zwei Buchstaben, die dich im Reich der Toten zu nichts verpflichten ... Ich glaub, ich träume! Du hast also nicht den geringsten Wunsch, daß ich lebe? Du verspürst also keine Lust, meine Stimme zu hören, mit mir spazierenzugehen, zu erfahren, was ich von einer Sache halte, die dir gefällt, und von einer anderen, die dir nicht gefällt, mein Gesicht zu sehen und all das an Neuem und Teurem, was von einem Freund kommt, der lebt, während du lebst? Entschuldige bitte: die Abende, die wir als Kinder auf den Stufen der Terrasse zusammen verbracht haben, mit den Füßen zwischen den kleinen Wäschestücken auf der Leine, vertieft in einen Abzählvers: ›Du wirst König, du wirst General! ...‹ Du hast immer behauptet, zu keiner anderen Zeit seist du so glücklich wie damals gewesen! Nun denn, ich allein erinnere mich an jenes Glück von dir, dein Gesicht in jenen Minuten mit dem Löckchen, das dir bis auf die Nase herunterfiel, seh ich noch genau vor mir. Mir ist, als wär es gestern gewesen. Und du, so wie ich dich ansehe, erkennst genau, daß ich in deinem Gesicht das Gesichtchen von damals suche und finde und nicht wirklich weiß, welches ich mehr liebe! Du siehst es, du hast es gesehen! Wir haben die Kindheit gemeinsam verbracht, die Zeit der Spiele und die Zeit, in der die Spiele aufhörten. Ich sehe dich wieder mit zusammengepreßten und nach innen gezogenen Lippen, und du siehst mich wieder an dem Abend, an dem wir unter einem Karren saßen, dessen Stangen den Himmel anzeigten, und wo man uns erklärte, wie die Kinder auf die Welt kommen und was eine Frau ist. Tausend kleine Sachen, die dich an bessere Zeiten erinnern und dir sagen, daß du nicht allein gelebt hast. An dem Tag, an dem ich nicht mehr bin, hast du sie für immer verloren... Und dann willst du kein kleines Ja hinschreiben!«

Er bemerkte jedoch, daß seine Worte Luigis Verzweiflung nur noch vergrößerten und, was jenes Ja betraf, wie ungesagt geblieben waren; er sah, daß Luigis Schmerz aufrichtig war, aufrichtig auch die Tränen und qualvoll der Schrei, sah jedoch nicht weniger klar und deutlich, daß Luigi das Ja nie schreiben würde; er hoffte, diese eine Silbe von einem weniger anhänglichen Freund zu erhalten, um dann rechtzeitig zu Luigi zurückzukehren, ihn zu knuffen, ihm zu verzeihen und mit ihm zu den Mädchen zu gehen. Riccardo verließ das Zimmer, das Haus und den Garten und machte sich in aller Eile auf den Weg zu Leopoldo Talari.

Dieser war, wie man zu sagen pflegt, ein Mann der Tat, der seinen Tag in einem Atemzug hinunterstürzte und nachts so in Schlaf fiel, wie man bei Trunkenheit in Schlaf fällt. Und aus diesem war er nicht einmal vollständig erwacht, als er sich auch schon wieder schlagartig in den neuen Tag stürzte. Er hatte von Riccardos Tod erfahren, dessen Schatten wie eine Erscheinung und wie ein Traum aufgenommen wurde.

Kaum hatte Leopoldo Talari ihn erblickt, zeichnete sich in dessen Gesicht eine Müdigkeit ohnegleichen ab. Einige Tränen rollten von seinen Augen herunter, die einen Augenblick lang nicht mehr lebhaft und durchdringend waren. Doch dann begann er zu murmeln, daß Riccardo nicht hätte sterben dürfen, daß er gut, intelligent, gebildet, ernsthaft gewesen sei und ihm ein ganz anderes Schicksal hätte beschieden sein müssen, daß nicht einmal Gott selbst wisse, was Er tue, wenn Er einen solch jungen Mann in den Tod schicke!

Riccardo sagte ihm, daß, wenn er, Talari, es nur wolle, er dieses Unglück rückgängig machen könne, indem er ein bescheidenes Ja unten auf das himmlische Blatt schreibe. Doch Talari lächelte, wie man es angesichts der Traumbilder macht, die immer eine Arglosigkeit und eine einzigartige Güte enthüllen. Nicht etwa, daß er eine Antwort auf die Frage schuldig geblieben wäre, die Riccardo an ihn gerichtet hatte und die auf der Schriftrolle stand. Seine Antwort jedoch, an Stelle des mit der Feder hingeschriebenen Ja, war eine Wiederholung mit lauter Stimme, daß es unbillig, widerwärtig, ja unverzeihlich sei, daß ein so junger Mann wie Riccardo, dem er stets ein großes Schicksal und einzigartige Fähigkeiten zugeschrieben habe, in die ewige Stille eintreten müsse, während auf den Lippen gewöhnlicher und schamloser Jugendlicher noch die Wörter nachhallen würden! Insbesonders verdrieße es ihn, noch immer Faustino Rodolicos Lieblingswort vernehmen zu müssen, der die unterschiedlichsten Dinge des Lebens als »eine Angelegenheit« bezeichne, nur weil es ihm an der Fähigkeit mangele, sich präzise auszudrücken, und er Zeit schinden wolle, um sich eine Lüge auszudenken. Und Leonello? Ein unnützer Mensch! Ideenlos! Er gehe mit den Taschen voller Zeitungen aus dem Haus, und immer wenn er einen Gedanken ausdrücken wolle, suche er nach einem der Blätter und lese den Artikel von Signor Tizio und von Signor Caio vor! Dieser habe entdeckt, es genüge, mit dem einverstanden zu sein, was bereits gedacht worden sei! ... Und Rodolfo? Ein Karrierist, ein

Hund: der würde doch seinen Fuß sogar auf den Leichnam seiner Mutter stellen, nur um nach oben zu kommen, um »fortzukommen«, wie er es nenne! ... Und Giovannino, unser Giovannino, mit wieviel Anmut schaffe der es, auf seine Armbanduhr am linken Handgelenk zu schauen, während ihm irgend jemand, im Austausch für eine illegale Erlaubnis, einen sehr legalen Tausender in die rechte Hand lege? ... Und Valentino, Valentino mit der im Boden eingelassenen Badewanne! Ein Arbeiter, Arbeiter, unermüdlicher Arbeiter, so arbeitswütig, daß er vielen armen Leuten die Arbeit wegnehme, dermaßen in jedwede Arbeit vernarrt, daß er auch auf Gebieten arbeite, von denen er auf jeden Fall nichts verstehe! ... Und unser Commendatore Leopoldi, der den Zeitungen eine Photographie mit seinem Kopf schicke, damit sie sie veröffentlichen, ein Kopf, so weiß und riesig wie eine Stocklaterne vor dem Hintergrund der tiefschwarzen Photographie! ...

Der Vortrag hatte eine böse Wendung genommen und drohte sich wer weiß wie lange auszudehnen, so daß Riccardo bitter lächelte und dem zweiten Freund den Rükken kehrte. Dessen mit stets lauter werdender Stimme ausgestoßene Beschimpfungen wie »Lump« und »Verbrecher« begleiteten ihn bis an den Gartenzaun und verfolgten ihn noch eine lange Weile.

Der dritte, an den er sich wandte, war Leone Caracciolo. Dieser stand im Pyjama vor seinem Bett, gerade im Begriff, die rote Lampe aus- und die blaue am Kopfteil des Bettes einzuschalten, als er hörte, daß jemand in seinem Rücken die Schlafzimmertür öffnete. Ohne sich umzudrehen (ein wenig aus Angst, ein wenig aus Trägheit), fragte er: »Wer ist da?«

Riccardo erklärte ihm nicht nur flink, wer er war, sondern auch in welcher Lage er sich befand und worum er ihn zu bitten gekommen war. Leone hatte es nicht einmal geschafft, einen einzigen Schmerzenstropfen wegen des Verlustes des Freundes in seine Brust zu träufeln, als sich ihm bereits dessen Zustand als eher verwickelt und geheimnisvoll denn als schmerzlich und unersetzlich offenbarte. Eher als zum Leiden oder Fröhlichsein offenbarte Leones Natur einen Hang zum Fragestellen: »Warum? Was ist das? Wo? Wohin? Wieso?«, und seine Angewohnheiten – wie es das geöffnete Buch auf dem Nachttisch, die Statue Platons und die auf einem Regal aufgestellten Porträts von Kant und Vico bezeugten – hatten diese philosophische Natur viel zu sehr begünstigt.

»Seltsam«, murmelte er leise, kaum daß er die Erzählung seines Freundes Riccardo vernommen hatte. »Seltsam! Wie verträgt sich das alles mit der christlichen Vorstellung vom Jenseits! Doch lassen wir mal die christliche Vorstellung beiseite... Wie verträgt sich dies mit allen Hypothesen, den Ahnungen, den Begriffen, den poetischen Phantasien, den wissenschaftlichen Schlußfolgerungen über das Schicksal der Seelen, die den Menschen von Adams Zeiten bis heute durch den Kopf gegangen sind?«

»Mein Lieber«, sagte Riccardo, »laß uns später nach den Gemeinsamkeiten suchen, wenn ich, wie einst im Frühling, auf der Terrasse deines Hauses unter der beschädigten Statue des Alten mit dem Pfeifchen sitzen kann und lebendig bin, so lebendig wie du, und Angst bekomme, daß die Statue mir auf den Kopf fällt und mich verletzt! Nimm jetzt die Feder und schreibe ein Ja unten auf dieses Blatt!«

Leone betrachtete lange das Blatt, das Riccardo ihm unter die Nase hielt. Eine Bestürzung, ganz und gar philosophischer Natur, tauchte in seinen Augen auf.

»Was hast du denn?« fragte Riccardo. »Woran denkst du?«

Leone setzte sich auf den Rand seines Bettes, blickte hierhin, blickte dorthin, als wäre der Anlaß seines Blickens eine winzige Maus, die mal nach links, mal nach rechts springt.

»Was ist los mit dir?«

Leone seufzte und schloß die Augen, wobei er die Augenlider und die Stirne runzelte. »Ist das Leben nicht schon kompliziert und mysteriös genug?« murmelte er. »Reichte es dem heimtückischen Geist, der das Schauspiel des Universums genießt, nicht, daß wir uns wie Blinde gebärden, die noch lachen, während sie schon im Begriff sind, mit den Füßen in einen Abgrund zu tappen oder daß eine teure Person ganz in ihrer Nähe ihr Leben verliert? Reichte nicht unser Unwissen darüber, warum die Zeit vergeht, warum wir einige Dinge, die uns begegnen, häßlich und einige andere schön nennen? Reichte das nicht, reichte das nicht? ... Und dann verlangt er auch noch das himmlische Blatt, das einem Toten das Leben zurückgibt, nur weil ich, also irgend jemand, vor dem Schlafengehen unten ein Ja darauf schreibe!«

»Aber entschuldige, das vereinfacht doch die Dinge.«

»Gewiß, gewiß, es vereinfacht!« Leones Blick hatte sich verändert; statt von den Kacheln auf der linken zu den Kacheln auf der rechten Seite zu schweifen, so als folgte er einer Maus, bekundete ein vornehmer Ekel, der ständig in seinen Augen schimmerte, daß es sich bei dieser Maus um nichts anderes handle als um das verschrobene Abbild unseres Lebens. »Ein himmlisches Papier, ein Ja, ein Toter, der wiederaufersteht! Ich bestreite, daß all dies wahr sein kann!«

»Und ich schwöre dir bei meinem Leben, an dem ich nie so sehr gehangen habe, daß alles wahr ist.«

»Und wenn es wahr wäre, wie du sagst, wenn es stimmt, daß alles auf einer solch lächerlichen Grundlage beruht, ja dann...«

»Dann?«

»Dann, nichts!«

Leone drehte sich auf seinem Bett um wie jemand, der weinen und dabei sein Gesicht im Kopfkissen verstecken wollte; doch seine Schultern ließen nicht die geringste Zuckung erkennen, und alles deutete darauf hin, daß auch das Weinen dieses Mannes eine Form des Denkens war, nur dunkler, leiser, versunkener.

»Du liebst die Philosophie«, sagte Riccardo, »du sorgst dich so sehr um das Fundament des Universums, und ausgerechnet du verweigerst mir ein Ja! Reizt dich nicht der Gedanke, einem armen Toten das Leben zu schenken, mir das Leben zurückzugeben, deinem Freund, der dich so ärmlich, so ärmlich nachts in deinem Haus aufgesucht hat, der ärmste aller Bettler, dem du jemals begegnet bist? Weshalb hat keiner dieser Bettler dich je darum gebeten zu leben, wie ich dich darum bitte? ... Ich habe einen Hunger, den ich trockenen Auges nicht beim schlimmsten meiner Feinde sehen könnte! Ich hungere danach, meine Mutter, meinen Vater, meine Liebsten wiederzusehen; ich hungere danach, Luisa noch einmal zu küssen und mit ihr durch die Straßen spazierenzugehen! Ich hungere auch nach dir, danach, als Lebender mit dir zu reden und deine Hand zu berühren!«

Doch Leone gab nicht das geringste Zeichen von sich: Auf dem Bett liegend schien er jene Art der Ruhe gefunden zu haben, nach der er so lange gesucht hatte und die er so lange wie möglich bewahren wollte, wie ein Leidender, der schließlich im Bett zufällig die einzige Lage gefunden hat, in der ihn die Seite nicht schmerzt.

Riccardo beugte sich vor, um nachzusehen, ob ihm ein Unglück zugestoßen war. Nein, der Kehlkopf bewegte sich, der Brustkorb hob und senkte sich. Leone lebte!

Gott möge ihm vergeben! dachte Riccardo. Und er fand sich damit ab, auch dieses Haus im Dunkeln zu verlassen.

Die Straßen hatten sich geleert, und die kurzen Zeiger der Uhren, roter denn je in der Höhlung des Himmels, befanden sich bereits auf der rechten Seite. Die letzten Bratküchen, deren Türen noch halbgeöffnet waren, schickten mehr Gähnen als Bratendüfte nach draußen: Dicke Frauen bewegten sich müde zwischen den Tellern hindurch, auf denen von den Oliven- und Sardinenarrangements nur noch Ruinen übriggeblieben waren, und diese Teller schoben sich ineinander und bedeckten sich wechselweise; die Gesellen leerten Kübel mit Wasser auf den Boden aus; die Kassiererin verließ die Kasse; die Küchenhilfen legten ihre Schürzen ab; alles ließ darauf schließen, daß kein Mensch in der Stadt mehr Appetit hatte. An den geschlossenen Türen unter den kleinen Balkonen mit den Blumentöpfen, von denen es heruntertröpfelte, da sie einige Stunden zuvor gegossen worden waren, zogen langsam Gruppen von jungen Leuten mit umgehängten Instrumenten entlang. Ein dickbäuchiger Mann mit einer Blume im Knopfloch, der an der Spitze einer jener Gruppen ging, beugte sich vornüber, um an einem Brunnen zu trinken, wobei er den Kragen seines Rocks zurückhielt, in dem die Blume steckte; dann richtete er sich wieder auf, spritzte ein wenig Wasser vor sich ab und begann zu singen, nachdem er sich zwei- oder dreimal geräuspert hatte. »Du schläfst jetzt, Mariù!« sang er aus voller Kehle und danach noch wer weiß was für andere Lieder, die die Mandolinen mit ihren zarten Stimmen begleiteten.

»Du schläfst jetzt, Mariù!« dachte Riccardo. »Du schläfst jetzt!« Er dagegen verspürte keinen Schlaf, mußte nicht die Augen schließen, würde nie mehr schlafen, weil seine wirklichen Augen, jene, von denen seine Mutter sagte, daß sie spätabends klein, ganz klein würden, in einem von den Passanten vergessenen Winkel mit Erde bedeckt waren. Und jene anderen Augen, die vergebens in seinem unbrauchbaren Gesicht leuchteten, würden niemals weder Müdigkeit noch das Verlangen zu schauen verspüren.

Eine Uhr ließ ihm zwei Glockenschläge auf den Kopf fallen. Eile war geboten!

Da er bei seinen liebsten Freunden eine so armselige Ernte eingefahren hatte, entschloß er sich, es bei den weniger lieben Freunden zu versuchen. Mit dem jungen Professor Resegoni, der seine Nächte über Thukydides und Platon zu verbringen pflegte, fing er an. Der Professor war ein liebenswerter Mann und heiter, sobald jemand – und sei es auch der Schatten eines verstorbenen Freundes – sich zu ihm gesellte und ihm die Gelegenheit zum Reden gab. Zu Beginn sprach der Professor von sich: von seinen Übersetzungen, seinen Aufsätzen, seinen Kommentaren und seinen philologischen Entdeckungen. Nach einer ziemlich kurzen Pause fand er, daß über sich selbst zu reden eigentlich nicht recht angebracht sei. Nach einer etwas längeren, zweiten Pause meinte der Professor, daß er dennoch ein paar kleine Anmerkungen über sich selbst machen solle. Und als sein Zuhörer sich erhob, um sich zu verabschieden, erkannte der Professor ganz klar, daß das Thema alles andere als erschöpfend behandelt worden war und daß ihm noch tausend interessante Dinge über dieses von ihm geliebte Selbst zu sagen blieben. Was das Ja betraf, so wollte der Professor es gewiß noch hinschreiben, doch vorher wollte er reden, reden, reden, natürlich über sich. Riccardo sah ihn hundertmal zur Feder greifen und sie hundertmal wieder hinlegen, um aus Seite vier eines seiner Bücher, aus Seite zwanzig eines seiner Kommentare, aus Seite zwei eines seiner Manuskripte vorzulesen. Die Zeit verging wie im Fluge. Plötzlich verließ Riccardo den Professor, ließ ihn mit dem Thema der eigenen Reden allein.

Der andere Bekannte, Giovanni Leali, war in jenen Tagen, wie man zu sagen pflegt, bis über beide Ohren verliebt. Er erschrak, als Riccardo auftauchte, doch langsam, nachdem er dessen Erklärungen aufmerksam zugehört hatte, kam er zu einer sehr angenehmen Schlußfolgerung: daß er nun nicht mehr, ihrer extremen Zartheit wegen, um sein Mädchen bangen mußte, da er sie – einmal angenommen, sie wäre gestorben – mit einem Ja ins Leben würde zurückrufen können. Riccardo erwiderte, daß das mit dem Ja keine allgemeingültige Regel sei, sondern im Gegenteil eine für ihn gemachte Ausnahme, da er durch einen Irrtum des Schicksals gestorben sei. Aber der andere ließ sich in seinem glückseligen Optimismus nicht beirren und fügte aufrichtig hinzu, daß er jenes kostbare Ja nicht vergeuden wolle, nicht einmal für einen so lieben Menschen wie Riccardo.

Der redet wenigstens aufrichtig mit mir! dachte Riccardo.

Doch in Wirklichkeit war er der einzige. Von allen anderen, an die Riccardo sich wandte, lehnte niemand es ab, das Ja zu schreiben, oder zeigte niemand sich nicht wenig glücklich, einen erstklassigen jungen Mann mit einem Federstrich retten zu können, doch niemand schrieb dieses Ja hin.

Wie waren diese Szenen abgelaufen, und wie kam es, daß die Schreibfedern, so energisch ins Tintenfaß getunkt und wie Schwerter gezückt, die so heiß ersehnten beiden Buchstaben zurückhielten? Riccardo selbst hätte sich fünf Minuten später nicht mehr genau daran erinnern können. Eins steht fest: alle waren des Lobes voll über Riccardo, alle tadelten seinen Tod, alle waren sich darüber im klaren, daß das Ja ihnen nicht im geringsten geschadet hätte und eine zu geringe Münze war im Vergleich zu dem großen Verdienst, das sie sich damit erwarben, aber alle fanden einen Vorwand, um es nicht hinzuschreiben. Und das Unglück lag darin, daß das Ja nicht zu schreiben und Riccardo somit für immer tot bleiben zu lassen und ihn gleichzeitig zu lieben, zu schätzen, zu betrauern – dank einer ungeheuerlichen und unbewußten Fähigkeit, die unbesehen die Handlungen jener Menschen regelte –, zwei so verschiedene und so weit voneinander entfernte Dinge zu sein schienen, daß Riccardo sich von seinen Freunden dem ewigen Tod überlassen, dagegen nicht weniger geliebt und betrauert fühlte, so daß diese ihm nicht nur das Recht zu leben, sondern auch das Recht absprachen, sie zu hassen und zu verdammen.

Obschon noch immer voller Sterne und genauso dunkel, besaß der Himmel doch nicht mehr jene Tiefe und jenes Funkeln wie mitten in der Nacht. Auf einem der in einem Innenhof eingeschlossenen vierrädrigen Karren zog jemand die Decke nach unten, in die er sich eingewickelt hatte, und während er zum Himmel hinauf gähnte, in dem sein Kennerauge das Ende der Finsternis erriet, streckte er seine Hände unter den Wagen aus, um einen Jungen zu wecken, der noch schlief und in seinen Armen einen Hund hielt. In den Hühnerställen standen die Hähne mit noch geschlossenen Augen brüsk auf und fielen auf ihre Beine zurück, als würde jemand sie an einer Schnur hochziehen und ermahnen, sich auf das Krähen vorzubereiten. Die hohen Blätter der Platanen, die die ganze Nacht lang von den Leuchttürmen wachgehalten worden waren, die sie mit Pfeilen aus Strahlen beschossen hatten, freuten sich auf das bißchen Schlaf, der ihnen zwischen dem Abschalten der Straßenbeleuchtung und dem Aufgehen der Sonne vergönnt war. Das letzte Viertelstündchen der Nacht hatte also geschlagen, die ersten dünnen Lichtstrahlen warteten schon dicht hinter dem nahen Horizont, und Riccardo sah die ironischen Augen des Großen Sekretärs am Himmelszelt leuchten. Keine Minute mehr war zu verlieren!

Er wandte sich an einen Jugendfreund, an Guglielmo Rosai, den einzigen, von dem er sich noch etwas erhoffen durfte und auf den er nunmehr seine allerletzte Hoffnung setzte.

Guglielmo Rosai war bereits aufgewacht und hatte die Lampe am Kopfteil des Betts angeschaltet. Seine Blicke schweiften über die Wandbilder, über die Gestalten des Deckengemäldes, über die Pfosten und die Fußbodenfliesen; ein Lächeln umspielte seinen Mund. Nach Jahren der Düsternis war Guglielmo glücklich aufgewacht. Wieso? Er konnte es selbst nicht verstehen. Wer hatte in seinem Innern dieses Glück vorbereitet, wer hatte es ihm gewährt, womit hatte er das verdient? Keine Antwort. Und Guglielmo freute sich darüber, weil er keine Antworten mehr suchte: in seinem unbeschwerten Geist verlor sich diese Manie des Fragens. Das Universum, das ihn an diesem Morgen empfing – im Gegensatz zu dem andern, das er am Abend zuvor mit Mühe verlassen hatte –, war harmonisch, strahlend und ließ jede Frage im Mund verstummen. Alles war zu erklären, weil alles schön war. Auch Riccardos Auftauchen kam Guglielmo wie ein angenehmes Ereignis vor. Als Riccardo sagte, er sei tot, riß Guglielmo die Augen auf: »Interessant! Höchst interessant!« Als Riccardo dann hinzufügte, daß er durch ein von Guglielmo niedergeschriebenes Ja weiterleben könnte, lächelte dieser matt: »Lieber Riccardo, was du mir da sagst, ist sehr, sehr interessant! Aber entschuldige bitte: Wäre es nicht möglich, daß ich mit Hilfe eines von dir auf dieses Papier geschriebenen Ja sterbe?«

»Du willst sterben?« fragte Riccardo verwundert.

»Ja, mein Lieber!«

»Aber warum denn?«

»Heute ist die Welt so klar und so schön wie nie zuvor. Auch die Vorstellung vom Tod in diesem herrlichen Universum ist schön und behaglich. Warum also nicht aus dieser Ordnung Nutzen ziehen, warum sich nicht in die Arme eines so freundlichen Todes begeben? Wer garantiert mir denn«, und hier verdrehte er seine Augen nach unten und wurde blaß, »wer garantiert mir denn, daß morgen nicht wieder die Finsternis, der Trübsinn, die Unordnung zurückkehren, die mich ständig umgeben haben?... Und diese angstbeladene Vorstellung vom Tod?... Sieh zu, mein Lieber, ob du mich nicht mit einem Ja, einem kleinen Ja sterben lassen kannst!«

»Im Ernst! Du willst sterben?« wiederholte Riccardo bestürzt.

»Ja, sterben, sterben!« Inzwischen war Guglielmo mit seinen Füßen in ein Paar weißseidener Pantoffeln geschlüpft. »Sterben, mein Lieber!« Und er ging zum Balkon, wo er die frische Morgenluft tief einatmete. »Sterben! Wie kann man nur wieder leben wollen, nachdem man einmal gestorben ist?« Er knabberte an einem Keks und hielt seinen Kopf unter die Dusche, wobei er fröhlich prustete. »Sterben, mein Gott, sterben!« Er kämmte sich das Haar, strich mit einem Fuß über den Teppich, trank

Wasser, und wo immer er die Hände oder den Mund oder den Blick ließ, fand er ein ersichtlich heftiges Vergnügen.

Als Riccardo all die kleinen Gesten des Freundes sah, die so voller Lebensfreude waren, würgte er Bitterkeit hinunter, und sein Hunger wuchs ins Uferlose.

»Also auch du nicht«, begann er zu schreien, außer sich vor Wut, »auch du willst nicht die zwei blöden Buchstaben schreiben, um mir ein bißchen Sonne zu verschaffen? Meine Mutter weiß noch nichts von meinem Tod! Du kommst rechtzeitig, um ihr so viel Leid zu ersparen!... Alle anderen haben mich mit leeren Händen weggeschickt, aber ich habe auf dich gesetzt. Wenige Minuten vor dem Morgen bin ich zuletzt zu dir gekommen, weil ich mit allem gerechnet habe, nur nicht damit, daß du mir das Recht auf Leben absprechen würdest. Gleich kräht der Hahn, und die Sonne geht auf, die für mich kälter und unnützer ist als ein roter Heller, wenn du bis dahin nicht das Ja hingeschrieben hast! Hör auf mich! Ich kann dich nur noch dreimal fragen, ob du mir das Leben zurückgeben willst. Dann ist es zu spät!«

»Ach, Jesus!« sagte Guglielmo.

»Willst du also, daß ich lebe?«

»Lieber, mein Lieber, sag mir erst, ob ich durch ein kleines Ja sterben kann: Natürlich ohne die Strafen der Selbstmörder durchleiden zu müssen?«

»Willst du also, daß ich lebe?«

»Wenn ich durch dein kleines Ja sterben könnte!...«

»Zum letzten Mal: Willst du, daß ich lebe?«

»Erst antwortest du mir, dann antworte ich dir.«

»Gut!« sagte Riccardo. Dann schwieg er und begann zu

lauschen. Das Krähen des Hahns ließ nicht lange auf sich warten. Die ersten Lichtstrahlen, jene zartesten, schnellsten und tiefblauen, die den Sonnenstrahlen vorauslaufen, tauchten im Osten auf. Riccardo wurde ganz blaß, und der ganze Schrecken des ewigen Todes zeichnete sich einen Augenblick lang auf seinem Gesicht ab. Guglielmo blickte anderswo hin.

Riccardo lächelte voller Abscheu und verließ das Haus des Freundes. Überall gewann der Morgen die Oberhand, und viele Menschen betätigten sich vor ihrer Haustür, weil sie das Verlangen verspürten, ihren teuren Schatten auf dem Boden zu erblicken. So wie es die Boote aufs Meer hinauszieht, so zog es sie aus den Häusern und den Hütten in die Sonne hinaus, die an jenem Tag rosarot und lauwarm strahlte.

Während Riccardo ständig höher stieg, sah er immer mehr Häuser, und darunter fand er eines, in dessen großem Zimmer eine Frau beim Schein der noch brennenden Lampe immer noch an ihrer Nachtarbeit saß. Diese Frau lächelte dabei. Und ihm erschien sie unendlich betrogen, die betrogenste unter allen Menschengeschöpfen, auf sanfte Weise erbärmlich komisch in ihrem mütterlichen Stolz. Sie war die Mutter eines Geschöpfs, für das sich, um es aus der ewigen Nacht zu rufen, nicht einmal ein Hund hatte finden lassen, der es der Mühe wert hielt, zwei Buchstaben, ein Ja hinzuschreiben!

Und nun sollte er in diesem Gemütszustand dem Großen Sekretär vor die Augen treten? In welchen Winkel des ewigen Reichs würde ein Schatten wie seiner verbannt werden, der es nicht einmal geschafft hatte, auf Erden das armseligste und traurigste aller Almosen zu erbetteln? Er, der die Vorzimmer haßte, betete von ganzem Herzen, die Amtsdiener möchten ihn auf ewig vergessen.

Das war jedoch nicht der Fall. Kaum hatte er sich auf eine himmlische Bank hingesetzt, tippte der gewohnte Diener ihm auf die Schulter; und weil er davon nichts wissen wollte, tat er so, als schliefe er. Der Diener drückte ihm die Schulter zusammen und rüttelte ihn heftig, wobei er ihn beim Namen rief. Riccardo mußte aufwachen und wachte wirklich auf und wurde ganz wach, und zwar so sehr, daß er sich nicht mehr im himmlischen Vorzimmer befand, sondern in dem irdischen des Commendatore, unter Gemälden aus dem 17. Jahrhundert sitzend. An dem Amtsdiener, der an seiner Schulter rüttelte, war nichts Engelhaftes, es sei denn der Ausdruck seines Gesichts: es war weder das eines Mannes noch das einer Frau.

»Was machen Sie? Schlafen Sie?« fragte dieser ihn. »Der Commendatore erwartet Sie.«

»Ist es schon spät?«

»Wir schließen bald! Kommen Sie!«

Riccardo betrat einen rechteckigen Saal, an dessen Ende ein Mann saß und schrieb, das Gesicht von einer blauen Lampe beleuchtet. Er hatte die Zeit, den ganzen Raum des Saals zu durchschreiten, sich an den Tisch anzulehnen, die Finger daraufzulegen, ohne daß es dem Commendatore gelungen wäre, aus seinen gerunzelten Augenbrauen jenes Wort herauszureißen, das er von der eigenen Feder erwartete, die wie die Nadel einer Nähmaschine nervös immer auf denselben Punkt auf dem Papier einstach. Doch plötzlich hob der Commendatore den Blick:

»Ah, du, Riccardo! ... Lieber Riccardo, wie geht's dir? Nimm doch Platz!«

Riccardo setzte sich.

»Was gibt's Neues?« sagte der Commendatore und klopfte wieder mit der Federspitze auf das Blatt Papier.

»Nichts Neues, leider!« antwortete Riccardo. »Ich hab noch immer keine Arbeit!«

»Nur Mut!« erwiderte der andere. »Dann ist es kein großes Unglück mehr!«

»Ist es aber trotzdem!«

»Wirklich?«

Riccardo erzählte von dem seltsamen Takt der Trommel bei der Trauermusik, nach dem seine so beschäftigungslosen Tage verliefen. »Die größte Demütigung, die einem Menschen – der sich abmüht, wiederholt die Hutkrempe zu umklammern und auszuwringen – widerfahren kann, ist die, ihm zu sagen: ›Es gibt keine Arbeit für dich!‹ Und wie schnell man uns davon überzeugt, zu nichts nütze zu sein! Wir werden gereizt und aufdringlich! Uns erscheint es immer so, als würden wir die Arbeit anderer stören. Und tatsächlich, mit deiner Gestalt, mit der du nichts anzufangen weißt, triffst du die anderen, auch Freunde und Verwandte, immer bei der Arbeit an! Du wirst zu einem Skelett auf der Suche nach einem Grab! Du bewegst dich in einer bestimmten Weise, in den Straßen klebst du fast mit deiner Schulter und deinem linken Fuß an der Mauer! Es kommt dir sogar so vor, als verursache dein Schritt einen besonderen und abstoßenden Lärm! Dann sagt man dir: ›Seht euch die Vögel des Himmels an: Sie säen nicht, sie ernten nicht und sammeln keine Vorräte in Scheunen; euer himmlischer Vater ernährt sie!‹ Ein paarmal hab ich ja auch versucht, mich nicht ums Essen zu kümmern, doch da hat der himmlische Vater mich nicht ernährt. Wenn ich morgens aus dem Haus gehe, sehe ich in den Stadtvierteln Berge mit Obst, Fleisch und Fischen, aber abends ist alles verschwunden, und nicht einmal der Kern einer einzigen Kirsche rollt auf mich zu. Mittags schließen sich dann alle in ihre Häuser ein und lassen die Vorhänge runter, als wollten sie etwas vor mir verbergen. Und ich schleife mit den Beinen müde über den Boden mit jenem Lärm schändlicher Schritte, während alle Menschen ohne Unterschied dieselbe Sache machen, von der allein ich ausgeschlossen bin. Jetzt ertrage ich das alles nicht mehr! Geben Sie mir ein bißchen Arbeit, geben Sie mir die Ehre meines Lebens zurück! Sie, Commendatore, wenn Sie wirklich etwas Gutes für mich tun wollen, mit einem kleinen Ja...!«

»Ein Ja?«

Aber in diesem Augenblick glich der Commendatore so sehr den Gesichtern aus Riccardos Traum, und in Riccardo war der Widerwillen gegen diese vergebliche Bettelei bereits so hoch gestiegen, daß der junge Mann langsam aufstand und, den Hut stramm in Händen, wieder durch den Saal zurückging, eine Tür öffnete, sich verbeugte und verschwand.

Nachdem Riccardo den Saal verlassen hatte, schaltete der Commendatore das Deckenlicht ein, das im Saal ein helles Licht verbreitete, warf die Schreibfeder auf den Tisch und reckte und streckte glücklich Arme und Beine.

1935

Der Posten

I

Ninì Padeni hatte in seinem »neunundachtzigsten Brief nach Studienabschluß« an das eigene Hausmädchen geschrieben: »Liebe Luisa, du meine Liebe, meine Hoffnung, mein Immergrün, mach dir nichts draus, wenn du jetzt wäschst und keine Kleider hast, ich bekomme bald einen Posten, und dann wirst du meine Herrin und die meines Hauses sein und so viele schöne Kleider haben, wie du haben möchtest, immer in Liebe Liebe Liebe.«

Drei Tage hatte dieser Brief in den schmutzigen Schuhen zwischen der Kommode und den Skiern zugebracht; am vierten Tag waren die Schuhe verschwunden, kurz darauf tauchten sie spiegelblank und mit einem anderen Brief darin wieder auf: »Ninì, meine unendliche verliebte Illusion: laß dir diesen Posten schnell geben, deine immer deinige Luisa hält es nicht mehr aus. Dein Onkel guckt mich immer scheel an und läutet alle naselang, sagt, er hat Durst, und ich bringe ihm Wasser auf sein Zimmer; und deine Mamma hat gestern in meinem Etagenbett geschnüffelt und hat mich erst angeschrien und dann gefragt, wer mir die Seidenstrümpfe geschenkt hat, wo sie glaubt, ich hab sie von dir. Und gesagt hat sie, ich könnte nicht mehr arbeiten, und daß es schade ist um das Brot, das ich esse, und um das Geld. Laß dir auf der Stelle diesen Posten geben, meine unendliche Leidenschaft.«

Auf der Stelle! Leichter gesagt als getan! »Auf der Stelle« war ein merkwürdiger Ausdruck, und tatsächlich tat Luisa gut daran, ihn einmal mit einem l, ein andermal mit drei l zu schreiben, wodurch sie es vermied, ihn korrekt mit zwei l zu schreiben. Die Freunde, alle die Leute von einigem Gewicht, die über eine Tastatur mit Klingelknöpfen auf dem Tisch und Amtsdiener an der Tür verfügten, glaubten oder gaben vor zu glauben, daß er nur zum Spaß einen Posten haben wollte, und spielten ständig auf den Koch und die beiden Automobile im Hause Padeni an. Zum Teufel mit dem einen, und zum Teufel auch mit den anderen! Er mußte einfach die kleine Luisa aus dem Haus mit dem Koch und den beiden Automobilen wegbringen! Er brauchte einen bezahlten Posten um seines Liebesglükkes willen. Was konnte er? Mittlerweile besaß er ein Jura-Diplom, und dann war er noch ein bewährter Organisator. In seinen Händen nahm alles eine Ordnung an: Wenn die anderen Menschen reden und ihre Hände auf dem Tisch haben, können sie nicht umhin, Papier zu zerschnippeln, Bücher und Schreibfedern durcheinanderzubringen; in einer ähnlichen Situation ordnete er dagegen die Schreibfedern in Zweierreihen an, schob die Hefte nach vorne, die Bücher nach hinten und das Tintenfaß genau dazwischen. Ein in der Hosentasche zusammengerolltes Blatt Papier war schnell glattgestrichen und erzählte ihm, mit genauer Angabe von Ort und Zeit, was er 1931 unternommen hatte und was er 1932 unternommen und was er im Jahr darauf unternommen hatte. Von allen in der Lokalzeitung lobend erwähnten Ereignissen konnte er zwar abgenutzte, so doch unanfechtbare Ausschnitte in kursiv und in halbfett vorweisen, die er in einem Umschlag in der Seiteninnentasche seines Rocks aufbewahrte. Was konnte er? Was wollte er machen? Doch dies sind Fragen, die man einem Freund nicht stellt, wenn man ihm wirklich zu helfen gewillt ist. Einem Freund sagt man: »Stell dich morgen bei Caio vor! Dort stellt man dich ein als undsoweiter. Ich drück dir die Daumen!« Die Dinge des Lebens, ausgenommen das Nichtstun und die Armut, stellen sich dann alle als so leicht heraus, und es gibt niemanden, der, wenn er es nur einmal versucht hat, daraus nicht etwas nach seinem Geschmack hätte machen können.

»Aber entschuldige bitte«, sagte ihm eines Abends Seine Exzellenz Teni, »es ist doch seltsam, daß du nicht wenigstens einen Wunsch äußerst... Ich weiß nicht, aber wenn du nachts davon träumst, bereits einen Posten zu haben, wie siehst du dich da, was machst du?«

Das mit dem Traum war ein hübscher Einfall. Und wirklich träumte er häufig davon, einen gehobenen Posten zu bekleiden, doch was die Beschäftigung betraf, so wußte er nicht zu sagen, was er machte. Auf einem Schreibtisch hatte er Hefte, Klingelknöpfe, Telefone vor sich, und damit schrieb, klingelte und sprach er. Nicht eine Minute zum Verschnaufen hatte er (und sein Kopfkissen war am Morgen danach immer schweißgetränkt), doch was er schrieb, nach wem er klingelte und was er sagte, konnte er nie begreifen.

Seine Exzellenz hatte hinzugefügt:

»Sag mir irgend etwas von deinem Bestreben oder wozu

du dich am meisten hingezogen fühlst; und wir werden versuchen, dich zufriedenzustellen.«

»Das muß *ich* Ihnen sagen?«

»Gewiß doch! Wer sonst sollte es mir sagen?«

Ninì Padeni hatte das Temperament eines Fragers. Als Kind, in der Periode der heiklen Fragen, hatte er nie etwas wissen wollen; darüber, wie man auf den Mond steigt, warum der Himmel rund ist und die alten Leute sterben müssen, hatte er sich nie gedrängt gefühlt, auch nur ein Wort zu verlieren. Doch als er größer geworden war und seine Altersgenossen damit aufhörten, anderen lästig zu fallen, und eher »Ja!« sagten als »Jaha?«, begann Ninì Padeni mit einem solchen Ungestüm um Rat zu fragen, daß auch seine äußere Erscheinung ein ungewisses und schwebendes Aussehen annahm, als ob er, um sich zu beruhigen und zu festigen, alle fünf Minuten darauf wartete, bestätigt zu werden. Von jenem Augenblick an, in dem Seine Exzellenz ihn aufforderte, im Hinblick auf den Posten, den er bekleiden wollte, klar und deutlich einen Wunsch zu äußern, erlangte Ninì Padeni eine solch teuflische Geschicklichkeit in der Kunst des Fragestellens, daß kein Ohr davon verschont blieb. Er fragte tausendmal am Tag, was man ihm zu tun rate, und dies fragte er Hunderte von Personen, darunter sogar unbekannte, so daß ein beträchtlicher Teil der Stadt wegen der Antwort, nach der alle suchten und die bisher niemand gefunden hatte, ein gedankenversunkenes und bedrücktes Aussehen annahm.

Eines Abends jedoch, am Tisch eines Cafés, an dem einige angesehene junge Leute sich gegenseitig mit lauter Stimme ihre Bestrebungen, Wünsche und Träume zuriefen

– und da fast alle Cavalieri waren, gab es darunter auch einige, die hofften, bis Weihnachten Commendatore geworden zu sein, und die, nicht gerade mit der Umsicht und der vorgetäuschten Ruhe der reifen Männer, sondern mit dem Eifer der jungen, ihr Bedauern darüber äußerten, noch nicht in den Orden der Hl. Maurizio und Lazzaro eingetreten zu sein –, an jenem Abend an jenem Tisch also sagte jemand, der auf seinem Stuhl wippte und gähnte, und sein Gähnen mit der Unterstützung von einigen Konsonanten abrundete, zu Ninì Padeni:

»Weshalb gehst du nicht einfach zu ...« – hier nannte er aufs Geratewohl den Namen einer bedeutenden Firma – »und läßt dich dort einstellen?«

»Meinst du das wirklich?« fragte Ninì Padeni. »Glaubst du, daß ich dort gut hineinpassen würde?«

»Aber ja doch!« sagte der andere, der bereits bereute, sein Gähnen nicht mit jenem einzigartigen Klang aus Vokalen abgerundet zu haben, der ihm eigentümlich war und der sich im Unterschied zu jenem vermischten Klang aus Konsonanten für den Unterkiefer als angenehmer erwies.

Am Tag danach reiste Ninì Padeni nach Rom; und drei Tage später hielt im Haus des Rechtsanwalts Pallante, einem Freund Ninìs, die alte Großmutter ein an ihren Enkel adressiertes Telegramm in Händen, öffnete es hastig, setzte ihre Brille auf und las erschrocken, weil sie nichts verstand: »Bitte Luisa folgendes mitteilen Stop Meine Angebetete habe dich nicht vergessen Stop Immer der deine Ninì.«

2

Die schönen Frauen flanierten über die Via Vittorio Veneto vor den Augen anderer schöner Frauen, die dort saßen und in ihren Gesichtern eine große Anzahl so erlesener Objekte trugen wie Kokosöl, Smaragde, Silber, goldfarbene Strohhüte, und die zuweilen mit der Spitze ihres Knies einen dicken und trägen Hund wegstießen, der sich von hinten nach vorne bewegt und zwischen ihren Beinen verfangen hatte. Der Blick, den sie unter ihren dünnen und langen Augenbrauen hervorschickten, schien nur mit Mühe zu sinken, so als müßten sie ein seit langer Zeit zusammengerolltes Papier glattstreichen, und als ihr Blick zu Ninì hinüberschweifte, hatte dieser den Eindruck, daß jener Blick ihn nicht voll treffe, war er doch so sehr viel kürzer als die Entfernung, die er eigentlich hatte durchlaufen wollen. Dafür warfen ihm die Hunde mit um so größerer Aufmerksamkeit Blicke zu, die so lang und fadenförmig waren, daß man glaubte, darin verwickelt zu bleiben. Die Wörter, die von den Gruppen auf den Stühlen und jenen zu deren Füßen herüberwehten, waren ausnahmslos vornehm und, wenn es nicht das Wort »reizend« war, so drückten sie doch einen solchen Gedanken aus und bezogen sich auf einen solch hübschen Vorfall, so daß man hätte schwören können, daß wenig später und mit vollem Recht jemand anderer »Reizend!« sagen würde. In manch einer der Damen in fortgeschrittenem Alter schien ein Rädchen, das wiederum ein anderes antrieb, an einer bestimmten Stelle defekt zu sein und einen modulierten Ton von sich zu geben; und dies geschah, als jene Damen, die ein r aussprechen mußten, statt dessen ein Geräusch von sich gaben wie von Gummi, der an Gummi rieb. Rom war herrlich! In seiner Phantasie sah Ninì Padeni hier in jedem Augenblick die Gestalt der kleinen Luisa vor sich, die selbstverständlich sehr gut gekleidet war, und Luisa wurde dank Rom immer schöner und dieses dank Luisa.

Wieso war er noch nie auf die Idee gekommen, sich von der so bedeutenden Firma einstellen zu lassen? Vielleicht hatte der Gedanke, für jeden Posten in Frage zu kommen, verhindert, daß er an *diesen* Posten gedacht hatte, den er so gut wie jeden anderen ausfüllen konnte. Mit einem Brief Seiner Exzellenz in der Tasche bewegte er sich unterdessen mit ausholenden Schritten vorwärts. Schon kümmerte sich ein großer, junger Signore um ihn, der Seine Exzellenz nicht einmal dem Namen nach kannte, noch die Dame, der Ninì Padeni vom Freund Seiner Exzellenz empfohlen worden war. So verwickelt, wenngleich schnell, war der Übergang vom ersten Beschützer nach und nach zu dessen Freunden, Verwandten und den Freunden der Freunde, bis hin zu jenem großen, jungen Signore.

In der Pension, die Ninì Padeni als Aufenthaltsort gewählt hatte, hatte er zwei alte Schulkameraden aus seiner Gegend getroffen. Als er sie sah, als er diese teuren und zuverlässigen Figuren sah, hüpften alle seine Fragezeichen vor Freude auf. Nunmehr beschränkte sich Ninì Padeni nicht mehr darauf, Rat über so bedeutende Fragen wie die Arbeit, die Ehe und so fort, einzuholen: er mußte einfach wissen, ob es besser wäre, rasiert oder unrasiert, mit einer roten oder lieber doch mit einer grünen Krawatte, zu Fuß oder in der Kutsche einen neuen Bekannten aufzusuchen, und er trieb sein Bedürfnis, bestätigt zu werden, so weit, daß er nicht mehr sagte: »Gib mir zu trinken, ich geh essen, ich geh mich hinlegen«, sondern statt dessen fragte: »Was mach ich, soll ich trinken? Was meinst du, soll ich essen gehen? Was rätst du mir, soll ich mich hinlegen?« Die beiden armen Schulkameraden, vom vielen Ja- und Neinsagen und besonders vom Jasagen erschöpft, versuchten sich in ihren Schlafzimmern einzuschließen. Doch bald darauf verschwanden die Schlüssel zu ihren Zimmertüren und waren nicht mehr aufzufinden. Und zu vorgerückter Nachtstunde öffneten sich diese Türen oft, um die Gestalt von Ninì Padeni einzulassen, der sich leise zu entschuldigen versuchte: »Nur einen Rat, dann geh ich wieder. Nur einen kleinen Rat noch!« Während er dies sagte, wobei er an seinem Schnurrbart zupfte, hatte er sich auf den Rand des Bettes gesetzt. Als der Schulkamerad sich mit müden und verbitterten Augen an das vom Morgengrauen erhellte Fenster flüchtete, hatte Ninì Padeni noch nicht so oft Ja gehört, wie er benötigte, um einschlafen zu können. Immerhin ging er zu Bett.

Gegen elf, bevor er sich zu dem Signore begab, von dem sein und Luisas Schicksal abhingen, kniete er sich nieder und sagte mit gefalteten Händen ein Ave Maria; dann öffnete er ein Handschuhfach und – während er auf die nackte Wand vor sich starrte – führte hundertmal die Hand schnell vom Mund ins Innere der Schublade, genau an die Füße eines Heiligenbildchens, das dort mit zwei Stecknadeln befestigt war; danach schrieb er von einem Blättchen ab, das er auf dem Boden der Kirche um die Ecke gefunden hatte: »Jesus, mein Angebeteter, mach, daß ich erhalte, was ich mir erhoffe. Wer dieses Papier findet und Unglück vermeiden möchte, der schreibt es einen Monat lang einmal am Tag ab und legt es an den Ort zurück, wo er es gefunden hat.« Darauf öffnete er die Tür zum kleinsten Zimmer der Pension und begrüßte den kleinsten Mann, den er je gesehen hatte. Dieser lag inmitten dicker Bücher auf dem Bett und bereitete sich, begleitet vom Geräusch seines eigenen Hüstelns, zum fünftenmal auf die Aufnahmeprüfung für Lehrer an Gymnasien vor: der Mann mit dem Blick eines Kindes und den Wangen und dem Hals eines Alten wand sich und schloß die Äuglein, geschüttelt von einem vermischten Lach- und Hustenanfall, als Ninì Padeni zwanzigmal seinen Bauch berührte, von wo aus, wie sich herausgestellt hatte, der kleine große Mann Glück und ein gutes Omen ausstrahlte. Schließlich rieb Ninì Padeni dreimal den Ellbogen an der Unterseite der Schiefertafel, auf der mit Kreide die Telefonnummern seiner Beschützer geschrieben standen, und verließ das Zimmer mit hochrotem Kopf, um sich in ein Taxi zu quetschen und zu einem Freund zu eilen, mit dem zusammen er sich zu einem zweiten begeben wollte, der die Gesellschaft – nachdem er seine Frau geweckt und sie, die sich hastig angekleidet hatte, noch mit dem Taschenspiegel und der Puderquaste in der Hand, ins Taxi hatte steigen lassen – zum Büro des hohen, jungen Signore führen sollte, von dem man sich das so sehr herbeigesehnte Wort »Eingestellt!« erhoffte.

3

Wie ist das Leben doch schön, wenn man Tag und Nacht an eine seiner Pforten klopft und sich diese Pforte plötzlich auftut! Wer hatte Ninì Padeni den Posten besorgt? Das Gähnen des jungen Mannes, der den ersten Tip gegeben hatte; der Brief Seiner Exzellenz; die Madonna in der Schublade; das auf dem Kirchfußboden gefundene und dreißigmal abgeschriebene Blättchen; der Bauch des winzigen Lehrers; der an der Schiefertafel geriebene Ellbogen? Vielleicht eines dieser Dinge oder alle zusammen oder die Hälfte. Oder vielleicht jenes Gerücht, das über einige Flure zu kursieren begann, das besagte, daß es für die Firma ein wahres Glück gewesen sei, einen Sekretär wie Ninì Pareni (der Name wurde leicht entstellt wiedergegeben) eingestellt zu haben, der eine glänzende Vergangenheit hinter sich habe und auf einem Gruppenbild von Verwaltungsbeamten und Untersekretären zwischen einer Schulter und einem Kopf deutlich sein Gesicht zeige (zweifelsfrei handelte es sich dabei um ihn und nicht etwa um jemand, der ihm ähnlich sah)? Wem auch immer er den Posten verdankte, eines war sicher: er hatte ihn ergattert. Luisa bereitete sich in der fernen sizilianischen Stadt darauf vor, zu ihm zu fahren, und kündigte ihm ihre bevorstehende Flucht in einem Brief an, den sie mit »Luisa deine ewige Frau« unterzeichnete. Fest steht, daß das herbstliche Licht Roms, ehrwürdig in der Art und Weise, in der es sich zwischen den Pinien hindurchschlängelte und über die Kuppel des Petersdoms glitt, Ninì Padeni dazu einlud, in seinem Innern nicht so sehr zu denken – eine seinem

Temperament selbst in Augenblicken der Freude sehr fern liegende Anstrengung – als vielmehr, sagen wir mal, einige Zwischenräume, einige Pausen freizuhalten, die, was ihre Dauer und Tiefe betraf, genau jenen ähnelten, die gemeinhin als Gedanken bezeichnet werden. So überfliegt das Kind, das nicht lesen kann, mit den Augen die Zeilen der Schrift, indem es bei jedem Wort innehält, so wie ein guter Leser es tut. Und ist dabei so reizend! Diese Pausen jedoch, diese Zwischenräume, während deren sich seine blauen Pupillen weiteten und ins Leere starrten wie auf einer gedankenvollen Malerei und sein Herz wie das eines Denkers schlug, konnten den Schlaf nicht hinters Licht führen. Das Eindringen in diese auf so großartige Weise leere Intimität beschäftigte ihn vollständig. Ninì Padeni ließ plötzlich den Kopf sinken, manchmal auch beim Spazierengehen und einmal beim Tanzen. Er hob ihn brüsk wieder hoch und suchte mit verträumten Augen einen Wagen, der ihn mit einem angenehmen Lärm von Rädern auf dem Asphalt wieder zu Bett brachte. Eins muß noch zugunsten dieses Schlafes gesagt werden: er löschte alles in Ninì Padeni aus, respektierte aber als Licht, das auch in tiefster Nacht brennen muß, die Freude über den gefundenen Posten. Auf solche Weise raubte die Nacht ihm nichts von seinem gerechten Stolz darüber, im Leben stark gewesen zu sein und gesiegt zu haben. Im Schlaf sprach er häufig laut. Eines Nachts sagte er lachend: »Professore! Professore!« Und er wiederholte es so oft und mit so lauter Stimme, daß der Professore im Pyjama auf der Schwelle zu Ninìs Zimmer erschien und wissen wollte, ob er nach ihm gerufen habe.

»Kommen Sie näher!« sagte Ninì, der bereits wach war.

Der Professore näherte sich schüchtern und setzte sich mit der Miene eines kleinen, fröstelnden Passagiers im Abteil dritter Klasse auf den äußersten Bettrand. In der Hand hielt er noch ein Buch, und sein Daumen diente ihm als Lesezeichen.

»Ja! In sechs Tagen habe ich die mündliche Prüfung.«

»Lernen Sie so spät noch?« fragte Ninì. »Und was machen die mit Ihnen?«

»Sie prüfen mich!« erwiderte der kleine Professor erschrocken. »Ganz einfach: Sie prüfen mich!«

In diesem Augenblick stieg von der Straße ein Laut herauf, von dem – in einer Stadt, in der keine Gruppen mit Instrumenten herumzuziehen pflegen – nicht auszumachen war, woher er kam: es war ein tiefer und zärtlicher Laut, der Ninì Padeni großen Gefallen bereitete, da er ihm den traurigen Fall dieses kleinen Mannes erhellte, der ihm fast schwerelos auf den Füßen saß und für Ninì Padeni voll des Lobes war. Diese Lobrede war so hochherzig, so schlicht und genau, daß Ninì Padeni keinerlei Gewissensbisse dabei empfand, sich etwas darauf einzubilden, gerade wie bei einem Gottesurteil, das in seiner unendlichen Weisheit ihn in den Himmel, einen anderen aber in die Hölle beförderte. »Das hab ich gut gemacht, das hab ich gut gemacht, das hab ich ganz gut gemacht!« Bei diesem Gedanken drehte er sich auf eine Seite und tat kurz darauf so, als schnarche er. Der Professore blieb noch lange auf dem äußersten Bettrand sitzen, blickte mal zu den Wänden hinüber, mal auf die Seite des Schlafenden. Dann erhob er sich ganz langsam, öffnete die Tür und entfernte sich über den Flur mit einem lauteren Husten als gewöhnlich, vielleicht weil er es unterdrückt hatte, solange er sich im Zimmer seines Gastgebers aufgehalten hatte.

4

Alles lief gut für Ninì Padeni, alles ging ohne Schrammen ab, auch seine beiden Briefe an Luisa, die jetzt auf große Papierbögen mit Briefkopf geschrieben wurden. Sein Glück wäre nach landläufiger Meinung vollkommen gewesen, wenn er – in allen Werken auf der Suche nach sich selbst wie jemand, der einen perfekten neuen Anzug angezogen hat und sich vor den Spiegel stellt, um sich anzusehen, sich zu drehen und sich hin und her zu wenden – nicht schließlich ein Fleckchen, eine Runzel, kurzum, einen Mangel entdeckt hätte, der ihm von Tag zu Tag immer größer vorkam.

Worum ging es? Wir bieten hier die klügsten und mütterlichsten Wörter unserer teuren Sprache auf, weil sie uns bei einer schwierigen Aufgabe behilflich sein müssen.

Ninì Padeni war ein gut gebauter Junge, ein Athlet, mit einem umfangreichen Brustkorb, den Knien eines Läufers und den Händen eines Ruderers. Seine andere Hand jedoch, jene, mit der man die zarteste Blume des Lebens pflückt, war klein, vielleicht sogar zu klein, geradezu ein Händchen. Die ansonsten langweiligen Museumsbesuche hatten ihn weitgehend über seinen Zustand hinweggetröstet: die ehrwürdigen antiken Statuen waren sämtlich vorhanden, um ihm zu bedeuten, daß es an seinem Körper nichts Auffälliges gab. Die Freunde jedoch, die bei der Abiturprüfung am Tisch der Kunstgeschichte weder zugunsten noch zuungunsten einer Statue ein Wort hervorzubringen wußten, hatten ziemlich spitzfindige Argumente vorgebracht, um das Wissen eines Praxiteles oder eines Phidias über den menschlichen Körper in ein schlechtes Licht zu rücken. Ninì Padeni hatte zugeben müssen, daß sein Körper eine entfernte Ähnlichkeit mit jenen Bäumen auf den Bergen aufwies, die – obgleich groß, ausladend, stämmig und mit großen Ästen und großen Blättern versehen – nur eine einzige winzige Frucht produzieren, die sie über viele Jahreszeiten hinweg kümmerlich schmückt. Die Frauen schienen im Gegenteil alle der Meinung von Praxiteles und Phidias zu sein, so ruhig und bar jeder Verwunderung war der Blick, mit dem sie seine Intimität bedachten. Die Ansicht der Frauen hatte ihm genügt, und Luisas Liebe, die Kleinigkeiten keine Bedeutung zumaß, hatte ihn vollkommen aufgeheitert.

Doch nach dem freudigen Ereignis von Rom, nach seiner Einstellung in die bedeutende Firma, war seine Person so von Glück erfüllt, daß der Punkt – und war er auch noch so gering, vielleicht gerade weil er so gering war –, an dem dieses Glück keine Berechtigung hatte, ihm unerträglich wurde. Zu alledem kam der Wunsch hinzu, der in seinen beiden alten Schulkameraden herangereift war, ihm seine Fragentortur mit einer anderen, weniger kindlichen heimzuzahlen.

Jene beiden jungen Männer, und insbesondere der kleinere und untersetztere von beiden, der Vincenzo hieß und Langnase gerufen wurde, riefen ihn anfangs mit ihrer arglosesten und zerstreutesten Miene gleich nach dem Erwachen in ihr Zimmer oder in das kleine Badezimmer, wo sie gerade duschten, und sagten ihm dann viel offener, daß die Natur sich häufig einen Jux mit dem menschlichen Körper erlaube, und nachdem sie dies liebevoll ausgeführt hatten, ließen sie ihn im heikelsten Augenblick seiner Arbeit alleine. Sie freuten sich mit ihm über die Ruhe, mit der er das eigene »Unglück« ertrug, und weckten in ihm eine solche Begierde, ein solches Verlangen, die Natur zu besiegen, nachdem er die Gesellschaft besiegt hatte, daß an dem Tag, an dem Langnase ihm von der Ankunft eines spezialisierten Arztes in Rom erzählte, Ninì sogleich damit begann, sich jede Minute nach dem Namen, der Straße und der Hausnummer jenes Arztes zu erkundigen und davon zu träumen. Er verlegte sich erneut auf die Kunst des Fragestellens. Wie, der da sei geheilt worden? Und in welchem Zeitraum? Und sei so gewesen wie die anderen? Und konnte man nicht, wenn man schon mal dabei war, besser als die anderen werden? Und was würde Luisa dazu sagen, wenn er in seinem neuen Zustand zu ihr zurückkehren würde? Und wann würden sie ihn zu diesem Arzt führen? Und worin bestand die Therapie? Sicher aus Pillen und Massagen? Nur daraus: aus Pillen und Massagen?

Am Sonntag erfuhr er von seiner Ernennung zum offiziellen Cavaliere; am Mittwoch würde er offiziell in seinen neuen Posten eingesetzt, und zwar in einem neuen Raum, in dem die Handwerker noch die Leitung für einen vierten Klingelknopf installierten. Am Montag begab er sich in Begleitung von Langnase zu dem spezialisierten Arzt, einem jungen Mann, der Langnase so sehr ähnelte wie ein

Ei dem andern und der sein rechtes Auge geschlossen hielt. Der Arzt musterte ihn und schüttelte schmerzlich seinen Kopf: »Armer junger Mann, mein Ärmster, wie haben Sie das nur ertragen können?« Die Tränen schossen in Ninìs Augen. »Das werden wir alles ganz neu machen, alles ganz neu! In einer Woche sind dann die Massagen dran! Vorerst die Pillen, die ich verschreibe: achtmal täglich einnehmen, alle Stunden eine.«

Die Nacht auf Dienstag war voller Träume. In den Phantasien Ninì Padenis, die nach den ersten Pillen aufgetaucht waren, spielten sich die heitersten Szenen ab, deren vorherrschendes Merkmal die Überraschung war. Überraschung der anderen: Gesichter, die sich senkten, um zu schauen, und die überrascht wieder hochblickten. Und das, was ihn am meisten beruhigte, war der Gedanke, mit diesem neuen Gewicht im Leib auf dem Sessel in seinem Büro Platz nehmen zu können, mit jenem Gewicht, das ihm unter allem, was seine Person ausmachte, die Hauptsache zu sein schien. Tiefe Atemzüge der Befriedigung strömten mit Mühe zwischen seinen vom Schlaf verklebten Lippen heraus und erwärmten das Kopfkissen.

Das Morgengrauen des Dienstags fand ihn, wie er vor der Einnahme zärtlich jene beiden grünen Pillen betrachtete, in denen er, und das nicht ohne Grund, etwas Väterliches und Mütterliches zugleich erkannte. Der Dienstag jedoch, der der Vorabend eines noch viel glücklicheren Tages zu werden bestimmt war, wurde unversehens zum schlimmsten Tag im Leben Ninì Padenis. Die beiden alten Schulkameraden, die abgereist waren, hatten ihm, Padeni, einen versiegelten Umschlag hinterlassen, in dem sich nichts befand. Das erste böse Omen. Das zweite Omen, noch schlimmer als das erste, bestand darin, daß er verspürte, wie in seinem Bauch etwas Voluminöses und Lärmendes rumorte, etwas, das ihm wirklich größer als er selbst vorkam, so als hätte man ihm während des Schlafens eine ganze Senkgrube im Körper installiert.

Die besten Augenblicke jenes Tages verwendete er darauf, diese Senkgrube in die eigentliche Senkgrube zu entleeren. Ein erstes Schreiben von der Firma traf ihn auf einem Posten an, den er nicht verlassen konnte, so daß er seine Antwort unter der Tür mit der Milchglasscheibe durchschob. In dem Schreiben empfahl man ihm, zu der morgigen Zeremonie in kurzen Gamaschen und mit zwei Ordensbändern an der Brust zu erscheinen. Ein zweites Schreiben, das das erste korrigierte und anordnete, er solle in langen Gamaschen, einem Band und einem Stern erscheinen, traf ihn in derselben Lage an wie das erste Schreiben. Ein drittes schließlich gegen Sonnenuntergang – das die beiden vorhergehenden dahingehend korrigierte, daß es ratsam wäre, weder in kurzen noch in langen Gamaschen zu erscheinen, sondern dafür lieber mit drei Bändern, zwei Goldstreifen und drei Silbersternen – legte ihm dar, auf welche Weise er den Gruß der Untergebenen zu beantworten und seinen eigenen den Vorgesetzten darzubieten habe, und bat ihn, falls möglich, noch am selben Abend dem Büro eine Stippvisite abzustatten, um sich einer kleinen Generalprobe zu unterziehen. Dieses Schreiben erreichte ihn in einem so gebundenen Zustand und dermaßen begierig, sich noch mehr zu binden, daß er nicht versprechen konnte, die Pension zu verlassen. Und dies war ein weiser Rat, denn da allmählich der Abend mit der Nacht verschmolz, wuchsen dieser Lärm und diese Gewalt – fast so als wären sie erbost über die fehlende Sonne – in seinem Leib immer mehr an und ließen ihm nicht einmal mehr die Zeit, in sein Zimmer zurückzukehren und sich im Spiegel zu betrachten. Ihm blieb kaum die Zeit, ein Telegramm von Luisa, das kurz nach Mitternacht eintraf und lautete: »Mit der Morgendämmerung beginnt unser Glück!«, zu öffnen, und er mußte es daher mit auf das Örtchen nehmen.

Inzwischen schlief in der Pension jeder; selbst das wacheste Lichtauge, das in der Tür des kleinen Professors rötlich zu schimmern pflegte, war zur Ruhe gegangen. Dessen starkes Husten war zu vernehmen, doch es tönte wie von einem, der im Schlaf hustet. Ninì Padeni nickte für zwei Stunden ein und glaubte, gerettet zu sein, als er unsanft von jenem Katzentier in seinem Bauch geweckt und gezwungen wurde, sich der Tür mit der Milchglasscheibe im Laufschritt zu nähern. Auf der Schwelle stieß er mit dem kleinen Professor zusammen, dem eine Stimme aus dem Nachbarzimmer zugeschrien hatte: »Geh endlich im Scheißhaus husten!« Der kleine Professor hatte bereits die Türklinke gedrückt und schlüpfte als erster hinein. Während des Wartens litt Ninì Padeni sehr.

Beim zweiten Gang wollte er dem kleinen Professor zuvorkommen, fand zu seiner Überraschung jedoch die Glastür bereits von innen verriegelt und hörte den kleinen Mann husten, der zugleich einen großen Wasserlärm verursachte, um es zu überdecken. Beim dritten Mal stieß er im Flur auf seinen Rivalen.

»Hören Sie mal!« sagte er ihm leise, aber mit dem Ausdruck eines Menschen, der schreit. »Hören Sie mal! Wollen Sie sich heute nacht unbedingt mit mir anlegen? Haben Sie etwa auch Bauchschmerzen?«

»Nein! ... Aber dieser Husten ...«

Ninì Padeni erklärte ihm, daß dies nicht der Ort fürs Husten sei, der Ort fürs Husten sei das eigene Zimmer, allenfalls die Klinik, wenn der Husten sich schlimm anhöre, kurzum, dieser Ort hier sei denjenigen vorbehalten, die Schmerzen im Gedärm, nicht aber jenen, die Schmerzen im Brustkorb hätten. Ninì Padeni war bei der Auseinandersetzung um diesen Posten sehr geschickt, und die Gründe, die er vorbrachte, hätten jeden anderen überzeugt. Aber der Professor war von solch trüben Gedanken und dem Wunsch besessen, sich mit seinem Husten, dessen er sich schämte, zu verkriechen, daß er sich anschickte, die Glastür zu öffnen. Doch Ninì Padeni drückte ihn brutal zur Seite und drängte sich vor.

Das Morgengrauen des Mittwochs beleuchtete die Milchglasscheibe des Fensters und ließ die der Tür im Dunkeln, und damit auch den Schatten des kleinen Professors, der auf der anderen Seite seinen Kopf auf den Türknauf gelehnt hatte und darauf so leise wie möglich hustete.

Dieser Anblick brachte Ninì Padeni ein wenig aus der Fassung, doch sein Gewissen beruhigte sich bei dem Gedanken, den er bereits im Flur geäußert hatte, daß der Posten, den er innehatte, ihm rechtmäßig zustand.

1936

Die Inspektion

»Machen Sie es doch so«, sagte der Inspektor, »daß Sie zweitausend Lire übertragen auf den Posten der dringend notwendigen Reparaturen öffentlicher Gebäude, die an patriotische Organisationen vermietet sind, dreitausendfünfhundertfünfundzwanzig Lire auf den Posten der Feierlichkeiten zu Ehren berühmter Persönlichkeiten auf der Durchreise, fünfhundertsechs Lire auf Restposten ... Suchen Sie den Beschluß heraus!«

Der Sekretär verließ den Raum und achtete darauf, die Türe gut zu schließen, da zuviel Licht im Zimmer des Bürgermeisters eine Botschaft Garibaldis zum Verbleichen gebracht hätte, die dort seit 1860 unter Glas aufbewahrt wurde. »Den mutigen Bürgern von Vanagani«, besagte die bereits halb vergilbte Botschaft, »einen Herzensgruß von G. Garibaldi.«

Der Sekretär erschien wieder mit einer großen Akte auf den Armen: »Hier ist der Beschluß! Er stammt von 1932!« Er blies vor sich hin, um den Staub wegzupusten.

»Das nimmt ja gar kein Ende mehr!« murmelte Signor Battaglia, der ein zerstreuter Mann war, seinem Vetter, dem Bürgermeister, ins Ohr. »Du hattest mir versprochen, daß wir in einer Stunde damit fertig wären. Beeil dich!«

»Das Projekt«, sagte der Inspektor, der in der Akte las, »ist der Präfektur entzogen worden, um dem Ingenieur

Francesco Imera Gelegenheit zu geben, notwendige Veränderungen vorzunehmen...«

»Entweder der Konstrukteur oder der hier anwesende Sekretär«, sagte Signor Battaglia, »hat mir im Fall des Advokaten Benedetti eine Komödie vorgespielt.«

»Was für ein Gedächtnis!« brummte der Sekretär. »Das ist schon fast zehn Jahre her!... Da waren wir noch Kinder!«

»Keine kleinen Kinder mehr, weißt du...« Der Bürgermeister umklammerte den Arm des Vetters. »Weshalb drückst du mich?... Ah, habe verstanden, habe verstanden!«

»Und jetzt«, sagte der Inspektor, »zeigen Sie mir das Inventarverzeichnis!«

Der Sekretär stieg auf einen Stuhl und verschwand – während er in den Akten stöberte, die auf einem Schrank lagerten – in einer Staubwolke. »Öffnen wir?« fragte er zwischen den Hustenanfällen.

»Nein!« sagte der Bürgermeister, der zur Botschaft Garibaldis hinüberblickte. »Nein, es ist noch nicht dunkel!«

Wenig später war der Tisch, an dem der Inspektor saß, mit dünnem, grellgelbem Material bedeckt. »Diese Inventarlisten«, sagte der Inspektor, »sind ganz und gar in Unordnung! Von den Achtzigern bis heute sind sie nicht auf den neuesten Stand gebracht worden! Holen Sie mir die Öffentlichen Arbeiten!«

Der Sekretär ging hinaus und kam kurz darauf mit einer neuen Akte wieder.

»Gut!« bemerkte der Inspektor, nachdem er etwa zehn

Minuten lang darin geblättert und gelesen und sich auch Aufzeichnungen gemacht hatte. »Holen Sie mir die Akte über die Personalausweise!«

Der Sekretär ging hinaus und kam sofort darauf mit einem Register und einer Schublade voller Photographien zurück.

»Schauen wir mal!« sagte der Inspektor. »Ich lese hier den Namen von Vincenzo Nanfa, Nummer 4561. Suchen Sie mir das entsprechende Kärtchen heraus.«

Der Sekretär fischte aus der Schublade einen rechteckigen Karton mit einer Photographie heraus.

»Ah, wen sieht man denn da?« rief Signor Battaglia aus. »Einen Hahnrei...«

Der Bürgermeister preßte erneut den Arm des Vetters. »Sei ein guter Gastgeber«, sagte er leise. »Immer schön höflich bleiben!«

»Gut!« bemerkte der Inspektor. »Und jetzt holen Sie die Akte über die Beschlagnahme von Vierbeinern!«

Der Sekretär ging hinaus und kehrte nach einer Weile mit einem Jungen zurück, der auf seinem Kopf einen Tragkorb voller aufgerollter Blätter balancierte.

Der Inspektor steckte seine Hand und seine Augen in diese grünen Rollen hinein, machte die üblichen Aufzeichnungen und sagte dann: »Holen Sie mir die Beleuchtungsanlagen! Und zwar die Verträge von neunzehnnulleins!«

Der Sekretär ging hinaus und kehrte nach einer beträchtlichen Zeitspanne zurück. »Was machen wir?« sagte er leise zum Bürgermeister, indem er eine von Mäusen angenagte Akte auf den Tisch legte. »Im anderen Raum ist die Hölle los!«

Signor Battaglia, inzwischen neugierig geworden, ging in diesen anderen Raum. Dort stieß er nicht auf die Hölle, sondern auf einen kleinen, über und über mit Staub bedeckten Angestellten, der sich auf einen Stuhl gehievt hatte und bei zwei Wärtern den Inspektor anschwärzte. »Einen so primitiven Menschen habt ihr noch nie gesehen!« sagte der Angestellte. »Wir haben einfach keine Akten mehr, die wir ihm zeigen könnten. Seit den Neunzigern hat nie mehr jemand etwas aus diesem Regal geholt!«

Der Sekretär stürzte herein. »Die Krankenversorgung!« rief er mit erzürntem Gesicht aus. »Er will die Rezepte sehen!«

»O weh!« sagte ein Wärter. »Jetzt wird's übel!«

»Wo ist der Dottore? Wo ist Scarognazzo?«

Auf dem bereits dunklen kleinen Platz wurde der Name Scarognazzo dreimal gerufen. Signor Battaglia kehrte ins Zimmer des Bürgermeisters zurück.

»Holen Sie die Steuern!« sagte ihm der Inspektor, der ihn für den Sekretär gehalten hatte. Signor Battaglia fixierte jenes Gesicht, das sich ihm zugewandt hatte, ohne jedoch zugleich den Blick zu heben, der unverwandt auf die Akten gerichtet blieb. Dieses Gesicht hatte nichts Einzigartiges oder Ungewöhnliches an sich, außer daß alles, was sich in der oberen Hälfte befand, die Brille, das Haar, ein Muttermal, dort nicht wie angebracht, sondern auf eine vollkommene Weise angeschraubt erschienen wie der Deckel eines gut gefertigten Behälters. Ein solches Gesicht hätte seine Arbeit bis zur nächsten Morgendämmerung fortsetzen können, ohne im geringsten die Fassung zu verlieren.

»Holen Sie die Bilanzen von zweiundzwanzig!« fuhr der Inspektor tatsächlich fort, dieses Mal mit dem Sekretär sprechend, der sich die Augenbrauen trocknete. Und nach zwanzig Minuten: »Holen Sie die Geburten!« Und nach weiteren zwanzig: »Holen Sie die Betriebsgenehmigungen!«

Vom Fenster aus, das endlich geöffnet worden war, sah man ein Stück Mond am schwarzen und gestirnten Himmel matt leuchten. Es mußte bereits zehn Uhr sein. Dieses »Holen Sie mir! Holen Sie mir! Holen Sie mir!...« wollte überhaupt nicht enden.

Plötzlich vergrößerte sich das rechte Auge des Inspektors. Etwas Fürchterliches war in diese kastanienbraune Pupille gefahren, die sich wie eine Laterne in alle Richtungen zu drehen begann.

»Holen Sie mir...«, sagte der Inspektor schwer atmend. »Holen Sie mir...«

Das, was in die Pupille gefahren war, schien ebenfalls in die Stimme gefahren zu sein: der Bürgermeister, Signor Battaglia und der Sekretär drängten sich um den Tisch. »Holen Sie mir!...«, wiederholte mit zunehmend schwerem Atem der Inspektor dem Sekretär, der jedes Mal einen halben Schritt zur Tür hin und dann haltmachte, weil er darauf wartete, zu hören, was er holen sollte. Doch der Inspektor, der mühsam die Hand hob, zeigte – statt auf die Tür und den Flur – dieses Mal auf sich selbst: »Holen Sie mir... Holen Sie mir...«

Dem zitternden Finger des Inspektors folgend, erlaubte sich Signor Battaglia, eine Hand in die Rockinnentasche zu stecken; daraus zog er ein rosafarbenes Heftchen hervor. Der Inspektor bewegte sein rechtes Auge als Zeichen der Verneinung nach oben. Erst als Signor Battaglia das Porträt eines anmutigen Jungen ans Licht hielt, atmete der Inspektor schwer und bedeutete den andern, daß man das Bild näher halte. Indem er »Mein Sohn!« murmelte, warf er mit seinem schrecklichen rechten Auge einen Blick darauf, in dem nun ein ebenfalls schrecklicher Ausdruck der Zuneigung lag. Doch bald darauf geriet er wieder in Atemnot. »Holen Sie mir...« begann er wiederum. »Holen Sie mir...« Auch dieses Mal begriff Signor Battaglia, was man holen sollte: er steckte die Hände in die Gesäßtasche der Hose des Inspektors, zog etwas daraus hervor und legte es auf den Tisch. Es war ein dickes Heft, auf dem geschrieben stand: *Timoleone, ein Drama in Versen von Inspektor Luciani.*

»Dichter!« sagte der Inspektor, während er den Kopf auf den Tisch senkte, wie nach unten gezogen vom Gewicht jener riesigen Pupille. »Dichter!... Die Sterne!... Ich bin ein Dichter!... Ich liebe die schönen Dinge... Himmel... Mond... Balkone mit Blumen... Niemand weiß das!... Niemandem sagen... Ein verkannter Dichter!... Einen Arzt!«

Dieses Wort ließ die drei Männer nach allen Seiten hochfahren. Aber in diesem Augenblick traf Dottore Scarognazzo ein. »Los!« riefen sie ihm zu. »Schnell!«

Der Dottore, der vom Land herbeigeeilt war und wegen der unkorrekten Rezepte quälende Argumente in seinem Schädel hin und her gewälzt hatte, vernahm, ohne allzuviel zu begreifen, daß sich nun alles geändert habe, legte seinen halb benommenen Kopf auf die Brust jenes Mannes, von dem er nicht mal die Erlaubnis, ihm in den Mantel zu helfen, zu erhoffen gewagt hätte, und – indem er sich mit einer seltsamen Ruhe und Verblüffung aufrichtete – sagte er leise: »Er ist tot!«

1938

Geräusche

I

Der Mond weiß, was ihn erwartet, wenn er ein nach Süden liegendes Fenster berührt und seinen Schein in das Zimmer hineinschickt: Zuerst streift er eine Frau, die mit geöffneten Händen auf den Knien regungslos dasitzt, dann ein Pferd aus Pappe, einen Kinderstuhl, einen Tisch, ein Bett und zwei Sessel. Und breitet er seinen Lichtstrahl noch weiter aus, so streift er ein zweites Bett, einen Schreibtisch, ein Bücherregal, einen Alten, der mit dem Kinn auf der Brust, offenem Mund und der Pfeife zwischen seinen letzten Zähnen schläft. Danach berührt er noch eine Landkarte, eine mächtige Standuhr, Photographien von Familienangehörigen und Freunden, ein Waschbecken, ein Gewehr, eine Gitarre und – falls ins Schubfach der Kommode ein wenig Geld hineingeraten ist, das ausreicht, um sich eine neue Bequemlichkeit zu leisten, nicht aber um die alten Beschwerlichkeiten loszuwerden – schließlich einen Telefonapparat an der Wand und ein tragbares Radio auf dem Schreibtisch.

Die Zimmertür ist geschlossen, und dem Mondschein bleibt daher nichts anders übrig, als zum Türknauf hinaufzuklettern und ihn zum Glänzen zu bringen; gelänge es ihm, durch einen Spalt oder durch ein Loch auf die andere

Seite der Tür zu gelangen, so erblickte er ein zweites Zimmer, das ebenso überfüllt ist wie das erste, und vielleicht wäre er gezwungen, einen Haufen trister Kleider, trist wie Erhängte, und mit Zeitungen ausgestopfte Schuhe zu beleuchten, deren Spitzen nach rechts, links, oben, unten, vorne und hinten zeigen; auch einige aus Angst vor dem Tau vom Balkon hereingeholte Kaktustöpfe stehen dort herum, sogenannte Greisenhäupter, die, von welcher Seite auch immer man sie betrachtet, die Nase und die Augen auf entgegengesetzten Seiten zu haben scheinen. Als ich drei Jahre alt war, bin ich eines Abends auf meinem Schemel neben einem solchen Greisenhaupt eingeschlafen; und nach einer Minute stiegen aus dem Topf doch tatsächlich eine Pfeife, eine Brille und ein Spazierstock heraus. Ein kompletter Greis hatte sich mühsam aus dem bißchen Erde im Topf herausgewunden, sich so gut wie möglich aufgerichtet und das Haus mit schleppendem Schritt – indem er mir mit einem Wink zu verstehen gab, ich solle schweigen – über den Balkon verlassen. Als ich aufwachte, war der Topf wirklich leer, und das Greisenhaupt hatte seinen Platz einem kleinen weißen Wurm überlassen.

Doch dies ist nicht die wichtigste Erinnerung, die mir Häuser, die mit Möbeln so vollgestopft sind wie Lastwagen für den Umzug, ins Gedächtnis zurückrufen. Wenn abends auf der schwarzen Oberfläche eines Balkonfensters, nachdem der Mondschein sie berührt hat, Matratzenenden auftauchen und Gestelle, Ecken kleiner Tische, halbe Gemälde, eine Nase auf einer und der Nacken auf der anderen Seite und im Hintergrund der nackte Fuß eines Kindes aufleuchtet, erinnere ich mich gewöhnlich an mein ganzes Leben, an die vielen Jahre, die ich beengt zwischen Kommoden, kleinen Tischen, Kisten, Schränken und Betten verbracht habe.

In einer ähnlichen Wohnung wohnte die Familie Occhipinti, in einer Wohnung im ersten Stock, die in einer Straße lag, die abends mit Gas beleuchtet und von einer riesigen Menschenmenge besucht wurde. Diese strömte aus einem Gäßchen mit Bratküchen, Tavernen und Getränkehäusern und begab sich laut redend, den letzten Bissen einer Pizza noch zwischen den Zähnen, in das Viertel mit den Freudenhäusern. Auf dem Weg dorthin durchquerte sie jene Via Gambino, von wo aus der Widerschein der Öfen und Schaufenster gegen den tiefen verrauchten Himmel geworfen wurde und in der man die Rufe der Straßenhändler vernahm, daß ihre Fische schön, schön, schön seien; und auch jene Via Maddem mit den vielen stets geöffneten kleinen Portalen, aus denen sich von einer inneren Glastür gefiltertes Licht auf die Erde ergoß; die Via Pastore aber lebte keusch, wortkarg und im Halbdunkel zwischen dem Stimmengewirr und dem Getrampel der Leute, die dort nichts suchten, es sei denn, sie so schnell wie möglich wieder zu verlassen.

Signor Giorgio Occhipinti wurde ›der kleine Advokat‹ genannt, um ihn von seinem Vater zu unterscheiden, den man ›den großen Advokaten‹ zu nennen pflegte. Zusammen mit seinem Bruder Emanuele schlief er in einem kleinen und nicht einmal beleuchteten Zimmer, das zu zwei Dritteln ein Schrank einnahm, der voller alter Kleider und Hüte steckte, bunt durcheinandergewürfelt mit den neuen. Deren äußerste Zipfel krochen über einen Berg aus Stiefeln, die nachts die Luft mit ihrer Gummiausdünstung schwängerten. Diesem Geruch stellte sich die Ausdünstung von altem Papier entgegen, ausgeströmt von Büchern, die auf Stühlen, der Kommode und in den Nachttischschubladen aufgetürmt waren. Unter diesen beiden Gerüchen unterschied man jenen eigentümlichen von einigen alten Briefen und den andern von Kalk, der in unter den beiden Betten versteckten Nachttöpfen schwamm. Die Madonnen und die heiligen Herzen Jesu blickten aus allen Ecken, einige in Bündeln, fast Haufen, andere im Kreis aufgestellt; die heilige Rita auf der kleinen Kommode des kleinen Advokaten lehnte sich mit den Schultern an zwei weitere heilige Ritas, und ein anderes ihrer Bilder diente ihr als Deckchen. Zwischen den Büchern und in den Taschen der alten Überzieher in den Farben welken Mohns erloschen langsam weitere Herzen Jesu. Die leeren Koffer auf dem Schrank, zu einem Stapel geschichtet, berührten die Decke. Der auf der Kommode abgestellte Spiegel wurde oft von einem Draht elektrisiert, der vom Stromzähler herunterhing. Dieser war nicht immer stumm, so daß er nachts wegen des Geräuschs, das seine Holzverkleidung von sich gab, wie die Hütte eines schnarchenden Hundes wirkte.

Das Büro beherbergte zwei Schreibtische, zwischen denen eine Person nur seitwärts hindurchgekommen wäre, einen Sessel, einen halb zusammengefallenen *punchingball*, von dem nicht bekannt war, wessen Fäuste darauf herumgetrommelt hatten, und der, wann immer jemand im Vorübergehen auf eine bestimmte Fliese des Fußbodens trat, gerüttelt wurde und mit einer Art Lächeln zwischen den Rissen sanft hin und her schwang; zwei Bücherregale, zwei Stühle, ein Radiogerät, eine Schreibmaschine sowie eine ungeordnete Ansammlung von Gegenständen wie etwa lederne Aktenmappen, ausgetrocknete Tintenfässer, Spazierstöcke, Schachteln, Abgangsdiplome und Kalender. Eingelassen in die vier schmalen Wände waren zwei Türen, ein innerer Balkon, der auf einen Innenhof ging, und ein äußerer Balkon, der auf eine Piazza ging. Wer seinen Blick auf den alten Photographien dieser Wände hätte ruhen lassen und von den Zeiten träumen wollen, in denen die Männer in Zylinder und Frack auf die Bäume kletterten, wo sie einen Trinkspruch ausbrachten und in den komischsten Posen ernst und inmitten der traurigsten Mienen glücklich blieben, der hätte schnell gespürt, daß ihm der Kopf schwirrte, da die ganze Bilderreihe auf ihn zugestürzt wäre, und aus dem, was eine Wand zu sein schien und eine Tür war, hätte er das Dienstmädchen oder die Waschfrau mit einem Besen oder einem Stoß Wäsche unter dem Arm heraustreten sehen. Natürlich hätten die »Verzeihung!«, »Ach, Sie sind's!«, »Nur einen Moment!« den Eintritt dieser Personen begleitet, das Geräusch dieser Worte jenem der aufgestellten Möbel hinzufügend. Auf dem inneren Balkon schwang ab und zu eine Glocke lauter als das Geläute eines Pferdegespanns, und es schien, als ob ein Zwillingsgespann, das plötzlich aus der Luft gestartet war, sich im Zimmer verbreitete. Darauf hörte man ein Klappern der Fensterläden im zweiten oder dritten Stock, und die Wörter *Fleisch, Kopfsalat, Brot* und *Wein* sausten schroff und schnell mal von unten nach oben, mal von oben nach unten. Vom äußeren Balkon aus sah man – außer den Myriaden von Balkonen, Fenstern und Terrassen, die ebenfalls mit Personen und Möbeln vollgestopft waren, von denen aber kein Geräusch herüberwehte, da die Piazza ziemlich groß war und zudem noch entfernt – von dort sah man also ein Schauspiel, sehr viel näher und fast auf der Höhe des Balkons selbst, das Kinder darboten, die barfuß herumsprangen und sich mit langen Stöcken und Besenstielen duellierten. Von einer solchen Szene her, von oben durch die Zementdächer des leeren Marktes noch verstärkt, stürzte ein Schwall unanständiger Wörter ins Zimmer. Zusätzlich zu diesen gesprochenen oder gerufenen Wörtern waren über das Büro noch eine unbegrenzte Anzahl stummer Wörter verstreut, die einem sofort ins Auge sprangen: Anredeformeln (*Lieber Freund, Mein lieber Advokat, Liebster, Mein guter Commendatore*), gebrauchte und Reklamekalender (*Vergleichen Sie! Kaufen Sie! Besorgen Sie sich! Gehen Sie sofort los!*) und Schlagzeilen aus den Tageszeitungen, deren eine, seit zwei Jahren um eine Lampe zusammengerollt, auf der einen Seite lautete: *Wir sind unweigerlich* und auf der anderen: *auf dem Weg ins Unglück.*

Und hören Sie dennoch, wie die Menschen sich den Umständen anpassen. Giorgio Occhipinti, der kleine Advokat, war ein junger Mann, ziemlich klein und hager, der von seinen Freunden auch der Schlump genannt wurde (unter Schlumpschuß hatte man den äußerst glücklichen Zufallstreffer eines Jägers zu verstehen und unter Schlump das schwächste Vögelchen, das von einem Ast herunterfallen kann). Von November bis Februar war der Schlump noch kleiner als in den übrigen Monaten, und zwar wegen der Kälte, die ihn in sich selbst zusammenfallen ließ. Bis zum Alter von zwanzig Jahren glänzten seine Augen stark, und die Frauen gebrauchten die alte Redensart von den Blicken, die man nicht aushalten könne. In Wahrheit brannte ein weißes Feuer in diesen dunklen Augen mit einer ungewöhnlichen Wirkung von Kühnheit, Lebenswillen und Hoffnung. Bis zu diesem Zeitpunkt hatte man nicht bemerkt, wie klein und hager er war. Im Alter von zwanzig erlosch jedoch das Feuer; diese Pupillen, die einem andern zu gehören schienen, wurden schließlich doch zu den seinen; und dann erkannte man, wie klein und hager er war. Seine bereits schwachen Nerven wurden äußerst schwach; zahlreiche Ticks bemächtigten sich seiner und entlockten ihm merkwürdige Töne, manche nicht ohne Anmut, wie der, der ihm alle zwei Minuten aus der Kehle schlüpfte und sehr den Klagelauten einer mit Watte gefüllten Flöte ähnelte. Die Ziffer drei beherrschte die Handlungen des Schlump: dreimal drehte er am Lichtschalter, bevor er die Lampe aus- oder eingeschaltet ließ; drei Prisen Salz gab er in den Salat; dreimal fuhr er mit der Bürste übers Haar oder dreimal drei, wenn das Haar sehr schmutzig war; oft am Abend, während er im Bett ein Buch las, entglitten ihm drei Kreuzzeichen; und bevor er einschlief, fuhr er mit dem Kopf auf dem Kopfkissen rauf und runter, als würde er sich abmühen, in einen Sack mit einer viel zu engen Öffnung hineinzusteigen. Ein jäher Schrei wirkte auf ihn wie ein Peitschenschlag; ein kreischendes Geräusch löste all seine Ticks aus und ließ sie eine Viertelstunde lang in Aktion treten. Wenn ein Wagen mit Eisenträgern an ihm vorübergefahren war, zitterte, zuckte und schnaubte er weiter, so wie unter dem niedrigen Querbalken eines kleinen Geschäfts ein Besen weiterpendelt, gegen den eine Person im Vorübergehen mit dem Kopf gestoßen ist. Mit der Zeit hatte er dennoch in seiner Brust so etwas wie eine Zufluchtsstätte vor diesen Geräuschen und Schreien entwickelt: es reichte ihm, daß er sich an einigen, fünf oder sechs der vom Lärm weniger geplagten Orten des Hauses aufhielt und daß die Töne und Stimmen die üblichen waren, damit er eine gewisse Ruhe bewahrte. Wenn jedoch neue darunter waren und die Stimmen alles andere als laut, dafür aber zornig waren, so fühlte sich der Schlump verloren. Auf diese Weise hatte er, trotz der aufgetürmten Möbel und der ständigen Anwesenheit eines der Seinen, eine Gelegenheit gefunden, allein zu sein und sogar zu träumen, ohne argwöhnen zu müssen, daß ein anderer in seine Augen sah, während sie, vom Traum weit aufgerissen, gar nichts mehr erblickten. Der Schlump gab sich in diesem engen und vollen Haus oft dem Vergnügen des Träumens hin, dessen er zwischen den vielen Geräuschen und Gegenständen so sehr bedurfte wie ein Kleinkind, das unterwegs in seinem lärmenden und vollgestopften Kinderwagen schlummern muß.

Über seinen Schreibtisch gebeugt, während der Vater ihm gegenüber über den eigenen gebeugt saß, begann er morgens Eintragungen in seine Papiere zu machen. Es kam nur selten vor, daß Vater und Sohn einen Fall vor Gericht zu verhandeln hatten. Der einzige treue Klient war der Signor Fanarella. Er suchte sie seit fast zehn Jahren wegen eines Fensters auf, das der Nachbar Spampinato hatte durchbrechen lassen und das auf seinen Garten ging, und er wollte es zumauern lassen, koste es, was es wolle. Zehn Jahre waren mit gestempelten Papieren und Amtsdienern vergangen; und aus diesem kleinen Fenster, in dem beim ersten Mal der Signor Spampinato sich mit schwarzem Haar hatte sehen lassen, zeigte dieser sich jetzt mit graumeliertem Haar; zu diesem Fenster hoch war auch das Wort *Hahnrei!* an jenem Tag hinaufgeflogen, an dem die Signora Spampinato den Signor Spampinato verlassen hatte. »Ein Skandal!« wiederholte Fanarella. »Ein skandalöses Fenster! ... Dieser Unglückliche ist nicht mehr ganz gesund! Er spuckt andauernd! Und zwar weit, meine Herren, ohne irgend jemandem ins Gesicht zu sehen. Seine Kinder können ihre Jacken nicht mehr in ihren Zimmern lassen, weil sie sie, mit Verlaub zu sagen, voller Spucke wiederfinden. Aber Kinder sind Kinder, und die können was ertragen! Ich aber bin weder sein Sohn noch sein Vater! Wenn ich noch einmal in meinem Mispelbaum seinen Auswurf finde, der, mit Verlaub zu sagen, so lang ist wie ein Wischtuch, dann packe ich diesen Alten bei seinen Hörnern! ...«

»Sie«, sagte der große Advokat, der niemanden gern haben konnte, ohne ihn nicht auch zu beschimpfen, »Sie sind doch der größte Gauner in der Stadt!«

»Und weshalb, Signor Advokat?«

»Waren Sie es nicht, der im Mispelbaum im eigenen Garten einen Ochsenkopf aufgestellt hatte?«

»Nicht mal einen Tag lang, Signor Advokat! ... Aber ich bitte Sie, lassen Sie uns die Gerichtsvorladung niederschreiben!«

Der Signor Fanarella hinterließ im Büro den starken Duft

von Basilikum, das er immer in seiner rechten Tasche bei sich trug und das er fortwährend mit einer Hand zerbröselte, während er mit der anderen, seiner linken, Tabak zerbröselte.

Wieder allein, setzten sich die beiden Anwälte gegenseitig einigen spitzfindigen Fragestellungen aus Rechtsfällen aus, denen sie sich noch nie zuvor gewidmet hatten und die im übrigen kein Klient jemals aufgeworfen hatte.

»He«, sagte der große Advokat, als das Wortgefecht ihn dazu brachte, die Absurdität einer Frage mit den Händen zu greifen, »was für eine Art von Prozeß ist das denn? Wo, zum Teufel, hast du den herausgefischt? Viel natürlicher scheint mir der Fall, den ich mir gestern abend im Dunkeln in diesem Zimmer ausgedacht habe ...«

Denn der große Advokat pflegte stundenlang im Dunkeln zu sitzen, wobei er auf das Glas der Balkontür sah oder wie der Sohn träumte. Wer ins Büro eintrat und sich vorwärtstastete, stolperte über dessen Füße und schrie auf, während jener ganz leise sagte: »Mach das Licht an!« Falls derjenige, der das Büro betreten hatte, seine Ehefrau war, wurde das Licht sofort angeschaltet, denn die Signora Giovanna wußte, daß ihr Ehemann im Dunkeln weit von ihr weglief, weit weg aus dem mit Möbeln und Zahlungsaufforderungen und dazu mit dem Gestank von Gebratenem angefüllten Haus, genau wie eine Katze, die auf einen Berg von Dächern hinaufkletterte, bis sie endlich vom roten Balkon eines Schlosses beleuchtet wurde. Sowohl der große wie der kleine Advokat waren sozusagen Dichter. Welcher Bewohner von Catania wäre im übrigen nicht fast ein Künstler? Das verärgerte Schnauben eines Beamten des gehobenen Dienstes, der sich plötzlich den Kragen lockert und dabei seine Akten verflucht, die Trägheit eines jungen Arztes, der aus dem Bett gestiegen ist, um einem Sterbenden beizustehen, jedoch Stunde um Stunde den Nachthimmel betrachtet und annimmt, es sei erst eine Minute vergangen, und die Entscheidung eines Ministers, die ganze italienische Landwirtschaft oder die staatliche Eisenbahn hinzuschmeißen und sich in ein Häuschen an der Biegung des Flusses zwischen Cannizzaro und Acitrezza zurückzuziehen, sind diesem Dichterblut zuzuschreiben, das in jeder Ader kocht.

Dem kleinen Advokaten, der manchmal sein Aktenbündel fallen ließ, rutschte einmal ein Kunstdruck aus einer Akte, der aber dem Vater mißfiel. »Die Frau«, sagte der Vater, »ist das Wichtigste auf der Welt. Ein Schriftsteller, der sich nicht um die Frau kümmert, wird nie Leser finden.« Die Phantasie des großen Advokaten war dagegen voll trüber junger Mädchen, dämonischer Frauen, glühenden Oleanders und fleischiger Lippen. »Gabriele d'Annunzio ist der größte Schriftsteller der Welt!« sagte er. Und wenn er an den Winterabenden, mit einem Schal bedeckt und einem Glas Magnesiabrause in der Hand, vom Büro zum Eßzimmer und in die Küche ging, so trug er die folgenden Wörter im Kopf, der mit einem an den vier Ecken verknoteten Taschentuch bedeckt war, mit sich herum: veilchenfarben, zart, Leichtigkeit, wohlduftend, prunkvoll, samten, Moll-Ton, vortrefflich, Akazien, üppig, Herrschaft, zweideutig, Geschmeide. Wenn er zurückkehrte, um im Dunkeln einzuschlafen, schien deshalb sein Gesicht sanft zu leuchten wie ein Fenster aus durchscheinendem Alabaster, hinter dem der Morgen graute. Es war diese Welt d'Annunzios, sagte der Sohn, es waren diese herrlichen Adjektive und Wörter, die matt durchschienen. »Du bist wohl verrückt?« sagte die Mutter. »Das sind die Hemdknöpfe!«

»Mach das Licht an!« murmelte der Vater im Schlaf. Der kleine Advokat lächelte und ließ das Zimmer im Dunkeln. Er wußte genau, wann es sich auszuruhen galt. Und wie genau er das wußte! War er es denn nicht, der sich nach dem Mittagessen flink in einen Sessel hinlegte aus Angst, daß ihm die morgens bei Spaziergängen auf dem Land und bei Duschen nach dem Fechten zusammengescharrte Kraft entschlüpfte und auf den Boden fiel wie eine Münze aus einer Hosentasche mit einem Loch? So verweilte er fünf Stunden lang, er las, döste und sah auf das Fensterglas der Balkontür. Diese fünf Stunden des Ausruhens verschafften ihm eine gewisse Wärme, das Verlangen nach Bewegung und Freude. Dann warf er die Decke ab, sprang auf, sang den Schlager der Saison, schlug einmal mit der Faust gegen den *punching-ball* und ließ sich am Türsturz hängen, wobei er zwei oder drei Klimmzüge machte; immer noch singend wusch er sich, zog sich an und lief hinaus, um nur ja ›keine Wärme zu verlieren‹, das Motiv des Schlagers der Saison, schlug noch einmal mit der Faust gegen den *punching-ball* und überließ den Platz einer besiegten Langeweile. Seit einem Jahr war diese seine Anstrengung, die er mit größter Mühe leistete und am meisten schätzte, sein einziger Stolz, seine gegen Ende des Tages in seinem pechschwarzen Herzen abgelegte kleine und flüchtige Perle.

2

Ich habe noch nicht von dem großen Bedürfnis gesprochen, das alle verspürten, liebkost zu werden und sich mit »Mäuschen«, »Kätzchen« oder »meine kleine Mücke« anzureden. Würde ich das nicht erwähnen, beschriebe ich die Familie Occhipinti nur halb. Häufig stand Emanuele von seinem Platz am Tisch auf und ging zur Mutter hin, um ihr über die Augenbrauen zu streichen, wobei er ganz leise murmelte: »Du Häßliche, meine Häßliche!« Auch zum Vater und Rechtsanwalt ging er, um ihm die Mütze zurechtzurücken, und zwar so, daß er ihm zugleich zärtlich mit den Händen übers Gesicht streicheln konnte. Der große Advokat erwiderte diese Liebkosungen nie, sondern nahm sie mit viel Würde und Vergnügen an, während er brummte, spuckte und ganz hinter dem Rauch der Pfeife verschwand. Sagten der Vater und der Bruder im Winter zu Giorgio: »Du hast kalte Hände!«, so rief die Mutter ihn sofort zu sich: »Komm her, mein Mäuschen, ich wärme dich auf!« Und sagte ihm, er solle seine Hände zwischen die ihren legen. Manchmal nahm sie eine Hand – meistens die linke, weil sie die kältere war – und legte sie sich zwischen Kinn und Hals. Kurz und gut, an den Abenden, an denen es fror, hätten sie sich am liebsten alle zu einem Knäuel zusammengerollt, in das sie auch die Katze, die Wärmeflasche der Mutter und die vermaledeite Pfeife des großen Advokaten eingeschlossen hätten, derentwegen sie die Balkontür mitten in der Nacht öffnen mußten, um den Nordwind einzuladen, den Tabakmief wegzutragen.

Signora Giovanna war die einzige Frau in der Familie,

und vielleicht deswegen besaß sie Freundlichkeit, Gefühl und Aufmerksamkeit für vier und dazu eine merkwürdige männliche Kühnheit. Das Resultat ihrer Aufmerksamkeit konnte man auf den Gesichtern einiger Kinder aus dem dritten oder zweiten Stock ablesen, die mit Creme und Zucker verschmiert waren, kaum daß im Hause Occhipinti Süßigkeiten oder Obst aufgetaucht waren. Das Dienstmädchen Luisa machte sich sofort mit einem Teller, der mit einer kleinen rosafarbenen Serviette bedeckt war, auf den Weg und kehrte mit zwei Münzen in der Tasche und dem Teller unter der Achselhöhle zurück: »Der Cavaliere läßt fragen, warum Sie sich immer solche Umstände machen.«

»Sei still!« sagte die Signora, die fürchtete, ihr Mann könnte entdecken, wieso von hundert Orangen nur noch zwei übriggeblieben waren.

Doch der Ehemann hatte bereits alles gehört und sagte knurrend zwischen den Zähnen hindurch: »Verdammt noch mal! Kann aber auch nichts im Haus behalten! Würde sogar ihre Augen verschenken! So eine verd...!«

»Sag doch so was nicht, ich bitte dich!« murmelte die Alte. »Sei nicht so häßlich und fluche nicht zur heiligen Weihnachtszeit!«

»Verdammte heilige Weihnachtszeit!«

Wenn jedoch die Frau mal vergaß, Obst zu verschenken, klingelte er selbst im dritten Stock und schickte fünf oder sechs Birnen im Korb hoch, indem er herzlich hinterherrief: »Hoffentlich vergiftet ihr euch daran, ihr Luder!«

Doch wenn Gäste ins Haus kamen, knurrte er nur noch mehr: »Das hier ist kein Gästehaus! Es ist schon so voll wie ein Ei! Daß du hier auch noch deinen Bruder unterbringen mußt, der zu allem anderen Unglück nachts alle zwei Minuten pinkelt, und deine Nichte, die eine Brust wie einen Koffer hat? Deine Söhne sind Männer und reiben sich an einem Kleidchen!...«

»Weshalb, bei allen Heiligen, mußt du so reden? Du schreibst so süß wie eine Honigbiene, und dann sagst du Dinge, die mich bei meinen Freundinnen grundlos erröten lassen, bloß weil mir deine Worte in den Sinn kommen!«

»Ich möchte bloß ein wenig Ruhe! Ist das etwa zuviel verlangt? Ich bin alt, und wenn ich viele Leute im Haus herumlaufen höre, wird mir schwindlig! Abends möchte ich keinen herumlaufen hören!«

»Und warum, mein Lieber, brauchst du deine Ruhe? Etwa um im Dunkeln in deinem Büro voller Akten zu sitzen? Und dein Kopf läuft herum und läuft herum, dein Grauschopf läuft herum und geht... ich weiß schon, wohin er geht...«

»Wohin geht er denn? Laß doch mal hören!«

»Dahin, wo ein Grauschopf nicht mehr gehen sollte! Ich bin vielleicht dumm, aber deine Gedanken lese und verstehe ich! Laß die kleinen Mädchen in Ruhe! Denk nicht mehr an sie, du bist sechzig! Die Leute sagen es mir oft genug. Die Frau des Commendatore sagt mir scherzhaft: ›Immer noch jung, Ihr Herr Gemahl?‹ Und was soll ich darauf antworten? Ich sage, ebenfalls scherzhaft: ›Ja, sogar jünger als seine Söhne!‹«

»Du sagst nur die Wahrheit!«

»Verdammt soll dieser Don Nunzio sein! Der hat mir noch nie gefallen!«

»Laß d'Annunzio aus dem Spiel! Teufel noch mal, jetzt muß sie mir auch noch mit d'Annunzio kommen! Genug, hörst du, genug!«

Und weil plötzlich sein Zorn mit ihm durchging, warf der große Advokat den Stuhl um, drückte sich den Hut auf ein Ohr und verließ, mit dem Spazierstock im linken Arm und der Pfeifenasche auf seiner ganzen Jacke, türeschlagend das Zimmer.

Zu später Nachtstunde traf der große Advokat mit einer roten und eingefallenen Wange – da er in irgendeinem Kinosaal geschlafen und diesen Teil des Gesichts gegen die Faust gelehnt hatte – seine Frau in einem Eckchen des Eßzimmers im Dunkeln sitzend an.

»Weshalb noch auf?« schimpfte er. »Giovannina, Kind Gottes! Du wirst ja so dünn wie ein Besenstiel. Du siehst mir krank aus, Gott bewahre! Geh ins Bett, Kleines, geh ins Bett!«

»Bei allen Heiligen, bei allen Heiligen«, sagte die Signora knurrend, indem sie aufstand und sich über den Flur entfernte. »Heute ist er ein Engel, morgen ein Teufel! Gott möge ihn immer segnen!«

Aber eines Tages erhielt die gute Alte eine Postkarte, die sie sofort in ihrem Taschentuch versteckte. »Herr, steh mir bei!« murmelte sie leise, während sie von einem Tisch zum anderen ging, ein Glas oder einen Besen in der Hand, mit dem sie nichts anzufangen wußte. Sie machte einen Leuchter kaputt und verlor die einzige Haarnadel am Kopf, was ihr seit dreißig Jahren nicht mehr passiert war. Das Dienstmädchen, das in einem von außen abgeschlossenen Zimmerchen schlief, das man mittels einer Trennwand vom

Flur abgeteilt hatte, hörte sie nachts umhergehen. »Signora«, flüsterte sie durchs Schlüsselloch, »fühlen Sie sich nicht wohl? Öffnen Sie mir!«

Die Alte ging flugs ins Schlafzimmer, in dem sie bis zum Morgen wach lag.

»Hör mal«, sagte sie ihrem Ehemann am Nachmittag, »müßte ein Mädchen mit fünfundzwanzig nicht heiraten?«

»Es wäre aber allerhöchste Zeit!« gab der große Advokat zurück.

»Aber es wäre doch gut, wenn die beiden sich vorher kennenlernten?«

»Sich in- und auswendig kennenlernten!«

»Sag doch so was nicht, du Giftgurgel!...«

Die Signora, von einem Mundvoll Rauch des Ehemannes eingenebelt, hielt sich eine kleine Serviette vor die Augen und begann zu husten.

»Und jetzt frage ich mich«, fuhr sie mit Tränen in den Augen fort, »frage ich mich, wie ein Mädchen vom Land ihren Verlobten in der Stadt kennenlernen kann?«

Hier gab es eine Pause. »Habe verstanden!« rief plötzlich der große Advokat aus, seine Mütze in die Luft werfend. »Sie wollen über die Feiertage hierherkommen! Habe verstanden! Wer soll kommen? Und wie viele sind es?«

»Sei doch nicht so, ich bitte dich.«

»Wie viele sind es? Fünf, zehn?... Los, wer ist's?«

»Der Pate und die Patin.«

»Welcher Pate und welche Patin? Wir haben in jedem Dorf in Sizilien welche!«

»Der Notar Bartolo und seine Frau...«

»Und die Tochter natürlich?«

»Ja, und die Tochter!...«

»Und das Dienstmädchen, etwa nicht auch das Dienstmädchen?«

»Ein Mädchen, das nicht mal einer Katze den Platz streitig macht!«

»Hör mir mal zu! Du bist die Herrin und kannst das Bett vergeben an wen du willst, aber ich bin der Herr über meinen Frieden! Ich gehe zum Schlafen ins Hotel! Und wenn ich komme, hör mir gut zu, wenn ich zum Mittag- und zum Abendessen komme, spreche ich weder mit diesem Esel von Bartolo noch mit dieser blöden Kuh von Ehefrau auch nur ein einziges Wort! Was Giorgio angeht, so möchte ich zu gerne sehen, wie er schlafen oder lernen will, wie er sagt! Und inzwischen gehe ich!«

Nachdem er das gesagt hatte, nahm er seinen Hut von dem Stuhl, auf den er ihn abgelegt hatte, und ging aus dem Haus.

Giorgio erschien kurz darauf wie ein Vogel, dem ein Gewehrschuß die Flügel, die Federn und das Laub des Baums, in dem er zu schlafen pflegte, weggepustet hatte.

»Mäuschen«, sagte er, während er seine Mutter streichelte, »wie viele sind es?«

»Drei, Kätzchen!«

»Mit dem Dienstmädchen vier!« sagte er und – indem er den Ton seiner Stimme wechselte – »Ich bin im Leben immer ein Pechvogel gewesen!«

»Was sagst du da, mein Sohn?«

»Noch nie habe ich ein Zimmer ganz für mich allein

gehabt! Ich wollte nie einen Palazzo mit drei Etagen, sondern nur ein Zimmer! Ein Zimmer, in dem ich nachts nicht mehr geweckt werde, weil jemand über meine Schuhe stolpert! Emanuele, der arme Kerl, geht zwar auf Zehenspitzen, aber er stinkt wie das alte Mundstück einer Zigarrettenspitze, wenn er nachts heimkommt; und sofort bin ich wach. Morgens dann wecke ich ihn. Und auch das gefällt mir nicht. Aber vorhin bist du hereingekommen, um Papas Schuhe aus dem Schrank zu holen! Und sonntags, wenn man bis Mittag schlafen könnte, kommt der Angestellte des Elektrizitätswerks, um den Zählerstand abzulesen. Immer gibt es jemanden, der, sich vorwärtstastend oder mit einer Taschenlampe, in meinem Zimmer herumspukt.«

»Wenn du heiratest, mein Kleiner, bekommst du ein ganzes Haus für dich allein! Es wäre an der Zeit, Giorgio ...«

»Fang nicht schon wieder mit dieser Leier an! Wenn ich meine Ticks nicht loswerde, bleibe ich für immer ein Junggeselle! Und wenn unser Haus sich mit Leuten füllt, brechen meine Nerven zusammen wie verrottete Holzstäbe, statt zu heilen! Ach, wären sie doch bloß Christenmenschen, dann müßten sie beim ersten Fluch von Papa wegrennen, indem sie das Kreuzzeichen schlagen!«

Aber Giorgios Hoffnungen waren vergebens. Spätabends, da er als letzter nach Hause kam, fand er den Flur voller Koffer; an der Wohnzimmertür besagte ein schief angebrachter Zettel mit Bleistift: »Nicht öffnen, hier schläft die Signora.« Das kleine Zimmer, das an einem Kopfende des Flurs ins Büro führte, war von innen verschlossen, und jemand schnarchte leise darin. Um ins Eßzimmer zu gelangen, war nur ein Weg frei geblieben, und zwar der vom anderen Ende des Flurs aus. Aber auch dort mußte man über zwei Bündel und einen Korb steigen, in dem Flügelschläge zu vernehmen waren. Durch die offene Tür des beleuchteten Büros trat Pfeifenrauch heraus, vermischt mit Worten und Gitarrenklängen. Der Notar Bartolo und der große Advokat, in ihre Wintermäntel eingehüllt und mit zwei Pelzmützen, die ihnen bis auf die Ohren fielen, hatten innigste Freundschaft geschlossen.

»Glückliche Zeiten!« sagte der große Advokat, während er die Gitarre zupfte. »Glückliche Zeiten, mein lieber Freund! Hören Sie mal das hier... Hm, hm, hm... ›Oh, wie oft hab ich beim Klang deiner Stimme sanft geträumt. Und in jenem Traum schwand jeder Kummer, jedes Kreuz langsam dahin!...‹«

»Gut, gut, gut! Das tut mir gut! Welch eine Schönheit, Herrgott noch mal! Ist der Komponist dieser Musik tot?«

»Tot!«

»Gott nimmt die Besten zu sich, der Glückliche! Glauben Sie mir, mein Lieber, manchmal habe ich mich gefragt: Was, zum Henker, haben sie uns auf die Brust gelegt? Einen Ochsen oder eine Ladung Schotter? Verdammte Hu... Wie haben sie uns fertiggemacht!«

Giorgio ging wieder über den Flur zurück und trat tappend in sein Zimmer, in dem der Bruder schlief und mit seinem flachen Atem den üblen Gestank eines alten Mundstücks verströmte. Die Stiefel und die Schuhe schienen alle einen langen Marsch hinter sich zu haben und knirschten schwitzend.

Giorgio zog sich im Dunkeln aus und fand mit der Spitze seines Knies den Sessel, seine Unterhosen und das Kopfende des Bettes. Schließlich kroch er unter die Bettdecke, und nachdem er drei-, sechs-, neunmal mit seinem Nacken über das Kissen gestrichen war, schlief er ein. Aber sein Schlaf war voller Stimmen und Geräusche, die vom Flur und von der Straße herüberkamen. Im Flur erging sich der Notar Bartolo, dann der Vater, dann das Dienstmädchen der Bartolos; dort sprach man schlecht über eine gewisse Agata und gut über einen Schneider: »Er hat sie in der Hochzeitsnacht aus dem Haus gejagt!«, »Weißt du, was für einen Magen ich habe? Wie eine Trommel!«, »Es geht Ihnen doch hoffentlich gut?«, »Wenn man das überhaupt gut nennen kann: ich werde immer kurzsichtiger, und andere Angelegenheiten dafür immer länger!« Ein Karren knarrte, Windstöße fuhren in die Wäsche, und die Uhren schlugen jede Viertelstunde.

3

Einige Tage lang war das Haus ein einziges Wirrwarr, mit Telefongesprächen, Klingelläuten und keuchendem Gerenne zwischen der Küche und dem Wohnzimmer. Hin und wieder bedeckte sich der Flur mit Wintermänteln, Hüten und Spazierstöcken, und riesige Tabletts mit Kaffeetassen, bis oben hin gefüllt, wurden vom Dienstmädchen der Bartolos und jenem der Occhipintis hin und her getragen. Am Telefon hörte man die Mutter sagen:

»Gestern abend waren sie hier. Ich versichere Ihnen,

Signora, daß Gott ihr keinen besseren Verlobten hätte schicken können! Und wie ich sie hüte, Signora, wie ich sie hüte!« Sie aßen viel und lachten doppelt so viel; und die beiden alten Väter nebelten diese geräuschvollen Szenen mit einem dichten Schleier aus Pfeifenrauch ein. Das kleine Gesicht der Maria Bartolo, die alle »die junge Braut« nannten, leuchtete durch den Nebel hindurch. Es war ein rundes, dunkles Gesicht – die zu Schnecken gerollten schwarzen Zöpfe waren etwas oberhalb der Ohren festgesteckt – und immer vom Schimmer des eigenen blauen Blicks umhüllt, der vom Rauch sanft gebrochen wurde. Es war nicht zu erkennen, ob sie zufrieden oder unzufrieden war, und zuweilen sagte sie ein paarmal »Ja«, was keiner wahrnahm, da niemand sie etwas gefragt hatte. Die Frauen umarmten sie andauernd, und sie hinterließ ihre Haarnadeln und ihren schwachen Kinderduft an der Brust der Signora Occhipinti, ihrer Mutter und ihrer Schwiegermutter.

Der Verlobte kam jeden Abend mit seiner Familie: es war der Augenblick, in dem Giorgio wie eine Katze bis an die Tür geschlichen war und die Worte der Mutter: »Giorgio, sie möchten dich kennenlernen!« mit dem Geräusch der sich schließenden Tür verschmolzen. Spät in der Nacht kam er heim und stieß jedesmal auf den Notar Bartolo, der – im Hemd und in langen Unterhosen, die ihm bis zum halben Schienbein reichten – auf dem Weg zum Balkon war, um vom frischen Wasser aus dem Krug zu trinken. Auch in diesem Aufzug schien der Notar glücklich. »Schöne Nacht, wie?« sagte er händereibend zu Giorgio.

Aber die Freude währte nur kurze Zeit. Der Verlobte erwies sich schnell als ein zerstreuter Mensch, der an alles dachte, nur nicht an seine zukünftige Ehefrau. Eines Abends vergaß er schließlich sogar ihren Namen; ihm schien, sie heiße Lisa, und um sich dessen zu vergewissern, nahm er Zuflucht zu einer seltsamen List.

»Wer weiß, wie sehr Lisa auf dem Lande erwartet wird?« sagte er, ohne einen der Anwesenden anzublicken.

»Und wer ist Lisa?« fragte Signora Bartolo.

Der Verlobte errötete und geriet in Verwirrung: »Lisa, wie? Kennen Sie denn Lisa nicht?«

»Wir kennen sie nicht, möchten sie aber kennenlernen!«

»Wer ist diese Lisa?« fragte seine Mutter ihn streng.

Der junge Mann rieb sich über die Augenbrauen, erblaßte und nahm ein Glas Wasser.

»Sag uns erst, wer Lisa ist, und dann trinkst du!«

Von der Frage in die Enge getrieben, gestand er, daß sich ihm einen Augenblick lang der Kopf vernebelt und er angenommen habe, seine Verlobte Giovanna würde Lisa heißen.

»Weder Lisa noch Giovanna!« rief Signora Bartolo aus. »Genug gescherzt! Wie heißt dieses Mädchen hier?« Und schlug der Tochter auf die Schulter.

Der Verlobte erhob sich langsam, nahm ebenso langsam den Hut von einem Tisch und sagte mit lauter Stimme, daß er nicht heiraten wolle.

»Was soll das heißen, du willst nicht heiraten?« fragte seine Mutter bestürzt.

»Es soll heißen, daß ich nicht heiraten möchte!«

Niemand hatte die Kraft, sich vom Stuhl zu erheben,

ausgenommen die kleine Maria, die ins angrenzende Schlafzimmer flüchtete, ohne im Dunkeln zu bemerken, daß Giorgio mit geöffneten Augen auf dem Bett lag.

Giorgio hielt seinen Atem an und unternahm nichts dagegen, daß das Mädchen einen kurzen Schluchzer nach dem anderen von sich gab. Von allen Geräuschen, die ihm zu jener Zeit auf die Nerven gingen, sei es das Knarren der Betten, das Läuten der Klingeln oder das Vorüberschleifen der Schritte, schien ihm dieses, wie die Stille selbst, etwas Heilsames in sich zu tragen. Wenig später leerte sich das Wohnzimmer, jemand drehte am Lichtschalter, und der Lichtstreifen, der über den Fußboden strich und Marias Füße beleuchtete, erlosch. Das Mädchen verschwand im Dunkeln. Plötzlich rief eine Stimme ihren Namen, und in der Tür zum Flur, die unsanft aufgerissen worden war, erschien eine Frauengestalt. »Komm, Maria!« sagte die Frau.

Maria zögerte etwas, sie wollte sich nicht bewegen.

»Komm, Maria!« wiederholte die Frau.

Das Mädchen bedeckte den Mund mit ihrem Arm und verließ schluchzend das Zimmer.

Von jenem Augenblick an begann ein nicht zu beschreibendes Durcheinander. Maria schloß sich in ihrem Zimmer ein und wollte es nicht mehr verlassen. Die beiden alten Väter standen in der Nacht andauernd auf, im Hemd und in langen Unterhosen.

»Lassen Sie mich den Wintermantel überwerfen und reden wir!« sagte der Notar Bartolo.

»Bitte bringen Sie auch meinen Mantel, denn mir ist nicht nach Schlafen zumute!«

In die schwarzen Wintermäntel eingehüllt, saßen sie im Eßzimmer, nachdem sie den Wecker zur Wand hin gedreht hatten, um nicht sehen zu müssen, daß es bereits drei Uhr in der Frühe war.

»Gott hat mich verdammt, mein Freund!« sagte der Notar Bartolo. »Ich habe eine einzige Tochter, sie ist ein Engel und nicht arm: da kommt so ein Erzgauner daher und berichtet mir nach einem Monat Verlobungszeit, daß er ihren Namen vergessen habe! Und verläßt sie auch noch, verläßt sie und will nichts mehr von ihr wissen!«

»Heute abend hätten wir ihn alle mit Fußtritten traktieren und unsere Schuhe in seinem Hintern steckenlassen müssen! Aber wir waren in unserem Haus, und auf das Gerede der Leute muß man Rücksicht nehmen! Aber ich sage Ihnen, daß Sie dem Herrgott noch auf den Knien danken müssen, daß diese tote Seele nicht mehr Ihr Schwiegersohn ist! Ich will Ihnen mal etwas unter uns Männern sagen, mein Lieber: War der denn überhaupt als Ehemann geeignet? Sehen Sie diese Maus etwa in einem großen Bett?«

»Ich sehe nichts, und ich weiß nichts! Ich bin erschöpft, und das einzige Geräusch, das ich hören möchte, ist das einer Schaufel, die Erde auf mich wirft!«

»Teufel noch mal, was muß ich da von Ihnen hören? Fassen Sie sich, mein Freund, oder ich überhäufe Sie von Kopf bis Fuß mit Salz!«

»Meine Tochter ist gedemütigt worden! Sie wissen, wie diese Dinge laufen! Sie sagt mir: Ich bin ärmer dran als ein Wurm! Oh, mein Freund, ihre Mutter hat ihr nicht das Reden beigebracht, damit sie solche Worte sagt. Ärmer dran als ein Wurm!... Der Herrgott weiß, wie viele Male ich sie Ihm vorgezogen habe! Ärmer dran als ein Wurm!...«

»Nun weinen Sie doch nicht, zum Teufel noch mal!...«

Hier tauchte die Signora Occhipinti auf und fragte mit dem Hauch einer Stimme, ob sie eine Tasse Kaffee wünschten.

»Ja, bring uns nur einen Kaffee«, sagte der große Advokat. »Ja, bring uns nur einen Kaffee. Aber du mußt ins Bett, Kätzchen!«

»Wir haben Ihr Haus in Unordnung gebracht!« murmelte der Notar Bartolo.

»Nicht der Rede wert!« bemerkte die Signora und schloß die Fensterläden halb. »Ein klarer Tag, der Mond ist noch da!«

So verliefen die Dinge und vergingen die Nächte, als der Schwager des großen Advokaten aus Acireale ins Haus schneite. Er trat ins Haus ein wie ein Hund, der die Tür offen findet, ohne daß ein Telegramm oder eine Postkarte ihn angekündigt hätte.

»Wo bringe ich ihn bloß unter?« murmelte die Signora, die die Füße über den Flur schleppte. »Wo bringe ich ihn bloß unter?«

»Sei ruhig!« sagte der große Advokat. »Den schmeiß ich raus!«

Und er begab sich mit großen Schritten ins Eßzimmer. Doch kurz darauf kehrte er ins Wohnzimmer zurück, wo seine Frau, Emanuele und die Bartolos versammelt waren.

»Der ißt wie ein Scheunendrescher!« stammelte er. »Wo steckt er bloß all diese Speisen hin, so mager wie er ist?

Giovannina, um Gottes willen, nur Geduld! Lassen wir ihn allein, kümmern wir uns nicht um ihn! Zum Schluß begreift er dann, daß er hier zuviel ist!«

Doch der neue Gast begriff nichts. Er blieb im Eßzimmer vor dem gedeckten Tisch sitzen, seinen geöffneten Koffer auf dem Boden in der Nähe seiner Füße. Ab und zu entnahm er dem Koffer ein kleines Heft, wickelte eine schwarze Schnur davon ab und schrieb eine Nummer hinein; dann umwickelte er es wieder und legte es in den Koffer zurück. Wer von der Küche in den Flur wollte, begegnete seinem Blick voll sanfter und gebieterischer Ruhe und vernahm, daß er wirre Worte wie *Sissignori!* und *Sie haben Recht!* zu sich selbst sagte. Von Zeit zu Zeit bildete sich am Rande seines Auges eine Träne, und er wischte sie mit einem großen Taschentuch oder, wenn sie klein war, mit seinem Handrücken weg.

»Ist er fort?« fragten sie im Wohnzimmer alle zehn Minuten.

Nein, er ging nicht fort; dagegen trat er gegen Abend mit einem »Gestatten Sie, Herrschaften?« ins Wohnzimmer. »Wundern Sie sich nicht, meine Freunde«, fügte er hinzu, während er nach einem freien Stuhl Ausschau hielt, »ich wäre nicht eingetreten, wenn ich Ihnen nicht etwas zu sagen hätte!«

»Bitte, Schwager Alfio, setzen Sie sich!« sagte die Signora und forderte Maria auf, ihren Platz freizumachen.

»Meine Freunde«, sagte der Schwager Alfio, »ich kenne seine Familie.«

»Seine? Wessen Familie?«

»Die des Verlobten, zum Kuckuck!«

»Und was wollen Sie unternehmen?«

»Diese Hochzeit muß gefeiert werden! Und ich werde der Trauzeuge der Braut sein!« Nachdem er dies gesagt hatte, ließ er sein sanftes und gebieterisches Auge in die Runde schweifen, wodurch jeder von einer solchen Hoffnung, dem Wunsch, ihm zu gehorchen und der Reue darüber, gelitten zu haben, erfüllt wurde, daß ein fröhliches und argloses Lächeln von Mund zu Mund hüpfte.

»Wir geben Ihnen freie Hand«, sagten sie ihm schließlich. »Machen Sie, was Sie wollen!«

Sofort erhob sich der Schwager Alfio vom Stuhl, nahm seinen Hut, den Spazierstock und den Koffer, und ging zur Treppe.

Es wurde beschlossen, daß die beiden Frauen zusammen in dem großen Bett und Maria im selben Zimmer in einem angrenzenden kleinen Bett schlafen würden; die beiden Väter sollten im Wohnzimmer übernachten. Auf diese Weise blieb ein Zimmer übrig, das für den neuen Gast bestimmt wurde.

Er ließ bis elf Uhr abends auf sich warten. Schließlich erschien er.

»Verschrobene Leute, Verrückte!« murmelte er, als er sich an den Tisch setzte und den Koffer zwischen die Füße stellte.

»Also, also?«

»Aber er ist doch bis über beide Ohren verliebt!«

»In wen?« fragte der Notar Bartolo.

»In Ihre Tochter, zum Kuckuck!«

Das Mädchen stand mit feuerrotem Gesicht auf, ging ans Balkonfenster und trübte es mit seinem Hauch.

»Mann Gottes, nun erzählen Sie schon!«

Der Schwager Alfio erzählte eine lange und minuziöse Geschichte von Kutschen, Kutschern, Treppenhäusern im Dunkeln, Türschildern und schließlich einer Unterredung mit dem Vater des Verlobten und dann einer Unterredung mit diesem selbst. Er erbat sich noch einen Tag Geduld, und dann sei die Angelegenheit unter Dach und Fach.

»Gut so!« rief der große Advokat aus und entleerte die Pfeife in den Teller mit den Erbsen. »Gut so!«

In der Nacht spürte Giorgio, daß die Geräusche im Haus zugenommen hatten: im Wohnzimmer nebenan stieß der Vater, der sich mit einem Ruck im Bett aufrichtete und genauso plötzlich wieder hinlegte, mit dem Hinterkopf gegen die Tür. Der Notar Bartolo redete im Schlaf: »He, halt, he, nach rechts habe ich gesagt, nach rechts!« Emanuele war erkältet und schnarchte. Ein Betrunkener hatte sich unter dem Balkon aufgepflanzt und hielt eine beherzte Rede über das Schicksal Ungarns. Die Trikolore, die draußen geblieben war, knatterte im Wind und schlug hin und wieder gegen die Fensterläden.

»Morgen heirate ich«, dachte Giorgio. »Ich heirate das erste Mädchen, das ein Haus mit zwei Zimmern in einer einsamen Straße besitzt!«

Frühmorgens am Tag darauf verließ der Schwager Alfio in großer Eile das Haus, wurde aber zum Mittagessen vergebens erwartet.

»Was, zum Teufel, macht er bloß?« knurrte der große Advokat.

Schließlich tauchte er um fünf Uhr nachmittags auf, an einem Zwieback knabbernd und mit müder Miene. »Immer der Reihe nach!« sagte er. »Immer der Reihe nach! Und wartet, bis ich mich hingesetzt habe!«

»Immer der Reihe nach!« murmelten alle und folgten ihm mit den Stühlen in den Händen von einem Zimmer ins andere.

»Also!« sagte er, nachdem er sich hingesetzt hatte.

»Also?«

»Also! ... Wer weiß es?«

»Wie, wer weiß es?« meinte der Advokat Occhipinti stirnrunzelnd.

»Ich bin nämlich in die Kirche gegangen.«

»Wozu?«

»Oh, heilige Einfalt, um zu beten!«

»Bravo!« meinte die Signora. »Ein gesegneter Mann, er hat gebetet!«

»Sind Sie denn nicht zu denen dort gegangen?«

»Zu denen dort, zu denen dort! Nennt ihr die Leute ›denen dort‹?«

»Also, wollen wir zum Schluß kommen?«

Der alte Schwager senkte seine Stimme:

»Ganz nah beim Hauptaltar, unter der Kanzel zu Füßen des Treppchens, ist eine Spinne!«

»Eine Spinne?«

»Unglücklicherweise ist sie größer und dicker als eine Kuh...«

»Aber mein Lieber!«

»Hört endlich auf, mich mein Lieber zu nennen! Ich schwöre euch beim Haupt meiner Tochter, daß diese Spinne dort ein Jahrhundert lang bleibt, wenn man nicht die Glocken läutet und ganz Catania zusammenruft!«

Und indem er das sagte, stand der kleine Alte auf:

»Schwägerin, gibt es in meinem Zimmer ein Vorhängeschloß?«

»Ja, Schwager!«

»Nun, dann laßt mich schlafengehen!«

Und bevor irgend jemand die Zeit gehabt hätte, ihn zurückzuhalten, ging er auf sein Zimmer und schob den Riegel an der einen wie an der anderen Tür vor.

»Was, zum Teufel, ist mit ihm los?« fragte der große Advokat.

»Mein Gott, mein Gott, er scheint mir nicht richtig im Kopf zu sein!« rief die Signora aus.

In diesem Augenblick bemerkten alle, daß auf dem Tisch ein verschlossener Brief lag.

»Hierin ist alles erklärt!« sagte der große Advokat, als er die Handschrift seiner Schwester erkannte. Er setzte sich die Brille schräg auf die Nase, riß den Umschlag auf, las das Blatt Papier, las es noch einmal und sank auf einen Stuhl nieder.

»Was gibt's?« fragte die Signora.

Der Ehemann antwortete nicht sofort. Dann löste sich von seinen Lippen ein: »Ihm geht es nicht gut! ... Er redet Unsinn!«

»Verrückt?« riefen die andern leise aus.

»Pah, er war es überhaupt nicht, mir will jetzt scheinen, er ist es geworden.«

Daß er verrückt war, wurde sogleich durch seine Stimme bekräftigt, die nicht mehr aufhörte, im Flur zu tönen:

»Hündchen, Hündchen, Hund,
steck's Brot mir in den Mund,
Hündchen, Hündchen, Hund,
steck's Brot mir in den Mund.«

Und da das Telefon im Flur angebracht war, wurden alle verwirrt, die im Hause Occhipinti anriefen.

»Was sagten Sie, Advokat? Welches Brot?« fragte eines Abends der Präfekt.

»Exzellenz«, antwortete der große Advokat, »verzeihen Sie mir! Aber ich habe nichts gesagt.«

»Aber wer hat denn Brot gesagt?«

»Das war mein kleiner Schwager, kleiner Schwager!«

»Haben Sie denn einen Schwager, der noch ein Kind ist?«

»Nein, Signore, er ist kein Kind mehr! Er ist sechzig!« Und der große Advokat schluchzte: »Verzeihen Sie mir, Exzellenz.«

Aber es wurde Zeit, daß die Schwester und die Nichte über das unterrichtet wurden, was vorgefallen war.

»Ich habe kein Vertrauen in meine Schwester!« knurrte der Advokat Occhipinti, hinter dem Rauch aus seiner Pfeife verschwindend. »Sie hat ein Spatzenhirn!«

»Trotzdem muß sie unterrichtet werden!« sagte die Signora.

»Klar doch, sicher, gewiß!«

Es wurde beschlossen, daß Giorgio sich nach Acireale begeben sollte, um der Tante und der Kusine mit der gebotenen Behutsamkeit die schlechte Nachricht zu überbringen.

»Sie sind arm! Was sollen sie bloß tun?« sagte der große Advokat. »Ich bin noch ärmer als sie!«

Die Bartolos zogen sich in sich selbst zurück, um mit ihrem Unglück nicht allzuviel Platz in Anspruch zu nehmen inmitten des Unglücks ihrer Gastgeber; sie bewegten sich auf Zehenspitzen und riefen sich mit leiser Stimme. »Wir möchten nicht, daß...«, sagten sie.

»Ach was!« meinte der große Advokat. »Ich danke dem Herrgott, daß Sie hier sind. Das gibt mir etwas Trost.«

Als Giorgio sich mit dem Koffer und dem Sonnenschirm aus Wachspapier auf den Weg machte, holte seine Mutter ihn an der Tür ein:

»Sieh dich mal in Acireale um, dort findest du die reichsten Familien der ganzen Provinz! An der Piazza wohnt ein Mädchen, die ein wahrer Engel ist. Wirf einen Blick zu ihrem Balkon hinauf! Sie steht immer hinter dem Fenster.«

»Was erzählst du da?«

»Die bringt dir als Mitgift ein ganzes Haus ein! Ein Haus!«

»Addio, addio, Mäuschen!«

4

Statt einen Tag wegzubleiben, blieb Giorgio zehn Tage weg.

»Die Tante ist krank und kann das Bett nicht verlassen!« schrieb er auf einer Postkarte. »Ich komme mit Barbara.«

Händchenhaltend kamen Vetter und Kusine an. Barbara zitterte so sehr, daß ihr das Hütchen bis aufs Ohr hinunterrutschte. Kaum hatte sie den Vater gesehen, der durch sie hindurchsah wie durch eine Glasscheibe und sich den Hemdkragen und das Haar zurechtrückte, stieß sie mit ihrem Knie gegen das Fußende eines Bettes. Giorgio stürzte auf sie zu und hielt sie an der Schulter fest; dann wandte er ihr sein Gesicht zu und küßte sie auf Mund und Stirn.

»Was soll das heißen?« sagte der große Advokat äußerst bestürzt.

»Ich zittere am ganzen Körper!« sagte die Mutter und hielt ihrem Ehemann die Hände hin.

Aber der Alte hatte sich auf die Truhe geworfen und fuchtelte mit einer Hand zum Telefon hin, wie um sich mit etwas zu beschäftigen.

»Du bringst noch deinen Vater um!« fügte die gute Frau hinzu, die sich Giorgio zugewandt hatte.

»Mama«, antwortete Giorgio, ohne seine Wange von Barbaras Schulter zu lösen, »da ist nichts mehr zu machen: wir sind Mann und Frau!«

»Gott bewahre, mein Sohn!«

»So ist es, ich schwör's dir!«

An diesem Punkt nahmen die Angelegenheiten des Hauses Occhipinti eine merkwürdige Wendung.

Es ist kaum möglich, alles eins nach dem anderen zu erzählen: das Auge würde sich nach der halben Erzählung verirren, und in diesem verwickelten Knäuel würde man den einen Erzählstrang mit dem anderen verwechseln. Alle diese guten, von der Luft der Provinz genährten Gesichter erblaßten und magerten ab. Der Notar Bartolo verdarb sich den Magen, so daß man zu den vielen Tönen,

Stimmen und Rufen noch das kleine Geräusch hinzufügen mußte, mit dem der arme Alte, wie eine Katze mit Husten, die stillsten und entferntesten Winkel aufsuchte. Die Stimme des Schwagers hörte nur wenige Male auf, Brot und Fleisch zu verlangen, jedenfalls nie zu den Zeiten, in denen jemand telefonierte. Der Klient Fanarella brachte Geld vorbei, etwas, das in fünf Jahren noch nie vorgekommen war, und sagte, kaum daß er die Hand auf den Tisch gelegt hatte: »Genug!«

»Fünf Jahre Arbeit, dreihundert Lire!« brummte der große Advokat mit den drei seit langem schon zusammengefalteten Hundert-Lire-Scheinen in der rechten Hand, und er hielt sie so nah an die Pfeife, als wollte er sie verbrennen.

Schließlich, auch das muß gesagt werden, stritten sich alle.

Der Notar Bartolo sagte zum großen Advokaten: »Ihr Sohn hat eine Frau gesucht und nicht einmal meine Tochter vor seiner Nase bemerkt!«

»Das wäre ja noch schöner!« schrie der andere Alte ganz außer sich.

»Entschuldigung, aber weshalb wäre das denn noch schöner? Ich hätte Ihnen ein Haus mit zwei Stockwerken vermacht... Hier wohnen Sie ja wie in einer Sardinenbüchse!...«

»Oh, obendrein noch in die Suppe spucken!«

In der Nacht mußten jene, die sich gestritten hatten, wohl oder übel Seite an Seite schlafen. Die junge Frau und die kleine Bartolo, auf dasselbe Bett angewiesen, wandten sich die Schultern zu und tränkten die Ecken ihrer Kissen mit stillen Tränen. Die beiden Alten im Wohnzimmer fanden keinen Frieden: sie standen andauernd auf und pafften; wenn einer die Pfeife ansteckte, hustete und knurrte der andere die Worte *Gott* und *Geduld*. Die beiden Frauen, unter derselben Decke zusammengekauert, sprachen miteinander mit dem Bettlaken zwischen den Zähnen.

»Mein Sohn hat geheiratet! Ich glaube, ich träume! Und bringt ihm nichts an Mitgift ein, meinem Herz, nicht mal ein kleines Zimmer!«

»Morgen fahren wir zurück!« sagte die andere.

»Oh, warum denn?«

Um drei Uhr morgens schrie der Onkel, daß er Magenschmerzen habe und eine Tasse gekochtes Wasser mit Lorbeerblättern möchte. Alle sprangen aus ihren Betten und zogen Mäntelchen, Überzieher und Gummigamaschen an; und im Flur gab es ein unbeschreibliches Gedränge. Um das Maß vollzumachen, ließ sich der Schlüssel zum Zimmerchen des Dienstmädchens nicht finden, so daß es drinnen eingeschlossen blieb und nicht zeigen konnte, wo die Lorbeerblätter aufgehoben waren. Statt einer Tasse gekochtes Wasser mit Lorbeerblättern trank der Onkel eine mit Kamille. »O je!« meinte er, »das ist aber kein Lorbeer! Das rieche ich, daß das kein Lorbeer ist!«

Dies war die Nacht, in der das Haus Occhipinti so dichtbevölkert war wie nie zuvor.

Aber in den anderen, folgenden Nächten war es nicht etwa entvölkert.

Wenige Tage nach der Abreise der Bartolos verließ der Schwager das Haus und wurde in einem Sanatorium untergebracht. Doch das Zimmer, das er bewohnt hatte, blieb nicht leer, denn seine Frau aus Acireale, die kleine Tante Rosina, zog darin ein.

Das Wohnzimmer wurde ausgeräumt, und zwischen den an die Wand gelehnten Spiegeln und den mit gekippten Stühlen beladenen Tischen richteten die beiden Neuvermählten ihre Wohnung ein. Giorgio sah sich in allen quer oder hochkant aufgestellten Spiegeln wie ein in Scheiben geschnittener und zwischen den Möbeln verstreuter Mann.

»Mein Gott!« sagte er; aber Barbaras tiefe und dunkle Augen streichelten seine Nerven und beruhigten seine Ticks. Wenn er wegen seiner alten Gewohnheit der Schlaflosigkeit mitten in der Nacht aufwachte, gab es das Gesicht des Mädchens – mit seinen gesenkten Lidern, die aber noch so feucht waren, daß der Streifen eines Blicks fortwährend an den Rändern zu schimmern schien, ein dünner, ruhiger und zartfühlender Blick, der allerdings nichts sah –, das ihm Gesellschaft leistete. Dieses kleine Gesicht, das nicht im Kissen versank, versetzte seiner Brust jähe Schläge der Freude, die ihn leise pfeifen ließen. Er vergnügte sich damit, ihre Wimperhärchen zu zählen und darauf zu warten, daß die Haarsträhne, die ihr fast bis auf den Mund hinuntergefallen war und sich vom Atem leicht bewegte, hinter die Wange zurückfiel. Und durch diese Übung, die besser war als das Rückwärtszählen oder das ständige Denken an »Der Krug geht so lange zum Brunnen, bis er bricht«, wie er es auf Anraten eines Freundes in seiner Junggesellenzeit zu machen pflegte, fiel er in einen unregelmäßigen Schlaf. Stimmen gab es in diesem

Haus immer mehr. Ein Bratkoch in der Nähe hängte ein Megaphon an die Tür und zerriß die Luft mit Liedern von Schallplatten. Man arbeitete, aß, ging spazieren und schlief mit den Worten: »Seit meine Augen dich geseh'n, jenes Versprechen herbei ich sehn'!«, ein Straßenhändler rückte mit seinen Karren an und begann, den Kopfsalat mit einer Stimme anzupreisen, die aus dem Flur zu kommen schien; im zweiten Stock wohnten nun zwei Familien statt einer, und die Klingeln in der Vorhalle wurden verdoppelt; an der Piazza wurde eine Garage für Motorräder eröffnet, und jeden Augenblick schlüpfte aufheulend eine Maschine heraus, die nach zwei oder drei rasanten Runden sich im Meer des Brummens aus den Nachbarvierteln verlor; die Kinder auf der Straße entdeckten die frauenverfolgenden Raketen und machten sich daran, Explosionen und Zischen zwischen die Kleider der vorübergehenden Frauen zu werfen; der große Advokat schrie um fünf Uhr morgens über den Flur: »Sprecht leise und weckt die beiden Kinder nicht auf!«; viele Nachbarn schafften sich ein Radiogerät an, und die Namen der Bürgermeister und Gemeindesekretäre aus den kleinen Dörfern im Norden brachten das Fensterglas zum Vibrieren; auf den gegenüberliegenden Balkonen vermehrten sich Stühle, Stühlchen, Kinderwagen und Dreiräder; eine kleine Kirche, die als Garage genutzt worden war, fand zu ihrer ursprünglichen Bestimmung zurück und ließ in der Luft ihre Glokken erschallen, und die Stimme des Herrn überflutete die Zimmer; lang, dunkel, widerhallend war das Geräusch der kleinen Statuen, die zerbrachen, wenn eine teure Person das Haus über den Flur, mit den Füßen zuerst, wie der traurige Satz heißt, verlassen mußte; ein ständig angetrunkener Verkäufer von Holzbildern stellte sich unter dem Balkon auf, um seine kleinen Büsten von lebenden Personen zu versteigern: »Zwei Lire!« sagte er. »Zwei Lire pro Büste?... Nein, nichts!... Zweieinhalb Lire für zwei?... Nicht einmal das!... Eine Lira?... Nicht mal eine Lira!... Wieviel dann? Zwei Münzen jede?... Eine Münze? Nichts, gar nichts, geschenkt!«

»Ich mag nicht mehr, ich mag nicht mehr im Haus herumspazieren«, rief eines Abends die Tante, und nach diesen Worten sagte sie nichts mehr; der Satz: »Wenn ich das Dunkle hätte bewältigen können, wäre ich im Leben glücklich gewesen« wechselte ständig ab mit dem anderen: »Auch auf Gabriele d'Annunzio pfeife ich«; dann wimmerten die Kinder...

Aber jedes neue Geräusch und jede neue Stimme traf auf einen immer ruhiger werdenden Giorgio. Und häufig, wenn es abends dem Mondschein gelungen war, sich zwischen Schornsteinen, Dächern, Konsolen und Eisenstäben durch das Balkonfenster hineinzuschleichen, und auf den Teppich ein Silberschein fiel, saß er im Dunkeln wie der Vater und erinnerte sich an die vergangenen Tage. Und es betrübte ihn, daß sich zu den Stimmen und den Geräuschen von heute nicht jene lauteren aus der Vergangenheit hinzugesellten.

Ein unvergeßlicher Abend

Die Stadt hatte der Welt drei große Schriftsteller geschenkt. Nach einem in Mailand und in Rom sehr glänzend verlaufenen Leben waren alle drei zum Sterben in den Schoß zurückgekehrt – die beiden Junggesellen ins Geheimnis des eigenen Zimmers und in die Tiefe der Nacht, als niemand mehr vermutet hätte, daß sie noch aus dem Bett aufgestanden waren und ihren Kopf für immer auf die alte Kommode gelegt hatten.

Nachdem der letzte der »Triade« verblichen war, begannen die jungen Leute der Stadt, die glaubten, wie dieser in demselben Zustand der freudlosen Einsamkeit und des beneidenswerten Ruhms sterben zu müssen, seiner zu gedenken, sie hatten Tränen in den Augen, wenn sie dessen »letzte Augenblicke« wachriefen, denn in jenem alten Herrn, der sich im Pyjama erhoben hatte, um außerhalb seines Bettes zu sterben, erkannten sie sich wieder.

In Wirklichkeit jedoch gelang es keinem dieser jungen Leute auch nur bekannt, geschweige denn berühmt zu werden. Die lebhaftesten und intelligentesten unter ihnen verließen die Stadt, und – mit einer Bescheidenheit, die sie erst recht zu Erben dieser drei machte – begnügten sie sich damit, das Handwerk eines Journalisten auszuüben.

Die anderen, anmaßenden und weniger begabten, verweilten in der sizilianischen Stadt, schrieben Gedichte und

Romane, hielten Vorträge über die drei großen Verblichenen und veröffentlichten in der Stadtzeitung Photographien und Lobreden. Doch spürten sie, daß der Respekt in ihrer Umgebung nicht zunahm. Die ionische Stadt, voller Händler und Notare, die übrigens auch die drei »Genies« mißtrauisch beäugt hatte, würdigte sie nicht ihrer Wertschätzung. »Wieviel verdient der?« fragten die Alten, wenn die Frau auf eine Photographie von Campanile zeigte, die sich langsam im *Giornale Mediterraneo* aufblähte, das zusammengerollt auf dem Tisch lag.

»Tausend Lire im Monat!« murmelte die Signora.

»Tausend Lire?« schnaubte der Ehemann. »Jämmerlich!«

Und verwandelte die Zeitung in einen Ball und kickte ihn hinter das Sofa.

Der Komödienschreiber Giacomo Campanile, der Romancier Edoardo Poleta und der Poet Luigi Maracco, die die Vierzig bereits weit überschritten hatten, stapelten in den halbdunklen Zimmerchen, die sie bewohnten, die Lokalzeitungen, die fast jeden Tag über sie berichteten, bis an die Decke. Jeder der drei hatte in seinem Leben eine Zeit gekannt, in der er einwandfrei dunkel gekleidet herumgelaufen war, während die wohlhabenden und liebenswürdigen Damen eine nach der anderen für ihn um die Hand der wohlhabenden und liebenswürdigen Mädchen der Stadt angehalten hatten. Doch keiner jener Damen war es je gelungen, im Verlauf ihrer langen Visite einer alten Internatskameradin, deren Tochter sich derweil im Flur herumtrieb, ein Ja abzuringen. Die drei blieben daher Junggesellen. Und das Œuvre Giacomo Campaniles bestand ausschließlich aus Einaktern, in denen eine Signora, die in einen Luftkurort fuhr, um sich mit dem Bühnendichter zu treffen, den sie in ihrer Jugend geliebt hatte, es bereute, ihn nicht geheiratet zu haben.

Alles lief schlecht für die Signora aus dem Einakter: der Gatte war ein grober Klotz, der Sohn hatte zwar eine hohe Stirn, aber nur einen Finger und konnte nicht laufen, ein finsteres Schicksal wütete gegen sie, die von Gott wissen wollte, womit sie ihn beleidigt habe, während am Pianoforte ein *Nocturne* von Chopin erklang und der Vorhang fiel.

Doch während in den Einaktern für die Signora, die den Bühnendichter nicht geehelicht hatte, alles schlecht lief, wurden in der Wirklichkeit die Damen allmählich immer fetter und der Bühnendichter Campanile zusehends älter.

Zum Glück hatten sich nicht all jene wohlhabenden und liebenswürdigen Mädchen vermählt: Die vornehmste unter ihnen, die am meisten geliebte und die begehrteste, Luisa Maletto nämlich, blieb ledig.

Seit vielen Jahren gingen die drei Literaten auf dem Corso unter den Balkonen des adligen Palazzo spazieren, der mit einer außergewöhnlich großen Anzahl von Früchten, steinernen Putten, Fensterläden, Eisengittern und Vorhängen aufwarten konnte. Es war an jenem Punkt der Straße, wo das Trio bei den endlosen Spaziergängen, an denen zu jeder Tageszeit die ganze Stadt langsam teilnahm, seine Stimmen erhob. Selten spazierten sie zusammen, da jeder von ihnen – so ehrerbietig er sonst bei anderer Gelegenheit war, wenn er unter den Balkonen der Maletto vorbeiging – rechts von dem anderen zu gehen wünschte, oder, wenn die beiden Freunde dabei waren, in der Mitte.

»Lucio d'Ambra«, rief Edoardo Poleta aus, »schätzt mich sehr! Dabei weiß er, daß er und ich sehr verschieden sind! Er nämlich«, fügte er hinzu, wobei er die Stimme noch etwas anschwellen ließ, »ist analytisch! Ich dagegen bin synthetisch!« Und er schickte einen Blick zu dem Labyrinth aus Fensterläden und Vorhängen hinauf, das dem Hauptbalkon des Palazzo große Tiefe verlieh.

Giacomo Campanile rief in einem übertriebenen und ironischen Sizilianisch aus – und zwar im Tonfall dessen, der aus Gründen der Eleganz eine volkstümliche Mundart annimmt –, daß er für alle der Knecht, der Fußboden, der Spucknapf sei. Dennoch fand er auch inmitten jener komödiantischen Einfälle eine Gelegenheit, kundzutun, daß ein großer Kritiker aus Rom ihn duzte.

Mit einer angenehmeren Stimme erzählte Luigi Maracco von seinen mondänen Unternehmungen. Er war der am wenigsten Leutselige des Trios. Durch die Art, in der sein Filzhut in der Sonne glänzte, war zu erkennen, daß er sich mehr als die anderen auf seine Erscheinung als ruhiger Signore verließ. Seine Schüchternheit diente ihm als guter Grund dafür, nichts anderes zu tun, als den Ausgang jener nunmehr zehnjährigen Liebesangelegenheit der einzigen Tatsache zuzuschreiben, daß er ein schönes Äußeres besaß. Er war auch der verliebteste aus dem Trio.

Aber die Jahre gingen dahin wie das Knirschen der Schuhe, die den Corso hinauf und hinab liefen; Luisa war nicht mehr fünfzehnjährig; und das einzige Mal, daß jene ihre Stimme in den Telefonapparaten vernehmen ließ, welche die drei sich vermittels einer für ihr Budget ziemlich erheblichen finanziellen Belastung eigens zu diesem Zweck zugelegt hatten, war, als ein gewisser Tommasini, der diesem Liebesgeheimnis auf die Schliche gekommen war, damit begann, die Stimme der Signorina Luisa zu imitieren. Wie hätte das Leben den drei Schriftstellern zugelächelt, wären jene Erfindungen Tommasinis, seine warmherzigen Worte der Zärtlichkeit und seine vor Rührung matte Stimme, wahr gewesen!

Doch die Wahrheit sah völlig anders aus. Baron Maletto hatte etliche Male Luigi Maracco zum Provinzschulrat zitiert (»Professore, gefällt Ihnen das Leben hier nicht? Doch, wirklich, es gefällt Ihnen? Aber dann...) und Giacomo Campanile zum Polizeipräsidenten bestellen lassen (»Nun, mein Freund, wir haben eine weiße Weste und treiben uns unter Balkonen herum!«). Der Traum der drei, in diesem adligen Palazzo einmal zu nächtigen, erhielt vom Leben nicht einmal dadurch eine kleine Nahrung, daß ihnen der Zugang, und sei es auch nur flüchtig, zum Innenhof gestattet wurde. Der Pförtner des Hauses Maletto, der an Galaabenden seine behandschuhte Hand auf den Zeremonienstab legte, blickte grimmig und verdrossen auf die drei, die vor ihm auf und ab gingen und ihm nunmehr so vertraut waren wie einem alten Turm der Mond.

Doch das Glück war ihnen hold. Der bedeutende Akademiker Rosmini, der aus Rom angereist war, um zwei Vorträge zu halten, wurde zu einem Empfang im Hause Maletto eingeladen. Er bat den Baron um die Erlaubnis, die drei Literaten (die er »meine teuren Freunde« nannte) mitbringen zu dürfen. Da konnte der Baron nicht nein sagen.

Jener Januarabend war klar und kalt. Die drei Freunde trafen im Abstand von wenigen Minuten ein und schüttelten den Tau vom Mantel so ab, wie man Schnee abschüttelt, denn ihren romantischen Seelen gefiel es, sich vorzustellen, daß die Ereignisse jenes Abends sich unter dem erbarmungslosen nördlichen Himmel in einem strengen Klima abspielten.

Luigi Maracco trat mit einem ganz leichten Knirschen der Schuhe in den Salon und suchte mit den Blicken Luisa. Aber diese war noch nicht erschienen; Edoardo Poleta stand in einer Ecke des Balkons und blickte, genau von jenem Punkt aus, an dem seit Jahren sein Blick ankam, auf jene Stelle der Straße hinunter, von der aus er seit Jahren, wenn er rechts von einem Freund stehenblieb, den Blick zu heben pflegte; Giacomo Campanile schrie im angrenzenden kleinen Salon.

Giacomo Campaniles Stimme mißfiel Luigi: Es kam ihm so vor, als würde er im ganzen Haus herumlaufen wie ein Hund, der auf die Tische springt und alles umwirft und kaputtmacht. Von eher schweigsamer Natur, fühlte er sich an diesem Abend schweigsamer denn je. Zehn Jahre seines Lebens erforderten an einem solchen Abend eine große Diskretion, ein sehr gutes Benehmen, die besten Bedingungen, um an dem Ort zu träumen, den die Träume besucht hatten. Tausende von Sätzen der Liebe, von warmherzigen Ausdrücken, von Versen, von Motiven schlummerten in ihm, von dem Gedanken gewiegt, daß es nur ein wenig Atem brauchte, um sie Luisa zu Gehör zu bringen. Weshalb mußte man sie dann mit lauter Stimme vortragen? Er traute sich zu, sie in einem Blick auszudrükken, wenn jene Ruhe wieder eingetreten war, die Campanile mit seinen unbesonnenen Schreien störte.

In der Ecke des Balkons stieß er auf Edoardo Poleta.

»Weshalb schreit er denn so?« sagte er ganz leise und wies auf den kleinen Salon, aus dem Campaniles Stimme herüberwehte.

»Laß ihn nur!« murmelte Poleta zwischen den Zähnen hindurch.

Doch als wenig später Luisa oben an der Treppe erschien, senkte auch Campanile, der mit einem Glas in der Hand aus dem Salon gekommen war, seine Stimme. Die drei betrachteten ihre zierliche Gestalt, als sie langsam herunterstieg, wobei ihre über die Balustrade gleitende Hand ihr wie eine Taube, wie ein kleiner Page voranschritt. ›Dieser ungewöhnlichen Frau möchte ich das Du anbieten und sie den Freunden mit den Worten »Meine Frau!« vorstellen dürfen‹; das sagten ihre Gedanken mit einer abergläubischen Eile, wie wenn man einen Wunsch äußern möchte, bevor eine Sternschnuppe verlischt. Ihre Blicke funkelten. Viele der geladenen Gäste, unter ihnen der bedeutende Akademiker, bemerkten, daß im linken Auge von Luigi Maracco eine Träne keimte.

Luisa war sehr schlank, so wie sie fünf Jahre zuvor sehr fettleibig gewesen war. Doch die Verehrung der drei Freunde hatte diese seltene Frauenschönheit von der Sphäre der üppigen Formen bis hin zu jener zarteren Form ohne den geringsten Unterlaß begleitet. Ihr Geschmack konnte ihr gegenüber keinerlei Norm anlegen; die Normen erhielt er im Gegenteil von ihr. Als Luisa dick war, liebten die drei Freunde mit einer besonderen Inbrunst die großen Wolken, die barocken Paläste, das Brot, die Pfingstrosen; seit sie schlank war, liebten sie mit der gleichen Inbrunst die dünnen Ranken, die hohen Töne der Geigen und die Palmen des Malaiischen Archipels.

Dieser Abend war in ihrem Leben der allerschönste. Auch die Irrtümer oder, wie Baron Maletto es formulierte, die *Quidproquo*, dienten dazu, dessen Poesie zu steigern. Gegen Mitternacht fuhr Maracco, der seine Stirn an das Fensterglas eines Balkons gelehnt hatte, zusammen. »Es schneit!« murmelte er. In der Stadt am Meer hatte es seit dreißig Jahren nicht mehr geschneit. Der Schnee war die einzige atmosphärische Erscheinung, die während der langen Periode seiner Liebe zu Luisa noch nicht aufgetreten war: Es schien ihm, daß dies ein gutes Vorzeichen sei und die Welt sich zum Besseren wandle. Er stellte sich den Schnee auf der Eisenbahnbrücke vor, auf der schwarzen Lava, in den Sackgassen und schließlich auf den Segelbooten und auf dem Meer. Eine zweite Träne sproß in seinem linken Auge. »Es schneit!« echote Poleta, der sich ihm genähert hatte.

»Mein Gott!« sagte der Freund, der jenes Weiß jenseits der Fenster anstarrte. Sie stellten sich nicht die Frage, warum es nicht auch vor den anderen Balkonen schneite; erst gegen eins, und ohne diesem prosaischen Widerruf irgendeine Bedeutung beizumessen, stimmten sie mit dem Baron Maletto darin überein, daß das Weiß von einer Bettdecke stammte, die über einer Balkonbrüstung im oberen Stockwerk hing.

Einem zweiten Irrtum, der vielleicht weniger ehrenhaft als der erste war, unterlag Edoardo Poleta. »Die Musik!« sagte er seufzend und ließ seinen Kopf auf die Rückenlehne eines Diwans sinken; und damit Luisa es auch höre, fuhr er lauter fort: »Ich würde die *Divina Commedia* schreiben, wenn es an meiner Seite ein Pianoforte gäbe und eine Frau, die es so spielte!« So spielte in diesem Augenblick ein Kind, das die Tasten aufs Geratewohl mit einem Finger drückte.

Doch es kam nie vor, daß Luisa mit einem der Literaten unter vier Augen blieb. Sie hielt zu ihnen stets eine gewisse Distanz, und da sie leise sprach, vernahmen sie keines ihrer Worte. Die drei erkannten jedoch das Rascheln ihres Kleides im geräuschvollen Durcheinander des Empfangs wieder; den Takt ihrer Absätze vernahmen sie auf besondere Weise so, als wären an allen Punkten des Fußbodens, auf die sie trat, ihre Nerven eingelassen. Maracco wurde von seiner Gemütswallung am meisten heimgesucht. Wie in einer Bibliothek, in der durch ein Erdbeben alle Bücher umstürzten und sich öffneten – wobei sie vor dem Auge und dem Geist eine unendliche Anzahl von berühmten Sätzen ausbreiteten –, so blätterte er in seinem Innersten sämtliche Tagebücher, alle nicht abgeschickten Briefe, jeden ersonnenen Dialog mit ihr durch, indem er in endlosen Reihen ihre Worte ordnete. Er freute sich darüber wie ein General, der die Parade seiner gesamten Streitmacht abnimmt. Nur Giacomo Campanile, der weiterhin mit lauter Stimme sprach, verletzte ihn nach wie vor. Maracco spürte das Gewicht, die Farbe, die Form der Wörter, die Campaniles Mund entströmten und sich auf Luisas Wangen legten. Einen Augenblick lang schien es ihm, als hätten die wenigen Dummheiten Campaniles, nur weil sie im Gewand einer solch lauten Stimme daherkamen, die stummen Übungen seiner Liebessätze besiegt. Aber ein Gläschen genügte, um seine Befürchtungen zu zerstreuen und ihn siegessicher zu stimmen. Plötzlich stellte er sich die Hand, mit der Luisa sich das Haar ordnete, lauwarm zwischen der seinen vor; er fühlte sich ihr dank einer zehn Jahre währenden Intimität verbunden; er sah, wie alle das Haus verließen und er in einen chinesischen Schlafrock gekleidet zwischen diesen Möbeln und Spiegeln, *wie bereits an so vielen Abenden zuvor*, blieb. Seine Zunge löste sich, wenn auch leise. Lange sprach er von einem neuen Manschettenknopfmodell. Der Präfekt hörte ihm unaufmerksam zu. Er ärgerte sich. »Bei Gott«, sagte er zu einem Balkonfenster, das er gegen seinen zerstreuten Zuhörer eingetauscht hatte, »wenn jemand erkennen läßt, daß er meiner Meinung eine Bedeutung beimißt, sie fast erwartet und darum bittet, so werde ich bescheiden, schüchtern, christlich, und zweifle an dem, was ich sage. Wenn ich dagegen aber jemanden sehe, der diese Meinung verschmäht, dann kann ich rasend werden, dann glaube ich nur noch an mich, und meine Füße verkrampfen sich in den Schuhen zu Krallen!«

Ein Anflug von Rosarot im Osten ließ ihn zusammenfahren. Die Nacht ging zu Ende! Das Fest ging zu Ende! Die Selbsttäuschung ging zu Ende! Und wenn er nachrechnete, so hatte er nicht einmal ein einziges Wort an Luisa gerichtet. Er wandte sich erschreckt zum Saal hin. Die Damen und Herren hatten sich zu einem Gesellschaftsspiel versammelt. Maracco näherte sich ihnen. Sie fragten ihn: »Eine Stadt ohne r, aber mit p! Schnell, die Antwort!« Maracco fing an zu stammeln: »Ohne r, aber mit p! Ohne r, aber mit p!« Luisa sah ihn wohlwollend an. »R... p! R... p!« – »Schluß!« riefen sie ihm entgegen. »Sie haben verloren! Sie müssen ein Pfand geben!« Eine Hand zog ihm das Taschentuch aus der Tasche. Wenig später hießen sie ihn vor Luisa auf die Knie fallen (dies war der Mühe wert). Er wurde so blaß, daß alle es bereuten, ihn mit einer vielleicht überzogenen Strafe gekränkt zu haben. Er stand auf; nun kam ein Arzt an die Reihe, dem auferlegt wurde, Luisas Schulter abzuhorchen. »Sagen Sie dreiunddreißig!« befahl der Arzt und legte sein Ohr auf die Schulter des Mädchens. »Drei...unddreißig!« wiederholte Luisa lachend und hüstelnd. Der Arzt rückte von ihr weg, war sichtlich verwirrt und bat darum, sich entfernen zu dürfen.

»Ein Spiel, das nicht ankommt!« murmelte der Präfekt. Der Tag war angebrochen.

»Ich bin glücklich!« vertraute Maracco Poleta an.

»Aus welchem Grund?« fragte dieser ihn.

»Sie hat mich zärtlich angesehen. Das schwör ich dir bei meiner Seele: zärtlich!«

Zehn Minuten später kehrte der Arzt zurück, mit einem finstereren Gesicht als je zuvor, und bat den Baron Maletto beiseite. Sie hatten kaum drei Worte miteinander gewechselt, als der Baron sich zu einem Sessel schleppte und sich hineinfallen ließ, um zehn Jahre gealtert.

»Was ist los?« fragte jemand. Das Fest wurde unterbrochen. Eine Dame, die Klavier spielte, mußte erleben, daß ein Diener ihr den Deckel fast auf die Finger geknallt hätte und sie um Ruhe bat.

Alle schwiegen und sahen Luisa an, als diese einen kleinen Schrei ausstieß und die Treppe hinauflief. Ihre Mutter folgte ihr.

Mit derselben Freundlichkeit, mit der man die großen Tabletts mit Süßigkeiten herumgereicht hatte, begann man die Indiskretionen herumzureichen: der Arzt hatte bei Luisa eine schlimme Krankheit festgestellt; da sieht man, was bei einem harmlosen Gesellschaftsspiel herauskommen kann; Luisa hatte sich in ihr Zimmer eingeschlossen und wollte niemanden sehen, nicht mal ihre Mutter! »Die Ärmste« und »Du meine Güte!« schossen durch die Luft. Zwischen dem Baron und der Baronin brach ein Streit aus: der Ehegatte beschuldigte seine Frau, für Luisas Krankheit verantwortlich zu sein, da sie ihr »sogar« zu rauchen erlaubt habe; die Ehegattin machte ihrem Ehemann denselben Vorwurf, da er Luisa erlaubt habe, zuviel Kaffee zu trinken. Maracco hätte nicht mehr die Kraft gehabt, sich auf den Beinen zu halten, hätte er sich nicht an einen Vorhang festgeklammert. Poleta bedeckte sein Gesicht mit den Händen. Campanile blickte zum Himmel hoch, der immer heller wurde, und fragte jeden Lichtstrahl, ob es einen Gott gebe.

Plötzlich kam eine Dienerin herbeigestürzt und teilte der Baronin mit, daß ihre Tochter sie zu sehen wünsche. Die Baronin stieg hastig die Treppe hoch, wobei sie eine Samtrose an ihrer Seite verlor, die an der Treppenbalustrade hängengeblieben war. Eine Minute später kehrte sie zurück und sagte ihrem Mann zwei Worte. »Oh, das ist ja unglaublich!« sagte dieser. »Unglaublich!« Und mit lauter Stimme: »Meine Damen und Herren, bitte entschuldigen Sie uns! Aber wir möchten jetzt unter uns bleiben! Bitte entschuldigen Sie uns!«

Jetzt ging es darum, nach Hause zu gehen. Die drei Literaten sahen sich an, ihre Gesichter bleich vor Angst und Traurigkeit. So also endete der Abend? Nach zehn Jahren der Spaziergänge unter den Balkonen waren sie schließlich einmal in das Haus, in das sie kaum ihre Blicke zu schicken pflegten, eingelassen worden und hatten endlich Luisa aus der Nähe gesehen; doch bevor auch nur ein einziges Wort von einem der ihren sie erreichte, hatte eine unversehens entdeckte Krankheit sie ihren Augen entführt. Und nun näherte sich ihnen eine Dienerin mit den über den Arm gelegten Mänteln, damit alle drei sie anziehen, weggehen und nie mehr wiederkehren sollten. Instinktiv zogen sie sich ins Haus zurück und flohen in einen kleinen Salon, von dem aus sie das obere Ende der Treppen und eine Tür des oberen Stockwerks sehen konnten.

»Luisa wird also sterben?«

Das Leben war also der Aufgabe überdrüssig geworden, eine so zarte Pflanze am Leben zu erhalten, während es eine ordinäre Frau wie Eleonora Regalbuto oder einen Mann wie Leopoldo Rosati, der es vollständig in den Betten mieser Hotels verausgabte, mit sich selbst füllte. Mit einer ziemlich eigenartigen Bitterkeit ließen sie, die die Liebe stets als wichtigsten Quell der Kunst anerkannt hatten, all jene Revue passieren, die hätten sterben können, ohne daß etwas Kostbares verlorengegangen wäre:

Boccadifumo, Rosabella, Leonardi, Carnelotti, Ciancio, Dibelia... Die Liste wollte kein Ende nehmen!

Nachdem der Salon sich geleert hatte, stieg ein junger Mann im Pelzmantel und mit Hut, der natürlich auf Wunsch Luisas herbeigerufen worden war, die Treppe hinauf. So wie bei einer Gitarre, deren Saiten sich unterschiedlich stark gelockert haben, ein jeder leicht alle möglichen Mißtöne erkennen kann, so lasen die drei von seinem halb geöffneten Mund sämtliche Dummheiten ab, die dieser, den sie sogleich den Stutzer nannten, binnen kurzem von sich geben würde. Aber er stieg hinauf und betrat das Zimmer, dessen Luft Luisa mit ihrem Fieber erwärmte: sie dagegen blieben, wo sie waren! Alle drei haßten den Stutzer mit einem Haß, der innerhalb einer Minute ein Altersgenosse ihrer Liebe zu Luisa geworden war, und neideten ihm seinen Pelzmantel, der im Vorzimmer hätte verbleiben müssen, dagegen aber mit seinem Herrn die Stufen hinaufstieg und sich zu ihr begab.

Als die Diener sich entfernt hatten, gingen die drei Schriftsteller in den völlig verlassenen Salon zurück.

Wie war beim ersten Tageslicht doch alles so schön, so liebenswert!

Maracco schien mit seinem Blick ganze Stücke aus der Wand herauszureißen, alles zu rauben und für immer in seinem Gedächtnis aufzuheben! Es gab nichts, was ihm nicht gefallen hätte. Die hohen Spiegel waren schön, weil alle sich darin betrachten konnten. Die Diwane rechts vom Balkon machten sich gut rechts vom Balkon, da sich die Haupttür links von ihnen befand; und die Diwane rechts von der Haupttür, da der Balkon sich links von ihnen befand. Die Schleier der Gardine waren anmutig, da so leicht; und die goldenen Armleuchter waren anmutig, da so schwer. Zwischen einem Spiegel und einer Blumenvase sah Maracco, nur weil er seinen Blick mehr als eine Minute lang dort hatte ruhen lassen, zehn Jahre seines Lebens; andere Jahre sah er auf den Stufen der Treppe, andere wiederum in der Nähe des Balkons.

Unversehens begann Campanile zu weinen. Maracco drückte ihn an die Brust, weil er auf diese Schluchzer eifersüchtig war, die bis in ihr Zimmer dringen konnten. Poleta sagte: »Die Sonne ist da!«

Tatsächlich, die Sonne war aufgegangen. Bald würden all die widerwärtigen Menschen in der Stadt aufwachen, ja würden sogar – wegen ihrer ausgezeichneten Gesundheit und ihrem Verlangen nach Nahrung und Bewegung, das sie aus dem Bett trieb – als erste aufwachen.

Ein Diener sah sie und näherte sich ihnen besorgt.

»Wir suchen unsere Hüte!«

»Die der Herrschaften?« fragte er. »Aber Ihre Hüte liegen doch da!«

Sie murmelten bitter, doch gab es nichts zu entgegnen.

Schweigend zogen sie Mäntel und Handschuhe an und setzten die Hüte auf. Wie jemand, der im Herbst unter einem Baum schlief, spürten sie, daß im oberen Stockwerk über ihnen etwas erlosch und abblätterte.

»Gehen wir?« fragte Poleta.

»Gehen wir!«

Ein größeres Unglück hätte ihnen nicht zustoßen können. Alle drei dachten ohne Freude daran, daß sie über dieses Unglück das erwartete Meisterwerk schreiben würden: jenes Werk, das ihren Namen neben die der drei großen Verblichenen gestellt hätte. Und so wie sie dies ohne Freude gedacht hatten, so dachten sie ohne Angst an jene Pyjamas, in denen sie mitten in der Nacht – in einem Zustand der freudlosen Einsamkeit und des beneidenswerten Ruhms – sterben würden.

Pfeifen und Spazierstöcke

An den Winternachmittagen, wenn das ganze Viertel den Lärm einer Milchdose vernimmt, die der Wind von einer Straße über die Piazza in einen Innenhof und wieder über die Piazza zurück in die Straße rollt, kann der eilig vorübergehende Passant, wenn er zu den Fassaden der Palazzi hinblickt, die matt und verschlossen erscheinen, als würden sie haufenweise Steine bergen, hinter einem der Balkone einen Alten sehen, der ihm Zeichen gibt. Der Passant bleibt stehen und bemüht sich, den Freund zu erkennen, der ihn grüßt. Doch der Alte ist weder ein Freund noch ein Bekannter; und die Geste, die er macht, ist keine des Grüßens, denn niemand hat bisher gegrüßt, indem er mit der Hand ein Horn macht und zwischen den Lippen murmelt: »Krepieren sollst du!« Der Alte ist in einen Schal gehüllt, trägt die Schirmmütze auf die Augen gedrückt, und ein übler Geruch nach Verbranntem steigt aus seiner Hosentasche, in die er aus lauter Zerstreutheit seine immer noch brennende Pfeife hineingesteckt hat; er friert leicht und ist von heftiger Natur; überall auf seinem Körper, auf der Brust, zwischen Hemd und Pullover sowie im Wams, hat er Medaillons und Bildchen von Heiligen versteckt (eins von Sant'Agata sogar auf der Mütze, und häufig bleibt ihm eins an der Spitze seines Schädels kleben); regelmäßig nähert er sich einer Wiege, um dem Pfötchen seines Urenkels ein Stückchen Zucker zu entreißen, und entfernt sich dann wieder, während aus der Wiege ein Weinen widerhallt; er flucht über jene Passanten, die ihm, seiner Meinung nach, unheilbringende Blicke zum Balkonfenster hinaufschicken. Das fortgeschrittene Alter hat ihn von den endlosen Spaziergängen auf dem Corso befreit, den er mit einem Anflug von Zerbrochenem, Sprunghaftem und vergeblich Geräuschvollem hinauf und hinab gegangen war, so wie die vom Fußtritt eines Kindes getroffene oder vom Wind getriebene Milchdose (und tatsächlich heißt diese Art des Spazierengehens in Sizilien *lannuniarsi*, von der Wurzel *lanna*, was Milch bedeutet), und er ist seit fünf Jahren im Haus eingeschlossen. Die Alten aus Sizilien enden gemeinsam mit dem Stuhl, in dem sie den lieben langen Tag sitzen, mit den Gardinen, den Abtretmatten und den Tonkrügen. Zwei oder drei kleine Tollheiten und fünf oder sechs Schrullen sind ihnen bis in den Tod hinein die allertreuesten Gesellschafter. Die Stadt, auf die sie morgens einen müden Blick ohne Neugier werfen, wäre für ihresgleichen ganz leer, wüßten sie nicht, daß in der Nähe der Kuppel hinter dem kleinen Fenster, das auf eine Dachluke geht, ein anderer Altersgenosse lebte, ein zweiter unter einem Balkon mit flatternden Wäschestücken und ein dritter in dem kleinen, grünen Haus, das sich ans Opernhaus anlehnt. Ihre einzige Neugier besteht darin zu erfahren, wer von ihnen als erster vom Ast des Lebens fällt. Die einstigen Sommervergnügungen – bei denen sie zur selben Zeit unter Wasser tauchten, um herauszufinden, wer als letzter an die Oberfläche zurückkam oder auf dem Sand einen Wettlauf veranstalteten, um festzustellen, wer die längste Puste hatte – waren nun auf den kläglichen und merkwürdigen Wettstreit zusammengeschrumpft, wer die anderen überleben würde. Ein alter Advokat, der erfahren hatte, daß ein Altersgenosse schwer erkrankt war, brüllte jeden Morgen, er wolle sofort die Zeitung haben. Nachdem er mit dem Kopf in die Seiten eingetaucht war, überflog er mit den Augen die Todesanzeigen – die Kriegsdrohungen, die Erdbeben und die Reden der Großen dieser Welt hatte er übersprungen –, und da er den Namen, den er suchte, nicht gefunden hatte, murmelte er: »Nein, meine Herrschaften!« und warf die Zeitungsblätter auf den Boden. Nicht etwa, daß er den andern Alten gehaßt hätte oder von bösartiger Natur gewesen wäre: Er war lediglich neugierig auf jene den Alten eigentümliche Weise der Neugier, die sie für die Dauer ihres Körpers hegen.

Im Haus eines Fürsten fand dieser jämmerliche Wettstreit nunmehr zwischen dem Vater, der hundertzehn Jahre alt war, und dem Sohn, der neunzig war, statt. Nach dem Entschwinden von Liebe, Vergnügen und Kummer bei jenen beiden Alten, die sich weder mit Vater noch Sohn anredeten (der letzte, der Papa sagte, war der Fürst, als er den jungen Prinzen anredete), war im ganzen Haus nur noch der schleppende Schritt eines Dieners übriggeblieben, auch dieser hinfällig. Als der Sohn starb, las der Fürst gerade die Titel einiger Bücher, und dem alten Diener, der ohne Tränen weinte, als er ihm verkündete: »Der junge Prinz ist gestorben!«, antwortete der Hundertjährige – nachdem er in seinem Gedächtnis nach etwas gestöbert hatte, das ihm entfallen war, und eine Berechnung der verblichenen Jahre und Personen angestellt hatte – mit angespitzten Lippen: »Der Prinz war auch nicht mehr der Jüngste!«

Auch auf dem Gewölbe meines Zimmers gingen die Schritte eines Alten hin und her, ein regelmäßiges Geräusch, das meinem Ohr erst fremd war, inzwischen aber so vertraut wurde wie das eines Holzwurms. Mein Onkel Ciccio, der älteste Bruder meiner Mutter, lebte seit zwei Jahren in einer Kammer im zweiten Stock, die er fünf- oder sechsmal verlassen hatte, um zum Bahnhof, und etwa zwanzigmal, um auf die Terrasse zu gehen.

Glücklicherweise war er nicht gebrechlich und auch nicht schrullig. Unter allen Alten, die ich freiwillig in den Käfig einer Mansarde habe gehen sehen, war er der normalste und abgeklärteste. Die Kammer, die er bewohnte, war groß und hell, überall verstreut lagen Zeitungen, Bücher, Schemel, Pfeifen, Schuhe und Spazierstöcke herum. Ein Fenster, so groß wie ein Portal, barg Hunderte von Dächern, den Hafen und an manchen klaren Abenden den Hof eines Mondes, der es nie schaffte, das tiefdunkle und grenzenlose Blau hinaufzuklettern. Selten schaltete mein Onkel das Licht an: seine Lektüre endete mit dem Tageslicht und ansonsten, auch während des Tages, stand er oft vom Stuhl auf, um ans Fenster zu gehen. Seine einzige Wunderlichkeit war ein Wort, das er bisweilen aussprach, in einem so tiefen Ton und in seiner Kürze so erfüllt von einer inneren Sanftheit, daß ich davon immer gerührt wurde: dieses Wort war »Mah!«. In ihm lag weder Trostlosigkeit noch Zweifel, noch Freude, noch Enttäuschung, oder besser gesagt, es lag in ihm keines jener menschlichen Gefühle in einem starken und überwiegenden Maße, sondern eine recht delikate und starke Mischung aus allen. So wie ein Instrument, das seit Jahren von Könnern gespielt wird, schließlich ein *la* oder ein *mi* erlesener Qualität zu erzeugen vermag, so war dieser Mann durch seine jahrelange Erfahrung in der Lage, einen besonderen Ton, eine einzige Silbe, hervorzubringen, die jedes Mal meine Nerven erschütterte.

Sein Leben war mit Tatsachen und Erfahrungen gespickt, doch er hatte daraus keinerlei Regel gewonnen. Dies entzog ihn der Gefahr, wie viele andere Sizilianer zwischen den Sprichwörtern zu sterben. Viele Dinge waren ihm merkwürdig erschienen, und es war ihm nicht gelungen, sie zu begreifen. Doch deswegen quälte er seinen Kopf nicht, noch fühlte er sich berechtigt, große Worte wie ›das Geheimnis des Lebens‹ oder ›das Unbegreifliche‹ zu verwenden. Er begnügte sich damit, sie aufmerksam in seinem Gedächtnis zu betrachten, noch einmal zu betrachten und immer wieder zu betrachten, und schließlich sagte er »Mah!«

An einem Weihnachtsabend im Dom, während die Musik mit einem Glockengeläute anhob, hatte die Tochter des Fürsten C. ihn die ganze Zeit über mit weit aufgerissenen Augen angestarrt, als erwartete sie eine Antwort. Zwei Tage später wurde er dabei überrascht, wie er das Ende eines Seils um einen Stuhl festband, dessen anderes Ende er mit einer Schlinge um seinen Hals gelegt hatte. Warum? Er hatte sie vor diesem Weihnachtsabend nie gesehen, noch sah er sie jemals wieder. Und hatte sie in dieser Nacht ihn auf diese Weise angeblickt oder einen anderen oder Santa Rita, deren Fuß nahe an seinem Kopf glänzte?... Mein Onkel stieß zwei oder drei Rauchwolken in die Luft und sagte leise »Mah!«

Seine erste Frau war an einem Sommerabend im Dunkeln gestorben, während sie ihm gegenüber saß. Mit einemmal hatte sie zu sprechen aufgehört und ihn angesehen. Er begriff nichts und schwieg ebenfalls, antwortete ab und an jenem Blick, der ihm im Dunkeln so kindlich und zärtlich erschien. Eine Stunde lang begriff er nicht... »Mah!«

Auch seine zweite Frau war ihm gestorben. Doch an sie erinnerte er sich so wenig. Sie war nett, zärtlich und einfach gewesen, und er erinnerte sich nicht an eine einzige Handlung von ihr, an einige Worte vielleicht, an ihre Augen bestimmt nicht.

Als er ein Kind war, pflegte er den Himmel von einem kleinen Fenster aus zu betrachten: ein Schlingel, der auf der Straße ging, warf seine Mütze in die Luft. Keine Erinnerung war so deutlich, tiefgründig und quälend für meinen Onkel wie dieser schwarze Fetzen, der das Blau durchstieß und ganz langsam heruntersank.

Und wenn er sich an nichtigere Dinge erinnerte, die fast bar jeder Bedeutung waren, stieß er ebenfalls diese eine Silbe aus, so wie die Saite einer Gitarre ächzt, auch wenn sie nur vom Schwanz eines Hundes angeschlagen wird. Ein zu langsames Boot, ein Maiabend von vor fünfzig Jahren... das gelbliche Auge eines Schafs... die Dachluke eines Hotels... das Klassenbuch des Mathematiklehrers... Auch diese Dinge, wie die ersteren, kamen ihm nicht zu außergewöhnlich, aber auch nicht zu einfach vor. Weshalb wollte der Vater seines Vaters stets einen Stuhl in Reichweite haben, wenn er schlief?... Und warum hatte sein Freund Filadelfo in seinem ganzen Leben nie mit irgend jemandem telefoniert?... »Mah!«

Mein Onkel hob in einer Schublade eine große Anzahl Photographien und Umschläge auf. Mittendrin lag auch der Brief einer Deutschen, die durch ungewöhnliche Umstände hatte in Erfahrung bringen können oder sich in den Kopf gesetzt hatte, daß er, mein Onkel, ihren Sohn während einer Schlacht getötet hatte. »Werter Herr«, lautete der Brief, »ich kann Ihnen keinen Vorwurf machen, denn gewisse Dinge versteht auch eine Mutter. Doch wer weiß, bei wie vielen Schüssen Sie bislang Ihr Ziel verfehlt haben, wie oft Sie mit Ihrem Gewehr einen Stein getroffen haben. Er hieß Fritz und hatte kleine Hände. Oh, Signore, hätten Sie doch auch dieses Mal einen Stein getroffen!...« Es kam nicht häufig vor, daß mein Onkel diesen Brief noch einmal las, doch wenn er ihm zwischen die Finger kam, ging er mit ihm ans Fenster, überflog ihn, wobei seine Augen die Zeilen entlangliefen, und sagte dann ganz leise: »Mah!«

Der alte Stich

Vater und Sohn sprachen noch einmal über Amerika und die Reise, die sie am übernächsten Tag antreten wollten, als die Menge sie trennte. Der alte Amtsrichter Leopoldo Rapisardi reckte den Hals, um zu sehen, in welche Richtung der grüne Hut des Sohnes sich entfernte, und als er begriffen hatte, daß dieser sich zur Seite der Geschäfte hin entfernte, verzichtete er mit einem tiefen Seufzer darauf, ihm zu folgen.

Wie jemand, der nach dem Abgang eines höflichen, aber geschwätzigen Besuchers befreit zurückbleibt, so beschäftigte der Amtsrichter sich unvermittelt damit, seinen Körper auf die bestmögliche Weise in Ordnung zu bringen. Die großen Hände befanden sich zu weit oben und waren zu sehr der Luft ausgesetzt: er knöpfte den untersten Knopf des Überziehers auf und steckte die Hände in die Hosentaschen. Doch kaum hatte die Wärme den Daumen und die Handflächen erquickt, zeigte der Hals an, daß ihm kalt war. So wie ein Vater, der seine Fürsorge gleichmäßig auf seine Kinder verteilt, kam der Amtsrichter auch dem Hals zu Hilfe, und indem er für einen Augenblick die Hände aus den Taschen holte, zog er den Kragen unter dem Mantel hoch und umgab den Hals mit milder Wärme. Sofort darauf beschwerten sich die Füße, die einen weniger langen und schnellen Schritt einforderten. Der Amtsrichter erwies auch dieses Mal dieselbe Gefälligkeit, die er den Händen und dem Hals erwiesen hatte. Schließlich beanspruchte der Blick, von Gegenstand zu Gegenstand zu gleiten, weder langsamer noch schneller als ein Sonnenstrahl, der die Fassade eines Hauses verläßt.

Der Montagsmarkt hatte die Piazza del Carmine mit Zelten, Buden, Gerüsten, kleinen Bänken, Gondeln und Säcken vollgestopft. An der Südseite verkaufte man »feine Gegenstände«; an der Nordseite verkaufte man Lebensmittel. Die kleinen Bänke, aus feuchten und finsteren Abstellräumen ans Sonnenlicht geholt, hatten die Farbe von Rebstöcken, die die Blätter verloren und den ersten Schnee ertragen haben; die dunkelgetönten und zerfetzten Zelte erschienen geradezu schwarz um die Risse herum, die der Himmel mit sich selbst tiefblau ausmalte.

Der Amtsrichter hielt in der Nähe eines Zeltes an, dessen blauer, im Windhauch zitternder Schatten sich wie ein Lächeln über die Vorderseiten der tausend Statuetten legte. Entsprechend dem Aufbauschen und dem Abschwellen des Zelts lächelten mal die heiligen Ritas aus bemalter Keramik, mal die drei Grazien aus Marmorstaub, mal die heiligen Herzen aus rotem Wachs, mal Amor und Psyche. Im Innern einiger Muscheln leuchtete im Glanz eines Sonnenstrahls in der winzigen Szene von Christi Geburt eine unendliche Anzahl von Details auf.

»Wieviel kostet die?« fragte der Amtsrichter und zeigte mit der Hand in der Hosentasche auf eine mit Margeriten besetzte Muschel.

»Diese hier«, erwiderte ein Alter, der die Muschel in

die Hand nahm und so den unteren Teil eines alten Stichs freigab, »nun, mein Herr, diese hier ist sehr selten!«

»Zeigen Sie mal her!« sagte der Amtsrichter, der mit dem Kinn auf die Stelle deutete, von der die Muschel entfernt worden war.

»Was wollen Sie sehen?« fragte der Alte verblüfft.

»Das andere Ding da!« antwortete der Amtsrichter, indem er mit der Spitze des Knies auf den Stich wies. Aber es verstrich noch eine geraume Weile, bevor die beiden sich verständigt hatten, weil der Amtsrichter seine Hände nicht aus den Hosentaschen herausholen wollte.

Schließlich wurde der Stich unter den Muscheln hervorgezogen: Ein türkischer Herr, der auf vielen Kissen gebettet lag, rauchte seine Wasserpfeife; stille Bäume zeigten sich an den Fenstern, und eine Frau in Pantoffeln ging durch die Türöffnung. Der Amtsrichter vertiefte in diese Farben denselben Blick, den ein an Wassersucht Erkrankter in eine spiegelglatte Wasseroberfläche eintaucht.

»Geben Sie ihn mir!« sagte er und holte eine Hand heraus, um sich den Stich vor die Augen zu halten. Herrgott! Mußte er so spät erfahren, sozusagen an seinem Lebensabend, wer er wirklich war, welcher Mensch sich in ihm verbarg, von wem das Stöhnen stammte, das über seine Lippen kam, wenn eine Tür zuschlug oder jemand die Stimme hob? Er war der Mann auf dem Stich! Und auch seine »Lebensideale« wurden dort in lebhaften Farben geschildert: ein Haus, dessen Stille darin bestand, daß – neben seinem eigenen stillen Charakter – es von ebenfalls stillen Häusern umgeben war; die Schritte vieler Frauen in den Zimmern; eine Rauchwolke vor sich, die man stundenlang betrachten konnte. Die Frauen gingen auf den Teppichen des Hauses hin und her wie schläfrige Katzen; ab und an zeigte sich eine auf der Schwelle und drückte mit ihren Augen den Wunsch aus, ihm nahe zu sein. Falls er nicht die Hand hob, ging die Frau weg, und eine andere zeigte sich wenig später mit demselben Blick in den olivschwarzen Augen.

Wie weit jedoch war sein Leben von diesen Idealen entfernt! Alle Geräusche schienen sich an seiner Wiege zum Stelldichein verabredet zu haben. Die ersten Spielzeuge waren laut gewesen. An eins erinnerte er sich noch mit Verdruß: an ein Pulcinella-Püppchen, das sich auf einem grünen Stock drehte und einen Lärm aus Tellern und Glöckchen erzeugte. Seine kleinen Hände hoben sich, um diese Puppe zu bestrafen, aber die Puppe erwiderte die Mißhandlungen mit einem Höllenlärm, so daß er nicht mehr wagte, sie zu berühren. Und seine Kindheit im Hause des Onkels? Dieser empfand ein besonderes Vergnügen am Wehklagen. Mit einem Stöhnen auf den Lippen bewegte sich der Onkel im Leben wie mit Rückenwind. Es gab kein kleines Rheuma, keinen Kopfschmerz, keine Verstopfung, über die er nicht angenehm hätte stöhnen können. Nur schwer ertrug er das Leiden der anderen, weil er wollte, daß sie seinen Leiden aufmerksamer zuhörten. Er beschrieb ihnen die geringsten Besonderheiten seiner Qualen. Ohne Unterlaß schwirrten die Diagnosen seines Gesundheitszustandes durch die wenigen Zimmer des Hauses. »Jetzt ist dieses Rheuma«, sagte er, während er von einem Zimmer ins nächste ging, »an der Wirbelsäule entlang hochgestiegen und umklammert schon wie eine

Klaue meinen Nacken!« Das Dienstmädchen, eine fast schwachsinnige Alte, hatte sich auf medizinischem Gebiet eine außergewöhnliche Bildung angeeignet. In den seltenen Augenblicken, in denen der Onkel das Haus verließ, hallte der Mund der Alten wie ein sehr spätes Echo von den Vorträgen über die Rheumaformen und die Verdauungsbeschwerden wider. Und die Tante? Als aufbrausende, jedoch schüchterne Frau wagte sie es zwar nie, das Benehmen ihres Ehemannes zu verurteilen, konnte aber auch nie eine Tür schließen, ohne die Lampen zu erschüttern. Jedesmal wenn die Stille zerrissen wurde, hob der junge Leopoldo Rapisardi das Gesicht eines verletzten Mannes hoch ... Und dies war der erste Teil seines Lebens, der zweite Teil war ärger. Zu jener Zeit, in der ein Mann sich selten einer Frau näherte, ohne sie zu ehelichen, wollte es das Schicksal, daß Leopoldo Rapisardi sich zwischen Marseille und Paris befand: er heiratete *Mademoiselle* Roberte Moraçon. Das Mädchen hätte nicht netter und liebenswürdiger sein können, doch der Stille war es nie gelungen, sich ihr zu nähern, bevor sie für immer ihre netten, intelligenten Augen schloß. Während der Hochzeitsreise – von der natürlichen Erregung gepackt, die von den Frauen Besitz ergreift, wenn sie daran denken, daß sie sich nun nicht mehr mit ihrem Mädchennamen vorstellen – las sie alles laut vor: die Zeitung des Gemahls, die Zeitung des Nachbarn, die Verbote, die Bekanntmachungen, das Innere der Hüte, die Karten; kein Wort jenes Abteils und jener Reise wurde in der Stille der gedruckten Buchstaben belassen. Und so ging es während ihres restlichen Lebens fort: weder das geringste Gefühl noch der geringste Gedanke wurden von Roberte schweigend hingenommen. Der Ehemann hörte an seiner Seite das Leben dieser liebenswerten Frau wie ein mit unversiegbaren Wörtern gespicktes Band abrollen. Manchmal dachte er mit Wehmut an seine Landsleute, die im Halbdunkel der Zimmer wie alte Möbel schwiegen; doch Roberte begriff nie, daß der Ehemann nachts, wenn er ihr von seinem Kissen aus zärtlich übers Haar fuhr, mit seinem Blick und dieser Zärtlichkeit sagen wollte: Ich bitte dich, Liebste, sag nichts!

Und auch sie war dahingeschieden und hatte Leopoldo Rapisardi mit dem stechenden Kummer zurückgelassen, daß sie hatte sterben müssen, um ihn nicht mit ihren vielen Wörtern zu stören. Wenn auch wenig Verdrießliches ihm so mißfallen hatte wie die Redseligkeit seiner Ehefrau, so hatte er doch unter keinem Unglück so sehr gelitten wie unter ihrem Verlust. Er hatte sie wirklich sehr gerne gehabt.

Dann war die Einsamkeit gekommen, nicht jedoch die Stille. Das Viertel, in das Leopoldo gezogen war, wechselte im Verlauf eines Jahres von der Stille zum Getöse. Unter der Brücke, die er von seinem Fenster aus mit Wohlwollen betrachtete, da eine ausrangierte Gleisstrecke dort beständig besagte, wie schön es war, daß kein Zug sie benutzte, unter jener von Lava und vom Schirokko schwarzen Brücke entstand ein kleiner Markt. Alle schrien durcheinander. Woher nahmen jene hageren Jungen und diese Frauen, die sich kaum auf den Beinen halten konnten, die Kraft, so laut zu schreien? Leopoldo haßte die Fische, die kleinen Ziegen, die Feigenkakteen, die Kälber, alle Tiere und Früchte, deren Namen sein Trommelfell erschütterten. Und er zog um.

Seit zwei Monaten hatte er außerhalb der Ortschaft drei Zimmer gemietet; aber er hatte noch nicht gesagt: »Mein Gott, wie schön ist es hier!«, da war auch schon der Sohn aus Amerika mit dem Vorschlag heimgekommen, er solle mit ihm nach Washington gehen. Er wollte es einfach nicht zulassen, daß »so ein alter Papa« allein blieb. Dieser liebe Junge glich der Mutter: er stopfte alle Zimmer mit sizilianischen, amerikanischen, italienischen und französischen Wörtern voll. Er redete von jedem Punkt des Hauses aus, auch unter dem Kissen hervor, wo er beim Schlafen seinen Kopf hinzulegen pflegte, und vom Bad aus, während er duschte. Er überzeugte mehr durch die unerträgliche Menge der Wörter als durch die Kraft seiner Argumente, so daß es ihm nicht schwerfiel, einen Mann wie Leopoldo davon zu überzeugen, daß er jedem x-beliebigen Vorschlag zustimmen würde, nur um die Stille in einem Zimmer wiederherzustellen. Er hatte daher beschlossen, binnen vierzehn Tagen Catania zu verlassen. Die vierzehn Tage waren inzwischen vergangen. Am nächsten Morgen sollte er wegfahren...

»Nehmen Sie's nun oder nicht?« fragte der Alte.

»Wieviel kostet es?« fragte der Amtsrichter.

»Fünfundzwanzig Lire!«

Leopoldo Rapisardi überlegte einen Augenblick lang, dann sagte er: »Gut, geben Sie's mir!«

Der Alte rollte den Stich zusammen und steckte ihn dem Amtsrichter unter die Achselhöhle. Dieser zählte zweimal das Kleingeld in seinem Portemonnaie, nahm es endlich zwischen zwei Finger und reichte es murmelnd: »Eine Lira fehlt!«

Der Alte brummte etwas, zog schließlich den Hut und bat den Amtsrichter, ihn zu segnen.

Leopoldo Rapisardi näherte sich langsam der Mitte der Piazza. »Abessinisches Dorf« stand auf einem verschmierten Stück Pappe über einem Kastell aus Brettern und Rohren, vor dem ein Junge in Hemdsärmeln seine kleinen Schläge mit der Gerte zwischen dem angeketteten Affen und einem Papagei mit prächtigen, aber schmutzigen Flügeln aufteilte.

Die bemalte Brüstung zeigte Tafari mit den Fersen auf dem Rücken und zwei Säckchen in den Händen und darunter die Inschrift: »Die Taler meines Ex-Volkes habe *ich* genommen!« Auf dem Dach aus Rohren gellte ein Megaphon aus voller Röhre: »Nach Hause, nach Hause, wo unsre Frauen warten, laßt uns eilen! . . .« Ein scharfer und angenehmer Geruch erinnerte Leopoldo Rapisardi daran, daß er auf eine Orangenschale getreten war.

Plötzlich streckte ein Kamel zwischen den Bretterwänden des »abessinischen Dorfes« seinen Kopf hervor und schnupperte in Richtung Orient.

In den Augen eines Freundes, der auf etwas blickt, was in unserem Rücken liegt, sehen wir häufig auch das, was er sieht; auf eine ähnliche Weise nahm Leopoldo in der Witterung dieses Tiers die Stille und den Frieden des Orients wahr. Wie ansehnlich wurde die Erde in jener Gegend! Der Frieden verlieh allen Dingen einen Anschein von Reinheit. Wegen des eitlen Lärms, den sie verursachen, entgleitet den Menschen der wahre Sinn des Lebens. Wenn alle schwiegen, wenn keine Tür mehr zugeschlagen würde, wenn die Pferde langsam gingen, würden wir gewiß etwas vernehmen, das uns schließlich in die Lage versetzte, das Geheimnis des Universums zu ergründen. Aber verbrachten die Menschen auch nur einen Tag in völliger Stille? Wenn sie im Osten weise, anständig und friedlich sind, so sind sie im Norden... Unversehens führte ihm die Phantasie wie zum erstenmal das amerikanische Chaos vor Augen. Millionen und Abermillionen Menschen erfanden und fabrizierten lärmend Millionen lärmender Geräte, die lärmend benutzt und verschlissen wurden, damit man davon mit ständig zunehmendem Lärm immer zahlreichere und lärmendere produzieren konnte. Und er, Leopoldo Rapisardi, schickte sich an, sich in dieses Babel zu begeben!

Mit dem harten Aussehen dessen, der zu denken aufhört, weil er einen Gedanken gehabt hat, der ihn vollkommen überzeugt hat, und der sich ganz der Ausführung seines Vorhabens widmet, verließ der Amtsrichter die Piazza und – indem er mit einer Eile ausschritt, die seine Füße nicht gewohnt waren – kam in seinem kleinen Haus an. Im Dunkeln und tastend stieg er die Treppe hinauf, trat in das kleine Studierzimmer ein, näherte sich dem Schreibtisch, und nachdem er die Feder dort, wo die Federhülle saß, eingetaucht hatte, beschrieb er ein Blatt Papier mit den folgenden Worten: »Fahre allein nach Amerika. Versuche nicht, ich flehe dich an, versuche nicht, mich mitzunehmen. Ich hab mich in mein Zimmer eingeschlossen und öffne keinem. Ich segne dich.« Das Blatt legte er auf das Kopfkissen des Sohnes und schloß sich wahrhaft in seinem Zimmer ein.

Kurz darauf klopfte der Sohn mit dem Blatt, das ihm in

der Hand zitterte, und einer Zigarre im Mund an die abgesperrte Tür: »Papa, mach auf, verflixt noch mal, öffne! Sei doch vernünftig!«

»Nein!« jammerte der Amtsrichter auf der anderen Seite der Tür.

»Ich schwöre dir bei der Seele meiner Mutter, daß ich deinen Wunsch respektiere. Aber mach auf! Gibst du mir denn keinen Kuß, verflixt?«

Der Amtsrichter öffnete die Türe halb und streckte zwischen den Türflügeln das Gesicht eines armen, verängstigten Tieres heraus, das Angst einflößt. Der Sohn hatte im Gesicht eines Menschen noch nie zwei solche Augen gesehen wie jene, die ihn nun argwöhnisch betrachteten. Der Wunsch, den Schwur nicht einzuhalten, verging ihm sofort. Der Vater fixierte ihn so, als hielte er ein Netz in Händen und wollte ihn damit einfangen. Als der Sohn ihm einen Kuß geben wollte, warf der Alte sich gegen die Tür und versuchte, sie zu schließen. Der Sohn mußte schnell sein Knie dazwischenschieben, um ihn daran zu hindern, sie ganz zu schließen.

»Versprich mir«, sagte er ganz leise, »daß du in diesem Haus nicht allein leben wirst! In deinem Alter, das gefällt mir nicht...«

»Das versprech ich dir!« antwortete der Vater hastig, wobei er den einen Türflügel immer mehr zum anderen hin drückte. »Ich nehm ein Hausmädchen! Ich segne dich!«

»Versprich mir«, drängte der Sohn ihn weiter, der mit seinem Knie an Boden verlor, »daß du dir einen Waffenschein besorgst und einen Revolver kaufst!«

»Ich verspreche es dir! Ich werde einen Revolver kaufen! Ich segne dich!«

»Du bist hier weit von der Ortschaft entfernt«, sagte der Sohn durch den schmalen Spalt, der jetzt nur noch zwischen den beiden Türflügeln geblieben war. »Ich kenne Verbrecher, die es auf die Alten abgesehen haben und sie ausrauben!«

»Ich werde schießen«, erwiderte der Amtsrichter, der die Tür abschloß und immer lauter sprach. »Ich werde schießen, mein Junge! Ich segne dich! Ich segne dich, mein Junge!«

Der Kuß

Alles wäre gut ausgegangen in Milletarì, wo schließlich der Corso, die Piazza, die Pfarrkirche, der frisch mit Kalk und grüner Farbe versehene Palazzo der Intendantur, die Gemälde des Malers Carnevale und die kleinen, aufgezäumten Pferde gespürt hätten, wie der Oberintendant sein Auge während seiner für die nächste Zeit angekündigten Visite über sie hinwegschweifen ließ. Auch das Problem, das Carnevales Fresko aufgeworfen hatte – und zwar jenes aus dem großen Saal der Intendantur mit dem kleinen Hund, der auf seltsame Weise dem Kanzler ähnelte –, war schließlich mit einem Pinselstrich gelöst worden. Alles wäre schließlich gut ausgegangen in Milletarì – und die Freude über eine so sehr erhoffte und letztendlich auch beschlossene Visite hätte sich schmückend über die wichtigsten Mienen der Stadt gelegt –, hätte nicht der junge Triglino beschlossen und auch im Kreise seiner Freunde lauthals verkündet, daß er dieses Mal ganz bestimmt den Oberintendanten küssen werde.

In der ersten Zeit maß man dieser Erklärung keine übermäßige Bedeutung bei, die jeden Abend in fast sämtlichen Berichten der Geheiminformanten auftauchte: »Wir haben gehört, wie der junge Triglino erklärte, er werde den Oberintendanten küssen ... Heute hat der Signor Triglino Riccardo vor dem Bildnis der Madonna geschworen, daß er den Oberintendanten küssen werde ... Einer Unterhaltung in einem Café haben wir entnommen, daß der Signor Triglino entschlossen ist, den Oberintendanten zu küssen ... Der Unterzeichnende hat mit eigenen Ohren gehört, wie der erwähnte Triglino Riccardo *ernsthaft* erklärte, daß er unseren Oberintendanten küssen werde.«

Doch bald hegte man den Verdacht, daß eines denkwürdigen Tages dies alles eine sehr ernste Wendung nehmen könnte. Andere Informationen über den Signor Triglino ließen wissen, daß es sich bei ihm, einem ergebenen Bewunderer des Oberintendanten, um einen jungen Studenten mit sanguinischem Körperbau handle, der von heftiger Natur und unfähig sei, sich zu beherrschen, wenn sein üblicherweise tresterrotes Gesicht eine bleiche Farbe annehme. Als er noch ein Junge war und in der Nähe eines Bahnübergangs wohnte, habe er sich – nachdem er die Seinen auf den Balkon herausgerufen hatte – der Länge nach auf die Böschung der Eisenbahnstrecke hingelegt und den gesamten Zug mit den bestürzten Passagieren an den kleinen Fenstern an sich vorbeirauschen lassen. Bei einer Durchsuchung im Elternhaus habe man ein umfangreiches Manuskript beschlagnahmt, ein noch unvollendetes Werk, das unter dem Nach- und Vornamen Triglino Riccardo den folgenden Titel getragen habe: *Untersuchung über das Göttliche am Oberintendanten*. Der Fall war nicht ernst, sondern schwerwiegend. Welche Maßnahme ergriff man gegen einen solchen Unverständigen? Ihn verhaften? Das wäre ein Skandal gewesen. Ihn aus Milletarì entfernen? Auf dem Höhepunkt der Feiern käme er zurück. »Ihn umbringen?« fragte der Kanzler, erschreckt über seinen Scherz lächelnd. »Der Kerl bringt mich auf Trab!« erwiderte der Intendant, auch er erschreckt. Es wurde beschlossen, es bei ihm mit der vernünftigen Tour zu versuchen: ihn zu überzeugen, indem man ihn zugleich liebevoll, streng und scherzend behandelte. Der junge Triglino, außer sich über soviel Ehre, wurde vom Intendanten empfangen. »Aber, mein Sohn!« schrie ihm dieser entgegen, als der junge Mann durch den großen Saal auf ihn zuging. »Aber was denn, machen wir Späße? In Eurem Alter küßt man die Frauen.«

Triglino setzte sich verlegen vor den Tisch hin. Die Worte, die er gehört hatte, verstand er nicht ganz. Dem Intendanten fiel auf, daß das Gesicht des Jungen, auch wenn es noch nicht blaß war, seine tresterrote Farbe verloren hatte.

»Mein Sohn«, wiederholte der Intendant, »als ich so jung war wie Ihr, wünschte ich nichts sehnlicher, als die Frauen zu küssen, und ich habe wirklich nur die Frauen geküßt.«

Triglino verstand immer noch nicht.

»Mein Sohn, wir alle bewundern, wir lieben und wir verehren den Oberintendanten, aber, mein Sohn, wir können ihn doch nicht küssen!«

Triglino sprang vom Stuhl auf. »Verdammter Spitzel!«

»Setzt und beruhigt Euch! Ihr seid doch ein vernünftiger Mensch. Und auch ein guter Schriftsteller. Mir gefällt, was Ihr da über das Göttliche an unserem Oberintendanten geschrieben habt. Ihr drückt Euch sehr elegant aus. Wir werden das Buch auf Kosten der Intendantur veröffentlichen. Es wird ein schönes Buch!«

»Danke!« sagte Triglino. »Danke!« Er ergriff eine Hand des Intendanten und küßte sie zwei- oder dreimal.

»Aber Ihr«, schrie der andere, der sich von seinem Stuhl erhoben hatte, »aber Ihr habt die üble Angewohnheit, wegen nichts und wieder nichts die Leute zu küssen!«

»Euer Hochwohlgeboren erbost sich ja!« murmelte Triglino, der seinen Ärger unterdrückte. »Euer Hochwohlgeboren erbost sich, weil ich Euch wie ein ergebener Sohn die Hände geküßt habe!«

»Was soll denn das Händeküssen? Das sind ja barbarische Gepflogenheiten! Ich schätze Eure Gefühle. Aber Ihr«, und hier senkte der Intendant die Stimme, »Ihr seid ein guter Schriftsteller, weshalb verwendet Ihr dann nicht das Wort, um Euch auszudrücken? Das Wort, Herr im Himmel, das Wort!«

»Euer Hochwohlgeboren haben mich gedemütigt!« murmelte Triglino, bleich wie der Tod.

»Heiliges Söhnchen, nun bekommt es doch nicht in den falschen Hals! Ich bin Euch wohlgesinnt. Küßt mir die Hände; küssen wir uns, wenn Ihr wollt, wie Brüder, denn unter bescheidenen Männern ist alles gestattet! Aber küßt doch nicht, Herr im Himmel, den Oberintendanten. Dies sage ich Euch: Küßt nicht den Oberintendanten!«

»Warum denn nicht?« sagte Triglino mit einem zornigen Unterton, der offenbarte, daß er eine geraume Zeitspanne lang über diesem Entschluß gebrütet hatte, von dem man ihn jetzt abhalten wollte. »Warum?«

»Weil es disziplinlos ist, den Oberintendanten zu küssen! Versteht Ihr mich, in Teufels Namen? Disziplinlos! Und ich pfeife darauf, daß Ihr so blaß werdet wie eine

Stearinkerze! Ihr könnt mich auch umbringen! Aber ich schreie Euch immer wieder dasselbe entgegen, daß Ihr nämlich ein unglücklicher Verrückter seid, wenn Ihr Euch eine solche Idee in den Kopf gesetzt habt!«

»Cavaliere, lassen wir die Beleidigungen!« sagte Triglino mit ruhiger Stimme. »Euer Hochwohlgeboren haben mir befohlen. Ich kenne meine Pflichten.«

»Alle Wetter, das ist ein Wort!«

»Sagt mir aufrichtig Euren Befehl!«

Der Intendant senkte die Stimme, und mit der Sanftheit einer verliebten Ehefrau, die ihren Gatten zur Treue ermahnt, murmelte er in das Ohr des Jungen: »Ich befehle Euch nichts, ich bitte Euch nur darum, den Oberintendanten nicht zu küssen!«

»Ich stehe zu Euren Diensten!« sagte Triglino mit einem trockenen Ton, aber mit unbestimmter Bedeutung, nahm den Hut und ging hinaus.

Der Ausgang der Unterredung erschien alles andere als beruhigend. Der Kanzler, ein argwöhnischer Mensch, befürchtete, daß die leidenschaftliche Natur des jungen Mannes ein Pferd »mit Schaum vor dem Maul« verberge, bei dem »die Zügel eines Versprechens« nicht viel bedeuteten. Und war denn jener wie eine Fünf-Lire-Münze auf den Tisch geworfene Satz, »Ich stehe zu Euren Diensten!«, ein Versprechen? Hatte der junge Mensch ausdrücklich gesagt: »Ich werde den Oberintendanten nicht küssen«? Ein Photo Triglinos, das in jenen Tagen im Schaufenster eines Photographen ausgestellt war, ließ den Kanzler zusammenzucken, denn jene Lippen waren so fleischig und hervorspringend, daß es unmöglich schien, darauf zu hoffen, daß sie jenen »verdammten Kuß« nicht abdrückten. Die Sache war inzwischen in aller Munde. Eine Signorina, der es nie gelungen war, in Triglino ein bißchen Sympathie oder wenigstens Verlangen zu wecken, blieb eines Abends allein mit ihm in dem kleinen Salon neben dem großen Salon, in dem ein Ball stattfand, starrte auf seinen Mund und murmelte: »Kannst du küssen?« Der Junge wollte ihr auf die Art junger Leute antworten, doch wegen des seltsamen Lächelns, mit dem das Mädchen auf seine Antwort wartete, kam ihm ein Verdacht, so daß er mit einem derben Wort auf den Lippen aufstand. Der Maestro Burleri, der für seine letzte Operette noch einen Titel suchte, zog sich aus der Verlegenheit mit einem Wort, das in der Luft lag: *Der Kuß*. Und nicht selten kam es vor, daß viele Jungen und Mädchen, die zu zweit auf den Parkbänken zusammensaßen und sich unterhielten, wenn sie auf diesen Kuß Triglinos zu sprechen kamen, sich – wer weiß wie – Händchen haltend wiederfanden und sich küßten.

Nach Eintreffen der Meldung, daß der Oberintendant am übernächsten Tag ankommen werde, begab sich der Kanzler daher zu Triglino nach Hause und rang ihm nach einer fünfstündigen Unterredung das Versprechen ab, daß er noch am selben Abend in eine Nachbarstadt fahren und nicht vor Mitternacht des übernächsten Tages zurückkommen werde. Vorsichtshalber erhielten alle für die öffentliche Sicherheit verantwortlichen Kommissare je ein Exemplar von Triglinos jüngstem Photo, dessen hervorspringende Lippen nichts Gutes verhießen.

Der Teufel sollte all die Versprechen der jungen Leute holen! Kommissar Colleroni, der seine Aufmerksamkeit zwischen dem kleinen, schwarzen Punkt, der sich aus der Tiefe der leeren Straße näherte und in dem sein pochendes Herz den Oberintendanten erkannte, und den Gesichtern aufteilte, die sich hinter den Absperrungen zusammendrängten, sah und erkannte den jungen Riccardo Triglino. Während er einen Schrei unterdrückte, um die Anwesenden nicht in Alarm zu versetzen, ging er auf ihn zu und packte ihn am Handgelenk. »Du Hundesohn!« sagte er leise zu ihm. »Hält man so sein Versprechen?«

»Sie wissen ja nichts!« murmelte der Junge. Colleroni wußte in der Tat nicht, was für eine Nacht Triglino verbracht hatte. Und was für Träume! Er hatte eine Bürste aus der Kommode geholt und ein Blatt vorgefunden, auf dem der Schwur geschrieben stand, den er vor dem Kanzler geleistet hatte! Kurz darauf hatte er den Oberintendanten mit der Hand an seiner Seite gesehen. Der hohe Mann war verärgert. Doch der Kuß, den er auf jene nervöse Hand drücken wollte, brachte Triglinos Blut in Wallung. Für Triglino war die Tatsache, daß der Oberintendant verärgert war und keinem ins Gesicht sah, von unwiderstehlicher Anmut. Und die Tatsache, daß alle sich vor ihm verneigten, machte den Oberintendanten zu verehrungswürdig, als daß man hätte darauf verzichten können, seine Hand mit den Lippen zu berühren. Je mehr sich die Miene des Oberintendanten verfinsterte, um so tiefer verbeugten sich die anderen und um so mehr öffnete sich Triglinos Mund für fünf Wörter, die ihm, von seinem Schlaf zerbrochen, aus dem Mund hervorsprudelten, wobei sich Blasen aus Speichel vorwärtsschoben: »Ich werde den Oberintendanten küssen!« Am Morgen brach er sein Versprechen und fuhr zurück...

»Haut ab!« forderte Kommissar Colleroni ihn leise auf. »Haut hier ab, Teufelsbraten!«

»Nein!« antwortete Triglino. »Ich bleibe hier!«

»Macht keinen Skandal, Unglücklicher! Ich habe Familie! Bringt uns sieben Menschen nicht um unser Brot!« Er bemerkte, daß Triglinos Handgelenke seinem Griff entglitten. Verhaften wollte er ihn nicht. Andere Polizisten rufen wollte er auch nicht.

»Ich flehe Euch an!« fuhr er fort. »Geht weg von hier!«

»Ich kann nicht.«

»Was wollt Ihr denn tun?«

»Was weiß ich!«

»Ihr ruiniert mich, Lump! Ihr ruiniert mich!«

»Weshalb ruiniere ich Euch denn? Ich will mich nur vor seine Füße werfen und ihm das Knie küssen! Was soll denn daran schlecht sein?«

»Vor die Füße?« fragte Colleroni. »Schwört mir, daß Ihr nur das macht!«

Im Grunde erschien ihm die Tat eines Menschen, der sich dem Oberintendanten vor die Füße wirft, keine »mit Arrest strafbare Handlung« zu sein. »Schwört mir, daß Ihr Euch nicht mehr von den Knien erhebt!«

»Das schwör ich!« sagte Triglino, und nachdem seine Handgelenke völlig aus dem Polizeigriff des Kommissars befreit waren und er einem Polizisten einen heftigen Stoß versetzt hatte, trat er mit ausgebreiteten Armen vor den Oberintendanten hin. Dieser hatte den Eindruck, ein Verrückter versperre ihm den Weg, und sah alle Käppis, deren er ansichtig wurde, eins nach dem andern an; durch seinen kleinen Schritt rückwärts konnte er sich jedoch nicht Triglinos Umarmung entziehen, der – im ersten Augenblick hatte er sich wirklich vor ihn hinknien wollen, sich dann aber von diesem Gesicht stark angezogen gefühlt, das so streng war wie das eines Gottes und dem eine dunkle Kraft innewohnte, die seinen Mund zu jenem Punkt hinzog, von dem der Zauber des Oberintendanten ausging – die Arme um seinen Hals legte und, indem er respektvolle Worte sagte, ihn auf eine Wange küßte.

»Er hat mich um Lohn und Brot gebracht!« schrie Colleroni.

Da hatte er nicht unrecht. Zwei Tage später bestimmte ein Telegramm Colleronis Versetzung in ein kleines, verlorenes Bergdorf. Eine Klarstellung im Telegramm erläuterte, daß »Colleroni sich ohne Familie zum neuen Wohnsitz zu begeben hat und nicht darauf hoffen darf, irgendeinen der Seinen vor Ablauf von vier Jahren wiederzusehen«. Das Gehalt wurde um eine Ziffer gekürzt.

Colleroni schickte ein Dutzend Bittgesuche an den Oberintendanten, die Triglinos Handschrift erkennen ließen, der schließlich die unnütze Geste bereut hatte und für das Opfer großes Mitleid empfand.

»Ich bin Euer Teppich«, hieß es in einem Brief Colleronis. »Euer Hochwohlgeboren kann auf mir herumgehen, wie es Ihm beliebt, aber in diesem Teppich schlägt ein Herz. Ich habe Kinder, Eure Exzellenz, und das jüngste ist vier Jahre alt und kann wegen seiner Schwäche noch nicht sprechen . . .« – »Ich bin Euer Spucknapf«, hieß es in einem anderen, »ich bin keinen Heller wert, aber meine Kinder...« – »Ich glaube nicht an Gott«, hieß es in einem dritten, »weil Euer Hochwohlgeboren mein Gott ist! Euer Hochwohlgeboren ist wundertätig! Als Ihr in Milletarì angekommen seid, ist der lahme Luigi aus seinem Bett aufgestanden. Er kann gehen! Aber mir sind wegen Eures gerechten Zorns die Beine wie abgeschnitten. Verzeihung, Exzellenz...« – »Ich fahre morgen ab«, hieß es in einem vierten. »Ich warte auf Knien auf ein Wort von Euch!« – »In einem Tag bin ich in der neuen Residenz«, hieß es in einem fünften. »Es gibt hier einen Aussichtspunkt ohne Brüstung. Dorthin geh ich immer. Oh, die Vergebung Euer Hochwohlgeboren, oh, wenn doch der Wind mich den Berg hinunterwehen und aus dem Weg schaffen würde!« Während der Sonnenuntergänge im Winter, bei denen die Wolken, die hinter den Bergen hervorbrachen, vom Wind ergriffen und bis ans Ende des Tals getrieben wurden, ertönte auf der Terrasse ohne Brüstung jenes Wort, das einige Monate lang Milletarì bewegt hatte, wie zwei Nüsse in einem Sack im leeren Gehirn Colleronis wieder. Wegen eines Kusses! dachte er. Wegen eines Kusses! Und er sah diese Kanaille von Triglino in dem Augenblick, in dem er dem Oberintendanten an den Hals sprang. Ohne diesen Kuß! dachte er dann und spürte auf seiner rechten Wange mit einer ihn zum Wahnsinn treibenden Genauigkeit das, was ihm zu einem ruhigen Menschen fehlte: oben die kalte Spitze einer kleinen Nase; unten zwei kleine lauwarme Lippen, die im Alter von vier Jahren noch nicht die Kraft hatten zu sprechen.

Die beiden Lebemänner

Als ich sie kennenlernte, war auch Rosario Lazzara, der jüngere der beiden Cavalieri, schon alt. Aber einmal war auch der andere, der Baron Orazio Magrì, jung gewesen, dem Rosario Lazzara in jenen seltenen Augenblicken, in denen der Cognac ihm den respektvollen Ton raubte, zuzuschreien pflegte: »Sei still! Du könntest mein Vater sein!«

Um das Jahr 1910 herum war der eine zwanzig Jahre alt und der andere fünfunddreißig. Diese so leisen Jahre, die den Blick der wenigen heiteren Menschen auf den Straßen aufhellten, wenn sie sich daran erinnern, jene Jahre, in denen die Konzertgeige noch nicht den hohlen Stimmen der Leinwand hatte weichen müssen, waren für die beiden Lebemänner sehr glückliche Jahre gewesen.

Eine der Frauen, die zu jener Zeit zwanzig waren, eine der muntersten und schönsten, wenn nicht gar die schönste, lebte im Haus des Barons Magrì. Alle jungen Leute, die in der Umgebung dieses Hauses wohnten, legten sich Ferngläser zu, und der Baron hörte fast, wie ihre Blicke an die Balkonfenster schlugen und sich in den Vorhängen verfingen, die er hatte verdoppeln und verdreifachen lassen. Das Glück ist immer ein Geschenk des Himmels; doch in einem glücklichen Jahr sich glücklich gefühlt zu haben, von einer schönen Frau geliebt worden zu sein, wenn alles zum Lieben überredete, ist ein wirklich beneidenswertes Schicksal. Der alte Pförtner des adligen Hauses erinnerte sich lange Zeit an den Schritt jenes merkwürdigen Mädchens, der sich oben auf der Treppe mit einem Geräusch von Steinchen ankündigte; und der Sohn des Pförtners, der damals noch ein Kind war, spürte in den alten Kalendern, die an den Wänden des Hauses hängen geblieben sind, noch das Wirken des Windes in ihrem Kleid.

Ein Jahr später heiratete das Mädchen einen türkischen Offizier, und der Baron Magrì war deshalb fast erleichtert, da sein Bangen um diese Frau im Laufe der Zeit eher zu- als abgenommen hatte und er sich, auch wenn er das Kissen mit ihr teilte, immer mehr dem Zustand eines Verliebten annäherte, der nicht das erste Wort auszusprechen wagt. Hinzu kam, daß sein körperliches Leben im Alter von sechsunddreißig Jahren zusammenbrach: Wie eine Schublade, die auf einem krängenden Schiff nicht mehr in der Kommode ruhen will, so begann ein störendes Bäuchlein ihm aus dem Körper herausrutschen zu wollen. Es war die Fettsucht. Der Baron schämte sich, unter den Augen einer so weit von der Häßlichkeit entfernten Zeugin häßlich zu werden. Er biß die Zähne zusammen: er war verkrampft und angespannt, und das sogar während des Schlafens, wie jemand, der am Rand eines Abgrunds schläft. Als die Frau abreiste, weinte er einen ganzen Tag lang, aber in der Nacht schlief er sanft und ergab sich dem häßlichen Vergnügen des Fettwerdens.

Und er wurde wirklich fett; jedoch merkwürdig genug, seine Fülle verlieh seiner Reife ein günstigeres und freundlicheres Aussehen, und seine Erfolge waren immer größer als die des jüngeren und schlankeren Rosario Lazzara.

Dann kam der Krieg, und jeder der beiden erfüllte seine Pflichten als Ehrenmann. Rosario Lazzara schwamm in der weiten Uniform eines einfachen Soldaten, und es gelang ihm sogar, vom Zug, zu dem er gehörte, geliebt zu werden, obgleich seine Beziehungen zu den mit Schlamm bedeckten Männern schlecht angefangen hatten, und zwar wegen der Toilettenseife, die er am ersten Tag aus seinem Rucksack herausgeholt hatte und die den Namenszug des Herstellers trug: *Freude*.

Nach dem Krieg kehrten die beiden Freunde zu den Frauen zurück: Es war zwar leichter geworden, eine junge Frau zu verführen, das Zusammenleben mit ihr dafür um so schwieriger. Die neuen Mädchen waren sehr laut, und zu viele Gläser rollten von den Tischen, und zu viele Schemel wurden durch ihre Gesten ruiniert, die jede Sanftheit vermissen ließen. Schließlich besaßen diese Zwanzigjährigen einen tiefen Schlaf, und keiner jener Küsse, die 1910 bei einer Dreißigjährigen ein Herzklopfen verursacht hätten, konnte sie wecken. »Nein, nein«, sagte der Baron, »ich versteh's nicht!«

»Ich auch nicht!« echote Rosario Lazzara.

Da weder der erste noch der zweite zu den gebildeten Menschen gehörte und mit Freude sich selbst und die anderen beobachtete, paßten sich die beiden jedenfalls den neuen Zeiten so an wie ein Pferdegespann, das sich mit einer neuen Droschke abfindet.

Ihr Automobil, schwarz wie ein Sarg, beherbergte immer eine anmutige und elegante Dame und in ihrer Nähe einige junge Männer, die sie mit leiser Stimme zu gemeinsamer Flucht zu veranlassen suchten. Manchmal erreichten die Reden dieser jungen Männer ihr Ziel: Man verbrennt nicht vergebens das Ohr eines Jungen aus dem Norden mit einem nach Clementinen duftenden Atem.

Wenn der Baron Magrì beim Nachhausekommen den alten Diener, der auf jede Weise sein betrübtes und verlegenes Gesicht zu verbergen suchte, sich hinter den Möbeln herumdrücken und auf dem kleinen Schreibtisch aus Ebenholz einen Umschlag leuchten sah, sagte er zwischen den Zähnen murmelnd: »Es ist soweit! Na gut!« In einen anderen Umschlag, der für diese Gelegenheit bereitlag, steckte er die Rechnung der Schneiderin, die er sich zu zahlen gehütet hatte, und schickte sie dem jungen Mann, der seinen Platz eingenommen hatte: »Die soll er bezahlen!«

Doch für diese beiden Herren waren nunmehr die Erinnerungen an die Frauen wichtiger als diese selbst: ihre Reden verströmten eine zartbittere Weisheit. »Die Frauen«, sagte der Baron Magrì, »sind so, wie sie sind. Schnell kommt der Tag, an dem sie sich langweilen. Zur Zeit der Handfächer verbargen sie das erste Gähnen hinter einer Trophäe aus Federn. Aber ich verstehe trotzdem. ›Jetzt geht sie fort‹, dachte ich. Und tatsächlich ging sie fort. Man brauchte sie nicht festzuhalten. Mißfallen hat mir nur das böswillige Verlassenwerden.«

Das Thema des böswilligen Verlassenwerdens war der Kummer seines Alters. »Paßt auf!« sagte er den Jungen. »Böswilliges Verlassenwerden müßt ihr vermeiden!«

Unter diesen Ausdruck faßte er drei schwarze Episoden

seines Lebens zusammen, von denen besonders eine noch in seinen Träumen wiederkehrte. Eine seiner Freundinnen, die Catania für eine zwanzigtägige Reise verließ, nach der sie »Hals über Kopf« zu ihm zurückkehrte, hatte ihm, während er neben dem bereits fahrenden Waggon hertrabte und sie sich mit Mühe aus dem Zugfenster zwischen den Rosen und Nelken hinauslehnte, mit denen er das Abteil vollgestopft hatte, auf seine Frage »Telegrafierst du mir sofort?« mit einem Lächeln, das sich allmählich häßlich verzog, je mehr der Zug an Geschwindigkeit gewann, und lauter Stimme geantwortet: »Das hätte gerade noch gefehlt... Dummkopf!«

Nun, das böswillige Verlassenwerden! Noch ein weiteres Mal übrigens!... Eine häßliche Angelegenheit, das böswillige Verlassenwerden!

Im Jahr 1932 legte Rosario Lazzara sich ein süßes Laster zu, für das er von den Freunden sehr bewundert wurde: Wo immer er sich nach dem Essen aufhielt, neigte er leicht den Kopf und schlief ein. Es war ein Schlaf, der sich auf dem Gesicht wie eine vornehme und intellektuelle Blässe ausbreitete: Der Ausdruck jener geschlossenen Augen erschien zehnmal verführerischer als der Ausdruck seiner geöffneten und vor Genie blitzenden Augen. Der Baron Magrì beneidete den Freund darum, weil in Wahrheit ihm und nicht dem Freund dieses erste Anzeichen der Müdigkeit zugestanden hätte. Unter den verabscheuungswürdigen Gaben, die das Alter austeilt, gab es *eine* voller Anmut, und ausgerechnet Rosario Lazzara erhielt sie! Der Baron versuchte, es dem Freund gleichzutun, indem er nach dem Essen seine Augen schloß, doch war deutlich zu erkennen, daß seine Lider noch von den unterdrückten Blicken zuckten; ja einige behaupteten sogar, daß »der geizige Alte« zu schlafen vorgebe, um dafür zu sorgen, daß seine Geliebte zu dem jungen Mann, mit dem sie eines Tages abhauen würde, schlecht über ihn rede; er, indem er plötzlich die Augen aufschlage und ein »Gut!« murmle, lasse einen bereits vorbereiteten Umschlag mit den unbeglichenen Rechnungen der Schneiderin in dessen Tasche gleiten: »Dann kannst du ja bezahlen!«

Dies stimmte nicht alles: allein, weil der Baron seit zwei Jahren über ganze Jahreszeiten hinweg – und zuweilen in den unruhigsten wie dem Frühling und dem Sommer – ohne die Gesellschaft einer Freundin lebte. »Wie schaffst du es bloß, so zu schlafen?« fragte er Rosario Lazzara bitter. »Es ist gewiß ein Ruhen, denn es reicht auch, zehn Minuten nach dem Abendessen richtig zu schlafen, und dann fühlst du dich frisch und wach für den ganzen Abend.«

»Ja, wie ich das schaffe?« antwortete Rosario Lazzara. »Ich weiß es nicht. Das ist alles eine Frage der Ruhe, ich verbringe den ganzen Tag ruhig, ohne mich zu ärgern, und abends kommt dann prompt und schön der Schlaf.«

Er sagte die Wahrheit: den ganzen Tag über bereitete er sorgfältig den Schlaf nach dem Abendessen vor, so wie eine Biene den Honig sucht.

Es waren die Jahre, in denen die kleinen Orchester ihre letzten Töne über die Hotelterrassen schickten; die Lampen funkelten im Herzen der Nacht, beleuchteten auch die Abfallhaufen für die Hunde, die in den Höfen herumstöberten, und brachen ihre starken Strahlen an den Türen in den völlig verlassenen Straßen: bald war es ganz dunkel, und von den Menschen sah man dann nur noch das Aufglimmen ihrer Zigaretten...

Die beiden Lebemänner schliefen, der eine wirklich, der andere simulierend, in den lautesten und hellsten Lokalen. 1938 geschah folgendes: ein Nachtlokal in Catania pflegte während der Tanzfeste alle seine Lampen auszuschalten, außer zwei oder drei von jenen, die zwischen den Gästetischen standen. Da die beiden Lebemänner sehr bekannt waren und ihre Anwesenheit der Veranstaltung einen gewissen Rahmen verlieh, löschte der Geschäftsführer des Lokals nie die Lampe an ihrem Tisch mit dem Ergebnis, daß die baumelnden Köpfe von Baron Magrì und Rosario Lazzara stets in ein flaschengrünes Licht getaucht waren wie zwei fahle Monde an einem völlig verhängten und dunklen Firmament. Das Lokal lag nicht weitab von einem Fischerhafen, in dem das Wasser tot zu sein schien. Das Unglück wollte es nun, daß ein mit Malaria befrachteter Moskito sich vom vermutlich stehenden Gewässer entfernte und sich zum einzigen Lichtpunkt hin orientierte, den die Köpfe der beiden Lebemänner abgaben: der Baron öffnete die Augen rechtzeitig, doch Rosario Lazzara wurde in die Schläfe gestochen und bekam, wenn man so sagen kann, vor aller Augen die Malaria, da niemandem, auch nicht den Tanzenden, die eintönigen und leichten Kreise entgangen waren, die das Insekt um den Kopf seines Opfers beschrieben hatte, bevor es auf dessen Stirn landete. Der Gestochene mußte nicht lange auf das Fieber warten, doch die Malaria wurde energisch bekämpft und schnell besiegt. Rosario Lazzaras Schlaf nach dem Abendessen wurde länger und tiefer und verlieh seinem Gesicht einen noch anmutigeren Zug: die hohlen Wangen hatten etwas Kindliches an sich, etwas so sehr Kindliches, daß ein Mädchen, dem er seit zwei Monaten vergebens den Hof machte, als es ihn eines Abends so schlafen sah, seiner mütterlichen Zärtlichkeit nicht widerstehen konnte und ihm einen Kuß auf die Wange gab.

Der Baron Magrì fühlte, wie er vor Neid verging. Freiwillig hätte er ein Schlafmittel eingenommen, wenn dieses Mittel sich darauf beschränkt hätte, ihm außerhalb des Bettes Schlaf zu gewähren. Und dennoch war er seiner Erinnerungen müde und der Frauen auf unbeschreibliche Weise überdrüssig geworden. Wenn er die eine oder die andere hätte loswerden können, nicht etwa jene aus der Gegenwart, sondern aus der Vergangenheit, so hätte er dies von ganzem Herzen getan. Sich an einige Frauen weniger zu erinnern: dies war das Ziel seiner Übungen, sich das Gedächtnis zu trüben! Es war eine leise und ängstliche Müdigkeit wie eine Krankheit, die die Körpertemperatur senkt und die Pulsschläge verringert. Müdigkeit – aber kein Schlaf. »Bei deinem Aussehen und deinem Benehmen«, sagte sein Freund Lazzara ihm wiederholt, »wärst du allen anderen überlegen, wenn du es bloß schaffen würdest, wie ich nach dem Abendessen einzunicken!« Und während des Abendessens ermunterte er ihn, ein wenig mehr zu trinken: »Ein schlechter Wein ist besser als ein guter, weil er die Augenlider schwer macht!«

»Es ist zwecklos!« sagte der andere mutlos. »Alles ganz zwecklos!«

Doch im Haus einer Signora sah Rosario Lazzara, der

plötzlich aufgewacht war, eines Abends den Freund Magrì im Sessel gegenüber, den Kopf an die Rückenlehne gelehnt, mit einer so vornehmen und gelösten Miene, mit einer Gleichgültigkeit nicht nur den Dingen, die im Salon vor sich gingen, sondern auch den eigenen Träumen gegenüber, mit einer Ruhe und Regungslosigkeit in jenem gewöhnlich vom Atem entstellten Teil des Gesichts, daß er nicht an sich halten konnte und murmelte: »Donnerwetter!« Die Signora, die sie eingeladen hatte, rief er beiseite: »Sehen Sie nur, wie mein Freund schläft!« Die Signora näherte sich auf Zehenspitzen, von anderen Frauen gefolgt, die ebenfalls von dem unbeweglichen, einfachen und majestätischen Bild angezogen wurden. »Er hat mich übertrumpft!« rief Rosario Lazzara aus. »Auch er hat's gelernt, und wie!«

Doch plötzlich glitt die Hand Magrìs aus, die auf der Sessellehne geruht hatte, und fiel schwer hinunter, wobei sie den Arm mitriß. Dies gab der Schulter einen Ruck, die fast wie die Schulter eines leeren Kleidungsstücks zusammenklappte.

Alle machten einen Schritt rückwärts und stießen einen Schrei aus: der Baron Magrì war gestorben.

Feinde

Das ist mein altes Sizilien: die Felder, auf denen es der dunkelsten Nacht nicht gelingt, den blühenden Mandelbaum braun zu färben; die Sonnenblumen, die sich auf den Mauern zeigen wie schläfrige Zwergpudel; Mohn, so hoch gewachsen wie Kinder, die ihren Kopf an die Seite eines Erwachsenen lehnen. Hier duftet die Märznacht nach Sonne, dank der Steine, die die Wärme bis nach Mitternacht speichern. Die Margeriten und das Lackmuskraut schieben sich bis ans Meer vor, und die Eidechse, die von Blume zu Blume läuft, spiegelt in der letzten Welle den grünlichen Krautstengel, den sie im grünen Mund trägt. Die niederen und glitzernden Zitronen- und Orangenbäume werden im Mondlicht finster wie das Wasser im tiefen Brunnen. Und hier die Städte und Dörfer voller Terrassen und Balkone: einige erkenne ich, da sie seit dreißig Jahren auf mein Haus zu fallen scheinen. Verlassene Terrassen mit Rissen, auf denen sich nie jemand zeigt außer der Morgenröte, den Sternen, dem Mond und dem ganzen Sommerhimmel. Und dort die kleinen Balkone, in deren schwarzer Leere sich die etwas weniger dunklen Mädchen aus jener Zeit bewegten, in der auch wir noch Kinder waren, bis der Mond oder ein flüchtiges Licht auf dem Balkon gegenüber ihr kleines, blasses Gesicht und die erschreckten Augen enthüllte. Und da sind die Straßen und Sträßchen voller Nachtschwärmer, die schön in die Dunkelheit und in die Furcht eingehüllt sind: Das Schwatzen hält an, und die Eisenplättchen unter den Schuhen sprühen Funken wie Glühwürmchen.

Man versteht nicht ganz weshalb, doch hier fällt es leicht, sich sehr gern oder überhaupt nicht zu mögen. Wer sich von einer »Stimme der Liebe« verfolgt fühlt, hört sie hier aus den Kelchen der Margeriten wie aus Megaphonen heraustreten (auch für mich sind die Balkone und die Fenster mit ähnlichen Stimmen angefüllt, doch dies sind Stimmen aus der Vergangenheit, die unversehens wie von einem vorübergehenden Defekt der Weltmaschine verstärkt werden); wer dagegen von der »Stimme des Hasses« verfolgt wird, spürt sie auch aus den tröpfelnden Weihwasserbecken zu Füßen der Kruzifixe herabregnen, beißt in die Bettücher und kann nicht schlafen...

In diesem Zusammenhang möchte ich Ihnen eine alte Geschichte erzählen.

Vor vielen Jahren lebte in einer sizilianischen Stadt ein wirklich beneidenswertes Freundespaar: Francesco Zappulla und Corrado Nicolosi mochten sich so sehr, daß Zappullas Frau eifersüchtig geworden war. »Bei mir«, sagte sie ihrem Ehemann, »bekommst du den Mund nicht auf, aber bei diesem Krüppel von Nicolosi hast du so ein flinkes Mundwerk, daß ihr, wenn man euch von weitem beobachtet, zwei Hähnen gleicht, die sich schnäbeln!«

In Wahrheit jedoch wurden diese wortkargen Männer – die sich auch dann räusperten, wenn sie nur ja oder nein sagen wollten, und denen die Verwandten, ja sogar die eigene Mutter, immer gesagt hatten: »Und wozu hat der Herrgott dir den Mund gegeben?« – von einer seltsamen Erregung ergriffen, wenn sie zusammen waren. Alles an ihnen, nicht nur der Mund, fing zu sprechen an: eine grenzenlose Beredsamkeit ergoß sich aus allen Teilen ihres Körpers; und während der Mund zum Ohr sprach, der Hut des einen zum Hut des anderen, der Anzug zum Anzug, näherten sich die beiden Hundeköpfe an den Griffen der Spazierstöcke und stießen aneinander mit dem Geräusch derjenigen, die zugleich sprechen und lachen. »Was, zum Donnerwetter, haben sie sich zu sagen?« murmelten die Leute, die sie so erfreut, gestikulierend und geschwätzig erlebten. Nachdem Francesco Zappulla längst wieder zu Hause war, hatte er noch immer vor Zungenfertigkeit glänzende Augen, und oft wurde er während des Schlafes, wenn er an die Worte des Freundes zurückdachte, von einem Lachanfall geschüttelt. Die Frau drehte das Kissen um und brummte: »Hab verstanden: heute nacht komm ich nicht zum Schlafen!« Und der Ehemann, zärtlicher denn je, legte seinen Hals auf ihren Hals wie ein Pferdchen, schob die Lippen in eine Stellung vor, die die Ehefrau immer schon mit einem Kuß verwechselt hatte, während er in Wirklichkeit wie üblich die folgenden vier Wörter stimmlos artikulierte: »Welch ein geistreicher Mann!«

Eines Nachts jedoch, da die Ehefrau diese Worte wahrgenommen hatte, begann sie, Corrado Nicolosi auf die schlimmste Weise zu schmähen: die wachgewordenen Nachbarn erfuhren, daß jener ein Testament gefälscht, ein mit hunderttausend Lire versichertes Ladengeschäft angezündet und das Grab seines Vaters verkauft habe, doch gelang es ihnen nicht zu hören, daß all dies nur eine infame Lüge sei, da Francesco Zappulla den Freund mit zu leiser Stimme und eigentlich mit zu wenigen Worten verteidigte. Das Wortgefecht setzte sich auch in der darauffolgenden Nacht fort, und die ursprüngliche Übereinkunft zwischen den beiden Eheleuten kehrte sich gerade in die Vorbereitung für eine gesetzliche Trennung um, als die Freundschaft zwischen Corrado Nicolosi und Francesco Zappulla abrupt endete.

Wie das? Die Geschichte ist hier unklar. Sicher ist nur, daß Zappulla eines Abends mit zerbissenem Hut, aufgeknöpftem Kragen und einer totenbleichen Nase heimkehrte. »Ich will ihn nicht mehr sehen, nicht mal auf eine Mauer gemalt!« stieß er heraus, wobei er sich eine Hand zwischen Hals und Hemdkragen steckte. »Kanaille! Wahnsinniger! Lügner!«

»Das hab ich dir schon immer gesagt!« kommentierte seine triumphierende Ehefrau. »Er ist ein Taugenichts! Aber denken wir nicht mehr an ihn!...«

Trotzdem dachte Francesco Zappulla ständig an ihn. Wenn er am Tisch saß, raufte er sich jäh die Haare und rollte seine Augen wie jemand, der keine Luft bekam. »Was ist mit dir?« sagte die Ehefrau.

»Kanaille!... Kanaille!...« rief er aus und bat seine Frau, ihm die Hand zu halten. »Siehst du, wie ich zittere?«

Nachts unterbrach er seinen Schlaf mit einer schroffen Kopfbewegung und knipste die Lampe am Kopfende des Bettes an. »Sohn einer Schlampe, Kanaille!« rief er aus und setzte sich im Bett aufrecht hin. Geduldig knipste seine

Frau die Lampe aus und murmelte: »Schlaf lieber, los, schlafen!«

Einige Male fragte sie ihn: »Darf man erfahren, was er dir angetan hat?«

»Nein, das kann man nicht erfahren!« sagte er knurrend.

In Wirklichkeit gab es keinen großen Grund für diese Trennung. Wie aus heiterem Himmel war Francesco Zappulla bewußt geworden, daß Corrado Nicolosi nicht »der Freund, für den ich ihn hielt« war. Das hatte ihm gereicht, um ihn zu hassen. Und dieser Haß hatte so schnell zugenommen, daß er ihm weder Zeit noch Raum für andere Gefühle ließ. Er nannte ihn nicht mehr Corrado Nicolosi, sondern beschränkte sich darauf, ihn *er* zu nennen. Die Schuld an jedem dunklen Gedanken, jedem unangenehmen Ereignis, an der Bitterkeit und der grausamen Langeweile schob er *ihm* in die Schuhe. Und außerdem hatte er nicht unrecht: denn dieser Mann zwang ihn zu hassen, sich lebendig in ein Gefühl zu vergraben, zu dem er nicht geboren war. Der arme Mensch kam sich so trocken wie ein Reisigholz vor und bemerkte, daß er die Tage nicht mehr zählte, und das Schicksal die Tatsache, daß er so tief im Haß versank, dazu ausnutzte, ihm die Taschen mit Jahren aufzufüllen, und sein Haar ergraute vor der Zeit. »Feigling! Schurke!« Mit Hilfe dieser beiden Wörter gelang es Francesco Zappulla, eine ganze Jahreszeit so zu verbringen wie jemand, der einen ganzen Nachmittag damit verbringt, das immer gleiche Motiv vor sich hin zu pfeifen. Dann kamen die Sätze an die Reihe: »Stirbt er denn nie?« Mit diesem so bedeutungsschweren, im Ton so unterschiedlichen Satz war er wirklich in der Lage, ein Jahr zu verbringen, ja sogar zwei.

Aber das Leben ist kurz, und der Zwang zum Hassen verkürzt es auf verhängnisvolle Weise. Darauf haben einige Dichter hingewiesen. Francesco Zappulla drückte sich mit großer Eindringlichkeit aus, wenn er über sein Lieblingsthema sprach. »Seht ihn euch an!« sagte er. »Ihm ist ein Wanst gewachsen! Er hat mich Jahre meines Lebens gekostet! Wenn er stirbt, schwillt sein Leichnam so stark an, daß der Sarg explodiert und er die Kathedrale füllt!«

Jede schöne und liebenswürdige Sache, der es zu blühen oder zu leuchten gelingt, wertete er als Niederlage für *ihn*. Sahen die Veilchen besonders anmutig aus, bedeutete dies, daß *er* an Boden verlor; wehte der Wind die Feiertagsstimme eines Mädchens herbei, so bedeutete dies, daß er zum Teufel fuhr.

Im Jahre 1912 wurde Corrado Nicolosi zum Bürgermeister gewählt, und eine große Anzahl seiner Porträts verbreitete die finstere Miene an den Mauern der Stadt und in den Zeitungen. »Heilige Madonna!« sagte Zappullas Frau. »Das bringt meinen Ciccio um!«

Das Gegenteil jedoch war der Fall. Das launische Schicksal kam Francesco Zappulla zu Hilfe, als es ihn mit einem eigenartigen und versteckten Sinn für Humor ausstattete. Im übrigen konnten jene Photos nicht als gelungen bezeichnet werden. Corrado Nicolosi erschien ihm plötzlich so lächerlich, so plump, ähnelte Tieren und so jämmerlichen Dingen, daß für Zappulla eine Epoche des großen Gelächters begann. Wir haben noch nicht erwähnt, daß er eine dicke Nase hatte, in der die Erkältung rumorte wie der Wind im Kamin. Als ihn dann das Gelächter überfiel, kniff er den Mund zu und hielt sich ein Taschentuch vor die Nase wie jemand, der das Niesen nach innen treiben will. Nur selten war er in der Lage, sich zu beherrschen; häufiger platzte er mit einem schrecklichen Geräusch des Auswerfens los. An einigen Photos von Nicolosi, besonders an jenem, auf dem er wie eine gekochte Kartoffel aussah und das im Schaufenster eines Tabakladens ausgestellt war, mußte Zappulla, wobei er sich die Nase zuhielt, auch abends im Laufschritt vorübergehen. Vor einem zweiten Photo, auf dem Nicolosi ihm zufolge der Senfsoße ähnelte, mußte Zappulla oft stehenbleiben, sich mit den Ellbogen an der Wand abstützen und, wobei er die Stirn in den Händen hielt, seine Lachanfälle jämmerlich ausspeien. Doch das Komischste auf der Welt schien ihm ein Kopf Nicolosis zu sein, der sich in einem kleinen Geschäft einer Vorstadt befand. Um ihn zu betrachten, fuhr er viele Kilometer weit, und oft führte er auch die Freunde dorthin.

»Zum Glück nimmt er's so auf«, sagte seine Frau.

Eines Nachts jedoch – ihr Ehemann hatte sich mit einem Photo Nicolosis in Bergsteigeraufmachung im Arbeitszimmer eingeschlossen, dort den Hausrock ausgezogen, den Gürtel gelockert und damit begonnen, sich auf den Stühlen und in den Sesseln herumzuwälzen, wobei er überall Gelächter verstreute, sich die Brust mit beiden Händen hielt und sagte: »Ich sterbe! Ich sterbe!« – rannte die arme Frau, die an der Tür gelauscht hatte, bestürzt ans Telefon und rief ihre Schwiegermutter an: »Ich glaube, Eurem Sohn geht es schlecht! Kommt schnell!«

Der Alte mit den Stiefeln

Das Rathaus meiner Stadt ist mit Akten und Papieren vollgestopft: Wenn am Sonntag morgen die Amtsdiener sich von ihren Ehefrauen oder Töchtern beim Fegen der Fußböden, beim Scheuern der Gewölbe, beim Ab- und Ausklopfen der Regale helfen lassen, taucht an den Fenstern und auf den Balkonen der Staub wie eine widerspenstige Bestie mit schläfrigen Augen auf, die keinen Schritt zurück in den dunklen Stall machen will, in dem sie auf der faulen Haut gelegen hat.

Im Jahr 1930 waren die Aktenberge so angewachsen und so dicht gedrängt, daß entschieden wurde, sie in den Zimmerecken bis unter die Decke zu stapeln wie große Säulen, die das Gebäude abstützen sollen. Im dunkelsten Zimmer am Ende des Korridors, das viele mit dem Abort verwechselten, bedeckten die Entwürfe, Stammlisten, Quittungsblöcke, Muster und Register nicht nur die Wände, sondern sie bildeten dazu noch so etwas wie Trennwände, zwischen denen sich morgens ein Mann mittleren Alters mit äußerster Behutsamkeit hindurchzwängte, ein magerer und gebeugter Mann, wie es gewöhnlich nur die großen Menschen sind, und dennoch klein, sehr viel kleiner als normal, jedoch nicht unangenehm klein, ganz im Gegenteil! Er war klein auf eine durchaus nicht lächerliche Art, einer jener kleingeratenen Männer, über die man ohne

Erstaunen vernimmt, daß sie Väter von großen und gut gebauten Söhnen sind. Es war der Angestellte Aldo Piscitello, der als erster durchs Portal des Rathauses schritt, wenn das Aufwischwasser auf der Prunktreppe aus Marmor noch nicht getrocknet war, so daß sein Eintreten dem Fußboden im Flur die etwas verlängerten Abdrücke der Schlurfenden aufprägte. Zu jeder Jahreszeit erschien er im Rathaus in schwarzem Rock, gestreifter Hose, mit steifem Kragen und einem Filzhut mit geflicktem Hutband. Man wußte nie so recht, ob er nicht doch etwas schwerhörig war, denn wer wirklich Blut in den Adern hatte und nicht taub war, der hätte dem Pförtner Gott weiß was geantwortet, der, als er ihn die noch feuchte Treppe hinaufsteigen sah, immer murmelte: »Den da wecken morgens die Hörner, die er auf dem Kopf trägt!« (Dieser Satz wurde das ganze Jahr 1920 über ausgesprochen; danach verkürzte er sich um einige Wörter: »Den wecken die Hörner!« und war 1930 schließlich zum einfachen Ausdruck: »Hörner!« geschrumpft). Doch vielleicht hatte er ja kein Blut in den Adern. Für diese Annahme sprach jedenfalls, daß er nicht unter der Hitze litt, denn während im Juli alle gegen die unmöglichen Bürozeiten wetterten und sich die Hosen auszogen, die Ärmel hochkrempelten und das Taschentuch unter das Hemd zwischen Brustkorb und Achselhöhlen schoben, stöhnte er nie auf, noch fuhr er sich mit der Hand an den steifen Kragen, um ihn aufzuknöpfen.

Dennoch hatte dieser redliche und ziemlich ruhige Mann eine seiner Natur entgegenstehende, üble Angewohnheit: er litt an nervösem Gähnreiz, der ihn natürlich bei den unpassendsten Gelegenheiten überfiel. Durch den

Klang seines Gähnens, der zwischen dem Jammern und dem Greinen eines Neugeborenen lag, wachten die Amtsdiener auf und knurrten: »Gräßlich, der Teufel soll ihn holen!« Auf dem Gruppenphoto, auf dem sich im Jahr 1923 alle Angestellten gemeinsam mit dem Bürgermeister ablichten lassen wollten, erblickte man einen gähnenden Piscitello. Und die übelste Erinnerung der Schwestern Zingales war jener Klang zwischen dem Jammern und dem Greinen eines Neugeborenen, den Aldo Piscitello mindestens zehnmal hintereinander in der Chiesa del Carmine während des Trauergottesdienstes für ihren Vater von sich gab, so daß Elena, die ältere der beiden, aufhörte zu weinen und murmelte: »Eine, der es schwer ums Herz ist, muß sich anhören, wie der da sich langweilt!«

Neben dieser üblen Angewohnheit hatte er noch ein Geheimnis, ein unaussprechliches, bitteres Geheimnis: mit über fünfzig Jahren war es ihm bisher noch nicht gelungen, eine Planstelle zu ergattern.

»Hilfskraft!« schleuderte ihm seine Ehefrau entgegen, wenn sie sich stritten; und er lief ans Fenster und schloß es, damit die Nachbarn nichts mitbekamen.

»Hilfskraft!« erwiderte er. »Aber kein Bürgermeister hat mich je entlassen, und kein Bürgermeister wird mich je entlassen, weil mich alle schätzen! Hilfskraft ja, aber so, als hätte ich eine Planstelle!«

Im Jahr 1930 jedoch rief ihn eines schönen Morgens der Bürgermeister in sein Amtszimmer und sagte ihm:

»Eigentlich müßte ich Sie entlassen, weil Sie nicht in die faschistische Partei eingetreten sind!«

Piscitello wurde kreidebleich, warf den Kopf ganz zurück und sagte: »Mama! ...«

Dann sank er auf einen geflochtenen Stuhl, der vor dem Tisch stand.

»Nun tun Sie nicht so, zum Teufel!« fuhr der Bürgermeister fort. »Ich muß, und zwar ganz strikt, die Säuberung des Personals durchführen, denn – unter uns gesagt – hier gibt es viele Nichtstuer. Aber in Ihrem Fall, schon mit Rücksicht auf Ihre Frau, die die Schneiderin meiner Frau ist...«

»Weshalb nennen Sie sie eine Schneiderin?« flehte Piscitello ihn inmitten peinlicher Gähnanfälle an. »Ich würde ihr nicht erlauben, als Schneiderin zu arbeiten. Manchmal hilft sie befreundeten Damen! ...«

»Aha!« schnaubte der Bürgermeister. »Kurzum, Sie täten gut daran, in die Partei einzutreten. Möchten Sie einen guten Rat? Treten Sie in die Ortsgruppe in Canicattì ein; deren Parteisekretär ist ein Kunde von mir. Und wenn ich ihm ein paar Worte stecke und Sie ihm ihrerseits zu verstehen geben... Kurzum, sehen Sie mal zu... Obwohl keine Beitrittserklärungen mehr entgegengenommen werden, wird sich ein Weg finden lassen, Sie als eingeschrieben zu betrachten!«

»Ich«, sagte Piscitello, »hab mich nie um Politik gekümmert! Und bin immer gut dabei gefahren!«

»Aber jetzt müssen Sie in die Partei eintreten! ... Dabei kann keiner etwas verkehrt machen! Haben Sie kapiert, daß es ums Brot geht? Ums tägliche Brot für Sie und Ihre Kinder! Wie viele haben Sie?«

»Drei. Das jüngste ist noch klein.«

»Wie alt ist es?«

»Es ist neun Monate nach der Visite Seiner Exzellenz Mussolini in dieser Stadt geboren, der, erinnern Sie sich?, mir auf der Straße, mit Verlaub zu sagen, eine Kopfnuß gegeben hat, weil ich meinen Hut noch aufhatte!«

»Und was hat Ihr Sohn damit zu tun?«

»Na ja ... Abends, ich weiß nicht mehr, wie es war ... ich war sehr verärgert, Herr Bürgermeister ... weil ich meinen Hut gezogen hätte, wenn ich es gewußt hätte ... Und ich konnte nicht einschlafen ... Und da hat mich meine Frau bei den Händen gehalten, und ich hab sie weinend geküßt ... Und irgendwie ist dieser Sohn dabei herausgekommen, den wir eigentlich nicht wollten ...«

»Ihr Frau muß eine große, gute Frau sein! ... Jedenfalls, Piscitello, wir haben uns verstanden: Ich schiebe die Prüfung des Personals auf, und Sie treten inzwischen ein!«

»Herr Bürgermeister, ich möchte nicht ...«

»Aber Piscitello, sind Sie denn verrückt? Es gibt Ex-Abgeordnete und Minister, die mit Kußhand ein Auge dafür opfern würden, wenn sie in die Partei eintreten könnten. Doch leider sind sie nunmehr so bekannt wie Preisbullen, und zwar als leidenschaftliche und lärmende Demokraten, und die können wir nicht an Bord nehmen. Im Gegenteil, wenn die nicht aufhören zu knurren, müssen wir sie in Verbannung schicken ... Und Sie lassen sich bitten! Was glauben Sie denn, wer Sie sind, Sie? Was fällt Ihnen denn ein? Pfeift man auf den Faschismus und den Duce? ... Und hören Sie endlich mit dem Gähnen auf!«

»Herr Bürgermeister, Seine Exzellenz Mussolini ist Gott, und ich bin, mit Verlaub zu sagen, bloß Scheiße.

Aber ich bin immer gut damit gefahren, mich nicht um Politik zu kümmern...«

»Piscitello, auf Wiedersehen! Morgen sagen Sie mir, ob Sie Ihre Stelle behalten oder das Handwerk wechseln wollen!«

Piscitello stand sehr niedergeschlagen auf, verbeugte sich zweimal, was aber niemand sah, da der Bürgermeister seinen Kopf zwischen die beiden Hände genommen hatte und über seine Papiere gebückt saß, und ging hinaus, indem er sich zum erstenmal in seinem Leben zwei Finger zwischen Hals und Kragen steckte in der Absicht, sich etwas Luft zu verschaffen.

Abends daheim erzählte er seiner Frau, was vorgefallen war.

»Und was hast du vor?« sagte seine Frau. »Du trittst ein!«

Er antwortete nichts, bis er die Birne peinlich genau geschält, das Messerchen an der Serviette abgewischt, es zusammengeklappt und in die Tasche gesteckt hatte.

»Aber Rosina«, sagte er dann, »ich bin kein Faschist!«

»Dann wirst du eben einer!« meinte seine Ehefrau.

Aldo Piscitello antwortete nichts, reichte seiner Frau die geschälte Birne, zündete sich einen Zigarrenstummel an und gab sich, die Hände ineinander verschränkt auf dem Tisch, dem Betrachten der Rauchwolken hin, die träge aus seinem Mund herausschwebten.

Was, zum Teufel, sah sein rechtes Auge mit der gehobenen Braue, und welcher merkwürdige Traum glitt über sein linkes, geschlossenes Auge, das scheinbar schlief?

Fast zwei Stunden lang blieb er so sitzen, und er hatte

nicht wahrgenommen, daß der Tisch abgeräumt, die Dekkenlampe ausgeschaltet und durch ein kleines Licht, das im Flur leuchtete, ersetzt worden und seine Frau längst zu Bett gegangen war.

»Aldo!« rief sie. »Komm her! Komm ins Bett! Ich muß dir was sagen.«

Er errötete lebhaft, als hätte seine Frau ihn dabei erwischt, wie er an der Pasta aus dem Kochtopf naschte, führte hastig die üblichen Abendverrichtungen aus und war bald unter die Bettdecke geschlüpft.

»Eigentlich«, sagte seine Frau, »ist der Faschismus eine große und schöne Sache!«

»Das bestreite ich nicht«, antwortete er, denn bei seinen Urteilen war er stets respektvoll.

»Er hat Straßen gebaut; es herrscht Ordnung; keiner belästigt mehr die Ehrenmänner; erinnerst du dich, als die Kommunisten dich auspfiffen, weil du das Päckchen mit Süßigkeiten in der Hand hattest, das uns nicht mal gehörte...?«

»Es war vom Herrn Bürgermeister«, sagte Aldo Piscitello.

»Mir gefällt, wie sie die Jungen erziehen! Du weißt selbst, daß die Jungen verrückt nach Mussolini sind!«

»Das bestreite ich nicht, das bestreite ich nicht! Aber ich hab mich immer nur um meine Angelegenheiten gekümmert, und jetzt weiß ich nicht, was sie mit diesem Faschismus wollen!«

»Hör mal!« sagte seine Frau, die langsam ärgerlich wurde. »Tausend und abertausend Menschen, die besser sind als du und ich, sagen, daß der Faschismus eine große

Sache ist, und du machst so ein Theater, bloß weil du Faschist werden sollst?«

»Oh, ich fühle mich geehrt! Aber verstehst du denn nicht?...«

»Und der Papst? Weißt du, was der Papst gesagt hat? Daß die Vorsehung uns diesen Mann geschickt hat! Also wenn der Papst, der Stellvertreter Gottes auf Erden, nicht zweimal überlegt...«

Und in dieser Weise fuhr die Frau fort, bis sie sich in der Hitze ihrer Beredsamkeit auf ihren rechten Ellbogen aufstützte und bemerkte, daß ihr Mann schlief. Ganz langsam legte sie sich wieder hin und dachte nach. Gegen zwei Uhr morgens, da sie dem boshaften Frohlocken nicht widerstehen konnte, das in ihr die Schlußfolgerung hervorrief, zu der sie durch ihr eigenes Nachdenken gelangt war, weckte sie ihren Ehemann:

»Nun, sag mir eins: Hältst du dich für besser als der Papst?«

»Was?... Nein!... Der Papst?« rief Aldo Piscitello in seiner Angst aus, die ihm nachts die Gedanken an den Papst, die Kaiser, Könige, Diktatoren, Minister und Generäle einflößten, die für ihn eins waren mit den tiefen und finsteren Abgründen, in denen nichts anderes als der Wind haust. Doch dann beruhigte er sich, schloß die Augen wieder und sagte ganz langsam, mit einem Speichelbläschen:

»Morgen trete ich in die Partei ein!«

Wegen seiner glatten und kompakten Einfachheit blieb Aldo Piscitellos Leben von 1930 bis 1934 nicht nur für unsere Augen, sondern auch für die eines großen Erzählers und Dichters undurchdringbar.

Auf seinem schwarzen Rock hatte sich das Parteiabzeichen der Faschisten wie ein Maikäfer niedergelassen, und ab und an verdrehte er die Augen nach unten und betrachtete es mit einer so vieldeutigen Miene, daß jedermann hätte sagen können: »Er liebt es, es gefällt ihm, er haßt es, es erschreckt ihn, es ist ihm lästig, es kitzelt ihn, es juckt ihn, gleich reißt er's ab, gleich frißt er's, nein, er haucht es an, bah, er küßt es ab!«

Aber er beschränkte sich darauf, mit seinem linken Ärmel darüberzufahren, wie um es aufzupolieren, und fuhr mit den Eintragungen in seine Register fort.

Niemandem gelang es, dem Gehege seiner Zähne ein Urteil über Politik zu entreißen. All seinen Pflichten als eingetragenes Parteimitglied kam er so gewissenhaft nach, wie er zwanzig Jahre lang denen eines städtischen Angestellten nachgekommen war: an den vorgeschriebenen Tagen legte er das Schwarzhemd an; er las das *Parteiorgan*; er besuchte die Versammlungen der Ortsgruppe; und an den Samstagnachmittagen besuchte er mit den anderen aus der Gruppe die Museen voller Zwielicht und hörte, wie die Schritte der städtischen Angestellten vom kalten Marmor der Statuen widerhallten. Obwohl zu jener Zeit die Köpfe der Italiener – völlig kurzgeschoren wie beim Kommiß und steil erhoben auf versteiften und in Sportjacken vorstehenden Schultern –, erst bei den Jungen und den Athleten, dann auch bei den Alten und Akademikern und Wohlgesinnten, ganz allmählich Wut auszustrahlen begannen, blieb Aldo Piscitellos Gesicht stets von einer antiken

Sanftheit gezeichnet, wegen der er viel eher einem von der Zeit vergilbten Porträt eines Italieners als einem echten Italiener aus Fleisch und Blut ähnelte. Die Freundlichkeit der Miene fiel dem Bezirksgruppenleiter ins Auge, als dieser seinen Blick vom Podium der Ortsgruppe aus herrisch über die Zuhörertribüne aus Schwarzhemden schweifen ließ.

»Ihr, Genosse, da hinten!...«

Mit dem sanftesten und respektvollsten Lächeln, das man je gesehen hatte, stand Piscitello auf:

»Ich?«

»Ja, Ihr!...«

Der Bezirksgruppenleiter musterte ihn perplex und spürte, daß mit diesem Mann etwas nicht stimmte und er irgendwie nicht hineinpaßte, doch da er nicht dahinterkam, was genau da nicht stimmte, rief er bloß aus:

»... Ach, zum Teufel!«

Auf Piscitello wurde ein Spitzel angesetzt, nicht etwa weil er eine besorgniserregende Persönlichkeit gewesen wäre, sondern um es mal auszuprobieren und auch weil es so viele Spitzel gab, die nicht wußten, womit sie den Tag verbringen sollten. Der Spitzel meldete über Piscitello sieben Äußerungen politischen Charakters, sämtliche voller Respekt für den Faschismus: Er fügte hinzu, daß Piscitello sich, wenn er an einem anderthalb mal drei Meter großen Photo des Duce an den Quattro Canti vorüberging, an die Hutkrempe zu fassen pflegte; und als leicht verdächtigen, jedoch unpolitischen Ausspruch zitierte er schließlich den folgenden Satz, den Piscitello einem Richter gegenüber geäußert hatte:

»Würde mir meine Schwiegermutter nicht unter die Arme greifen, allein mit meinem Gehalt, das versichere ich Ihnen, kämen wir nicht über die Runden...«

Man schrieb das Jahr 1934, und im Hause Piscitellos aß man täglich zwei oder drei Dinge weniger als jene, die für einen eher abgemagerten, vierundfünfzigjährigen Mann notwendig gewesen wären sowie für eine Frau, die den Haushalt versorgte und vermutlich auch außer Haus arbeitete (darauf hatte Piscitello nie seinen Blick gelenkt), und für drei Kinder, die so hungrig waren wie Wölfe, deren Kinder sie, der Partei zufolge, ja auch waren.

Als daher bekannt wurde, daß der Staat jedem Angestellten, der Mitglied der faschistischen Sturmabteilungen war, zweitausend Lire als Geschenk zukommen lassen werde, wurde Piscitello so stürmisch von seiner Frau umarmt, daß er danach eine ganze Weile lang husten mußte.

»Und was geht uns das an?« sagte Piscitello, dabei auf sich selbst, die Kinder und auch auf die Ehefrau zeigend. »Wir sind doch nicht Mitglied in der SA!«

»Mach dir mal keine Sorgen!« sagte Rosina. »Du bist mir vielleicht ein Einfaltspinsel, Mann!«

Wir wissen nicht, was dieser Satansbraten von Frau abgemacht hatte. Doch zwanzig Tage später erfuhr Aldo Piscitello, daß er im Jahr 1921 in die Partei eingetreten war, daß ihm die Bezeichnung »Mitglied der SA« rechtmäßig zustand und ihm die Verpflichtung auferlegt war, sein Schwarzhemd mit einem roten Bändchen zu schmücken, »dem Symbol des vergossenen und noch zu vergießenden Blutes«.

An dem Tag, an dem seine Frau, die wegen der bereits im

Haus eingetroffenen und auf dem Küchentisch ausgebreiteten zweitausend Lire wahre Freudenschreie ausstieß, ihm zwei kleine rote Streifen an den Ärmelaufschlag nähte, mischte sich ein äußerst merkwürdiger Zug in Aldo Piscitellos üblichen sanftmütigen Gesichtsausdruck. Er pflegte nämlich den Mund stets geschlossen zu halten, und falls er nicht umhin konnte, zu sprechen oder zu lächeln, öffnete er ihn einen kleinen Spaltbreit, und ebendiesen beeilte er sich, wieder zu schließen, bevor noch das letzte Wort seine Endung herausgebracht oder das Lächeln sich voll entfaltet hatte. Von jenem Augenblick an lief er mit geschlossenem Mund herum, hinzu kam jedoch eine gewisse erkennbare Kraft, die Lippen aufeinandergepreßt zu halten.

Mit dieser seltsamen Miene überstand er das Jahr 1934 und den Beginn von 1935. Seine bereits wortkargen Äußerungen schrumpften auf wenige Silben zusammen; seine Taten und seine Gewohnheiten, so leise wie die eines Haustiers, wurden tadellos, wenn es die Politik betraf. Schon sah man auf zahlreichen Photos faschistischer Gruppen sein Gesicht auftauchen, stets jedoch mit dieser seltsamen Miene, schon erschien sein Name in einigen beneideten Alben, die, mit dreifarbigen Bändern umwickelt, von schamlosen, dicken Mädchen den Funktionären und Inspektoren der Partei überreicht wurden; und während einer Ansprache an die Angestellten blickte der Bürgermeister jedesmal auf ihn, wenn er sagte: »Wir alten Faschisten, wir zähen Naturen ...«

Und gerade an jenem Tag hatte er einem Freund geantwortet: »Ja! ... Warum auch nicht?«, als dieser ihn gefragt hatte, ob die Pflicht, mit der Uniform auch die Stiefel zu tragen, unverletzlich sei oder nicht. Kurz darauf hatte er, als es um die in Deutschland einsetzende Judenverfolgung gegangen war, sein Gesicht zu einer Miene verzogen, die – sagen wir mal – nicht so sehr eine Zustimmung ausdrückte als vielmehr ein von einer Billigung vage angehauchtes Lächeln. An jenem Abend jedoch hatte dieser sanfte Mann, dieser dünne und wortkarge Vierundfünfzigjährige, eine Tat verübt... Folgendes hatte er getan.

Als er zu Hause ankam und sah, daß noch keiner der Seinen zurückgekehrt war, riß er das Parteizeichen von der Jacke, spuckte zweimal darauf, warf es auf den Boden und trampelte darauf herum; so zertreten wie es war, platt wie eine Küchenschabe, hob er es auf und hielt es sich, jedoch nicht lange, dicht vor die Augen; er warf es in den Nachttopf und pißte darauf; dann angelte er es mit einem Holzstöckchen wieder heraus, reinigte es mit Wasser und Seife, richtete es mehr schlecht als recht und steckte es wieder ins Knopfloch.

Als die Frau mit den Kindern heimkehrte, saß Aldo Piscitello mit starrem Blick, bewegungslos und ruhig in einer Ecke des Eßzimmers, und nur sein Brustkorb bewegte sich auf und ab wie der eines Vogels, den eine fiebrige Atemnot gepackt hat.

Was hat er? dachte die Ehefrau, die sich mit dem Handrücken verstohlen das Rouge von den Lippen wischte.

»Maria, komm her!« sagte er zur ältesten Tochter, die sich, während sie näherkam, ihr baumelndes M aus Holz neu richtete, das auf den beiden großen Früchten lag, die von der weißen Jacke des italienischen Jungvolks gedrückt und sanft belästigt wurden.

»Was hast du?« fragte seine Frau.

Aldo Piscitello hob die Augen, sah seine Frau und seine Tochter an und zog die Lippen wie die Sehne eines Bogens nach unten: »Wie häßlich ihr seid!« sagte er.

Genau von jenem Augenblick an nimmt die Geschichte von Aldo Piscitello einen anderen Verlauf und scheint die Geschichte eines anderen zu sein. Was, zum Teufel, hatte man diesem sanften Mann angetan, der sich nie um Politik gekümmert hatte, der weder große Ideale hatte noch Ehrgeiz besaß, noch Raum und Freiheit für seine Pläne benötigte? In welchem geheimen Punkt hatten sie ihn getroffen? Und wie hatte die Gesellschaft, in der er lebte, ihn so fest am Hals packen können, daß er um sich schlug und lärmte wie ein Huhn, das mit den Flügeln die Erde aufwirft und gackert, weil es plötzlich begriffen hat, was die Hand, die es streichelt, wirklich mit ihm vorhat?

Wir kennen die Antwort nicht. Sicher ist nur, daß Mutter und Tochter nach seinen Worten um sich schauten, als suchten sie nach dem finsteren Unbekannten, der in ihr Haus eingedrungen war, um sie zu beschimpfen. Doch da war niemand, und besorgt, verwundert und erschreckt mußten sie dieser verblüffenden Tatsache ins Auge sehen: Der Urheber derart frevelhafter Worte war kein anderer als der Vater und Ehemann, und niemand anderer als er, jener liebenswürdige Mann, der immer gesagt hatte: »Ja ... Warum auch nicht?« und der morgens, wenn er sich die Schuhe anzog, ganz leise darauf spuckte, um die Familie nicht zu wecken, und dessen am Abend zuvor auf die Kommode gelegter Hemdkragen von dem vielen Lächeln abgenutzt zu sein schien, das ihm tagsüber vom versiegelten Mund über den dünnen und hageren Hals bis zum Kragen hinuntergesickert war.

Doch von jenem Abend an blieb von dem Lächeln nur noch die Erinnerung. Der verrückteste und blindwütigste Haß hatte sich nämlich Aldo Piscitellos bemächtigt. Es war eine solch übersteigerte Leidenschaft, die mit großer Mühe in ihn hineingefahren war wie ein stürmischer und kilometerlanger Wind, der in ein Paar Unterhosen hineinfährt, so daß der kleine Mann in allen Fibern und Sehnen zu knirschen und zu krachen schien und es ihm nicht mehr gelang, ruhig, gelassen und geordnet zu bleiben, den Mund verschlossen zu halten und einzuschlafen. Selbst im Schlaf schlüpften ihm einige »Bestien!« und »Gehörnte!« von den Lippen, zwar leise und mehr wie gehaucht, doch mit einigen Speichelbläschen am Ende, die sein Kopfkissen oder Rosinas Schulter näßten. Stets war auf der Straße seine rechte Hand neben ihm und auf Schulterhöhe, die mißbilligte, abwinkte oder jemanden zur Hölle schickte. Zu einer Zeit, in der alle von Stolz und Optimismus erfüllt waren, versuchte sich auch die Geige in den einsamen Gassen im Marschrhythmus, lernten die Kinder in den sechsten Stockwerken in der Nähe der Wolken die Loblieder, heulte am Tisch zwischen zwei Happen auch der sechzigjährige Professore, der noch nie gesungen hatte, lallte der Betrunkene nachts, als er mit den Schultern um eine Straßenlaterne kreiste: »Und mor-gen die gan-ze Welt!«, knatterten Tag und Nacht auf den Balkonen die Flaggen und ließ Aldo Piscitello seine kummervollen »Aber!« in einigen großen Portaleingängen erklingen, an denen er gewöhnlich auf seinem Heimweg vorüberging.

Zu den politischen Zeremonien ging er nach wie vor, vielleicht sogar noch emsiger als zuvor; ging er dorthin, so hielt er seine Schultern verkrampft, als wollte er den schmerzvollen und angenehmen Schauder ersticken, der alles an seinem Körper erzittern ließ. Und so sehen wir ihn im Versammlungsraum der Ortsgruppe: dort war er den Gegenständen seines Hasses ganz nah, konnte ihnen fast über die Augen und die Nase fahren und wurde von überall her von der Fülle der Träume und Alpträume eingeengt. Wie durch eine überdimensionale Lupe konnte er sehen, wie dämlich, wie blödsinnig, wie überheblich einerseits und niederträchtig andererseits, was für Draufgänger, Minderbemittelte, Scheusale und Widerlinge sie waren! Es bereitete ihm ein himmlisches Vergnügen, neben einem nationalen Vizesekretär herschleichen und ihm in Gedanken »Riesentrottel!« zurufen zu können, und während jener sich in Positur warf und beim tiefen Atemholen wie mit riesigen Brüsten den Schatz seiner Ordensbändchen, Medaillen, Abzeichen, Totenköpfe und Dolche anhob, sagte Aldo Piscitello, einen Schritt weit von ihm entfernt, mit einem mageren und ergebenen Antlitz in Gedanken zu ihm: »Gauner! ... Wegelagerer! ... Jawohl, Gauner!« Bei den sommerlichen Versammlungen erreichte seine Freude einen absoluten Höhepunkt, weil sich den üblichen Freuden eine weitere, den Geruchssinn betreffende, hinzugesellte; er nahm wahr, daß *sie* unter ihren schweren Uniformen aus grobem Wolltuch stanken wie die Ziegenböcke. »Oh, diese Tiere!« zischte er zwischen den Zähnen hindurch, indem er von einem Punkt zum anderen wechselte, um den dumpfen Geruch des

Politsekretärs mit dem des nationalen Verwaltungssekretärs zu vergleichen. »Oh, diese Tiere!«

Am 28. Oktober, dem feierlichen Jahrestag des Marsches auf Rom, stand er morgens früh auf und gönnte sich ein äußerst seltenes Vergnügen: er zog sich ins kleinste Zimmer des Hauses zurück, zündete sich eine Roma-Zigarre an und rauchte sie langsam, während er von allen Seiten die Hand betrachtete, die die Zigarre zwischen Zeige- und Mittelfinger hielt. Eine große Ruhe lag über seinem rechten Auge, und noch mehr über dem linken, die regungslose Nase schien in die Luft eingetaucht wie der Blumenstengel ins Wasser, lautlose Rauchschwaden stiegen von seinem Mund auf. Sein Leben kümmerte sich aus Zerstreutheit um ihn, mehr als er sich ums Leben kümmerte, bis die Turmuhr am Universitätsgebäude acht Uhr schlug.

Nachdem Aldo Piscitello brüsk die Zigarre gelöscht hatte, sprang er auf, verließ das Zimmerchen und ging ins Schlafzimmer. Hier stieß er, ohne auf seine schlafende Frau auch nur die geringste Rücksicht zu nehmen, die Fensterläden weit auf und stöberte in der Kommode.

»Kann man erfahren, was du suchst?« fragte seine Frau ihn, die sich mit den Händen über die Wangen rieb.

Inzwischen hatte Piscitello unter einem Haufen weißer Kleider schon eine Art Trauerfetzen hervorgezogen: es war sein Schwarzhemd.

»Zum Teufel, Rosina, das Hemd ist ja schmutzig! Wer hat es so schmutzig gemacht?«

»Das weiß ich wirklich nicht!«

Doch wenig später erinnerte Aldo Piscitello sich, daß er

am Abend des letzten faschistischen Samstags, bevor er es weggesteckt hatte, darauf herumgesprungen war.

»Möchtest du, daß ich es bügle?« fragte die Frau ihn.

»Nein, Rosina, nicht nötig, bleib ruhig liegen, laß mich nur machen!«

Er wollte alles allein machen, und niemand traute sich, ihm zu widersprechen. Er schaltete tatsächlich das Bügeleisen ein, er bügelte das Hemd, er bürstete es aus. Er wollte allein sein, wenn er diese schnellen Verrichtungen erledigte, denn allem Anschein nach brummte er merkwürdige Worte. Schon hatte er sich das Hemd über den Kopf gezogen; die Frau und seine Kinder sahen ihn in der weißen Unterhose und im schwarzen Hemd, die Pumphose in der Hand, immer wieder vorübergehen. Er ging hin und her, suchte mit den Blicken nach einem passenden Ort, und brummte, immer weniger leise, seine befremdlichen Worte. Schließlich wurde er im Eßzimmer zwischen einer Anrichte und einer Wand fündig. Hier setzte er sich auf einen niedrigen Schemel, streckte die dürren Beine in die Höhe und versenkte sie in seine Pumphose. Nachdem er sie so weit wie möglich hineingejagt hatte, verschnürte er sie am Schienbein; aber er war noch nicht fertig, im Gegenteil, das Schönste kam erst noch: vor ihm richteten sich die Stiefel auf, als wollten sie sagen: »Rein mit dir, du SA-Mann des Unglücks!«

»Rosina!« brüllte Aldo Piscitello, nunmehr unfähig, allein weiterzukämpfen. »Und auch du, Maria, du Tochter der Wölfin, kommt mir helfen!«

Mutter und Tochter stürzten aus dem Bett, knieten sich vor ihm hin und gaben sich jede erdenkliche Mühe, sein

Bein in einen Stiefel hineinzupressen, indem sie am Absatz stießen, während er an den Laschen zerrte und sich so sehr anstrengte, daß er bald platzte. Doch ihre vereinten Kräfte brachten nichts zuwege, und da er den Mut verloren hatte, schrie er:

»Hol mir den Hauswart, ihr seid zu nichts zu gebrauchen!«

Doch der Hauswart, der Vertrauensmann der Ortsgruppe und die einzige Person im Gebäude, die einen Stiefelknecht besaß, war ins obere Stockwerk gegangen, um dem Gerichtspräsidenten zu helfen, der – dick, wie er war – sich ganz verausgabt hatte und mit den Tränen kämpfte, bevor er zur Versammlung gehen konnte.

Mit Gottes Hilfe gelang es Aldo Piscitello aufzustehen und, nachdem er den Uniformrock angezogen hatte, das Lederkoppel um den hohlen Bauch zu legen: dann trat er vor den Spiegel, während seine Frau seufzend zur Tochter sagte:

»Hol das Putztuch!«

Es war tatsächlich noch nie vorgekommen, daß der Spiegel, nachdem er den eigenen Herrn in voller Montur widergespiegelt hatte, keinen Spuckauswurf abbekommen hätte, eine Art glitzerndes Gehänge, etwas, das, während es sich ganz allmählich auflöste, bewirkte, daß der Spiegel boshaft zu lachen oder, der Teufel weiß wie, zu weinen schien.

Der Gerichtspräsident, der im Treppenhaus Aldo Piscitello begegnete, der SA-Mann war, grüßte ihn als erster, indem er seine schlaffe und gelbliche Hand über den Kopf hob, und Piscitello ließ ihm den Vortritt, um sich am

Schauspiel dieses fleischigen, eingezwängten und abgegriffenen Mannes zu weiden, der von dem Lederzeug vorgeführt wurde, das ihn sehr gewaltsam einschnürte.

Aber an jenem denkwürdigen Tag war er nicht der einzige, der sich an diesem Schauspiel weidete. Universitätsprofessoren, alte, klapprige Herren und junge, die wahrhaft dick waren ... nunmehr kannte er jeden einzelnen von ihnen, und wenn er ihnen nicht auf dem Corso begegnete, so suchte er sie in den Cafés, in die sie gewöhnlich gingen, oder gleich in den kleinen Gassen. Die Füße in den Stiefeln taten ihm furchtbar weh, und die Spiegel in den Geschäften schienen vorsätzlich vor ihn hinzutreten, um ihm ohne Unterlaß dieses Ich mit dem grünen und fassungslosen Gesicht und in Schaftstiefeln zu zeigen, so daß er seinen Atem in der Handfläche beschnupperte und zugeben mußte, daß es seiner Leber nicht gut ging. Doch nur Geduld! Denn nach dem Heimkommen konnte er sagen:

»Du lieber Himmel, was für Mißgeburten! Alles andere als ein Volk von Kriegern!«

»Ja!« rief seine Frau sarkastisch aus. »Stimmt es etwa nicht, daß die durchschnittliche Größe der Italiener um einen Zentimeter zugenommen hat, seit es den Faschismus gibt?«

»Das stimmt nicht! Das stimmt nicht!« schrie er.

»Deiner Meinung nach sagen sie nicht die Wahrheit, nicht mal versehentlich, wie?«

»Nein, nie! Was sie sagen, ist nie wahr!«

»Defätist!« murmelte seine Frau zwischen den Zähnen hindurch.

»Was sie sagen, widert mich an! Am liebsten würde ich mich in die Erde verkriechen, um sie nicht hören zu müssen!«

Doch inzwischen sagten sie ihm das, »was sie sagen«, immer lauter und immer direkter ins Ohr; die Radios der Nachbarn waren immer auf volle Lautstärke aufgedreht und brachten mit ihren Hurras, dem Händeklatschen und dem »Glauben! Gehorchen! Kämpfen!« die Gläser, die Karaffen, das Glas der Balkonfenster und der Anrichte zum Klirren; und nachdem der äthiopische Krieg ausgebrochen war, stellten die Geschäfte die Lautsprecher ihrer Apparate auf den Balkonen auf, so daß die Straßen wie in das faschistische Imperiumsgeschrei hineingegrabene Tunnels erschienen; Gebote, Hetztiraden, Peitschenhiebe gegen ihn und seinesgleichen, Diktatorenköpfe wurden ihm mit den Reklamekalendern, der Tageszeitung, den Heften und den Büchern der Kinder frei Haus geliefert.

»Ich werd noch verrückt!« sagte er.

»Nein«, gab seine Frau zurück, »das bist du schon!«

Die Jahre 1936 und 1937 waren für Aldo Piscitello die finstersten. Er fühlte sich so einsam wie eine Mücke im Januar und hatte Angst, an jenen Stellen des Gehsteigs vorbeizugehen, an denen der sturmbewegte Schatten der Fahnen Strudel auszuheben schien. Da traf er den Advokaten Padalino, den Exdemokraten, der nie in die faschistische Partei eingetreten war:

»Lieber Piscitello, sie haben recht, sehen Sie denn nicht, daß sie siegen?«

Und der Oberbuchhalter, der einmal das Porträt des Duce bespuckt hatte, rief ihn nach seiner Rückkehr von einer Reise nach Rom eines Abends beiseite und vertraute ihm an:

»Diese neue Mütze mit dem Schirm steht Ihnen wirklich gut; es war für mich wie eine Offenbarung ... Sie haben das Profil der alten lateinischen Rasse, da ist nichts zu wollen!«

Und nach seiner Rückkehr aus der Verbannung zwirbelte sich der alte Apotheker Platania auf ihren Spaziergängen zu zweit durch die kleinen, verlassenen Gassen seinen graumelierten Spitzbart rechts und links und murmelte:

»Vorsicht, Vorsicht, Signor Piscitello! Sprechen Sie nicht so laut!«

Eines Abends räumte seine Frau hastig den Tisch ab, setzte sich ihm gegenüber, legte die Arme verschränkt auf den Tisch und die Brust auf die Arme und fragte ihn:

»Hör mal: Was hat der Faschismus dir angetan?«

Aldo Piscitello errötete wie jemand, dem ein unerhörtes Vergnügen kurz bevorsteht, tausend Einfälle schossen ihm durch den Kopf, sein Gedächtnis hielt ihm alle möglichen Worte parat, damit er spreche, bis morgen spreche, nie zu sprechen aufhöre, aber in Wirklichkeit, als es dann soweit war, fielen ihm keine anderen Vorwürfe ein als die folgenden:

»Alle unsympathischen Sachen, die macht er; die Sänger in den Theatern geben keine Zugabe mehr; er hat uns das Vergnügen verdorben, eine Tasse Kaffee zu trinken; wir müssen uns alle mit Ihr anreden, aber ein vorgesetzter Milchbart darf mich mit du ... du ... du ... anreden!« Er gab jeden verletzenden Tonfall wider, in dem man ihn duzte. »Den Kindern bringen sie bei, von morgens bis abends zu singen, als wären wir im Theater, bringen ihnen aber keine Erziehung bei oder was weiß ich; wenn wir grüßen, müssen wir den Arm heben, als würden wir uns vor einem Hieb mit der Gerte oder einem Auswurf schützen! Und schließlich müssen wir Stiefel anziehen!«

Hier entstand eine Pause.

»Ist das alles?« fragte seine Frau.

Aldo Piscitello war verwirrt, schlug seine Augen nieder, blickte auf den Tisch, dann hob er sie wieder, beschwert mit allen Sachen, die er hätte sagen wollen, sagen müssen, aber nicht zu sagen wußte...

Weshalb kam kein Gesang von Milton oder Leopardi über die Freiheit oder kein verbotenes Philosophiebuch diesem armen Mann zu Hilfe geflogen, der von allen Leiden verraten wurde, die eine ehrliche Seele durch die Unterdrückung erleidet, und dennoch unfähig ist zu erklären, warum er leidet?

Daher gewann eine kleine Frau, die ihre Bildung aus den Kursen für Bauersfrauen bezogen hatte, die Oberhand über ihn und lachte ihm leicht ins Gesicht.

Er fühlte sich grausam von allen hehren Idealen verlassen, für die er bittere Qualen erlitten hatte, und trat auf den Balkon hinaus, um den Himmel zu betrachten. Die hellen und klaren Sterne, so ganz anders als die finsteren und trüben Augen der Parteibonzen, sagten ihm, daß er recht hatte; aber dies ermutigte ihn nur bis zu einem gewissen Punkt; sie fügten nämlich nicht hinzu, aus welchem Grund er recht hatte. Zufälligerweise hörte er ein Ständchen, und dies löste in seinem Gehirn einen Geistesblitz aus.

»Wir haben keine Musik mehr!« schrie er, als er vom

Balkon ins Zimmer ging. »Früher hatten wir so viele schöne Opern wie *Aida, Traviata, Butterfly, Die Lustige Witwe*... Keiner schreibt mehr Musik!«

»Und weshalb nicht?« sagte seine Frau unfreundlich. »Wer hat's denn verboten? Weshalb tun sie's nicht?«

Er bohrte sich die Fingernägel der rechten in die Handfläche der linken Hand: er spürte ihn auf der ganzen Haut, jenen Grund, weshalb keiner mehr Musik schreiben konnte, und er ließ ihn erbeben und erschaudern wie ein kalter Schauer, aber er konnte ihn nicht aussprechen.

In der Nacht biß er in sein Kissen, zerfetzte den Kopfkissenbezug und hatte schließlich Wollflocken zwischen den Lippen.

Eine schlimme Nacht!...

Ein Jahr später, es war während des spanischen Bürgerkriegs, rächte er sich dafür, indem er seine Frau weckte, die am Abend zuvor der Radiomeldung über die Bombardierung Valencias applaudiert hatte:

»Und du willst eine Katholikin sein, du willst eine Christin sein? Und du machst das Kreuzzeichen und küßt das Herz Jesu? Du vergehst vor Wonne, wenn man eine Stadt bombardiert, wo es Kinder, Frauen, besser als du, und Kranke gibt?«

Seine Frau tat so, als hätte sie nichts gehört. Bei Tagesanbruch antwortete sie ihm:

»Das Wichtigste ist, daß wir siegen! Nun, ja, jetzt sollen wir Umstände machen? Wetten«, fügte sie dann hinzu und pflanzte ihren Körper im Bett auf wie eine Siegesstandarte, »wetten, es paßt dir nicht, daß Italien den Krieg gewinnt?«

Er richtete sich auf, setzte sich neben sie hin und blickte ihr tief in die Augen:

»Ja«, sagte er, »du sagst die Wahrheit: es paßt mir nicht, daß Italien den Krieg gewinnt!«

»Und warum nicht?«

O je! Wie gewöhnlich wußte Aldo Piscitello es nicht. Doch er wußte, daß es einen Grund gab und daß er nachts auf die Welt herabstrahlte wie ein gestirnter Himmel und tagsüber schien wie die Sonne.

Da packte er seine Frau am Kinn, drückte sie höllisch an sich, bis sich Nase an Nase scheuerte, und skandierte mit zusammengepreßten Zähnen und gespreizten Lippen:

»Weil es mir nicht paßt!«

Für die Unmäßigkeit dieser Nacht mußte er teuer bezahlen, da der frühere Gähnreiz, der ein paar Jahre lang geschlummert hatte, wiedererwachte und ihm die Wangen zerriß, jedoch mit dieser Neuerung: nunmehr konnte er das Gähnen nicht zu Ende führen und schnappte einige Minuten lang nach Luft wie ein Fisch auf dem Trockenen.

Die Unterredung mit seiner Frau nahm er fünf Abende später unvermittelt mit den folgenden Worten wieder auf:

»Ich werde noch verrückt wegen Italien! Wenn ich den Königsmarsch höre, möchte ich immer weinen... Aber das«, fügte er in einem ungewohnten Tonfall hinzu, »ist nicht Italien, sondern eine Handvoll Schurken, die unser Blut vergießen wollen, um uns noch mehr zu unterdrükken! Wenn dieses Italien gewinnt, verlieren die Italiener den... den... die...«

Hier verhedderte er sich, und indem er sich zur Seite drehte, versuchte er, einen Blick auf den Spickzettel zu werfen, den er in der Hand hielt und auf den er ein paar im Café aufgeschnappte Stichworte notiert hatte.

»Aha, gut!« rief seine Frau aus. »Du lernst die Lektion!«

Er errötete bis über beide Ohren, trank ein Glas Wasser, zerriß den Spickzettel sowie weitere, die er in der Hosentasche hatte, und vertiefte sich in ein Dutzend Gähnanfälle, einer mühsamer als der andere.

Der Frau tat er leid.

»Was hast du denn? Was fehlt dir denn?« fragte sie ihn.

Aldo Piscitello schüttelte sich ein wenig, stöberte in den Taschen, als suchte er die Zettel, die er zerrissen hatte, dann schien er in sich zusammenzufallen und fixierte seine Frau mit der Miene eines armen, kranken Tieres, in das er sich zitternd zusammengekauert hatte, als ihm die Worte gefehlt hatten, um zu antworten.

So vergingen zwei weitere Jahre.

Was Aldo Piscitello in dieser Zeit gemacht hat, weiß ich nicht: es fehlen mir viele Angaben, und ich bereue es bitter. Sagen kann ich nur dies: sein Haß wurde immer unbändiger und vollkommener, seine Reden immer unbeholfener und nichtssagender und sein Gähnen immer länger.

Ich glaube, daß auch er auf der Piazza Venezia war, als Mussolini die Sturmabteilungen fragte, ob sie das bequeme Leben liebten, und die, gerade weil sie es innig liebten und von den Schutzpolizisten nicht behelligt werden wollten, in einen Schrei ausbrachen und antworteten:

»Nein! Wir lieben es nicht, das bequeme Leben! Wir wollen Krieg! Wir mögen es, wenn es uns schlechtgeht!«

»Der da«, murmelte ein kleiner Alter in Uniform und mit Orden, der neben Aldo Piscitello stand, wobei er auf den Balkon des Palazzo wies, »war mager, als er in uns herumzustochern anfing, und das italienische Volk war wohlgenährt und es ging ihm gut; jetzt ist er fett, und das italienische Volk ist mager!«

»Wie wahr, wie wahr!« sagte Aldo Piscitello.

Aber hier verliere ich ihn erneut aus den Augen und finde ihn erst in meiner Stadt wieder, in der Rumpelkammer einer Apotheke, während ein Signore in weißem Hemd die Gitarre zupft und singt:

»Von dir entzückt, vom Klang deiner Stimme,
unendlich lang ich träumt'...«

und zwei ältere Signori sich vor Vergnügen krümmen, so wie sie dort sitzen, wobei sie sich mit einer Wange auf den Griff eines Spazierstocks stützen.

»Was waren das für herrliche Zeiten!« sagte einer. »Anstand, Freundlichkeit, Achtung vor dem Nächsten, die Musik, die Liebe, das Vaterland, Jugend, Studium, Frankreich, süßes Frankreich, und du Italien, und mein Freund, der sich wegen einer Frau umbringt!«

»Was haben sie uns in die Herzen geschüttet?« sagte der andere. »Finsternis!«

Finsternis. Von der Wahrheit dieses Wortes ergriffen, mußte Aldo Piscitello aufstehen.

»Jawohl«, murmelte er außer Atem, »Finsternis im Herzen!«

Und kurze Zeit darauf, als die Zeitungen und das Radio die angeordnete Verdunklung bekanntgaben und die Straßenbeleuchtung bis auf ein rotes Glimmen mit einem bläulichen Schimmerstreifen gedrosselt und das Ewige Licht gelöscht wurde, das Madonnen und Herzen Jesu an den Schieferwänden tilgte, und das Licht in den Trauerkapellen ausging, die jene in der Finsternis einschlossen, die darin für immer eingetaucht waren, und die Treppen und die Dachluken verdunkelt wurden, und ein einziger, nadeldünner Lichtstrahl, der von einem Balkon heruntertropfte, Schreie der Verärgerung und der Angst hervorrief, als die Stadt einem feuchten Kohlehaufen ähnelte und von den Passanten – wenn überhaupt – nur die von den Taschenlampen matt beleuchteten Füße zu sehen waren oder der Mund in jenen Augenblicken, da die Zigaretten aufglühten, und der Signor Castorina, ein Blinder aus dem vorherigen Krieg, der jeden Abend um elf ausging, während er mit seinem schüchternen Stock den Weg abtastete, mit schnelleren, freudigen und sicheren Schritten auszuschreiten begann, als gehörte nunmehr die Welt ihm, und die Nachtschwärmer vergebens mit den Augen auf der schwarzen Pyramide der Kirche die antike Turmuhr ihrer Jugend suchten, die sie so viele Male an die späte Stunde gemahnt oder sie darauf aufmerksam gemacht hatte, daß binnen fünf Minuten ihr Türchen sich öffnen werde, als ein bescheidener und emsiger Bürger in weißer Kleidung so schwarz wie ein Parteibonze in Uniform aussah, da trat Aldo Piscitello auf den Balkon hinaus und sagte: »Finsternis im Herzen und Finsternis draußen! Das paßt gut zusammen!«

Und danach? Was sagte und tat er danach? Ehrlich, ich weiß es nicht. Von den beiden Freunden, die in der ersten

Zeit des Krieges mit ihm zusammen waren, konnte der eine, ein jovialer Bursche, mir überhaupt nichts sagen, weil im vergangenen Jahr das dreistöckige Haus, das er liebevoll aufgebaut hatte, vom Kamin bis zur Portiersloge über ihm zusammengestürzt ist, Stein für Stein, Nagel für Nagel, Bild für Bild. Je mehr Dinge er gekauft und geliebt hatte, um so mehr waren ihm auf den Kopf gefallen, und der letzte Zettel, den er zwischen all den Trümmern hinterlassen hat, ist weder wirklich jovial noch sagt er etwas über Piscitello aus, sondern beschränkt sich auf die mit Bleistift geschriebenen fünf Wörter: »Ich sterbe nach fünf Tagen!« Von dem anderen weiß ich, daß er vor zwei Jahren, als er in Ägypten am Marsch auf Alexandria teilnahm, über und über mit Läusen bedeckt war und sogar auf den Postkarten fluchte. Zur Zeit befindet er sich in Gefangenschaft, und ich warte darauf, daß er zurückkehrt, um ihn zum Abendessen einzuladen, ihm zu trinken zu geben und ihn zum Sprechen zu bringen. Dann werden auch Sie es erfahren, da ich bestimmt nicht zögern werde zu berichten, was Aldo Piscitello tat, als die Stadt den Freiwilligen der SA die Dolche während einer Feierstunde schenkte, bei der sie von der Bühne des Theaters aus verstört im Saal auf jene Hundesöhne von einfachen Faschisten blickten, die schön ruhig zu Hause bleiben würden, wogegen sie ... doch etliche von ihnen fahren auf alle Fälle fort zu husten und sich den Bauch zu zwicken und haben, wie man zu sagen pflegt, die Karo-Sieben schon im Ärmel, da sie sich schon mit dem Militärarzt geeinigt haben, der sie kriegsuntauglich schreiben würde; oder was er tat, wenn beim dreimaligen Aufheulen der Sirenen Millionen braver Leute, manche mit den Schuhen in Händen, ihre Betten verließen und sich in den Luftschutzkellern wie die Ameisen drängten, die sich verkriechen, während ein Dutzend junger Männer in Wildlederjacken schaurig am Himmel herumschweift ... Ich weiß aber, daß – obgleich Aldo Piscitello eine Heidenangst vor Fliegeralarm hatte und als erster in den Luftschutzkeller lief, mit einem Kind in den Armen und seiner Frau hintendrein, die ihm die Hosenträger nachtrug – er dennoch rot wurde wie ein Truthahn, wenn man ihm sagte, daß die englischen Bomben in den Kellern von Malta feucht geworden seien und nicht krepierten, daß die Flieger sie nicht aus Menschenfreundlichkeit außerhalb der Stadt abwarfen, sondern weil sie die Luftabwehr fürchteten, und daß man nicht derart zaghaft mit solchen Waffen den Faschismus besiegen könne, daß die Welt sowieso ganz faschistisch würde, dagegen sei kein Kraut gewachsen!

Eines Tages fiel das Auge des Verbandsführers, der wie ein Pfau auf der Straße herumstolzierte in seinem schwarzen Mantel, der – mal nach rechts, mal nach links aufgeschlagen – die darunter befindlichen Schnüre und Orden – mal rechts, mal links – aufleuchten ließ, genau in dem Augenblick auf Aldo Piscitello, in dem dieser Gott weiß was über den Duce und sich selbst dachte. Obgleich jenes Auge ihn erblickt hatte, ohne ihn zu sehen, oder vielleicht gerade deshalb, kam es Piscitello so vor, als würde dieses Auge sprechen. Und die ersten Worte waren:

»Wer bist du, seltsames Ding auf dem Gehweg? Bevor ich dir irgendeinen Namen geben kann und dich schließlich sehe, mußt du dich mit hunderttausend Dingen, alle so gekleidet wie du, zusammengepfercht auf einer Piazza versammeln, und dann, wenn du einen Schrei ausstößt, einen guten Schrei, einen Schrei, so wie er zu sein hat, ja dann, dann läuft alles gut, dann bestimmt!...«

Piscitello war den ganzen Tag lang außer sich, und in der Nacht, nachdem der Vollmond schwerfällig über dem Meer aufgestiegen war, rief er aus dem Haus seines Nachbarn Aleffi seinem aus der Verbannung heimgekehrten Freund Platania zu:

»Hör mal, Platania, wenn sie heute nacht nicht kommen«, er spielte auf die Flieger an, »dann sind sie schön blöd!... Aber wenn es ein Licht gibt wie der helle Tag?... Wann wollen sie denn kommen?«

»Hat dieser Mann denn keine Kinder?« murmelte entsetzt die Frau des Nachbarn, die vom anderen Zimmer aus die Worte Piscitellos vernommen hatte.

Am folgenden Tag teilte diese Frau der Nachbarin Rosina ihr Entsetzen vertraulich mit.

»Ach, lassen Sie mich bloß in Ruhe damit, liebe Signora!« antwortete die Piscitello. »Was hab ich nicht schon alles erlebt! Wär er nicht der Vater meiner Kinder, würde ich Gott bitten, ihm Hände und Füße zu fesseln, so alt wie er ist, und würde ihn ins Gefängnis werfen!«

Und eines Sonntags lief Aldo Piscitello wirklich Gefahr, im Gefängnis zu landen.

Kyrene, Tobruk und Bengasi waren gefallen; die Deutschen waren bis nach Sizilien vorgestoßen: die Fährschiffe stampften durch die Straße von Messina, vollgestopft mit bewaffneten Deutschen, die den Feldstecher stets vor die Augen hielten, die Terrassen meiner Stadt sahen aus wie

Darren voller weißer Feigen, übersät wie sie waren mit nackten Deutschen, die in der Sonne badeten; und an den Balkonen im ersten Stock waren kleine Spiegel befestigt, in denen sich Deutsche in kurzen Hosen beim Rasieren betrachteten, während unten auf der Straße vor dem feuchten Schuppen, in dem die Bersaglieri schliefen, eine kleine Alte haltmachte, um einem Unteroffizier mit Sträflingsfratze zu sagen:

»Und du, mein Sohn, rasierst du dich nur sonntags?«

Die Offiziere, die im größten Hotel logierten, waren von ihren Vorgesetzten angewiesen worden, – während sie aufrecht stehend den Generalstabsberichten lauschten – ein stolzes und energisches Gesicht vorzuzeigen, damit die vor dem Radio versammelten einfachen Leute Mut schöpften. Diesen Offizieren mit den starr ausgerichteten Augen war jedoch nicht entgangen, daß – je bitterer die Meldungen wurden – im Saal das sogleich unterdrückte Lächeln, das Augenzwinkern, das Aufstampfen und die Rippenstöße um so häufiger auftauchten und vor der Theke die Schar jener Freunde um so dichter wurde, die beim Trinken mit den Gläsern anstießen und sie augenzwinkernd erhoben.

Die Italiener sind doch wirklich merkwürdig! dachten die deutschen Offiziere, wenn sie wie schwarze Sternschnuppen von einem Punkt des Saals zu einem anderen gingen und dabei die haßerfüllten Blicke durchschnitten, die ihnen folgten.

»Wegen euch Verdammten müssen wir diesen Krieg machen!« sagte eines Sonntags Aldo Piscitello brummend. »Davon könnt ihr nicht genug bekommen! Stimmt, wieso nicht, was hat das zu bedeuten? Alle Leute lassen sich von euch Dienstmädchensöhnen herumkommandieren, die nicht mal eine Tür ordentlich schließen können, ihr antichristlichen Schlächter der Polen und der armen Juden, die ehrliche Arbeiter sind, und sagt es nicht genug, daß der Dottor Bologna, der von den Gemeindeangestellten nie Geld angenommen hat, mit den Taschen voller Steinchen wie ein Hund mit einem Mühlstein um den Hals sich ins Meer stürzen mußte!«

Das Unheil wollte es, daß in diesem Augenblick ein Spitzel heimlich den Saal photographierte. Das entwikkelte und vergrößerte Photo zeigte den Advokaten Rossi, der wegen der schlechten Radionachrichten noch lächelt und mit dem Auge zwinkert und, nicht weit von ihm entfernt, Piscitello, der einen Deutschen betrachtet, der sein Kinn nach links gereckt hat und Flammen aus den Nasenlöchern ausstößt.

Der Avvocato Rossi wurde in die Verbannung geschickt, doch was Aldo Piscitello betraf, so wußte die Disziplinarkommission nicht, woran sie sich halten sollte. Der Gesichtsausdruck stellte sich als wahrlich sehr eigenartig heraus, doch sprach daraus denn Haß und nicht etwa zufällig ein Unwohlsein? Wer konnte beschwören, daß er nicht einem im Ansatz mißratenen, zwei- oder dreimaligen Gähnen zuzuschreiben war? Jedenfalls bat die Kommission den Bürgermeister, der ein »junger rechtschaffener Mann« oder – wie man in diesen Zeiten zu sagen pflegte – »einer der kommenden Männer« war, Piscitellos Gehaltszahlung einen Monat lang auszusetzen.

Und eines schönen Tages ... An jenem Tag hatte Piscitello keine Lust zu reden, war aber schon gezwungen worden, zweimal mit gereizter, doch kläglicher Stimme zu sagen: »Hier arbeite ich!«, einmal zu einem dicken, halbblinden Herrn, darauf zu einem schmächtigen Alten, die beide in sein Zimmer getreten waren und damit beginnen wollten, das zu machen, was alle schließlich tun, wenn man das Örtchen gefunden hat, und einmal »Hier arbeite ich, damit ihr es wißt!« hatte er dem Schelm von Amtsdiener wiederholt, der ihm vielleicht dergleichen Personen in sein Zimmer schickte... meldete derselbe Amtsdiener ihm mit einem kleinen, boshaften Lächeln:

»Der Bürgermeister will Euch sehen!«

Irgendeine schlechte Nachricht! dachte Aldo Piscitello, der seit 1930 nicht mehr ins Kabinett im Imperialstil gegangen war.

Vorsichtig wie eine Katze, die bei fremden Leuten eintritt, schlich Piscitello sich in den großen Saal, an dessen Ende der Bürgermeister in der Uniform der Sturmabteilungen ihn hinter dem Schreibtisch stehend erwartete. Neben dem Schreibtisch stand ein Bezirksinspektor, ebenfalls in Uniform, mit einem silbernen Totenkopf am Arm und einem Mussolini-Kopf an der Brust. Diese beiden aufrecht stehenden Personen fixierten Piscitello mit hochgerecktem Kinn, und er ging so zögerlich vorwärts, daß er sich sogar in der Richtung irrte, da ihn anscheinend die Angst an den Schultern gepackt hielt und ihn kräftig zum Balkon statt zum Schreibtisch hin stieß.

»Ein Verräter bist du!« ertönte es plötzlich. Es war die Stimme des Bürgermeisters. »Was hast du an einem Sonntagmorgen im Hotel Centrale zu suchen?«

»Einer dieser Tage«, fügte vielleicht der Inspektor hinzu – ich sage »vielleicht«, da er eine so heisere Stimme hatte, daß sich nicht erkennen ließ, ob er sprach oder ob er sich räusperte – »erinnere ich mich ... an die herrlichen Zeiten ... Unternehmungen ... Prügel ... Stockschläge ... an einen von euch ... Haut ... ja, die Haut!«

»Wenn das noch einmal passiert, dann werfe ich dich eigenhändig aus dem Rathaus!« fügte der Bürgermeister hinzu, und nachdem er dies gesagt hatte, drehte er sich auf dem Absatz nach rechts zum Inspektor hin, der sich seinerseits auf dem Absatz nach links zu ihm hingedreht hatte. Die Mienen des Bürgermeisters und des Inspektors hellten sich auf, beide vergaßen Piscitello völlig und begannen ein Gespräch über den Duce, die Achse, den Sieg, das Imperium, den Lebensraum, die Rasse, den Turnus der Beförderungen, das Korps der seit kurzem ausgehobenen Sturmpioniere und über jene vom Duce seit langem eingeführten Musketenschützen. Während ihrer Unterhaltung schritten sie durch den Saal und gelangten schon bald an die Tür. Piscitello war kurz davor, von der Angst, dem Mißtrauen und der Traurigkeit erschöpft, stehend einzuschlafen, als ein Klang wie von Ohrfeigen, in Wirklichkeit aber von Stiefelschäften und Absätzen, ihn hellwach werden ließ: die beiden hatten sich mit erhobenen Armen einander gegenüber aufgebaut, Kinn gegen Kinn, Auge gegen Auge, und schleuderten einander einen Geierblick zu. Doch dann gingen sie lachend auseinander; der Inspektor ging hinaus, und der Bürgermeister kehrte hinter seinen Schreibtisch zurück. Piscitello folgte dem Bürgermeister mit den Augen, fixierte ihn zwischen den Stiefeln und dem Koppel, doch als er sich traute, ihm ins Gesicht zu blicken, mußte er zugeben, daß etwas Teuflisches vor sich ging: die düstere Miene des Bürgermeisters schmolz so schnell dahin wie das Wachs unter der Flamme; ein Lächeln – es schien das alte und wohlbekannte zu sein – umspielte seine Lippen, sein linkes Auge hatte sich als Zeichen des Einverständnisses zusammengefaltet, und auch das rechte Ohr, hinter die Runzeln jenes Lächelns zurückgedrängt, bewegte sich und grüßte Piscitello freundschaftlich.

»Dummkopf!« sagte der Bürgermeister mit leiser und veränderter Stimme. »Da ertappt man dich wie ein Kind! Und beherrsch dich, zum Teufel noch mal!... Die Niederlage läßt nicht mehr lange auf sich warten.«

»Wessen...?« stammelte Piscitello, die Furcht zu begreifen erstickte ihn fast.

»Wie... wessen? Unsere! Glaubst du, die Welt ließe sich von einem Volk in Stiefelchen und von einem Heer ohne Schuhe besiegen?«

Der Bürgermeister lud Piscitello ein, sich neben ihn auf das Sofa zu setzen, und vertraute ihm an, daß er den Faschismus, das Rathaus, den Innenminister, das Imperium und sich selbst in Uniform hasse. »Aber das darfst du niemandem weitererzählen!«

»Oh, Herr Bürgermeister!« rief Piscitello aus, der die Hände hob und sich fast hinkniete. Dann sprachen sie von Oberst Stevens, der dem Bürgermeister zufolge »mit Engelszungen redete« und Piscitello zufolge kein Oberst war – nein, ihn konnte man nicht hereinlegen –, sondern ein General, der nicht zugeben wollte, daß er ein General war;

und als sie sich dessen schlagfertige Antworten ins Gedächtnis riefen, bewegten sie sich so lebhaft dabei, daß sie sich fast umarmt hätten. »Verflixt, wie mag er nur aussehen?« Für den Bürgermeister war er groß und dunkel, für Piscitello blond und untersetzt; für den Bürgermeister leicht ergraut, für Piscitello leicht kahlköpfig; für den Bürgermeister verheiratet, für Piscitello verheiratet und Vater von drei Kindern; für den Bürgermeister reich, für Piscitello nicht sehr reich; für den Bürgermeister in Zivil elegant und in Uniform unordentlich, für Piscitello immer in Uniform ... als der Bürgermeister plötzlich donnerte:

»Los, raus hier! Auf der Stelle hinaus!« Er war aufgestanden und wies mit ausgestrecktem Arm zur Tür, wo der Generalsekretär mit einer Akte in den Händen erschienen war. »Los, raus!«

Mehr tot als lebendig erhob sich Piscitello und kämpfte mühsam gegen die Angst an, die ihn wieder an der Schulter gepackt hatte und ihn wie gewöhnlich zum Balkon hin schob, erreichte die Tür, und noch beim Hinausgehen hörte er den Bürgermeister schreien:

»Und Ihr, Sekretär, streicht ihm ein Monatsgehalt!«

Am selben Abend wurde Piscitello krank.

»Alles dieselben!« murmelte er, während er seine glühende Wange am Kissen rieb. »Er wollte mich zum Reden bringen! ... Und wie soll ich es diesen Monat bloß ohne Gehalt schaffen?«

Am folgenden Morgen jedoch besuchte ihn der Bürgermeister persönlich und bat die Ehefrau und die Kinder, die ihn wie den Schatz der Sant'Agata anglotzten, wobei die Frau noch flink einwarf: »Ich habe, Herr Bürgermeister,

Euren schönen Vortrag über das Imperium gehört!«, ihn mit dem Papa und Ehemann allein zu lassen.

»Piscitello!« rief der Bürgermeister aus, kaum daß die Türe geschlossen war. »Du bist ja wie ein Kind! Hast du denn nicht begriffen, daß ich so handeln mußte, weil der Generalsekretär, ein dreckiger Spitzel, eingetreten war?«

Piscitello fehlte die Kraft, um von der Angst zur Freude zu wechseln, und er beschränkte sich darauf, mit seiner bleichen Hand auf die des Bürgermeisters zu tippen.

»Was das Gehalt betrifft«, sagte dieser, »erlaube mir, es dir aus meiner eigenen Tasche zu vergüten!« Und er legte einen Umschlag auf die geöffnete Klappe der Kommode. »Und Kopf hoch, Piscitello, Herrgott, werd mir schnell wieder gesund!« Der Bürgermeister senkte seine Stimme. »Die Amerikaner sind in Afrika gelandet!«

»Bring mir meine Hose!« rief Piscitello seiner Frau zu. »Ich will mich anziehen!«

Als die Bomben und die Explosionen begannen, auf die Stadt hinabzuregnen und dort Trichter auszuheben, wo an Sommernachmittagen lebhafte Leute an kleinen Korbtischen gesessen hatten und ernste und friedliche Alte mit ihrem in die Weste eingehängten Stock spazierengegangen waren; als die Heiligen im Himmel ihre Ebenbilder auf den geborstenen Kirchengewölben ohne Nase oder ohne Arme zu Gesicht bekamen und eine große Glocke mit einem unheimlichen Aufschrei davonflog, fast so als riefe sie um Hilfe gegen die Teufel, die sie verschleppten, und über Straßen und Plätze hinwegflog und ins Meer stürzte; als der Stützbalken des Regierungspalastes, der, kaum aus einer Wand hervortretend, den Parteisekretär und den Erziehungsminister hatte tanzen sehen, in die finstere Bude eines Pförtners zog und diesen auf ewig daraus vertrieb und von dort und jedem anderen Fleck der Erde auch die anderen vier armen Hausbewohner; als der seit dreißig Jahren in den dunklen Flur auf den Boden verbannte Spiegel, der nur einige Füße in Pantoffeln vorübergehen sah, ins Freie gehißt wurde, wo er die Sonne, den Mond und die Schwalbe widerspiegelte, die sich fast in ihn hineingestürzt hätte; als auf den unzugänglichen Balkonen nur die auf das Geländer gestützten Fensterläden zu sehen waren; als schließlich der Teufel allen Hörner aufgesetzt hatte, flüchtete Aldo Piscitello mit vielen anderen in ein kleines Dorf am Ätna.

Er stand um drei Uhr in der Frühe auf und ging zu Fuß in die Stadt, um sich ins Melderegister der Gemeinde einzutragen.

»Und all dies«, sagte ein Kollege, der von einem Balkon auf die verlassene Stadt herabblickte, »ist diese Nacht gefallen? Wenn ich nicht irre, stand das gestern noch!«

Um elf hatte Piscitello die Stadt wieder verlassen und stieg zu Fuß, unter einer Sonne zum Steinerweichen, zusammen mit einer Prozession armer Leute, die Taschentücher um den Hals gebunden hatten, den Rock oder vielleicht auch die Schuhe und die Strümpfe in der Hand hielten, wieder zum Dorf am Ätna hinauf. Es war zu jener Zeit, daß meine unschuldigen und sanften Landsleute im Nu vom Fleisch fielen und die alte Insel wehmütig zu wiehern schien wie das Pferd, das seinen alten Herrn nicht mehr am Gewicht auf seiner Kruppe erkennt.

Am 9. Juli erkrankte Piscitello an Typhus. Zwei Tage lang genoß er die Wohltat, seine von den Märschen gefühllos gewordenen Beine auszuruhen und sich abends mit einem sehr verständigen Arzt zu unterhalten, der sich zu ihm ans Kopfkissen setzte, um ihm leise die Nachrichten von Radio London wiederzugeben, und der hin und wieder eine Gesäßbacke lüpfte und etwas an die Luft schlüpfen ließ, was die Signora zu sagen veranlaßte:

»Ab und zu sollten wir vielleicht lüften!«

»Dottore«, flehte Piscitello, ganz benommen vom Kopfschmerz, vom Fieber und von einer Seligkeit, die ebenso wild wütete wie das Fieber. »Sagen Sie's meiner Frau, daß uns dieser Mann ruiniert hat!«

»Wozu soll ich ihr das noch sagen?« antwortete der Arzt. »Sie braucht sich bloß umzusehen!«

Die Frau blieb steif und stumm vor dem Bett stehen und starrte auf die vom Fieber gerötete Glatze ihres Gatten.

»Ja! Brauchst mich nicht so anzustarren!« sagte er. »Er hat uns ruiniert! Ich sag's allen, die Verbannung und das Gefängnis sind mir schnurzegal, er hat uns ruiniert, er hat uns das Blut ausgesaugt!«

»Nicht schreien, Signor Piscitello!« riet ihm der Arzt. »Das bekommt Ihnen nicht gut!«

»Aber jetzt kommen die Engländer und die Amerikaner, und die geben ihm soviel Saures, daß es ihm den Appetit verschlägt! Den Parteibonzen wird der Hochmut noch vergehen!«

Dies waren die letzten klaren und vernünftigen Worte, die er sprach, denn danach bemächtigte sich seiner der Fieberwahn. Und er sah nicht, oder zumindest sah er es wie in einem Traum, daß man ihn ins Giarre-Krankenhaus brachte; und dort verließen ihn alle, bis auf die Mücken, die auf sein Bettuch herabregneten und sich dort kugelten, so feucht und dick wie ein Rosinenhaufen. Zu Tausenden klebten sie Tag und Nacht auf ihm, schwirrten für einen Augenblick hoch, wenn er sich drehte, bedeckten ihn aber sofort wieder vom Kopf bis zu den Füßen. Sie krochen ihm auf der Glatze und der Nase herum; einige gelangten bis an den Rand des Auges und wollten hinein, begnügten sich aber dann damit, nur ein Beinchen hineinzutauchen; andere krabbelten in sein Ohr und reizten ihn so, daß er niesen und lachen wollte, wobei er das Gesicht zu einem Pferdegebiß verzog. Und gerade diese Grimasse veranlaßte einen Arzt, den einzigen, der ihm einen Blick zuwarf, als er im Laufschritt durch das Zimmer eilte, zu sagen:

»Ich glaube, der Herr grüßt uns!«

Die Verletzten, die Zerfetzten, die von den Bomben Verstümmelten füllten die Nachbarsäle, und die wenigen Ärzte im Krankenhaus hatten keine Zeit, sich um diesen Alten zu kümmern, der nicht verletzt war. Es fehlte an Verbandsmull, es fehlte an Watte. Die armen Ärzte wußten nicht, wie sie den Verwundeten erklären sollten, daß sie entsetzlich leichtfertig gehandelt, ja sich unangebracht spitzbübisch verhalten hatten, als sie sich mit den gräßlichsten Schmerzen begnügten und nicht sofort zwischen den Ruinen gestorben waren wie so viele ihrer Kameraden.

Schließlich ließ eine Breitseite vom Meer her diesen jämmerlichen Menschenhaufen durcheinanderpurzeln, und Aldo Piscitello wurde mit einer leichten Verletzung an der Stirn nach Hause in das kleine Dorf am Ätna gebracht und den Seinen zurückerstattet, die ihn schon unter den Toten gewähnt hatten und beweinten.

Doch er genas, genas böswilligerweise, und stand am Balkon, als eine fremde Armee mit Lastkraftwagen, Panzern, Geschützlafetten, Autos, Motorrädern, Zugmaschinen, Kasten- und Lieferwagen über die Straßen der ganzen Stadt und durch die kleinen Dörfer am Ätna rollte, und dieses Getöse und Räderrollen schwappte bis an den Himmel, ans Meer, bis unter die Erde, vertrieb die Vögel aus dem Wald, die Ratten aus den Kloaken und verbannte die Katzen mit leerem Magen auf die Dachziegel.

Aldo Piscitello grüßte die halbnackten Soldaten mit der rötlichen Haut, die den Zeige- und Mittelfinger hoben, glaubte, daß alle ihn kannten, weil sie ihn mit gerecktem Ohr vor dem Lautsprechertrichter beim Abhören von Radio London gesehen hätten, und wollte sich nach Oberst Stevens und Candidus erkundigen. Eher als ihm aber antworteten die Soldaten denen, die rechts und links von ihm und über und unter ihm standen, dem Pfarrer, den Kindern, dem Apotheker, Rosina, einem Alten, den Waisen vom Heiligen Herzen und sogar einem Spion, der die Dachziegel zu lüpfen pflegte, um die Wange hineinzuzwängen und die Gespräche im Haus zu belauschen – aber das wußten die Soldaten nicht.

Und trotzdem war Piscitello erfreut, daß so viele Blicke »freier Männer« auf sein Haus fielen und gegen die Mauer prallten, auf der in balkongroßen Buchstaben geschrieben stand: »Nur Gott kann den faschistischen Willen beugen, die Menschen und die Dinge nie«; und all diese Blicke und dieses Lächeln, auch wenn sie nicht ihm galten, erwiderte er mit großer Gewissenhaftigkeit, indem er seine hagere Hand mit dem gespreizten Zeige- und Mittelfinger hob.

Am Abend war er daher so müde, als hätte er eine hundert Kilo schwere Kerze in der Karfreitags-Prozession getragen, und er hatte nicht genug Atem, um seiner Frau und seiner Tochter zu antworten, die ihm auf jede Weise, auch mit indirekten Fragen, begreiflich machen wollten, daß sie nunmehr völlig mit ihm einverstanden waren.

»Stimmt's oder nicht, daß die Faschisten uns eine Karrenladung voller Dummheiten verzapft haben?... Höflich, diese Engländer, was für liebenswürdige Menschen!... Hast du bemerkt, wie fein ihre Kekse waren?... Auch die Schokolade war fein!... Oh, du hast selbst gesehen, was für Verbrecher die Faschisten waren!... Ich mag die Amerikaner lieber!... Nein, die Engländer sind überall Meister!... Ja, aber die Amerikaner haben so ein gewisses Etwas!... Na ja, aber sieh nur, die Engländer... Was hat dein Vater denn heute abend?«

Piscitello hatte nur dies: er spürte in sich kein einziges Wort mehr, das er hätte sagen können. Bis gestern hatte sein Gehirn nur so von Wörtern gewimmelt, wie ein Stein auf dem Lande von Ameisen wimmeln kann; Wörter, die Protest, Trotz, Unduldsamkeit und Langeweile ausdrückten, waren vom Gehirn überall ins Blut geschossen, auf die Lippen gesprungen, auf die er sich mit der Handfläche geschlagen hatte, wie um deren Öffnung zusammenzuschweißen, und hatten auf seiner Zunge einen starken Geschmack von verschimmeltem Kaffee und verstopfter Pfeife zurückgelassen; jetzt dagegen erschien ihm sein Gehirn glatt und nackt wie ein Kiesel im Fluß, ein dicker, schwerer Stein ganz aus Schlaf, der ihm den Kopf nach unten drückte, während Rosina und Maria, die noch ganz aufgeregt waren von den Fragen, die sie an ihn gerichtet hatten, auf seine Antwort warteten.

»Nun, ich gehe schlafen!« sagte Aldo Piscitello, nahm eine Kerze und zog sich in den Winkel des Kämmerchens zurück, in dem sein Bett stand.

In der Nacht wachte er zweimal auf, und sowohl beim ersten wie beim zweiten Mal vernahm er, wie der schwermütige Klang der schottischen Dudelsackpfeifen vom Balkon des Rathauses an die Scheiben klopfte. Seit Jahren verspürte er nach dem Aufwachen im Mund noch den Nachgeschmack der Flüche »Bestien!« und »Gehörnte!«, die er im Schlaf hinausgejagt hatte; jetzt dagegen hörte er diesen klagenden und seltsamen Ton nicht mehr nur im Mund, sondern außerhalb des Hauses. Über sich selber verwirrt und über das, was weiter geschah, fiel er wieder in den Schlaf, stürzte sich Stunde um Stunde dort hinein, ohne je über ein Bild, eine Erinnerung, ein grobes Wort, ein unwichtiges Wort, eine Silbe zu stolpern und ohne je den Grund zu berühren. Am Tag darauf, von einem Licht gerufen, das wie über trüben Wellen allmählich aufgestiegen und allmählich stärker geworden war, am Tag darauf also zwischen halb elf und elf Uhr gelang es ihm, nach unsäglichen Mühen aufzuwachen.

Wo blieb nun auf der Zunge dieser bittere Geschmack von früher, dieser Geschmack von verschimmeltem Kaffee und Pfeifensabber, der ihm nach den in der Nacht ausgesprochenen verschiedenen »Bestien!« und »Gehörnte!« zurückgeblieben war, dieser herbe, erregende, widerliche und angenehme Geschmack, der ihn gegen die Mauer spucken, toben, die Decke aufrollen und aus dem Bett springen ließ?

»Prost, Mahlzeit!« sagte seine Frau. »Du hast geschlafen wie ein Säugling!«

Er lächelte wirklich wie ein Säugling und entschied, noch ein wenig im Bett zu bleiben...

Doch nun neigt sich Piscitellos Geschichte dem Ende zu. Was gibt es noch zu erzählen? Daß er, von wenigen lichten Augenblicken abgesehen, fast eine Woche lang durchschlief? Im Stich gelassen vom Haß, der ihn dreizehn Jahre lang zum Schreien gebracht und auf Trab gehalten hatte, fühlte dieser ruhige Mann sich voller Schlaf und Verwirrung und bemerkte, daß sein Rheuma – das sich zunutze machte, daß er sich um anderes gekümmert und sich Tag wie Nacht in seine Flüche versenkt hatte – bis zum Nacken hochgekrochen war. Im ersten Augenblick schien es, als versuchten andere Gefühle, sich in dieser alten und verlassenen Seele einzunisten: eines Morgens zog er einen Schuh aus und küßte dessen Sohle, wobei er sagte, daß er so den Staub seiner angebeteten Erde küsse; und eines Abends, nachdem er auf die ihm zu Füßen liegende Stadt einen müden Blick geworfen hatte, gab er mit der ihm eigentümlichen Ungenauigkeit und Schwerfälligkeit seiner Sprache zu verstehen, daß ihn danach verlangte, sich zwischen den Ruinen jener armen Palazzi umzusehen und Stein für Stein, Körnchen für Körnchen zu küssen. Aber diesen beiden Regungen einer Seele, die vom Haß zur Liebe wechselte, folgten keine weiteren.

Nach einer Woche zu Hause zog er den üblichen Hemdkragen, den dunklen Rock und die gestreifte Hose an, deren Streifen inzwischen so alt und verblichen waren, daß sie einer schlecht ausradierten Bleistiftzeichnung ähnelten, und versuchte spazierenzugehen. Wenn er unterwegs den alten Freunden begegnete, gab er ihnen nach jeweils fünf Minuten des Schweigens und der Verlegenheit die Hand, sagte: »Genug, auf Wiedersehen!« und ging weiter.

Von nun an hausten weder Haß noch Liebe in dem kleinen, gebeugten Mann, der während der Spaziergänge seinen vollständig aus Marmor bestehenden Kopf, so hager und in allen Punkten klar gemeißelt war er, ständig nach vorne schob. Wenn ich aufrichtig sein soll und nicht der Versuchung nachgebe, unseren Helden auszuschmücken, so muß ich sagen, daß eine einzige Eigenschaft ihn von Kopf bis Fuß, innen wie außen, kleidete und jede seiner eigenen Handlungen und Worte durchdrang: die Bedeutungslosigkeit. Er war so unbedeutend geworden, wie er es bis 1930 gewesen war, so unbedeutend wie er 1925 war, das Jahr, in dem er so unbedeutend war, daß seine Frau Gott weiß was für Sachen mit ihrem Freund auf dem Sofa trieb, und dies vor seinen Augen. Die Mücken, die nachts im Dunkel des Kämmerchens zu Hunderten über die Körper der Frau und der Kinder herfielen, verschmähten ihn vollständig, da sie nachts Blut und nicht Wasser saugen müssen. Tagsüber dagegen landeten sie alle auf seinem Gesicht, dem ruhigsten und sichersten Ort im ganzen Haus. Seine Frau wurde ärgerlich, als sie sein Gesicht mit den vielen Insekten sah, die darauf herumkrabbelten oder schliefen.

»Um Gottes willen, spürst du sie denn nicht?« fragte sie ihn scharf. »Verscheuch sie doch!«

»Ja ... Warum auch nicht«, antwortete er, und um seiner Frau eine Freude zu machen, hob er eine Hand. Aber auch hierbei stellte er seine Unerfahrenheit unter Beweis, denn er verfehlte die richtige Stelle im Gesicht und patschte sich auf den Hals, wenn die Mücken auf der Schläfe, oder auf die Schläfe, wenn sie auf dem Hals saßen.

Inzwischen braute sich etwas über ihm zusammen, und er wußte nichts davon. In Wahrheit paßte nichts so gut zu seinem Gesicht und zu seiner Person wie diese Unwissenheit.

Der aus der Verbannung zurückgekehrte Apotheker Platania war zum Bürgermeister der Stadt ernannt worden.

»Wenn ich nicht irre«, sagte die Ehefrau zu Piscitello, »ist der neue Bürgermeister ein Freund von dir. Schließlich wirst du also doch noch fest angestellt!«

Doch nicht etwa dies stand Aldo Piscitello bevor. Die Zukunft hielt keine Beförderung und keine Auszeichnung für ihn bereit; welche Beförderung und welche Auszeichnung auch hätte einen so seltsamen und wenig begangenen Weg eingeschlagen? Das Ereignis, das auf Aldo Piscitello zukam und von dem er nichts wußte, war seine fristlose Entlassung als städtischer Angestellter.

Zwischen dem von den Bombardierungen auf den Boden beförderten Kalkmörtel im Vorzimmer des Bürgermeisters trieben sich immer – während sie sich mit Kalk beschmutzten und ein paar Nägel in die Schuhsohle traten – fünf oder sechs Personen herum, die – wenn sie zum runden Tisch vorgedrungen waren, der in der Mitte des Saals stand und auf den sie mit der Faust einschlugen –

Gerechtigkeit verlangten und zuallererst, daß man die SA-Männer wegschicke, deren Namen sie auswendig gelernt hatten, so daß unter der Kassettendecke und zwischen den heruntergerissenen Vorhängen häufig »Aldo Piscitello!« oder »Der Piscitello!« oder »Dieser Piscitello!« zu vernehmen war. Es sei nur recht und billig, sagten im wesentlichen diese Personen, daß nach zwanzig Jahren, in denen sie gelitten hätten, endlich jene litten, die sie hätten leiden lassen, wie zum Beispiel jener eine, jener andere und Aldo Piscitello, der Piscitello, dieser Piscitello!

Der Bürgermeister befand sich, wie man hierzulande zu sagen pflegt, inmitten eines Meers der Verwirrung. »Was mach ich bloß?« sagte er, indem er die Papiere, die Piscitello betrafen, hob und aufklopfte. »Andererseits muß ich die Säuberung durchführen, und zwar so gründlich wie möglich!«

Entschlossen, den Stier bei den Hörnern zu packen, begab er sich eines Morgens persönlich zu Piscitello in das Dorf am Ätna. Wegen der Bombardierungen waren seit langer Zeit keine Kosmetika und keine Haarfärbemittel mehr nach Sizilien gelangt. Daher hatten viele Menschen sich neben ihrer Magerkeit, einer Folge der Entbehrungen, auch noch weißes Haar zugelegt, das so augenblicklich und unbarmherzig kam wie die Asche einer in einem Strohfeuer verzehrten Jugend. Dem Bürgermeister dagegen war es gelungen, sich eine gallertartige Tinktur zu besorgen, die sein Haar pechrabenschwarz, aber mächtig glänzend gemacht hatte, so daß er die zahllosen und winzigen Blicke der Insektenaugen auf sich zog; bereits auf der dunklen Treppe zu Piscitello wurde er von Fliegen überfallen; die Wohnung, besser gesagt, das einzige Kämmerchen betrat er mit einem summenden Heiligenschein, nach dem er vergebens mit der rechten und der linken Hand ausholte. Andererseits hatte Aldo Piscitello auch seine Fliegen und seine Mücken, gegen die er indessen nicht mal einen Finger mehr rührte und der seine Ruhe genoß, da Rosina und die Kinder zur Messe gegangen waren.

Die Unterredung zwischen dem Bürgermeister und Aldo Piscitello kam anfangs nur sehr mühsam und zögernd in Gang, wurde dann aber lebhafter; damit will ich sagen, daß Piscitello zu Beginn schwieg und der Bürgermeister ein paar spärliche Worte sagte, in der Folge dann Piscitello schwieg und der Bürgermeister mit Wucht Wort auf Wort herausschleuderte:

»... Ich kann nicht anders! Ich muß, und zwar aufs gründlichste, die Säuberung durchführen! Ich weiß, was Sie davon halten. Aber Tatsache ist, daß Sie SA-Mann waren! Zum Teufel noch mal, SA-Mann!... Gewalt könnte ich ja noch durchgehen lassen, vor allem wenn sie bereut wurde!... Aber Gewalt erzeugt eben Gewalt. Und wie bringt man die anderen dazu, zu verzeihen?... Ich muß Sie entlassen! Ich kann nicht anders!«

Nach diesen Worten erst sah der Bürgermeister Piscitello offen ins Gesicht, von dem er vermutlich böse Worte erwartete. Aber Piscitellos Gesicht war blutleer, ohne Neugier und eigentlich ohne Blick, und da seine Augenlider nur noch halb geöffnet waren, glänzte in diesen halb geöffneten Schlitzen nur ein unbeträchtlicher Teil der Pupille, der so weiß war wie gewöhnlich das Weiß des

Augapfels, so daß das marmorne Gesicht Piscitellos mehr denn je aus Marmor zu sein schien. Die Insekten, die sich darauf aufhielten, reckten die Flügel oder erledigten gemächlich andere Geschäfte, steigerten im Kontrast dazu dessen Blässe, und der kleine Schatten, der ihnen folgte, schien weniger ihr Schatten zu sein als vielmehr ihr Spiegelbild auf der glänzenden Oberfläche, auf der sie herumspazierten.

Der Bürgermeister schien sich Sorgen zu machen, und als Piscitello endlich sagte: »Ja... Warum auch nicht?«, stieß der Bürgermeister einen Seufzer der Erleichterung aus; er hielt daher den Augenblick für gekommen, sich zu verabschieden, bevor der andere wieder in sein undurchdringliches Schweigen verfiel. Und er grüßte ihn, indem er ihm herzlich mit der Hand auf die Schulter klopfte, umarmte ihn dann und küßte ihn schließlich auf die eiskalte Stirn.

Während der Rückfahrt im Auto war der Bürgermeister ratlos und verblüfft, andererseits auch zufrieden: denn der Gerechtigkeit, der Strenge oder sogar dem Übel hatte er, dem Himmel sei Dank, nicht bei einem lebendigen und leibhaftigen Menschen zum Durchbruch verholfen, sondern bei einem Wesen, das kaum lebendiger war als der Stuhl an einem Tisch im Rathaus, den dieses Wesen Tag für Tag vierzig Jahre lang besetzt hatte. Was die Familie anging, so würde man untersuchen und sehen, ob man der Signora Rosina, die immer eine tüchtige Frau gewesen war, würde helfen können.

1944

Das seltsame Abenteuer des Francesco Maria

Pachino war um die Jahrhundertwende kein großes Dorf (und ist es übrigens auch in unseren Tagen nicht) und dennoch von Lärm erfüllt.

Der Wind, der zwischen zwei Meeren aufkommt und ständig durch die Straßen fegt und auf der großen Piazza wirbelt, brachte allen und jedem bei, wie man einen Höllenlärm veranstaltet. Er brachte es dem Säugling und dem Fensterladen bei, der – nachdem er zwei Tage lang am neuen Kettchen gezerrt hatte, das ihn festhielt – es schließlich mit einem schrillen Schrei des Triumphes herausriß, und sich daranmachte, nach links und nach rechts auszuschlagen, als wollte er seine Flügel erproben wie ein Vogel in der Falle. Auch zitternden Alten und dem schüchternen Mädchen brachte er es bei. So wie die Fensterläden ausschlugen, so knirschte der Hahn auf der Kirchturmspitze, stöhnten die Flure, weckten die Scheiben mit ihrem Klirren die Fliegen, die darauf schliefen, flatterten die Vorhänge, knallte die Wäsche, so daß die Menschen nichts mit leiser Stimme sagen konnten, und unter allen Sizilianern, die schrien, war leicht zu erkennen, weshalb sie am lautesten schrien.

Doch Gott segne sie! Ich weiß nicht, ob sie nun schmollen und den Kopf voller Dummheiten, ein schwarzes Herz und eine leise Stimme haben. (Als ich letztes Mal nach Pachino fuhr, reiste ich per Kutsche, und der Kutscher sprach zum Pferd, als wäre der Kopf dieses guten Tiers einen Steinwurf weit vom Schwanz entfernt gewesen.) Aber es stimmt, daß das Dorf um die Jahrhundertwende mit seinem Gedröhn aus Glocken, Holzbrettchen an den Fensterläden, Tüchern, Milchdosen, Stimmen, Schreien, Liedern und Gitarrenklängen fröhlicher war als je zuvor.

Natürlich war kein Haus oder Zimmer so laut wie die Apotheke. Hier, in der Nähe des Ladentischs aus Marmor, wurden die Ständchen für die nächste Nacht vorbereitet, und in der Ecke zwischen den beiden Schaufenstern, unter dem Totenschädel mit der Aufschrift ›Gift‹, übte der Knabe Gitarre, während der aus Frankreich eingetroffene junge Mann mit vielen nein nein, ja ja, nein seinem Freund den neuesten Schlager beibrachte, den dieser auf der Mandoline nachspielte. Die armen Frauen, die eintraten, während sie mit dem Schal das in eine Serviette eingewickelte Glas bedeckten, und das Gedächtnis voller Stöhnen, Quecksilberthermometer mit vierzig Grad Fieber hatten und mit Aufforderungen, sich zu beeilen (»Geh in die Apotheke und komm geschwind zurück!«), gerieten mit einemmal zwischen die heiteren Töne, die Lieder, *Jeden Abend unter deinem Balkon,* das Räuspern, die Gesangsübungen, so wie ein Schleusendeckel in die Strömung eines Flusses gerät. Und vergebens flehten sie den Apotheker an: Während dieser den Takt auf einer Schale seiner Waage schlug, hatte er das Gewicht des Pulvers vergessen und mußte von vorne anfangen. »Gevatterin, was wollt Ihr?« sagte der Apotheker. »Etwas Geduld, bitte!«

Nachts gelangten die Geräusche aus dem Innern der Häuser nach draußen, und die Türen, durch die die Stimmen ins Freie gelangten, wirbelten wie die Felle der Trommeln. Der Gemeindesekretär, der in der Nähe der Schwelle seines Hauses saß und döste, fuhr aus dem Schlaf hoch und verzog den Mund, nachdem er eine Weile zugehört hatte: »Die da«, sagte er, »schaffen es nie, sich zu verständigen! Ist die Ehe gleich zu Anfang schlecht, endet sie böse regelrecht!« In dieser Weise spielte er auf den Advokaten Tanuri und dessen Ehefrau an, die zwei Straßen weiter wohnten und von denen man allabendlich lebhafte Wortgefechte vernahm, die sie auf dem Bett austrugen. »Wenn es in unserem Land wenigstens die Scheidung gäbe!« murmelte ein anderer Herr, der auf einem kleinen Balkon rauchte.

Wenn derselbe Gemeindesekretär unter freiem Himmel schlief und weniger scharfe Worte, ja sogar alles andere als scharfe Worte an sein Ohr drangen, rief er, den Mund noch voller Speichel und ohne vollständig aufzuwachen, ganz leise aus: »Unseren Nachbarn wird bald, Gott sei gelobt, das fünfte Kind geboren!« Oder einfach: »Zum Wohl!« Oder auch: »Gesundheit!«

Der Kunst entbehrte das Dorf vollkommen. Die Gebäude waren von Hilfsarbeitern errichtet worden, und an keiner Fassade oder Mauer waren die Zwischenräume und die freien Flächen so gestaltet worden, und sei es auch nur zufällig, daß sich ein künstlerisches oder wenigstens hübsches Muster andeutete. Spuren jener menschlichen Bemühung, die man Architektur nennt, waren im gesamten Umkreis nicht zu sehen. Das Dorf glich der Wandtafel in einer Grundschule an den ersten Tagen eines neuen Schuljahres, wenn die Kinder noch die Grundstriche lernen. Dennoch glänzte diese Ansammlung primitiver, kleiner, schmuckloser, mehr als schlichter Häuser auf eine eigenartige Weise mit einem tiefen, geheimnisvollen Zauber im Mondschein; und in den Oktobertagen fiel der Schatten der Wolken auf sie wie die Projekte und die Gedanken eines Architekten, der das eine oder andere Mal kommen würde, um die Viertel in Ordnung zu bringen und aus Pachino das schönste Dorf des Südens zu machen.

Und die Dorfbewohner, wie die Sizilianer im allgemeinen, mit einer gewissen Eigenart jedoch, von der später die Rede sein wird – verspürten alle in sich eine große Berufung zur Kunst. Wer ein Diplom hatte, schrieb eine Tragödie; wer kein Diplom hatte, hörte ihm aufmerksam zu oder rezitierte sie, und wer akademisch gebildet war, beurteilte sie gewichtig.

Alle strebten nach der Schönheit; verzweifelt suchten sie sie, so wie die Matrosen, die sich ins Gebirge verirren, das Meer suchen. Doch blieben sie glücklos: die Schönheit, der dies enorm gefallen hätte, fanden sie nie...

Warum nicht die Wahrheit sagen? Petrarca, Manzoni, Foscolo, Leopardi, ja große Dichter, Genies: aber mit ihrem Genie hätten sie etwas Besseres schreiben können; etwas weiter hinauf schreiben, etwas lauter, etwas sanfter, etwas unterschiedlicher, etwas ... ich weiß wirklich nicht, wie ich es sagen soll, doch im Verlauf der Geschichte kann ich es besser erklären.

»Leopardi!« sagte der Apotheker, der sich verbissen an der Stirn kratzte, fast so, als wollte er sich bis zu jener

Stelle vorwärtswühlen, an der die klaren und überzeugenden Gedanken zu finden waren. »Leopardi, ja, da sag ich nicht nein, sehr schön! Seine *Ricordanze,* Nerina, außergewöhnliche Stücke, aber siehst du, siehst du?...«

Der Freund riß die Augen auf und wartete darauf, daß sich ihm etwas zeigte, doch leider ließ sich auf der Stirn des Apothekers nichts anderes als ein Schweißtropfen blicken. »Siehst du? Man könnte, ich weiß nicht... Jetzt bin ich alt, aber manchmal fallen mir abends im Geist Situationen ein, wie soll ich sie dir beschreiben?... Unglücklicherweise habe ich nicht die erforderlichen Studien gemacht! Mir fehlen die Worte! Aber ihr, ihr Jungen, zum Donnerwetter, ihr könnt lesen... Ich glaube, wenn man studiert, kann man schreiben, ich sage nicht, besser als Leopardi, aber irgendwie etwas... wie soll ich sagen?... Etwas, etwas...«

Erneut riß der Zuhörer die Augen auf, und erneut kniff der Apotheker mit den Nägeln die Haut auf der Stirn zusammen. Mehr, mehr und mehr!... Hier lag das Hindernis und darüber hinaus das Geheimnis. Da der Wind heulte und alle immer lauter redeten, fanden alle in Pachino, daß die Worte der großen Dichter wie ins Ohr geflüstert waren. Lauter, zum Donnerwetter, lauter, stärker! »Sanft und klar ist die Nacht und ohne Hauch.« Wunderschön, zweifelsohne. Aber gab es dem wirklich nichts hinzuzufügen? Könnte nicht ein anderes Wort hinzutreten, ein etwas klangvolleres Wort, etwas Aufregenderes, etwas Erleseneres, etwas...? Du heiliger Himmel, wie schwer fiel es einem doch, sich auszudrücken!

Um die Jahrhundertwende pflegte ein großer und magerer junger Mann mit weißer und breiter Stirn aus Syrakus, wo er das Gymnasium besuchte, in den Sommermonaten nach Pachino in den Schoß seiner Familie zurückzukehren. Er hieß Francesco Maria Lanteri, war der Sohn eines intelligenten Mannes, Enkel eines intelligenten Mannes, Bruder eines intelligenten Mädchens, drückte sich auch abends im Bett (er hatte die kleine Schwäche, im Schlaf zu sprechen) elegant aus und schien zu Höherem bestimmt. Er wohnte in einem kleinen, ebenerdigen Haus mit einer kleinen, knarrenden Tür, schlief in einem hübschen, neben der Küche liegenden Zimmer, in dem ihn morgens der Duft der Suppe weckte, die von seiner früh aufgestandenen Mutter auf den Herd gestellt worden war. Wenn er seine unzufriedenen Augen zum Fenster hin hob, sah er Zwiebelreste und den dunkelblauen Himmel des tiefen Südens, an dem die Schwalben wie eine flinke Handschrift dahinglitten. Ihm gefielen alle Arten von Tönen, seien es die der Orgel oder die metallenen eines Schmiedehammers. Er wünschte sich sehnlichst, Schriftsteller zu werden, und in seinen Träumen schrieb er sich immer Bücher zu, darunter die *Odi Barbare;* doch in Wirklichkeit hatte er sich noch nicht getraut, irgend etwas anderes zu schreiben als einen Aufsatz oder einen Brief. Er konnte nicht schreiben, soviel war ihm klar; doch wie so vielen seiner Mitbürger war ihm bewußt, daß die berühmtesten Schriftsteller besser hätten schreiben können. Er besaß den verbissenen Willen, die Wörter, die Adjektive und die Bilder, bis zum Gipfel zu tragen; leider waren die Romanciers und die Dichter, deren Werke er las, alle ohne Unterschied vorsichtige Personen; sie wackelten mit dem Kopf, rieten davon ab, sagten, es sei besser, nichts zu riskieren, nichts zu übertreiben, und waren ihm schließlich keine ernsthafte Hilfe.

An einem Septemberabend jedoch kam ein Handelsreisender nach Pachino. Einigen zufolge war er in Wahrheit gar kein Handelsreisender, sondern ein Volksschauspieler. Anderen zufolge war er Soldat. Auch über den Tag seiner Ankunft gab es widersprüchliche Aussagen; die ersteren sagten, er sei an einem Sonntagabend angekommen; die letzteren, an einem Samstagabend. Wie dem auch sei; dieser Handelsreisende oder Soldat oder Schauspieler hatte auf dem Bahnhof in Syrakus ein Buch erstanden, das ihm sehr gefallen hatte: Die *Laudi, Alcyone* von Gabriele d'Annunzio. In dem überhitzten und von Mücken surrenden Waggon hatte sich der gute Mann ans Lesen gemacht und war allmählich eingeschlafen, wobei ihm der Band erst zwischen seine Knie, dann bis auf die Füße rutschte. Lange schlief er nicht.

»Hallo, Freund!« sagte ihm ein Herr, der ihm gegenüber saß, während er ihn am Arm schüttelte. »Das ist der größte Dichter der Welt!«

»Wer?« sagte er, als er durch ein so brüskes Wecken hochfuhr.

»Dieser da!« erwiderte der Signore, der den Band der *Laudi* vom Boden aufhob und ihm reichte.

»Ah, ja? Ah, ja? Wirklich?«

Der Handelsreisende klappte vorsichtig das Buch zu, öffnete es sorgsam wieder und schloß es dann behutsam:

»Ah, ja, der größte Dichter der Welt... Und Dante Alighieri?«

»Ich meine unter den lebenden!« fügte der Reisegefährte nervös hinzu.

»Ah, unter den lebenden! Gut! Sehr schön! Der allergrößte!«

Aus seiner Rockinnentasche zog er eine Zeitung, breitete sie auf den Knien aus und wickelte darin langsam das Buch ein; dann zog er aus einer Hosentasche ein Paar neuer Schnürsenkel, verknotete sie an einem Ende und verschnürte das Päckchen sorgfältig.

Nachdem er in Pachino im Gasthof abgestiegen war, zog er unter den Augen des neugierigen Zimmermädchens als erstes das verschnürte Buch aus seinem Koffer hervor.

»Dieser hier!« sagte er der Frau. »Eh, dieser hier! ... Verdammte Kopfschmerzen hab ich«, fügte er in verändertem Ton hinzu. »Wo ist hier die Apotheke?«

Die Frau zeigte es ihm, indem sie mit dem Besenstiel aus dem Fenster wies:

»Hinter dem Kalb da, das an der Mauer festgebunden ist!«

Der Handelsvertreter trat mit dem Band unter dem Arm in die Apotheke: dieser Gauner wußte nur zu gut, daß man sich ein Dorf erobert, indem man seine Apotheke erobert. Der Ladenraum wie der Hinterraum waren tatsächlich gedrängt voll von Musikanten und Plauderern.

»Hier!« sagte der Fremde und legte den Band auf den Ladentisch. »Haben Sie das gelesen?«

Alle reckten die Hälse, ließen Gitarren und Mandolinen sinken wie die Soldaten ihre Waffe beim Befehl »Gewehr bei Fuß!«:

»Die *Laudi*?«

»He, he!« sagte der Reisende. »Hören Sie mal her!«

Er schlug das Buch aufs Geratewohl auf und las mehr schlecht als recht ein paar Wörter daraus vor, die er nicht verstand. Was ist das denn für dummes Zeug? dachte er bei sich und sah aus den Augenwinkeln auf die, die ihm zugehört hatten. Er bemerkte, daß seine Zuhörerschaft die Ohren auf eine eigentümliche Weise spitzte.

»Geben Sie her!« sagte der Apotheker, indem er die Brille aufsetzte. »Geben Sie bitte mal her!«

Der Reisende reichte ihm den Band, und der Apotheker überflog die Zeilen.

»Zum Teufel!« rief der Apotheker aus. »Das ist schön! Zum Teufel! Was bedeutet wohl Hermione? Wer ist das? Ach, egal; es ist schön: *Hermione! Hermione!... Die Horen des Meeres*... Welch eigenartiger Titel: Die Horen des Meeres! Bisher hat noch nie jemand gesagt, daß die Stundengebete etwas mit dem Meer oder der Erde zu tun haben! Daran hat noch niemand gedacht. Ist trotzdem schön! Des Meeres: die Stunden, die man am Meer verbringt... Oh, oh, hört her:

›Ach, der Weinberg, wie er verzehrend schmachtet,
gleich einer schönen Frau in ihrem purpurnen Bette,
die sehnlichst auf ihren Geliebten wartet...‹«

Francesco Maria wurde bleich wie eine Kerze. Ihm war, als hätten die Waage, der Stuhl, die Saiten der Gitarren und der Mandolinen ihn beim Namen gerufen.

»Bitte geben Sie mir«, stammelte er, indem er aufstand, »geben Sie mir... bitte...«

»Was denn?« fragte der Apotheker, dem der verstörte Ausdruck des jungen Mannes auffiel.

»Das Buch!«

Hier entstand eine Pause. Francesco Maria hatte das Aussehen eines Schwerkranken, der in tiefster Nacht das Bett verläßt und sich der auf der Terrasse versammelten Familie zeigt.

»Hier ist das Buch!« echote der Apotheker leise, als er das Buch auf den Ladentisch legte.

Francesco Maria nahm es erregt in seine beiden fest aneinandergedrückten Hände wie jemand, der eine wertvolle Flüssigkeit in Empfang nimmt.

»Ich bitte Sie!« sagte er zum Reisenden. »Nur für eine Stunde!«

Bevor der andere hatte antworten können, war er wie ein Schlafwandler hinausgegangen, die Augen in den Band eingetaucht und die Beine von der Vorsehung gelenkt.

Er las, las noch einmal, verstand nicht, jubelte, verstand, die Augen verschleierten sich ihm, er sah Dinge statt der Wörter, sah die Wörter, doch so groß wie durch eine Lupe, dann klein und bewegt wie Ameisenhaufen, wie ein Schmetterling in der Luft herumflatternd, er spürte sie um die Ohren herum, lauwarm von der Sonne und duftend, und währenddessen tönten unter seinen Füßen Milchdosen, Holzstücke, Papier, Steinchen, Hufeisen, und blaffte ihn ein Hündchen an. Aber wie denn? Konnte man so schreiben? Ein Mensch schrieb so? »Oh, Göttlicher, meine Freude, so schreibt man, ja, genau so!«

Der Reisende wartete vergebens darauf, daß Francesco Maria zurückkehrte. Erst gegen Abend, während er sich in seinem Zimmer im Gasthof die Beine abtrocknete, vernahm er ein Klopfen an der Tür.

»Ich wasche mich gerade!« sagte er. »Können Sie warten? Wer sind Sie?«

»Ich bin Francesco Maria.«

»Und wer ist Francesco Maria?«

»Der junge Mann, dem Sie das Buch von d'Annunzio geliehen haben.«

»Nun, dann legen Sie es vor die Tür!«

»Signore, ich möchte Sie bitten... Würden Sie nur einen Spaltbreit öffnen?«

»Das geht nicht, aber sprechen Sie trotzdem!«

»Geben Sie mir das Buch!... Ich gebe Ihnen jede Summe. Sie können es in Syrakus noch einmal kaufen.«

»Also wirklich«, rief der Reisende aus, »allerdings...« Ein Geräusch von massiertem und betastetem Fleisch war zu hören.

»Sagen Sie die Summe, ich bitte Sie darum!«

»Vier Lire, junger Mann. Aber ich tue es ungern, denn vor dem Einschlafen muß ich lesen... Na ja, für Sie...«

Francesco Maria klaubte sein ganzes Geld in der Hosentasche zusammen und zählte auch die Münzen hinzu.

»Es fehlen zwei Soldi!« seufzte er.

»Macht nichts, junger Mann. Schieben Sie es einfach unter der Türe durch!«

Kurz darauf erschienen unter dem Türspalt zwei Silberlire und danach eine große Anzahl kleinerer Münzen, von denen eine rollend im Zimmer eine Ehrenrunde drehte und unter der Seife endete.

»Viel Spaß bei der Lektüre, junger Mann!«

Aber Francesco Maria hatte den Gasthof bereits verlassen und rannte nach Hause, das Buch unter dem Arm.

Wer kann den Abend eines zwanzigjährigen und phantasiebegabten jungen Mannes beschreiben, der an Dingen und letztlich auch an Gesundheit arm und mit allen Schriftstellern der Welt unzufrieden ist – und schon mit der Feder in der Hand auf jenen Wortklang wartet, der nur für ihn geschaffen ist, aber noch einer erfahreneren Hand bedarf, die ihm die seine bei den ersten Zeilen führt –, der schließlich seinen Dichter gefunden hat? Um so mehr, als dieser Dichter ihn mit der Autorität seiner Worte, mit dem angenehmen Rasseln seiner Reime, mit der abgewogenen Auswahl altehrwürdiger Adjektive nicht zu den langweiligen Pfaden der Tugend und des Verzichts führt, sondern im Gegenteil zu denen der Wonne und der perfekten Kenntnis... Liebster Maestro, entzückender Maestro! Dein ernstes und lächelndes Antlitz mit dem Bart, das uns Latein und den Katechismus beigebracht hat, ist schließlich mit dem zwinkernden und verschlagenen Gesicht des Freundes verschwommen, der uns zum erstenmal in das Haus der Frauen geführt hat.

An diesem Abend sperrte Francesco Maria sein Zimmer von innen ab und schloß auch die Fensterläden und die Fensterblenden, obwohl es im September noch sehr warm war, und beim Licht einer Petroleumlampe versenkte er sich wieder mit Haut und Haaren in die Seiten des Buchs, zerfloß mit Freudenrufen in Klänge und Bilder, in *wie, gleich, ähnlich,* indem er von diesem in ein Universum sprang, das höher, harmonischer und glänzender war, wobei er jedesmal auf ihm bis dahin unbekannte Begriffe stieß wie duftend, schwesterlich, Selene, übermächtig, morgenrötlich...

Gegen Mitternacht beendete er die Lektüre und öffnete die Fensterläden. Er spürte, daß ein warmer und wohlriechender Wind ihn so streifte, als würde jemand in ein Glas Wein atmen. Ihm wurde schwindlig. Er lehnte seine Wange an den von der Sonne noch lauwarmen Pfosten und schloß die Augen. Jetzt konnte er für sich selber ausdrücken, was er wünschte: die Wörter fehlten ihm nicht. Er wünschte nicht mehr und nicht weniger, als unter »Sternenhalsbändern« in das »Mark der Welt« zu beißen, in diesen »stechenden Duft der Akazie« (der Duft, den die Umgebung verströmte, stammte eindeutig von gekelterten Trauben, da aber ein derartiger Geruch nicht seinem Geschmack entsprach, nahm er einfach einen Akazienduft wahr). Ja, in das Mark der Welt beißen! Und warum auch nicht? Die Zähne wollte er in »jede greifbare, schöne Sache« schlagen, in jede Frucht der Welt! Und war das Antlitz einer Frau nicht die schönste Frucht, ganz weiß, lauwarm, duftend, vor Stöhnen und Wörtern surrend wie eine Rose voller Bienen, mit einem Glitzern von Tau (den Augen)?

An diesem Punkt waren die Dinge noch nicht zu Ende. Im Antlitz der Frau gab es noch anderes. Da war der Mund. Hier nahmen die Dinge eine teuflische Wendung: der halb geschlossene Mund war wie eine offene Wunde. Das Bild von der Wunde paßte vielleicht nicht gut zu dem von der Frucht, aber, zum Donnerwetter, es ging trotzdem. Und die Zähne, »weiß wie Bittermandeln«? Und von dieser Frucht tropfte ein dickflüssiger, leicht bitterer und angenehmer, warmer und lebhafter Saft, der den Wörtern »einen weicheren Klang« verlieh. Müssen wir es sagen? Ja, sagen wir's! Dieser Saft ist der Speichel.

Francesco Maria fühlte ein Ziehen an seiner Haut, ähnlich dem eines Tisches, dem man das Tischtuch wegzieht. Ein Fuhrmann, der ausgestreckt auf seinem Karren liegend fast auf der Höhe des Fensters vorüberfuhr, hinterließ einen Geruch von altem Holz und den letzten Ton seines Singsangs. Auf den beiden Wandteppichen schien auf der Stirn der Frauen, die mit gefalteten Händen beteten und sich beim Denken an Gott verausgabten, ein Gedanke für ihn, Francesco Maria, zu funkeln.

Er ging vom Fenster weg und setzte sich aufs Bett.

Oh, immer wieder mußte er an die Frau denken und fand kein Ende! Er nahm seinen Kopf in beide Hände und meditierte lange, indem er sich über dieses Thema beugte wie über das gewichtigste und älteste der Bücher.

Der Körper einer Frau: das war's. Die Bilder stellten sich langsam ein. Der Mund war wie dieses, wie jenes, wie etwas anderes. Der Busen wie dieses, wie jenes, wie etwas anderes. Die Flüsse, die Wälder, die Berge, die Seen, die Vögel, die Meeresfrüchte, die kleinen und die großen Dinge wurden im besten Fall bemüht, um Francesco Maria die Vergleiche zu liefern, die er benötigte.

Der Tag graute, und als die Mama auf der Suche nach ihren Pantoffeln die Füße über den Boden gleiten ließ, schlief Franceso Maria ein.

Mittags sprang er aus dem Bett. Er war hungrig und brauchte Freunde, denen er die Verse seines Dichters vorlesen konnte. Er fand sie leicht, und abends hörte das vom Mond erleuchtete Pachino diesen Dialog:

»Es stimmt wirklich, daß ein Blatt vom Maulbeerbaum in der Hand so raschelt wie Seide!«

»Hast du's ausprobiert?«

»Ja, Francesco Maria, ich hab's ausprobiert. Aber wie sagt er denn?«

»Er sagt:

›Frisch sind meine Worte an dem Abend ...‹«

»Sagt er tatsächlich: an dem? Nicht vielleicht am?«

»An dem, an der! Merkst du nicht, daß es weicher ist?«

»Ja, ist wirklich weicher: an dem. Lies weiter!«

»›Frisch sind meine Worte an dem Abend
du bist wie das Rascheln der Blätter
des Maulbeerbaums in der Hand, die sie pflückte
stille und noch verweilet beim trägen Werke
auf der hohen Treppe, die sich schwärzet
gegen den Stamm, der silbern glänzet
mit seinen bloßen Ärmeln ...‹«

»Ärmeln? Nicht Armen?«

»Ärmeln, ja, nicht Armen!«

»Das ist sehr schön.«

»Leider erinnere ich mich nicht mehr daran, was danach kommt ... Warte: am Ende sind noch diese drei Verse:

›Gelobet seist du mit deinem perlfarb'nen Gesicht
O Abend, und alsdann deine großen nassen Augen,
in denen das Wasser des Himmels stillschweiget!‹«

»Mamma mia, Mamma mia! Das ist ja zum Verrücktwerden! So sagt er? So sagt er? Diese Verse muß ich dem Apotheker wiederholen!«

»Ich glaube nicht, daß er sie schätzen wird. Ab einem gewissen Alter kann ein Mann seinen Geschmack nicht mehr verändern.«

Der Apotheker goß gerade die Blumen auf seinem kleinen Balkon, dessen Geländer, das mit dem Blech der Magnesiumbüchsen bezogen war, im Mondschein glitzerte, als man ihn von der Straße her rief.

Der Alte stieg hinunter, während er sich den Rock überzog: »Womit kann ich dienen?«

»Hören Sie sich mal diese Verse an, und sagen Sie uns, was Sie davon halten. Vielleicht gefallen Sie Ihnen ja nicht, aber sagen Sie uns trotzdem, was Sie davon halten.«

Der Apotheker setzte seine Brille auf, denn wenn er jemandem zuhörte, mußte er ihm auf den Mund sehen, und nachdem die Verse verklungen waren, die Francesco Maria rezitiert hatte, schüttelte er den Kopf: »Ihr haltet mich wohl für einen Dummkopf, wie? Diese Verse sind ja Teufelspoesie. Manzoni und Foscolo können sich in ihre Decken einwickeln und in Frieden ruhen!«

Francesco Maria umarmte den Apotheker und küßte ihn: »Ihre Worte sind nur allzu wahr!«

In derselben Inbrunst für diesen Dichter vereint, von dem ihnen eigentlich nicht viel mehr als der Name geläufig war, gingen sie durch die mondbeschienenen Straßen. Der Apotheker war beunruhigt über die zu vielen Fragen, die ihm in den Kopf stiegen, und zog nervös Taschentücher, Schnupftabakdosen, Münzen aus den Taschen und tauschte sie gegeneinander aus.

»Wer, zum Donnerwetter, mag wohl dieser Gabriele d'Annunzio sein?« fragte er, als er innehielt. »Lebt er noch, oder ist er schon gestorben? Wie sieht er aus? Manchmal nämlich sind die genialischen Menschen häßlich. Er könnte auch ein Pfeifengesicht haben.«

»Ich weiß nichts«, sagte Francesco Maria, »ich weiß nur,

daß er mir die Pupillen geblendet hat, als er die Binde von meinen Augen entfernt hat.«

»Schon sprichst du besser!« rief der Apotheker aus. »Donnerwetter, du sprichst wirklich gut! Wie hast du gesagt? Er hat mir die Binde entfernt... Bravo!«

Als die drei Freunde sich trennten, stand der Mond halbhoch am tiefen und ruhigen Himmel, der zu groß und zu prunkvoll für den Haufen zusammengekauerter Häuser war, aus denen Pachino bestand.

Francesco Maria ging ganz leise auf sein Zimmer, schloß das Fenster halb, so daß in der dunklen Luft ein Mondstrahl auftauchte, der sich wie ein silberner Armleuchter aufrichtete, und sprang ins Bett.

»Wer ist dieser göttliche d'Annunzio in Wirklichkeit?« murmelte er erstickt, den Mund auf seinem Kissen. »Ich muß mehr über ihn erfahren!«

Am nächsten Tag fing er mit seinen Bemühungen an, mehr über seinen Dichter in Erfahrung zu bringen. Insgeheim schrieb er Briefe an die Zeitungen und die Journalisten und begann damit, an der Straßenecke den Postboten abzupassen. Als der Alte, der mit einem großen Schirm aus Wachstuch von Tür zu Tür ging, sich mit einem Päckchen in Händen blicken ließ, spürte Francesco Maria, wie sich ihm vor Freude die Augen trübten: »Das ist es, das ist es, das ist es!« Manchmal war das Päckchen oder der Brief mit dem Aufdruck einer Tageszeitung wirklich für ihn. »Und vielen Dank auch!« sagte er leise, während er das Strafporto für den Brief oder die Nachnahme für das Päckchen bezahlte; dann verkroch er sich in sein Zimmer. Er wurde egoistisch und geizig: von der Begierde gepackt, die eigene

Phantasie auszuschmücken und sich mit Kultur einzurichten, teilte er mit niemandem mehr die Früchte seiner Bemühungen. Er spürte, wie er sich ganz langsam über die anderen erhob, und ließ sich von dem Vergnügen an einem solch lautlosen Flug emportragen, den keiner zu bemerken schien. Als er eines Tages einen roten Umschlag öffnete, sah er erst die Spitze einer Karte und danach eine kahlköpfige Erscheinung mit einem Bärtchen, die ihn durch ein Monokel hindurch ansah. Nur mit Mühe unterdrückte er einen Schrei und errötete am ganzen Körper, bis hinein in die Lackschuhe: die Augen Gabriele d'Annunzios blickten ihn forsch an! Seit jenem Tag wurde das Vergnügen, sich in seinem eigenen Zimmer einzuschließen, so geheimnisvoll für ihn wie dasjenige einer Schülerin, mit dem Hauslehrer zu lernen, in den sie sich verliebt hat. Er zwang sich, mit dem Zeigefinger über die Zeilen zu fahren, die er mit den Augen längst überflogen hatte. Und ein Spitzbärtchen war ihm gesprossen.

»Wie?« sagte der Apotheker. »Du läßt dir ein Bärtchen wachsen?«

Inständig bat er Gott darum, ihn so schnell wie möglich kahl werden zu lassen, und wenn er in seinem Kamm ein Haarbüschel fand, sprang er vor Freude in die Luft.

Nach einem Monat glaubte er, dem göttlichen Gabriele zu ähneln, dessen Porträt er unter der Schublade der Kommode versteckte. Glich er ihm nun oder glich er ihm nicht? Mit dem Porträt in der einen und dem Kinn in der anderen Hand brachte er etliche Stunden vor dem Spiegel zu. Ja, er glich ihm! Die Nase vielleicht nicht ... Und auch nicht die Augen ... O weh, er sah ihm überhaupt nicht ähnlich!

Er beschloß, sich mit seinem Freund Mario Costa zu beratschlagen.

»Wer ist dieser Signore?« fragte er ihn unvermittelt und zeigte ihm das Dichterporträt.

»Einer, der dir ähnelt«, antwortete Mario Costa.

»Ah, ja? Ah, er ähnelt mir? Wirklich, ähnelt er mir? Das sag ich ja, das sag ich ja!«

Am selben Abend hängte Francesco Maria das Porträt Gabriele d'Annunzios oben an eine Wand.

»Und wer ist das?« fragte der Vater ihn. »Ich will keine Männerporträts in meinem Haus. Du hast eine Schwester!«

»Das ist ein großer Dichter!« sagte Francesco Maria seufzend.

»Kenn ich nicht. Du hast das Porträt deines Großvaters von der Wand genommen, weil es angeblich die Wand überladen hat, und jetzt hängst du diesen Signore hin, den ich nicht kenne!«

»Aber er ist der größte Dichter der Welt!«

»Kenn ich nicht. Wenn du partout ein Porträt aufhängen willst, so hast du in der Schublade ja noch das von deinem Großvater... Los, hol's runter!«

»Das ist eine Schande!«

»Los, Schande hin oder her! Hol's mit deinen Händen runter, sonst schlag ich's mit dem Stock runter... Sieh sich das einer an! In einem Haus, in dem eine Signorina wohnt, hält man jetzt das Porträt eines Stutzers mit Krawattennadel und einem Stück Glas vor dem Auge... Los, runter damit! Und du läßt dir reichlich Zeit bei dem, was mir nicht gefällt!... Das gefällt mir nicht!... Und wenn ich dir einen guten Rat geben darf, dann rasier dir den Spitzbart ab, der dir schlechter zu Gesicht steht als ein herabhängender Sabbel!«

Francesco Maria legte das Porträt langsam in eine nach Lavendel duftende Schublade und wartete darauf, daß der Vater das Zimmer verlassen hatte, um sich in seinem eigenen Zimmer einzuschließen. Von der Roheit des Lebens fühlte er sich beleidigt und forderte nun von der Poesie die Entschädigung, die ihm gebührte. Von nun an flüchtete er sich nach der geringsten Unannehmlichkeit hastig in die Einsamkeit, und er überließ sich ihr wie ein Vogel in seinem Nest und streckte seine fünf Sinne jenem Raum entgegen, aus dem er die sanfteste Tröstung erwartete.

So saß er dann auf der Matratze, seine Fesseln hielt er umarmt und sein Kinn lag auf den Kniespitzen. Es war bereits Abend. In den Fensterscheiben funkelte der Himmel. Die Bilder setzten sich in Bewegung: das »Violoncello der Nacht« hob »ganz hinten und dort unten« seine »samtene Stimme«, der Himmel senkte »zum Haus der Qualen« hin seine »Sternenhalsbänder«, die Francesco Marias »tiefes, göttliches, quälendes und hinderndes« Leiden fast »umkränzten«. Es gab »Mädchenmünder«, dachte er, Münder, die »Wunde und Blume« zugleich sind, Gesichter, die »beim aussaugenden Frösteln der Wollust erbleichen«. Aber wo sind sie? »Durchdrungen vom Mond und der Qual, doppelsinnig, bitter und süß wie der Honig, in dem das Blatt der Aloe leicht hindurchging, wo seid ihr?«

»Und eins sag ich dir noch«, schrie der Vater schroff, nachdem er die Tür mit dem Knie geöffnet hatte, noch außer Atem, da er im Laufschritt nach Hause gekommen war, »eins sag ich dir noch: Wenn du dich nicht auf den Wettbewerb um die Stelle als Gemeindesekretär vorbereitest, kannst du dir die neuen Schuhe hinter den Spiegel stecken! Schließlich sind die alten eigentlich ja noch ganz gut.«

»Gut!« sagt er mit geneigtem Kopf und geschlossenen Augen auf der gelüfteten Matratze.

In der Nacht kehrte er zu seinem Dichter zurück und las den zweiten Band der *Laudi* noch einmal. Er fühlte sich zu schwach und wehrlos, um bei der Lektüre der folgenden Verse vor Freude hochzuhüpfen:

Er sagte: »Ich lehre das menschliche Herz
einen neuen Willen.«
Er sagte: »Ich lehre den Menschen nicht die Liebe
zum Nächsten, sondern zum Entfernten,
zum Gipfel, den er sich erwählt.
Sein eigener Stern sei der Mensch,
sein eigenes Gesetz und der Rächer
seines Gesetzes.«

Ah, gut! Ah, schön! So redet man. Welch eine neue Kraft und welcher Mut! Er lernte eine erstaunliche Anzahl von Versen auswendig.

Zur See fahren ist notwendig, zu leben ist nicht notwendig, Wohin ich geh, dorthin sollst du mir nicht folgen, Verschmäh zu trinken das Wasser dort, wo die Herde getränkt wurde. Zieh nicht die Würmer im Mist vor, sondern erwürge die Schlangen des Laokoon, O Galileo, der du weniger zählst als im dantischen Feuer der Führer Odysseus, der König von Ithaka; solche und andere vergleichbare Sätze gerieten auf eine merkwürdige und fast genießerische Weise in Einklang mit der Müdigkeit der Knie und den von der Blutarmut herrührenden Kopfschmerzen, als er mitten in der Nacht in die Küche ging, um sich aus dem Fenster hinauszulehnen und das unverdaute Abendessen von sich zu geben.

Am folgenden Tag rief Mario Costa ihn beiseite:

»Ich habe eine frohe Nachricht für dich. Der Apotheker, mein Vater, mein Vetter und dein Onkel haben beschlossen, dich nach Catania zu schicken, damit du fünf Exemplare aller Werke von Gabriele d'Annunzio besorgst. Du sollst auch Bücher und Zeitungen kaufen, in denen von ihm die Rede ist. Laß dich von ein paar Universitätsprofessoren beraten!«

»Gut, nach Catania!« murmelte Francesco Maria. »Und wer gibt mir das Geld für die Fahrt?«

»Wir! Wer denn sonst? Wir! ... Hier ist es!« Und Mario Costa legte eine Hand auf die Brusttasche seines Rocks.

Drei Tage später fuhr Francesco Maria mit einer Kutsche ab, und in Noto stieg er in den Zug um. In einer Droschke, die der bewegliche und knarrende Thron des riesigen Kutschers zu sein schien, der anmaßend und vom Rauch seiner Pfeife eingehüllt war, zog Francesco Maria am Nachmittag zu Füßen dieses Königs – der bereits knurrte, weil sein Gast in einer weit entfernten Herberge absteigen wollte und nur wenig Gepäck mit sich führte – in Catania ein.

Der junge Mann sah zum erstenmal eine Stadt mit drei Kilometer langen Straßen und Parkanlagen so ausgedehnt wie die Ländereien des Grafen von Rudinì. Durch sein

Erstaunen, in das er verfiel, hörte oder zumindest verstand er kaum etwas von dem Redeschwall des Kutschers, der mit den Worten begann: »Dieser Nachteimer, dieser Obertrottel muß unbedingt ins *Sangiorgi*... Das Hotel des Reisenden genügt ihm nicht!« und mit den Worten: »Der Teufel soll ihn holen, wir sind da!« endete.

Anmaßend streckte der Kutscher seine flache Hand aus, auf die Francesco Maria einen Nickel legte. Der Kutscher blieb mit ausgestreckter Hand stehen, und nachdem er die Stirn gerunzelt und sich gewunden hatte, wandte er sein breites, vor Verachtung überschäumendes Gesicht nicht mehr von seinem Kunden ab. Francesco Maria verstand ihn nicht und ging ins Hotel. Doch er hatte nicht einmal die Schwelle überschritten, da brach auf der Straße ein Donnerwetter von Flüchen los. Alle Heiligen, doch besonders Sant'Agata als Patronin der Stadt, wurden vom Kutscher auf rohe Weise dazu aufgefordert, diesen dämlichen Provinzler zugrunde zu richten, der sich zu leben erlaubte, obgleich er ein Gesicht habe wie ein Docht ohne Öl. Francesco Maria gab vor, nicht zu verstehen, doch als er von seinem Zimmer aus, das auf die Straße ging, den Kutscher immer noch fluchen hörte – und zwar dieses Mal mit Worten eindeutig drohenden Charakters, da er von der Anrufung der Heiligen im Paradies zu jener der eigenen Hände und der Peitsche übergegangen war –, öffnete Francesco Maria die Tür zum Balkon und warf einen weiteren Nickel zur Droschke hinunter.

Am Abend schlenderte er herum und vergaß seinen Auftrag. Am nächsten Tag verbrachte er drei Stunden auf einem Sitz im Park und sah den jungen Müttern zu, die, wenn sie sich über ihre Kinder beugten, die sich zwischen ihre Knie geflüchtet hatten, ihm einen Blick auf ihren Busen ermöglichten.

Catania, oh, Catania war zu Anfang des Jahrhunderts schön! Über den Straßen hing ein Duft von Puder, so delikat wie die kleinen Gesichter der Frauen, die ihn aufgetragen hatten. Scheue, geduldige und blasse Gesichter, Gesichter von Frauen eben. Wegen der großen Anzahl herrschaftlicher Karossen, die von einem Ende des Corsos bis zum anderen glitten, gesellte sich noch ein angenehmer Duft von Ledergeschirr hinzu. In Wahrheit erinnere ich mich nicht daran, denn damals lebte ich weder in Catania noch anderswo und übertraf an Glück jene glücklichen Menschen, die noch nicht geboren waren. Doch die Erinnerungen anderer lassen mich ebenfalls zusammenschrekken, und die Sehnsucht nach Dingen, die ich nicht gesehen habe und die mir so teuer sind, hat dazu geführt, daß mir die Laune verdorben wird.

An den Wänden besagten farbige, gerahmte und mit schönen Zeichnungen versehene Plakate wie Ankündigungen für Bälle und Konzerte, daß der Advokat T. ein Ehebrecher (eine Behauptung, für die am Tag darauf eine Zweiwochenzeitung »den Beweis liefern« würde) und der Abgeordnete R. ein Dieb sei. Das Wort Dieb hörte Francesco Maria den Abgeordneten De Felice mit schöner Stimme aussprechen, als dieser sich auf einem sehr hohen, aber kleinen Balkon über einer Piazza zeigte, die vollgestopft war mit einer nach Röstkastanien duftenden Menge. »Ich sage euch«, skandierte der Abgeordnete über die Dächer hinweg, während die verängstigten Schwalben ihren Flug verkürzten und auf den gegenüberliegenden Dächern landeten, »der Abgeordnete C. ist ein Dieb!«

Die Klagen hagelten nieder. Die Rechtsanwälte, die aus voller Brust die respektvolle und wortkarge Schar falscher Zeugen anschrien, gingen in die Cafés, um eine Schokolade zu trinken. Die Mafiosi hielten ihr Messer in den Hosentaschen umklammert und wälzten es nervös hin und her. Ein plötzlicher Schuß streckte das Pferd eines Kutschers unter den Palmen einer Piazza direkt zu Füßen der Statue Vincenzo Bellinis nieder, der in einer Wolke aus Tauben zu explodieren schien. Ohrfeigen sah man auch im Theater und ebenso Hüte, die – nachdem man ihnen den Deckel herausgeschlagen hatte – als Halskrause endeten.

Und trotzdem liebten sich die Leute damals mehr als heute. Wer Freunde hatte, lag alle zehn Minuten in ihren Armen auf dem Jackett und der großen Taschenuhr, die vom großzügigen Herzen erwärmt wurde, das darunter schlug. Man beschimpfte sich; nachts wünschte man sie in die Hölle, doch kaum ließ sich beim Morgengrauen der Klang der Glocke deutlicher als sonst vernehmen, so wünschte man sich nichts sehnlicher als die Süße der Versöhnung. Mit der Liebe kehrte auch der Appetit wieder. Das unglückliche Lamm, das zwischen den Zähnen eines mutigen Mannes in einem Mund voller Gelächter knirschte, hätte ächzen können: »Oh, so also ist mein Ende? Nicht etwa mir, sondern dem Tischgast galten die ständigen Umarmungen und sagte man die herrlichen Worte: ›Zu Ehren Sant'Agatas essen wir!‹« Und wie sie sich begrüßten! Mit gesenktem Kopf schienen sie in den andern einzudringen und sanft zu einer Person zu verschmelzen, dann erhoben sie sich mit vor Rührung und Lächeln glänzenden Augen und schweiften ab, indem sie sich umwandten und sich gegenseitig die Schultern bewunderten: »Ein braver Mann!... Ein vollendeter Signore!«

Das Universitätsgebäude zeigte auf den Fensterscheiben noch immer die Spuren des Steinhagels; und sogar im Innern zeigte ein ausgestopftes Zebra seine tapfere Wunde am Fuß; doch wenn die Professoren durch das prunkvolle Portal ins Freie traten, folgte ihnen außer dem vom offenen Überzieher verbreiteten Duft des eigenen, vom Zorn und von der Begeisterung erwärmten Blutes eine dichte Schar verliebter Studentinnen. »Maestro, Professore, Maestro!« Sie stritten sich mit Fäusten und Fußstößen dumpf um den nächsten Platz bei jenem alten Signore, auf dessen schwarz bekleideten Schultern die Schuppen schimmerten. Und der alte Signore fuhr fort zu reden, und sie fuhren fort zuzuhören, bis daß sie redend, zuhörend, sich liebend durch das Tor in das Haus eintraten, in dem der Professore mit seiner Armut hauste. Sie traten wie Katapulte ein, zerbrachen den Müllkübel, warfen den Hocker des Pförtner-Schuhmachers um, der gerade ein Huhn köpfte.

Die Ehefrauen waren natürlich nicht alle ihren Ehemännern treu, bemühten sich jedoch, auch dann gute Frauen zu bleiben, wenn ihre langen Seidenstrümpfe über dem Stuhl eines Junggesellen baumelten. Einige reiche Mädchen, die sich in einen armen Jüngling verliebt hatten, stürzten sich vom Balkon. Eines darunter, ein sehr vornehmes Mädchen, das aus seinem wappengeschmückten Fenster gesprungen war, war von den Lanzen der Gittertüre aufgespießt worden, die den Kirchplatz der Familienkirche absperrte. Abends, wenn man dicht genug an den Palazzi vorbeiging, hörte, ja sah man regelrecht die Hände dieser Frauen auf den Klavieren: Verdi, Donizetti, Tosti und Bellini. Zuweilen löste eine reine, kühne, zarte Stimme plötzlich den Flug eines zweiten Klaviers aus, und die Passanten zuckten zusammen, als sähen sie, wie ein Mädchen mit ihrem kleinen Koffer nicht etwa in ein Hotel nach Taormina, sondern geradewegs zu den goldenen Häusern im Himmel auf und davon geht.

Francesco Maria verdankte seinem Dichter sowie der Verwirrung, die dieser in seinem Kopf verursacht hatte, einige sinnenfreudige Irrtümer Catania betreffend. Vor allem hatte er das Vergnügen, über die ehrenwertesten Personen in Zorn zu geraten: ein »weißer und heroischer Zorn«, wie er selbst ihn definierte. Die Universitätsprofessoren, die Rechtsanwälte und die scheuen Besitzer sagten ihm nicht zu: im Geiste hieß er sie »Verzichtler, Schwächlinge, Bürger« und verbrachte einige Stunden ausgestreckt auf dem Bett des Hotels liegend und stellte sich Armeen mit barbarischem Blut und römischem Geschick vor, die »dieses Gesindel« auseinandertrieben und die Stadt mit mächtigen Militärmärschen erfüllten. Jedesmal wenn er einen Rechtsanwalt sich mit dem Hut in der Hand verbeugen sah, schenkte seine Phantasie ihm einen Tritt in den Hintern. Wenn er dann das langsame Wandeln so vieler Personen mit einem Bäuchlein, den Taschenuhren, den Spazierstöcken, dem liebenswürdigen Lächeln, der Vorsicht, der Behutsamkeit und die ebenfalls wohlgenährten

Familien mit rosafarbenen Gesichtern sah, blitzten plötzlich seine Zähne auf wie die eines Wolfes, der eine wohlgenährte Herde beobachtet, und auf seinen Zähnen blitzten die Worte: »Wollt ihr Blut fließen sehen?«

Dagegen verschaffte ihm der Anblick von Frauen in einer Kutsche die süßesten Schwindelanfälle: es gab nicht eine hübsche Signora, in deren Antlitz sich nicht eine Geschichte aus Sünde und Laster lesen ließ; er verwechselte die äußeren Anzeichen von Nierenentzündung, von Kopfschmerzen und von übermäßiger Hausarbeit mit den Anzeichen der Unzucht. Die flatternden Blicke erschienen ihm trübe; die erschreckten schienen ihm voller Verlangen zu stecken. Tausendmal am Tag fuhr er zusammen wegen Gesten, von denen er annahm, daß sie Einverständnis, vielleicht sogar eine Einladung signalisierten. Ihm kam es so vor, als hätte eine junge Frau, die vor dem Schaufenster eines Geschäfts stehengeblieben war, um sich in der Scheibe zu spiegeln, ihm zugeflüstert: »Heute nacht! . . .« Eine Signora, deren Handtasche sich an einem der Knöpfe seines Rocks verfing, ließ ihn so erschöpft von all den Schlußfolgerungen, Vermutungen, Zweifeln, Hoffnungen und Gewißheiten zurück, daß er sich überstürzt auf eine Steinbank setzen mußte.

Annibale Citenno, Professor für italienische Literatur, an den Francesco Maria sich wandte, um Meinung und Rat über Gabriele d'Annunzio einzuholen, enttäuschte ihn bitter. »Er gefällt mir nicht – was soll ich Ihnen sagen? – er gefällt mir nicht! Er führt ein erbärmliches Leben und schreibt schlecht!«

»Schlecht?«

»Ja, schlecht, schlecht! Carducci, der eine gute Nase hat, ja, der hat es sofort begriffen und es nie verdauen können.«

Doch die Tochter des Professors, die unversehens auftauchte – mit sepiafarbenem Haar, von dem schwarze Schatten auf den Hals, die Schultern und das schneeweiße Kleid tropften –, stürzte ihn in eine veritable Verwirrung der Sinne, und er roch tatsächlich den Duft einer Lilie, der das Mädchen ähnelte.

Vielleicht wegen seines Gehabes als Übermensch wirkte er auf das Mädchen unsympathisch. Sein Hals war zu dünn, als daß die hochmütige Kopfhaltung mit emporgerecktem Kinn sich die Schönheit der Kraft und eines immerhin vornehmen Stolzes hätte aneignen können; und sein Schweigen wurde zu sehr von seinem Tick zu schnaufen unterbrochen, als daß sein Vorsatz, zu Personen niederen Standes so gut wie nichts zu sagen, wenigstens erträglich geworden wäre.

Von der Herrschaft des Schicksals geächtet, verlor er die Fassung, als er zufällig einen beleuchteten Toreingang entdeckte, der ihm die Gelegenheit bot, seine Sinne zu beruhigen: auf diese Weise behauptete sich sein Hochmut den Frauen gegenüber.

Eines Abends geschah es, daß er im Speisesaal des Hotels in der Nähe eines jungen Mädchens zu sitzen kam, das in einem Buch las. Dieses Mädchen war eine Grundschullehrerin aus Pachino und hieß Maria Sapuppo. Er hatte sie bereits einige Male aus der Kirche in seinem Heimatdorf kommen sehen.

Maria Sapuppo hatte den noch vollen Teller weggerückt und las, indem sie ihre Augen mit ineinanderverschlungenen Händen abschirmte. Francesco Marias Eingeweide ächzten leise, als er gewahr wurde, daß das Buch, auf das das Mädchen seine Augen heftete, Gabriele d'Annunzios *Fuoco* war. Als dann die Leserin, ohne den Blick von ihrer Lektüre zu lösen, einen roten Farbstift aus ihrer Serviette herausholte, in die sie ihn wie einen Dolch eingewickelt hatte, und damit auf den Seitenrand niederstach, fühlte er sich sinnlich verletzt, so daß ihm im Hals ein »Gut!« im normalen Ton explodierte.

Das Mädchen hob die Augen, wobei sie das Kinn auf den Rücken der verschränkten Hände stützte, und starrte Francesco Maria eine Minute lang an.

»Kennen wir uns?« fragte sie.

»Ich glaube schon«, antwortete Francesco Maria. »Wir haben uns in Pachino gesehen!« Und er rückte näher an den Tisch des Mädchens heran, indem er seinen Stuhl nachzog. Plötzlich bemächtigte er sich des von Farbstifteinschlägen blutüberströmten Bandes.

»Großartig!«

»Phantastisch!«

»Wenn es ihn nicht gäbe, würde ich mich nur als halber Mensch fühlen!«

Er bemerkte, daß er in der Eile sich auszudrücken, nicht so gut sprach, wie er hätte sprechen müssen.

Es entstand eine Pause, während der Maria Sapuppo sich mit der Gabel einen kleinen Happen zwischen die Zähne steckte, und Francesco Maria legte sich in einer Schlachtordnung die schönsten Wörter zurecht, die er von seinem Dichter gelernt hatte. Nach dieser Pause standen die Seltenheit, die Langsamkeit, die gute Aussprache Gewehr bei Fuß, sowohl auf der einen wie auf der anderen Seite.

»Was lieben Sie an diesem Buch am meisten?« sagte Francesco Maria langsam.

»Die üppige Szenerie, in der das Drama sich entfaltet«, sagte Maria Sapuppo noch langsamer.

»Ich dagegen ... Erlauben Sie mir, an Ihrem Tisch zu essen? Cameriere, bringen Sie's mir hierher ... Ich dagegen ziehe die Tagebücher und die Bekenntnisse von Frauen vor!«

»Sie lechzen ja nach Frauengeheimnissen«, meinte das Mädchen. »Oh, Sie haben eine so naschhafte Miene und einen gefräßigen Mund! ... Sie sind ganz sicher kein Hungerkünstler!«

»Ich liebe die Liebe, das Verderben und die Lobpreisung der Liebe, die Qualen und den Honig. Wie soll ich es ausdrücken: Haben Sie nie etwas Samtenes gesehen, das verletzen kann?«

»Nein!« gab das Mädchen treuherzig zu, faßte sich dann aber: »Etwas Samtenes, das verletzen kann? ... Sagen Sie: Gibt es wirklich eine Süße, die schneidet?«

»Eine Süße, die schneidet? Sagen Sie mal ... Erlauben Sie, daß ich mein Urteil über Sie mit meiner verbalen Plastik rekonstruiere?«

»Machen Sie nur!«

»Sie sind ein erlesenes Geschöpf, ein auserwähltes Gefäß!«

»Ach, ich bitte Sie!«

»Ich seh's an Ihren erzengelhaften und dämonengleichen Augen.«

»Ich bitte Sie!«

»In Ihren Augen liegt eine Kraft, die mich in die Höhe, in die Sphäre des Traums und der Verklärung, heben könnte, und eine Kraft, die in umgekehrter Richtung abfällt, die mich in den dunkelsten Abgrund hinabstoßen könnte. Zwei entgegengesetzte Kräfte funkeln in Ihren Augen wie zwei Flüsse, von denen einer sich ins Meer ergießt und der andere aus dem Meer kommt!«

Das Mädchen jauchzte vor Vergnügen. »Ich kenne Sie erst seit einer halben Stunde«, sagte sie, wobei sie ihr Haar von den Augen schüttelte, »und dennoch erkenne ich Ihre Seele. Aber ich möchte nicht, daß Sie sich in mir täuschen.« Sie rief den Ober, bat ihn, den Tisch abzuräumen, stützte die Ellbogen auf den Tisch, legte das Kinn in die Schale ihrer Handteller, schmiegte die Finger flach an den Kopf und sagte langsam: »Mein Leben ist so rein wie das eines Einsiedlers. Aber in meinen Adern züngelt ein schwarzes Feuer.« Sie senkte ihre Stimme: »Ich habe nicht gesündigt, und doch bin ich eine Sündige.«

Hätte Maria Sapuppo gesagt: und doch bin ich eine Sünderin, hätte Francesco Maria sie vielleicht nach dem Abendessen gegrüßt, ihr sogar die Hand geküßt und sie ihrem Schicksal als anmutige Grundschullehrerin und ehrbares Mädchen vom Lande überlassen. Doch sie hatte gesagt: eine Sündige. Oha, Sündige, nicht wahr! Sündige war ein Wort, das ihm so leicht hinunterging wie die Finger sich verschränkten und ihn mit der menschlichen und feuchten Wärme der tatsächlich schönen Finger, die leicht schwitzten, gefangenhielt.

Kurzum, ich will meinen Leser nicht auf die Folter

spannen, noch mich zu sehr über dieses erste Abenteuer Francesco Marias auslassen. Der Leser soll also erfahren, daß Francesco Maria, dessen Schläfen mit Schweißperlen geschmückt waren, eine Stunde nach dem Abendessen in einem halbdunklen Winkel des Speisesaals – jenes Wortes »Sündige« wegen – das Mädchen mehr schlecht als recht küßte.

Sämtliches Erröten aus der Mädchenzeit, vom Erröten wegen des Stibitzens eines Zuckerwürfels bis hin zum Erröten wegen einer Lüge oder weil sie einen unanständigen Ausdruck gehört hatte, stieg nun in Maria Sapuppos schönes Antlitz hoch. Ihre Mutter, eine Frau vom Lande, hatte ihren perfekten Händen auch die Kraft mitgegeben, die man beim Umgang mit der Hacke benötigt, und der Priester aus Pachino, Sohn eines Carabiniere und ungestümen Predigers, hatte den Mädchen tausendmal zugerufen: »Wenn einer euch anfaßt, zieht euch das Schühchen aus und gebt ihm damit so lange eins über die Augen, bis Blut spritzt, bis er blind wird!«, so daß Maria Sapuppo diesem mageren Jüngling, der durch die Gemütsbewegung noch magerer geworden war, eigentlich eine Abreibung verpassen wollte, die sein Augenlicht ausgelöscht hätte. Doch das Mädchen, das seit sieben Tagen in Catania lebte und seit einem Jahr Gabriele d'Annunzio las, war eingeschüchtert von ihrer Angst, die davon herrührte, daß sie sich außerhalb des Nestes befand, und von ihrem Verlangen, so schnell wie möglich eine moderne Frau aus der Stadt zu werden. Das, was sie daran hinderte, sich in jenem Augenblick zu bewegen, da sie geküßt wurde, war das Geräusch der Kutschen auf der nahen Straße, ein Geräusch, das sich mit den anderen Geräuschen von Portalen und Fensterläden vermischte und so gänzlich anders war als das Knirschen einer einsamen Karre, die abends die Stille in den kleinen Straßen von Pachino aufstörte. Dieses Geräusch besagte: »Holla, du junges Mädchen, du bist in einer großen Stadt! Hier fahren die Leute in Kutschen, die Pferdegeschirre bimmeln, das Licht auf den Straßen verausgabt sich, und die Frauen lassen sich küssen!« Und dann, in aller Welt, ohrfeigt man sich denn etwa in d'Annunzios Romanen? Was hätte der Dichter der *Laudi*, wäre er anwesend gewesen, von ihr gehalten?

Indem sie sich meilenweit von ihrer ersten Regung und von ihrer wahren Natur entfernte, ließ das Mädchen ihr Gesicht mit geschlossenen Augen auf die Rückenlehne des Sofas zurücksinken und streckte eine Hand in die Luft. Plötzlich legte Francesco Maria seinen Kopf auf diese Finger, die eine Liebkosung ausdrückten. »Meine Angebetete!« sagte er.

So sehr auch die Freude, eine Szene wie von d'Annunzio zu verkörpern, in ihm äußerst lebendig war, so gewann doch jene, die Gunst einer so schönen Frau zu gewinnen, schnell die Oberhand. Auch er gehorchte seiner Natur, der eines gut erzogenen jungen Mannes, und schickte sich gerade zu murmeln an: »Willst du meine Frau werden, Maria?« (und starb fast vor Freude bei dem Gedanken, in seinem eigenen Bett eine so reizende Frau zu haben), doch auch er beherrschte sich schließlich und hielt den Mund verschlossen. Nach einer Minute des Stillschweigens sagte er mit ruhiger Stimme: »Ich werde noch kämpfen und die Ungeheuer besiegen müssen!«

Maria Sapuppo hob den Kopf.

»Die Einsamkeit muß mir die Lenden umgürten«, fuhr er fort, »wie eine Qual, die mich zum Bluten bringt und unablässig an die Mission erinnert, die das Schicksal mir anvertraut hat!«

Was für eine Mission? wollte das Mädchen fragen, doch wieder einmal hielt sie sich aus Respekt für ein so dunkles und unbestimmtes Wort wie Mission zurück.

Er erklärte ihr, daß er sich nicht bürgerlich an eine Frau binden könne und noch lange Jahre allein leben müsse; und so sehr seine Rede sich auch um die Wörter Junggeselle und Heirat drehte, so hinderten ihn seine Vorliebe für seltene Wörter und die Verachtung der gewöhnlichen Leute daran, sie ständig auszusprechen. Er sprach daher von Bund, Vereinigung, Heiratszeremonie, Einsiedlerdasein, Elfenbeinturm, nie aber von Ehe, Aussteuer, Haus, Kindern und Monatseinkommen.

Maria Sapuppo fühlte sich sehr schlecht, als würde ihr das Blut sauer; dennoch stimmte sie mit Francesco Maria darin überein, daß die bürgerliche Vereinigung mit einer Frau ihm die Zukunft ruinieren würde. »Nein, mein Angebeteter!« konnte diese tapfere Frau schließlich aussprechen. »Nicht vor dem Traualtar wird eine Seele von Frau sich mit dir vereinen!«

Mit Tränen in den Augen grüßten sie die herben Pflichten, die das Schicksal ihm auferlegte, und verbrachten in zwei fernen Zimmern dieselbe tiefschwarze Nacht.

Am Tag darauf sahen sie sich am selben Tisch wieder und gingen zusammen durch die Straßen. Und so auch an den folgenden Tagen.

Ihre Unterhaltungen wurden stets eleganter und geschliffener, auch weil sie sie in der Nacht zuvor vorbereiteten, indem sie beide, jedoch ohne es sich zu erzählen oder es zu ahnen, dieselbe Autorität auf diesem Gebiet lasen: *Il Piacere.* Sie redeten, spazierten, träumten einer vom andern, redeten wiederum und spazierten, bis sie endlich einander gestanden, daß das Fleisch nach dem Fleisch verlangte, so wie das Blut begierig ist nach Blut.

Maria Sapuppo bebte am ganzen Körper, und statt eines Brautschleiers trug sie am Körper eine dünne Gänsehaut, als sie eines Nachts zu Francesco Maria auf das Zimmer ging.

Sie hielt die Augen geschlossen und das Kinn auf dem goldenen Kreuz, das sie am Hals trug. Er zitterte genauso stark wie sie, hob ihr Kinn hoch und zwang sie mit Hilfe der Finger, die Augen zu öffnen. Das erste, was Maria Sapuppo sah, war eine am Fuß des Kruzifixes befestigte Dolde Weintrauben am Kopfende des Bettes.

Wozu ist das? murmelten ihre Augen.

»Für jeden Durst!« sagte er und fand zur Gelassenheit zurück, die ihm die mit lauter Stimme ausgesprochenen Sätze d'Annunzios verschafften.

Das Mädchen dagegen klapperte mit den Zähnen und – nunmehr unfähig, sich zu beherrschen bei dem Gedanken daran, Elena Muti zu ähneln, so wie sie gekleidet war und mit den Schuhen an den Füßen – warf sich unvermittelt auf das Bett und versteckte sich ganz unter den Betttüchern, sogar den Kopf.

»Mein Gott!« murmelte Francesco Maria.

Im Grunde genommen befand auch er sich zum erstenmal in solchen Umständen. Er machte sich jedoch zunutze, daß das Mädchen die Augen unter der Decke versteckt hatte, und legte Hand an seinen Rock. Eine Minute lang, in der Stille des Zimmers, dessen einziger Spiegel von einem Wintermantel bedeckt war, vernahm man ein Geräusch von Knöpfen, die aufgeknöpft wurden, was die Angst Maria Sapuppos auf die Spitze trieb.

Dann...

Dann berufen sich die alten Lieder in diesem Punkt auf die Jugend. Der Refrain lautet: »Jugend! Jugend!« Es war ein Uhr nachts, und die unter dem Hotelzimmer liegende Straße schäumte über mit Grüßen, dem Stampfen der Pferde, den Handzeichen, dem Knallen der Peitschen und den Pfiffen, so gedrängt voll war sie mit Leuten, die aus dem Teatro Bellini strömten, als die Angst und die Verlegenheit jenes Hotelzimmer verließen und ihre Plätze dem Vertrauen, der Zärtlichkeit und der liebevollen Verwirrung darüber, was mein und was dein ist, überließen, leuchtende Gaben, zwischen denen sich auch nachts ein Sonnenstrahl verbirgt; es genügte eine Weintraube, die von der höher hängenden Dolde auf das Kissen heruntergefallen war und die Francesco Maria für ein Augenlid von ihr hielt, um sie wie zwei kleine Kinder zum Lachen zu bringen. Das Bett knarrte unter den Zuckungen dieses Gelächters, das auf den schaukelnden Knäufen der Bettenden jedesmal dann aufleuchtete, wenn diese den feinen Lichtstrahl kreuzten, der vom Balkon her durchsickerte. Dann stand das Bett still, und die beiden jungen Leute schliefen ein.

Besser wäre es gewesen, sie wären gar nicht erst eingeschlafen. In dieser Beziehung war Francesco Maria wenig umsichtig; er hätte seine Gefährtin ständig wach halten und dafür sorgen müssen, daß es im Zimmer – viel eher als jene Dolde Weintrauben – eine Thermosflasche mit heißem Kaffee gab. Jedenfalls schliefen sie ein; und im Schlaf entfernte Maria Sapuppo sich weit, sehr weit von jenem Bett im Hotel und aus den Armen Francesco Marias. Der weiße Schleier füllte diesen Schlaf. Und als morgens am Ende des Flurs die Hotelglocke in Gang gesetzt wurde, betäubte ein Glockengeläute Maria Sapuppo, ein regelrechtes Dröhnen wie das einer Hauptkirche zur ersten Kommunion, noch mehr aber das bei Hochzeiten. Abrupt wachte sie auf, und der Unbekannte im Pyjama, der seine Brust an ihre Seite drückte, kam ihr so schrecklich vor, daß sie in Tränen ausbrach. »Ich will heiraten!« schrie sie. »Ich will heiraten! Mama, ich will heiraten!«

Francesco Maria fühlte, wie sich ihm die Haare sträubten angesichts dieses kaum eines d'Annunzio würdigen »Geschöpfs«. Er wußte nicht, von welchem Ausgangspunkt aus er seine Rede beginnen sollte, die Worte stießen ihm vor den Mund und flüchteten wie der flinke Wind, der sich nicht einatmen läßt; die Hände trauten sich nicht, zu diesem schönen Mädchenantlitz vorzudringen, das die Verzweiflung so rein und ernst gemacht hatte.

»Nun«, sagte er schließlich, »nun denn, meine Liebe, wie geht's? Was ist los? Du fühlst dich nicht zufällig unwohl?... Vielleicht bist du hungrig?... Ich bin sehr hungrig.«

Maria Sapuppo drehte sich um und drückte den Mund fest ins Kopfkissen.

»Willst du einen Milchkaffee?« fragte er, benommener denn je.

»Ich will heiraten!« murmelte das Mädchen dumpf, bäuchlings auf dem Bett liegend. »Ich will zu Mama, ich will heiraten!«

»Ah, ich habe verstanden! Du redest wie eine Leier... Du bist schwach! Du hast bestimmt Hunger... Ich bestelle jetzt das Frühstück!«

Kurz darauf klirrte auf Francesco Marias Knien ein Tablett mit Kannen, Tassen und Karaffen.

»Möchtest du eine Schnitte Brot mit Butter?« fragte er mit vollem Mund, indem er ihr die Scheibe reichte, von der er gerade gesprochen hatte.

»Ich will heiraten!« murmelte Maria Sapuppo, immer noch mit dem Mund auf dem Kopfkissen.

»Nun«, sagte er, während er kaute und das Gekaute hinunterschluckte, »ich werde dich heiraten.«

»Wirklich?« sagte sie, indem sie sich mit glitzernden Freudentränen aufrichtete. »Meinst du das im Ernst?«

Er murmelte ein paar scherzhafte Worte, die sich mit dem Bissen vermengten, den er zwischen den Zähnen hatte.

Maria Sapuppo umarmte ihn und drückte ihm ihre Wange gegen seine vom Brot gewölbte Wange. »Ich bete dich an, mein kleiner Mann!«

Klein, weil er mager war.

Francesco Maria erhob sich langsam vom Bett, wusch sich und kleidete sich an. Während er allmählich in seine Kleider stieg und die Dolde Weintrauben betrachtete, die am Fuße des Kruzifixes hing und in deren jeder einzelnen

Traube die Sonne seines »großen Sommers« aufzuleuchten schien, wurde er immer kälter und förmlicher.

»Ich warte unten auf dich!« sagte er schließlich.

Im Lesesaal schrieb er einen langen Brief, den er beim Pförtner für die Signorina Maria Sapuppo hinterlegte. Im wesentlichen besagte dieser Brief folgendes: Er habe in Maria Sapuppo ein erlesenes Gefäß zu sehen geglaubt, eine Gefährtin jenseits von Gut und Böse, diejenige, die jeglichen Lohn für diese seine Tat, ohne zu fragen, ins Reich der Transfiguration bringe, doch leider habe er eine kleine Provinzlerin getroffen. Er sei getäuscht worden. Das Schicksal habe ihm, wie stets, einen bitteren Kelch gereicht. Geduld! Er vergebe ihr. Auf, du Seele! Flugs! Hurtig! Er werde noch am selben Abend nach Pachino zurückfahren. Unterdessen gehe er aus.

Er streunte durch die Straßen Catanias mit dem schwärzesten Vorhaben im Hinblick auf die guten Leute, denen er begegnete, und besonders jenen gegenüber, die sich auf Spazierstöcke stützten und auf dem roten oder grünen oder pistaziengrünen Wams die Kette einer Taschenuhr sehen ließen. Er stellte sich vor, wie er sie alle in ein und derselben Weise kleidete, sie sich in einer Schlange aufstellen hieß, dem letzten in der Schlange einen Tritt in den Hintern gab und »sie an der Nase herumführte«. Und da d'Annunzios Verse ihm ständig im Kopf herumschwirrten, schloß er auf folgende Weise: »Ich habe den Kopf voll von schrillem Schall!«

Im Hotel fand er einen Brief Maria Sapuppos vor: »Ich bin eine kleine, schwache Frau! Du bist ein Starker. Geh deinen vom Schicksal vorgezeichneten Weg! Ich aber werde daran zugrunde gehen. Ich verstehe, ich verstehe, doch verzeih mir: ich gehe zugrunde.«

So müde wie nie zuvor traf er abends mit den Koffern voller Verse und Prosa von Gabriele d'Annunzio in Pachino ein, aß hastig, erzählte dem Vater, der Mutter und der Schwester zwischen Gähnanfällen mehr schlecht als recht von seinem Aufenthalt in Catania, wobei er selbstverständlich etliche Dinge verschwieg, und ließ sich schließlich wie tot auf sein Bett fallen.

Die Bände d'Annunzios verbreiteten sich in den Häusern der rechtmäßigen Besitzer, der Freunde und der Verwandten. In einigen Familien begann eine Abendlektüre; das übliche Glas Petroleum pro Tag reichte nicht mehr aus; durch die geöffneten Balkontüren flogen Verse. Als Francesco Marias Onkel eines Morgens, als er allein im Hause war, an der Tür ein Klopfen hörte und in Hausschuhen öffnen ging, käute er die Worte wider: »Löse das Vorschiff und steche in See!« Als er hinter der Tür einen zusammengeklappten Bettler sah, der halb so groß war wie der Stab, an dem er sich festhielt, eine Gestalt, die allem anderen als einem Seefahrer glich, warf er wütend den Türflügel zu und verfluchte die Mittelmäßigkeit des Lebens.

Man feierte Francesco Maria und schmeichelte ihm wie einem Entdecker: man lobte seinen Spitzbart, den hervorragenden Krawattenknoten, seinen schlaksigen Gang; und da er begann, das rechte Auge zu schließen, während er darüber klagte, daß er auf diesem Auge schlecht sehe, sagten sie ihm: »Weshalb kaufst du dir kein Monokel?«, und: »Weshalb kaufst du es dir nicht?«

Francesco Maria fühlte sich glücklich, und eines Nachmittags, während er auf dem Bett lag, schickte er sich an, dem Schicksal zu danken, als die Tür seines Zimmers aufgerissen wurde und er seinen Vater mit Hut und Stock eintreten sah.

»Du«, sagte der Alte zu seiner Frau, »achtest darauf, daß unsere Tochter nicht zurückkommt! Ich will nicht, daß sie auch nur ein Wort von dieser Unterredung mitbekommt!«

Die Mutter ging an die Haustür. Francesco Maria und der Vater blieben allein zurück.

Der Alte verzog den Mund, schnaubte durch seine blassen und aufgeblähten Nasenflügel und setzte seinen Hut ständig auf und nahm ihn dann wieder ab.

Schließlich setzte er sich hin und warf Francesco Maria den Hut zu:

»Leg ihn hin, wohin du willst!«

»Was hast du, Papa?«

»Ich habe ... Ach, ich habe nichts, nichts! Ich habe ...«, schrie er, während er aufsprang und krampfhaft mit dem Spazierstock in der Luft herumfuchtelte, den er mit beiden Händen umklammert hielt, »ich habe ...«

Aber er setzte sich wieder hin.

»Ich habe ...«, fügte er dann etwas ruhiger hinzu, »Corrado Sapuppo ist nämlich mein Freund, mein guter Freund!«

FRANCESCO MARIA: Was soll das heißen?

DER VATER: Mein guter Freund, mein alter Freund, ein Bruder!

FRANCESCO MARIA: Weshalb sagst du mir das?

DER VATER *(ruft zum Flur hin):* Oh, Teresa! Hast du das gehört? Er fragt mich, warum ich ihm von meinem Freund Sapuppo erzähle. Hör dir das mal an!

DIE MUTTER *(erscheint auf der Schwelle mit einem Taschentuch in der Hand, das sie nervös zusammendrückt):* Mein Sohn! Mein Sohn!

FRANCESCO MARIA: Wollt ihr mir das nicht endlich erklären?

DER VATER: Das erklär ich dir sofort: Ein Vater springt nicht vor Freude in die Luft, wenn man ihm sagt, daß seine eigene Tochter Knall und Fall, ohne daß es jemand erfahren hat, nicht einmal der Priester, keine Signorina mehr ist, sondern eine Signora!

FRANCESCO MARIA: Wie?

DER VATER: Wie? Guck dir das Gesicht mal an, das der Trottel macht! ... Wie! Er ist so häßlich wie ein Schaf! ... Was hast du im Hotel *Sangiorgi* mit Maria Sapuppo angestellt?

FRANCESCO MARIA: Hat sie gequatscht, die kleine Schlange?

DER VATER: Kleine Schlange nennt er sie! Oh, Teresa, weißt du, wie er sie nennt? Kleine Schlange!

DIE MUTTER *(schluchzend):* Mein Sohn! Eine Hochzeit ist das schönste Fest im ganzen Leben: ein Tag, den man nie vergißt. Jeder Vater träumt davon, seine Tochter im weißen Brautschleier vor dem Altar zu sehen. Wenn du um die Hand von Maria Sapuppo angehalten hättest, wer hätte sie dir abgeschlagen? Alles wohl getan, mein Junge!

DER VATER *(gerührt):* Abgesehn davon, daß du wie ein Christ heiratest, würdest du von deinen Eltern auch noch

Geschenke bekommen ... Jetzt aber mußt du vor nur wenigen Leuten heiraten, bei einer Tasse Kaffee und einem Keks; und dann auf Nimmerwiedersehen wie in der Stunde unseres Todes!

FRANCESCO MARIA: Aber wer will denn heiraten?

DER VATER: Wie bitte? Du großer Gott! ... Hör dir das an, Teresa! Versteh einer, was er sagen will! Mir dreht sich der Kopf! Vielleicht bringe ich das nicht richtig zusammen!

DIE MUTTER: Haben wir richtig verstanden? Du hast gesagt, daß ... du nicht heiraten willst?

FRANCESCO MARIA: Ja, ihr habt richtig gehört: ich will nicht heiraten!

Der Vater setzte vergeblich zum Sprechen an, brachte dann brüllend »Dann landest du im Gefängnis!« heraus und begann wieder nach Luft zu schnappen wie ein Ertrinkender, der nach Hilfe zu rufen versucht, aber nur ein einziges Wort hervorbringt und dann keines mehr, weil sein Mund vom Wasser überspült wird.

FRANCESCO MARIA: Im Gefängnis? Warum denn? Maria Sapuppo ist volljährig, und ich bin noch keine zwanzig. Warum also ins Gefängnis?

DER VATER: Du hast das Gesetz studiert! Oh, Teresa, er hat das Gesetz studiert! ... Und wenn nun mit deiner Schwester etwas Ähnliches passieren sollte? Und wenn nun mit deiner Schwester etwas Ähnliches passieren sollte?

FRANCESCO MARIA *(mit einem von einer Eingebung hin-*

gerissenen Gesicht): Mein Vater, mein teurer Kamerad, versteh mich, ich bitte dich drum: ich muß allein leben!

DER VATER: Weshalb nennt er mich Kamerad, Teresa? Weshalb nennt er mich Kamerad, Herrgott noch mal?... Und warum mußt du allein leben?

FRANCESCO MARIA: Stell dir für einen Augenblick vor, daß ich mich zum Priester berufen fühlte: Würdest du dann nicht vielleicht mein Zölibat hinnehmen?

DER VATER: Doch, sicher, wenn du Priester wärst. Aber bist du denn ein Priester? Du bist doch mit der Tochter meines Freundes Corrado ins Hotel *Sangiorgi* gegangen?

FRANCESCO MARIA: Ich bin zwar kein Priester, aber mein Leben ist doch der Schönheit geweiht. Die Qualen der Einsamkeit und der Kasteiung spornen mich zu keinen schändlichen Sachen an.

DER VATER: Wie redet er denn, Teresa? Wer hat ihm beigebracht, so zu reden?

DIE MUTTER: Er redet gut, da sag ich nicht nein, er redet gut... Das Schicksal hat dich gut behandelt, mein Junge... Weshalb machst du uns solchen Kummer? Heirate doch die arme Maria!

DER VATER: Er redet gut? Ich brech ihm die Knochen, und ich werd ihm das Heulen schon noch beibringen!

»Ihr versteht mich nicht!« murmelte Francesco Maria, und nachdem er dies gesagt hatte, schob er die untere Lippe unter die obere, wie um anzudeuten, daß er jetzt nicht mehr sprechen werde.

DER VATER: Macht mit zwanzig Jahren schon solche Schurkereien! Weiß er denn überhaupt, was es heißt, wenn man so anfängt?

FRANCESCO MARIA *(im Geiste):*

»... Ich weiß, wie man tanzet
über dem Abgrund und wie man lachet,
wenn die Gefahr nahet,
und wie unter dem Tosen des Sturms
sich vollendet das würdige Werk.«

DER VATER: Wo soll das enden, wenn er so anfängt? Im Zuchthaus wird er landen!

DIE MUTTER *(zu ihrem Mann):* Ich bitte dich, ich bitte dich!

DER VATER: Im Zuchthaus wird er landen!

FRANCESCO MARIA *(im Geiste, sich selber sehend):*

»Er steigt zum Berg hinan,
verschwindet hinter der schwarzen Wolke
und redet mit dem Adler und den Winden.«

DER VATER: Er ist übergeschnappt!

FRANCESCO MARIA *(im Geiste):*

»... Eitel ist die Weisheit.«

DER VATER: Ein übergeschnappter Schuft!

FRANCESCO MARIA *(siehe oben):*

»Die Weisheit ist nicht wert
das Holz des Gummibaums
noch der Ziegen Kot.«

DER VATER: Vielleicht ist er krank!

FRANCESCO MARIA *(siehe oben):*

»O mein Blut, wie Sommermeere.«

DER VATER: Er ist unter einem schlechten Stern geboren!

Erinnerst du dich an den finsteren Abend, an dem er geboren wurde?

FRANCESCO MARIA *(siehe oben):*

»Mit jedem neuen Morgengrauen erblicke ich
das Licht der Welt!«

DIE MUTTER: Zu dieser Stunde wären wir glücklich! Wir würden ihm den goldenen Ring kaufen!

FRANCESCO MARIA *(siehe oben):*

». . . und verlangt für sein Fest
nur den Ring der letzten Horizonte.«

»Gehen wir!« befahl der Alte seiner Frau. »Siehst du nicht, was für ein Trottel er ist?« Der Alte ging aus dem Zimmer, seine Frau ihm hinterher, und warf die Tür laut zu.

»Warum hast du nicht lieber einen Hund gemacht als den da?« hörte Francesco Maria aus dem Wohnzimmer.

»Wie hätte ich einen Hund machen können?« antwortete die Mutter. »Bist du vielleicht ein Hund? Er ist auch dein Sohn!«

»Mein Sohn ist ein schöner Schafskopf!«

Ein zweites Zimmer und eine zweite Tür trennten den Sohn und die Eltern voneinander, die sich nunmehr in der Küche befinden mußten. Ihre Stimmen ließen sich kaum unterscheiden:

»Das fängt ja gut an ... Die neuen Schuhe kann er sich hinter den Spiegel stecken ... Auch die an seinen Füßen ... zieh ich ihm aus.« Die Tür zur Küche wurde geschlossen, und Francesco Maria hörte nun nichts mehr.

Stille. Bereits zitternd vor Erregung wegen der Freuden, die er bald finden würde, drehte er seinen Kopf auf dem

Kissen um, und alles fing die Bilder auf wie ein Glas, das unter den fließenden Honig geschoben wird. Ihm zufolge strömte die Süße des Abends bis zu den höchsten Ufern hin. Ein duftender Trank ergoß sich in sein Innerstes. Weich wie Samt verband der Klang des Violoncellos ihm die gemarterte Seele.

Kurzum, er genoß es wirklich.

Und in die Unordnung eines vor Wonne eingeschlafenen und brüsk aufgeweckten Körpers stürzte ihn das Geräusch des Schlüssels, der im Schloß umgedreht worden war, und die Stimme des Vaters hinter der Tür:

»Hier kommst du nicht eher raus, als bis du dich entschlossen hast, deine Pflicht zu tun! Morgen komme ich mit meinem Freund Corrado Sapuppo, und dann zerstampfen wir dich wie die Weintrauben beim Keltern. Diese Genugtuung bin ich ihm schuldig.«

Am nächsten Tag betraten der Alte und Corrado Sapuppo, ein zwei Meter großer, plumper Kerl, Francesco Marias Zimmer, und fast eine halbe Stunde lang knöpften sie ihn sich vor und verprügelten sie ihn, indem sie ihm Hiebe in die Seiten und sogar aufs Ohr austeilten. Der Junge versuchte, nicht zu stöhnen und auch unter diesen unglücklichen Bedingungen sein Innenleben zu bewahren.

FRANCESCO MARIA *(im Geiste):*

»Und weder Krallen noch Rammsporn
gewinnen Macht über uns.«

1941

Die Langeweile von 1937

Wer die Langeweile nicht kennengelernt hat, die im Jahr 1937 in Italien die Oberhand gewann, dem ist eine wichtige Erfahrung entgangen, die er vielleicht nie mehr machen kann, und auch seine Nachkommen nicht, da es unwahrscheinlich ist, daß sich diese einzigartigen Bedingungen noch einmal wiederholen.

Nicht etwa, daß sich alle in Italien gelangweilt hätten oder glaubten, sich zu langweilen. Die Mehrheit war vielmehr vom Gegenteil überzeugt: daß es ihnen gut gehe oder sogar, daß sie glücklich seien. Die nach 1915 geborenen jungen Leute besaßen keinerlei Erinnerung an eine von der ihren verschiedene Gesellschaft; den entmutigten, da besiegten Alten wurde nur noch dann geglaubt, wenn sie nicht mehr an ihre alten Ideale glaubten, so daß sie lügen mußten, wenn sie sich einen Ruf als aufrichtige Personen erwerben wollten. Die Frauen, sowohl die Hausfrauen, die zufrieden waren, daß ihre Ehemänner sich nicht von der Politik ablenken ließen, als auch die Verderbten, daß ihre Geliebten nicht von Gedanken geschwächt oder durch die Ideale abgekühlt waren, trugen auf jede Weise dazu bei, die Täuschung aufrechtzuerhalten. Ja, sie waren glücklich! Wie, waren sie nicht glücklich? Wer ist dieser Verrückte, der behauptet, daß wir nicht glücklich seien? Herrgott, was für schöne Zeiten! Herrliche Zeiten! ... Die Tageszeitungen, die Nutznießer von soviel Leichtfertigkeit, warfen ständig die Frage auf: »Weshalb sind Sie zufrieden, in dieser Epoche zu leben?« Und die Leser und Leserinnen antworteten auf diese Frage mit einer Unmenge von Gründen.

Dennoch hätte es gereicht, daß mitten in einem Park mit vielen Menschen, die sich für glücklich hielten, ein Gelächter aus der alten Zeit ausgebrochen wäre, eins jener schallenden, energischen Gelächter voll authentischer und persönlicher Freude, damit alle vor Erstaunen, Neid und schließlich Scham zusammengezuckt wären wie eine Meute falsch spielender Musikanten, die den sauberen Bogenstrich eines Paganini vernimmt.

Die Langeweile war groß. Der Häßlichkeit konnte man nicht entkommen, ohne sich tödlich zu langweilen. Das Leben eines ehrbaren und natürlich zurückgezogen oder einsam lebenden Mannes stieß Tag und Nacht das subtile Prasseln von altem, wurmstichigem Holz aus.

Genau zu jener Zeit kam ein kaum dreißig Jahre alter Mann nach Caltanissetta, der im einzigen Hotel mit Heizung in der kleinen Stadt abstieg und der Domenico Vannantò hieß. Er war groß, hager, sein spitzes und blasses Gesicht wäre kantig erschienen, hätte nicht ein noch fahleres Licht, das ihm aus den Augen tropfte, Jochbein und Kinn weicher gezeichnet und die Härte durch die Müdigkeit ersetzt. Ging er spazieren, so hielt er ständig eine Hand auf dem Rücken, eine Hand, die sich fortwährend öffnete und wieder schloß, wobei jeder Finger gegen die anderen kämpfte, besonders der Daumen, der – nachdem er sich zwischen Zeige- und Mittelfinger, darauf zwischen dem Mittel- und dem Ringfinger, schließlich zwischen dem letzteren und dem kleinen Finger versteckt hatte – dem Druck seiner Nachbarn und Feinde erlag.

Nur wer hinter ihm her ging und aufmerksam diese Hand beobachtete, konnte sich damit brüsten, die subtilste und die am meisten unterdrückte Eigenschaft Vannantòs zu kennen: seine Nerven und die Unruhe, denn ansonsten war er tadellos. Wer neben ihm saß oder ihm gegenüber, täuschte sich über seine Wesensart so gründlich, daß cholerische, gierige oder ungestüme, aber eigentlich wenig sensible Menschen sich häufig das Recht herausnahmen, ihn zu beneiden: »Sie Glücklicher, Sie Glücklicher, Sie sind die Ruhe selbst!«

Wie bereits erwähnt, machte im Jahr 1937 also Vannantò, der aus Rom zurückkehrte, wo er den schriftlichen Teil einer Prüfung deshalb nicht bestanden hatte, weil er einen Tag zu spät eingetroffen war, in Caltanissetta im Hotel Mazzoni halt. Er hatte seine Rückreise in der Absicht unterbrochen, dort nur einen Tag zu verbringen, doch gegen Ende Februar war er bereits an zwanzig Tagen pünktlich beim Glockenschlag im Speisesaal des Hotels erschienen, wobei er stets die Personen am großen Tisch zum Verstummen brachte, an dem die Richter, der Gerichtsvorsitzende und der Staatsanwalt saßen, die beiden letzteren mit ihrer Kappe auf dem Kopf und dem Halstuch auf den Schultern, dessen Fransen ständig in die Teller und Gläser eintauchten. Sie verstummten aber nur für eine Minute und fuhren dann wieder zu dröhnen fort, als würden sie den Anwälten ihre Beredsamkeit neiden, die sie den ganzen Vormittag lang über sich hatten ergehen lassen müssen. Von den eigenen Worten betäubt und den eigenen Argumenten geblendet, schenkten sie niemandem mehr Aufmerksamkeit, und Domenico Vannantò, der kurz zuvor so viele Augen auf sich ruhen gespürt hatte, änderte seinen Entschluß und entschied, noch einen Tag zu bleiben.

Hätte Vannantò im 18. Jahrhundert gelebt, er wäre ein Denker gewesen, und wir hätten aus seiner Feder einige Artikel in der alten *Enzyklopädie* nachlesen können; hätte er im 19. Jahrhundert gelebt, er wäre ein Dichter gewesen und hätte für die griechische Unabhängigkeit gekämpft; da er in Italien in einer Zeit lebte, in der er zu leben gezwungen war, und er im Jahr 1937 dreißig Jahre alt war, blieb ihm als einzige vornehme Beschäftigung nur das, was er tat: nämlich sich zu langweilen.

Wie denn? wird man sagen, ein Mittel gegen die Langeweile findet sich immer! Weshalb arbeitete er nicht?

Die Arbeit in jener Zeit beschränkte sich auf eine Pflicht, die man ausübte: Vannantò hatte dafür nur Widerwillen übrig.

Weshalb meditierte er nicht?

In der Kindheit und in der Jugendzeit hatte er viel meditiert, und seine Miene war die eines Jungen gewesen, dem der Kopf stark schmerzt: der Gedanke an den Tod hatte ihn so aufgewühlt, daß ihm der Atem weggeblieben war wie bei einem angenehmen Wind, der aber zu schnell und stark weht; zu seinen glücklichsten Vormittagen gehörten jene, an denen er erwachte, weil ihm geträumt hatte, daß eine enorme, fast blutige Anstrengung des Gedächtnisses ihm eine Erinnerung aus dem Jenseits, aus der

Zeit vor seiner Geburt zurückgebracht hatte, eine Erinnerung, die später wieder verlorengegangen war, deren Sanftheit ihm aber eine kalte Träne am Rand des Auges zurückgelassen hatte; der Kopf eines Wolfes, der sich von außen an die Fensterscheibe drückte, hätte ihm nicht dasselbe Herzklopfen verursacht, das ihm im selben Fensterglas der Sternenhimmel hervorrief; war er in einem Garten allein geblieben, nachdem er sich umgesehen hatte wie jemand, der sich anschickt, die Schubladen in einem fremden Haus zu durchstöbern, so hatte er sich vor ein Gebüsch hingekniet, erst die Hand und dann den Arm hineingetaucht und begonnen, hastig darin herumzukramen und es abzutasten in der Hoffnung, auf einigen Zweigen oder Steinchen zufällig auf die heimliche Seite des Universums zu stoßen, damit sich die Tür des Geheimnisses weit auftue und die Engel dort glorreich erschienen; später in der Schule nahm er die ersten wissenschaftlichen Informationen über die Planetenbewegung und die Erdumdrehung so tragisch auf, daß er sich um das Vergnügen brachte, die Sonne so auf- und untergehen zu sehen, wie die anderen Menschen sie gemeinhin zu sehen pflegen; bei einem Sonnenuntergang sah er daher nicht mehr die Erscheinung allein, sondern zugleich die schwindelerregende Wirklichkeit dahinter: die abendländische Seite der Erde stürzte sich auf die Sonne, bedeckte und versteckte sie; die morgenländische dagegen stürzte darauf los, indem sie einen erst braunen, dann schwarzen Himmel zurückließ, und der ganze Horizont kehrte sich um wie ein großer Teller aus der Finsternis ... doch schließlich schwirrten diese Gedanken und Träume und Empfindungen derart durcheinander, daß er sagte: »Genug! Ich bin kein Kind mehr! Ich bin ein Mann!«, und das Nachdenken über das Geheimnis des Universums in der Kindheit hatte er teuer bezahlt, denn er wurde den Verdacht nicht los, daß das Meditieren über dieses Thema die richtige Sache für ein Kind sei, eines Erwachsenen jedoch keineswegs würdig. Die Lektüre einiger Philosophen seiner Zeit hatte ihn in dieser Vermutung bestärkt. Er ging natürlich darüber hinaus und hörte mit Meditieren nicht nur über dieses Thema auf, sondern über jedes x-beliebige andere aus der Philosophie und der Wissenschaft; und wenn er manchmal wiederum davon gepackt wurde, so nahm sein Kopf es wie den Beginn von Müdigkeit oder von Schlaf auf, dem entweder eine unbestimmte Leere oder der wirkliche Schlaf nachfolgte.

Und die Frauen? Weshalb, Herrschaften, widmete er sich nicht den Frauen? Frauen gab es doch wie Sand am Meer, an Frauen sollte es doch wohl nicht fehlen!

Er hatte sich den Frauen gewidmet ... wieso nicht? ... und zwar zu Anfang mit großem Vergnügen. Als er bei der Signora Gallerati »mit seinen Absichten erfolgreich war«, stieß er einen Schrei aus, der im ganzen Häuserblock zu hören war. Doch wenn das Vergnügen ihm auch sehr gefiel, so irritierten ihn schließlich sämtliche Frauen. Die Mädchen spiegelten, mehr als jedes andere Geschöpf auf der Welt, die düsteren Lichter der Zeit wider. Gelassene oder alberne Sätze, abscheuliche oder gleichgültige Sitten hatten sich ihrer zarten Körper bemächtigt. Vannantò geriet aus der Fassung: Es gelang ihm nicht, einen männlichen oder dummen Blick aus zwei Augen fast göttlicher

Prägung oder den kameradschaftlichen Handschlag einer perfekten Hand zu ertragen. Die so mit Dummheit befrachtete Schönheit wurde ihm verhaßt: er schlug einen schlechten Weg ein, als er begann, es als sinnlich wohltuend zu empfinden, einem seltsamen Gefühl der Rache und der Gemeinheit freien Lauf zu lassen; während er so weit wie möglich vor der Jugend und der Schönheit floh, versteckte er seinen kleinen flehentlichen Schrei an der Brust einiger Frauen, deren Erscheinung zu beschreiben und jedenfalls deren Alter zu enthüllen wir uns hier ersparen. Aber diese Periode währte nur drei Jahre: die frostigste Keuschheit bedeckte ihn von Kopf bis Fuß wie ein Schweißtuch. Die Frauen übrigens würdigten ihn keiner Aufmerksamkeit: seine hohe und magere Gestalt, sein träger und verschlossener Blick, die im 19. Jahrhundert allein bei seinem Auftauchen in einem Saal einem Mädchen, das ein Lied vortrug, einen falschen Ton entlockt hätten, fanden 1937 keinen Anklang. Es brauchte sich bloß ein junger Mann mit kurzgeschorenem Haar und viereckigen Schultern neben ihn zu setzen, der zwischen seinen – von den verächtlich geschürzten Lippen bloßgelegten – Zähnen einen Happen zermalmte, damit ein Mädchen seine vielen Grüße nicht mehr beantwortete, dermaßen unsichtbar war er geworden.

Wenn er die Tyrannei haßte, weshalb schoß er dann nicht?

Auf wen hätte er schießen können? Er befand, daß die Tyrannei ebenso viele Köpfe hatte wie die Knechtschaft; würde der erste fallen, so würden alle anderen, die ihm hinterherdösten, aufwachen und sich finsterer als zuvor aufrichten. »Die Tyrannei bringt man nicht um!« pflegte er zu sagen. »Man bringt die Tugend um! Aber ich begegne bei jedem Spaziergang nicht weniger als tausend unterwürfigen Gesichtern: man kann unmöglich tausend Menschen auf einmal umbringen!«

Er hätte eine schöne Geste machen können, wir räumen es ein. Doch die Wörter »schöne Geste« mit diesem Adjektiv *schön* hielt er sehr viel eher zu einer Frau passend als zu ihm: eine schöne Geste war eine Eitelkeit, mit der nur eine eitle Person sich gern schmücken würde. Hätte er sie gemacht, so hätte ihn die Menge getadelt, und daran war ihm nicht sehr gelegen; aber sie hätte auch darüber gelacht, und daran lag ihm viel, denn dieses unendliche Lachen der Dummköpfe und Unterwürfigen schien ihm unter den Geräuschen auf der Welt die geringste Tat, die er still auf dem Grunde des Grabes, in das ihn mit Sicherheit die schöne Geste gebracht hätte, ruhen lassen wollte.

Er konnte sich daher nur langweilen, sich in den eigentümlichsten und unterschiedlichsten Augenblicken langweilen, nichts anderes als sich langweilen. Und dieser Tätigkeit widmete er sich, indem er von einer gierigen und grimmigen Langeweile, die verschlang, was es an Hassenswertem in der Umgebung gab, über eine taube und bleierne Langeweile, in der wie ein Schrei im Nebel das erlosch, was es an Eitlem und Aufdringlichem gab, auf eine schaurige und schwarze Langeweile überging, die im strafenden Gedanken an den Tod das einhüllt, was es an dümmlich Heiterem gibt. Die anderen glaubten zu handeln, und er langweilte sich; die anderen glaubten zu genießen, und er langweilte sich. Er langweilte sich offen vor den Augen der anderen, und zwar mit der Bosheit desjenigen, der dem Redner ins Gesicht gähnt, nur um ihm beizubringen, daß er Unsinn redet. Doch auch wenn er allein war, was häufig der Fall war, und ihn niemand beobachtete, schien ihm, daß sein klebriges, verstecktes und tiefes Langweilen langsam, aber sicher alles und alle verzehrte, insbesondere die Person (und dabei irrte er sich nicht), die ihn mehr als jede andere im Verlauf der Zeit anödete: ihn selbst.

In Caltanissetta war er gelandet, weil er intuitiv gespürt hatte, daß die Langeweile hier einen Punkt erreichen würde, den sie anderswo nie berührt hatte. Die kleine Stadt aus gelbem Stein, die sich aus einer kahlen Ebene erhob; das Hotel, das auf den kleinen Bahnhof ging, von dem aus kleine, übermüdete Züge hin und wieder einen schrillen Pfiff abgaben; die am frühen Abend geschlossenen Portale, zu deren Füßen sich die Hunde im Kreise um sich selbst drehten, weil sie versuchten, sich in den Schwanz zu beißen; die rasch vorüberziehenden Wolken, die von einem rastlosen Wind gejagt wurden; die Statue des Erlösers auf dem Gipfel eines Hügels, auf den die Blicke der Eingekerkerten aus den Fensterchen einer fahlen Mietskaserne tropften; die Gitarrenfabriken zu Füßen der alten Kirchen; der Umhang des hinkenden Verbandsführers im Dunst der untergehenden Sonne; die Rechtsanwälte, die vor den Portalen ihrer Häuser gestikulierten, während über ihren Häuptern an einer von Balkon zu Balkon gespannten Leine ihr Hemd ebenfalls gestikulierte; die Vorträge über das Imperium, die Paulus-Briefe ... was fehlte ihm noch, um die Langeweile zum Frohlocken zu bringen?

Als Vannantò diese Stadt erblickte, mußte er ein wenig

bitter lächeln wie ein Buckliger, dem man die perfekteste und eleganteste Bekleidung für Bucklige präsentiert. »Ja, die paßt!« sagte er sich und teilte dem Hotelpförtner mit, daß er ein wenig bleiben würde ... Ein wenig! Der Januar ging vorüber, der Februar flog vorbei, und schon war es Mitte März, und Vannantò entschloß sich immer noch nicht zur Abreise. Die Tage verbrachte er allein, da die einzige Person, die er kannte, der Staatsanwalt nämlich, sehr entrüstet war, als er ihn reden gehört hatte: »Aber warum langweilen Sie sich denn? Darf man erfahren, aus welchem Grund Sie sich langweilen? Was heißt, mit Verlaub, daß Sie sich langweilen? ... Spielen Sie doch abends Dame mit mir!«

Dieser gute Alte von der Staatsanwaltschaft hatte sich auch getraut, ihn bei einem Abendspaziergang auf den Hügel des Erlösers zu begleiten. Der Wind fuhr ihnen zwischen die Kragen, und Vannantò schien diesem sehr interessiert zu lauschen, mal runzelte er die Augenbrauen, mal verzog er den Mund, so daß sein Gefährte ihn nicht mal mit einem einzigen Wort zu stören wagte. »Sie sind aber nicht sehr gesprächig!« sagte Vannantò ihm obendrein am Ende des Spaziergangs. Darauf erwiderte ihm der Staatsanwalt: »Ich rede von morgens bis abends! Sie nehmen mir ja die Worte aus dem Mund!«

Vannantò ging wieder allein spazieren. Er las wenig, schrieb nichts, beobachtete mit begieriger und leerer Aufmerksamkeit die letzte, träge Fliege, die auf halber Höhe in seinem Zimmer herumflog, ging spazieren ... Wer weiß, welcher Dichter oder Held oder Philosoph in ihm während der Spaziergänge langsam starb, die ihn einige dutzendmal vor denselben Spiegel am Corso führten, vor dem er immer, trotz seiner Schwüre, es zu unterlassen, die Lippen spreizte und seine Zähne betrachtete?

Eines Morgens war ihm die Langeweile so unerträglich erschienen, daß er sie in einem Telegramm an einen Freund erwähnte.

Zwei Tage darauf klopfte es an seine Tür.

In jenem Augenblick saß Vannantò rittlings auf einem Stuhl, wobei er die Arme auf die Rückenlehne und das Kinn auf die Arme gestützt hatte, und sah träge zur Tür und zur weißen Wand hinüber.

Wer mag das wohl sein? fragte er sich, und noch bevor er dazu kam, sich die Frage zu Ende zu stellen, hatte schon ein unbekannter Mann behende das Zimmer betreten und die Tür hinter sich geschlossen.

»Sind Sie Vannantò Domenico aus Pietro?«

Vannantò langweilte sich so sehr, daß die Neuigkeit, statt ihn wachzurütteln, ihn in noch höherem Maße einzuschläfern schien wie ein Ärgernis, das ihn zum Gipfel der Müdigkeit emporhob. »Ja, das bin ich!« murmelte er.

Der andere hatte sich mit einem frechen und vertraulichen Benehmen auf das Bett gesetzt und ein Knie angehoben, um ein Heft daraufzulegen, in das zu schreiben er sich vorbereitete. Er fuchtelte mit dem Bleistift in der Luft herum und fragte: »Darf ich Ihnen einen Rat geben?«

Vannantò sagte darauf nichts, aber seine Augen nahmen – nachdem sie die Gestalt des Unbekannten von unten bis oben abgetastet hatten – einen derart verächtlichen Zug an, daß der andere den Ton wechselte.

»Also«, sagte er, »daher ...« Er hüstelte zwei oder drei

Mal und brachte aus der Heiserkeit noch eine strengere Stimme hervor. »Also, geehrter Kamerad, ist das folgende Telegramm von Ihnen? *Hoffe auf Wiedersehen in Rom* ... undsoweiter ... *Abreise verschoben* ... undsoweiter ... *diese langweiligen Zeiten* ... Na, da hätten wir's! Wer veranlaßt Sie, dummes Zeug zu sagen? Erklären Sie mir, was Sie mit *langweiligen Zeiten* sagen wollten?«

Vannantò hielt den Blick lange auf ihn gerichtet und schlug von Zeit zu Zeit die Augenlider nieder wie ein Hund, der aufmerksamer auf das Gesicht eines Menschen als auf seine Befehle reagiert. Endlich schien er aufzuwachen. »Wer sind Sie, bitte?« fragte er.

»Ich? Wie? Ich?« Der Unbekannte begann zu lachen, drehte dann den Rockumschlag um, unter dem eine kleine Metallscheibe zum Vorschein kam: »Polizei!« Er wartete ab, bis sich auf Vannantòs Gesicht eine bemerkenswerte Wirkung seiner Geste zeigen würde, doch da sich in diesem Gesicht keine Spur davon ankündigte, verzog er das Gesicht und fuhr fort: »Also, tun Sie mir den Gefallen und erklären Sie mir dieses *langweilige Zeiten*! Was wollen Sie damit sagen? Daß man sich langweilt? Sie wollen doch nicht etwa behaupten, daß sich alle Leute langweilen?«

Hier entstand eine Pause. Dann sagte Vannantò: »Wie es Ihnen gefällt!«

»Wie es mir gefällt, mir? Wie es Ihnen gefällt! Und achten Sie darauf, was Sie mir antworten, denn es könnte, eh, Sie verstehen mich, unangenehme Folgen für Sie haben! Also«, fügte er hinzu, während er mühsam mit dem Bleistift schrieb, »also alle Leute langweilen sich!« Er hob sein finsteres Gesicht: »Und das Volk langweilt sich auch? ... Sicher, das Volk auch ... Und weshalb langweilt sich das Volk?«

»Woher soll *ich* das wissen?«

»Kommen wir zur Sache: Sie wollten nicht zufällig den Geistreichen spielen und zu verstehen geben, daß das Volk unzufrieden ist, daß das Volk schlechte Zeiten durchmacht, daß das Volk sich langweilt, weil es zum Führer den hat ...« Der Polizist war aufgestanden und warf sich mit energischem Schwung den Zipfel des Halstuchs auf den Rücken, der bis dahin auf der Brust gelegen hatte, »weil es zum Führer den hat, den Sie kennen?«

Vannantò folgte ihm mit vergrämten Augen, ohne sein Kinn vom Arm zu heben.

»Nun los, lassen Sie mal hören! Ich muß Ihre Antwort notieren!« Der Polizist setzte sich wieder hin. »Und bedenken Sie, daß von Ihrer Antwort die unangenehmen Folgen abhängen, die ich bereits erwähnt habe ... Also, ohne Umschweife! Weshalb langweilt sich das Volk?«

»Ich wiederhole es Ihnen: ich weiß es nicht!«

»Aber Sie sind bereit zu erklären, daß es sich nicht langweilt, weil es zum Führer den hat, den Sie kennen, und sich daher glücklich schätzt, ihn zu haben, und von anderen Völkern um ihn beneidet wird? ... Los, sagen Sie mal!«

»Aber was weiß ich denn?« wiederholte Vannantò mit der Mühe desjenigen, den man zwingt, mitten im Schlaf zu sprechen. »Woher soll ich wissen, daß es von anderen Völkern beneidet wird?«

»Hier geht es nicht darum, es zu wissen oder es nicht zu wissen; hier geht es darum, es zu erklären, jene Wörter mit

Bleistift zu schreiben, die ich Ihnen gesagt habe, und sie zu unterschreiben!«

»Mit Bleistift zu schreiben...«, murmelte Vannantò schwerfällig.

»Zum Beispiel dies: *Ich, der Unterzeichnende,* oder noch besser: *Der Unterzeichnende Vannantò Domenico aus Pietro erklärt bei seiner Ehre und bestätigt...* hier schreiben wir auch *bestätigt, und bestätigt, daß er im Telegramm an seinen Freund,* undsoweiter, *nicht sagen will, daß das Volk sich langweilt, weil es zum Führer* undsoweiter... *sondern sich aus anderen Gründen... langweilt, weil...* also: *sich nicht langweilt...«* Der Polizist war bis hinter die Augen rot geworden, eine dunkle Vene war mitten auf seiner Stirn angeschwollen und schien sie eher zerreißen als mit Blut versorgen zu wollen. »Der Satz geht nicht... nein, er geht nicht! Also noch mal von vorne: *Der Unterzeichnende Vannantò* undsoweiter *erklärt, daß das Volk sich glücklich schätzt, zum Führer den zu haben, den es hat, und mit den gegenwärtigen Zeiten sehr zufrieden ist...* Aber es bleibt die Tatsache, daß Sie (wäre Ihnen doch die Hand abgefallen, als Sie's geschrieben haben), daß Sie im Telegramm *langweilige Zeiten* hingesetzt haben... Also müssen Sie dieses *langweilige* zurücknehmen und erklären, daß Ihnen dieses Wort im Telegramm nur so herausgerutscht ist...«

Vannantò, der die Hände in die Hosentaschen gesteckt hatte, zog sie lässig wieder heraus und hob dabei ein Gerät hoch, das er sich zwischen Hals und Kinn ansetzte, und dann plötzlich ließ er es mit einem Knall explodieren, der das Glas der Fensterscheibe zum Zerplatzen brachte.

»Na, hören Sie mal! Was haben Sie da gemacht?« schrie der Polizist, ganz verstört vor Angst.

»Ich glaube, ich habe mich umgebracht!« antwortete Vannantò mit dem üblichen Tonfall der Langeweile, der geringfügig heiserer aus dem zerschmetterten Hals kam.

1944

Milas Geschichte

Das Unglück wollte es, daß Giovanni Gorgone im Mai 1895, als er noch sehr jung war, als erste Reise ins Ausland eine Umschiffung des Kontinents Europa unternahm. Für einen Sizilianer mit so geringer Erfahrung war dies ein Unternehmen voller Gefahren. Giovanni kehrte als verheirateter Mann nach Messina zurück. Und wen hatte er geheiratet? Eine Norwegerin. Alle sagten: »Er hat sie geschwängert!« und legten sich die Hände an die Ohren, den Zeigefinger und den kleinen Finger ausgestreckt und die anderen Finger heruntergeklappt. Statt dessen aber brachte das Leben vielen dieser Bürger, die die Hände an die Ohren gelegt hatten, wirklich die Hörner, und Giovanni Gorgone war ein ehrenwerter Ehemann, über den nur ein übergeschnappter Bösewicht etwas hätte munkeln können.

Die junge Norwegerin eignete sich in wenigen Tagen die ältesten und kniffligsten sizilianischen Bräuche an, ihre Haut färbte sich allmählich dunkler, und sie fiel unter den etwas fahleren Geschöpfen meiner Heimat kaum noch auf; und ihr blasses Gesicht schwand langsam im dunklen Fensterglas der Balkontür, hinter der sie nachmittags saß, wie ein Blatt, das zwanzig Jahre braucht, um auf den Grund eines Brunnens zu sinken.

Diesen beiden Eheleuten, die ein so zurückgezogenes

Leben führten, wurde eine Tochter geboren: Mila. Im Alter von etwa fünfzehn Jahren ging das Mädchen zum Meer, und die Badenden am Strand krochen aus dem Sand hervor, in dem sie sich eingegraben und geschlafen hatten, um dieses »Wunder von Frau« anzusehen. Der Sand, in den sie zurückkehrten, erstickte viele liebevolle Bekundungen der Bewunderung.

Zwischen ihrem fünfzehnten und ihrem zwanzigsten Lebensjahr wurde Mila nur noch schöner und größer: nunmehr stach ihr mit Haaren üppig geschmückter Kopf aus dem langsamen Strom der staubtuch- und dachziegelgleichen Haare hervor, der jeden Abend über den großen Corso hin und her wogte. Die Blässe, das Zittern der Lippen, das Verdrehen der Augen, alles, was das Äußere eines verliebten Mannes beim Anblick der geliebten Frau erschüttert, versteckte und verlor sich unter dem Filzhütchen, das mit schwarzen Bändern eingefaßt war, während ihr Gesicht sich schnell im Gedränge entfernte, nur sehr selten dem Gesicht eines Mannes begegnete und noch weniger dem einer Frau, das auf derselben Höhe geschwebt hätte. Mila war nicht etwa eine Bohnenstange, ganz im Gegenteil: sie war die ebenmäßigste Frau, die man in diesem Landstrich je gesehen hatte, und ihre Größe hätte in einer Stadt im Norden als völlig normal gegolten. Aber hier lagen die Dinge anders, und bei den Tanzfesten in den Gemeinden trauten sich häufig ganze Rudel von Verehrern, die sich in dem Verlangen verzehrten, mit ihr zu tanzen, nicht, sich zu verbeugen und sie zu einem Tanz aufzufordern, und indem sie einen großen Bogen um sie machten, schlugen sie ein langsames und schauriges Rad um sie herum, so wie die Raben etwas umkreisen, das sie anzieht, auf dem aber ein anderer, getöteter Rabe mit dem Bauch nach oben liegt. Sie hielten sie für eine herrliche Frau. Ihre unglückselige Schüchternheit entschuldigten sie mit folgenden Behauptungen: sie sei hart, kalt, einfach ein Eisklotz. Das arme Mädchen aber war sehr gutherzig; sie wäre gern mit jenen dunklen und lebhaften Männern vertraut geworden, die ihr unter anderem so anmutig erschienen, besonders ihrer tiefliegenden Augen wegen; und wenn es ihr nicht widerfuhr, sich zu verlieben, so war es immer nur, weil sie sich zu reizlos vorkam, als daß man sie hätte am Spiel der erwiderten Zuneigungen teilnehmen lassen.

Diese perfekte Frau, die ganze Hundertschaften von Männern im Mark eingraviert mit sich herumtrugen und für die viele meiner Freunde ihr Elternhaus verließen, um sich unter die fahle Sonne des Nordens zu begeben, unter deren spärlichem Licht sie nie mehr glücklich wurden oder sich auf fast tödliche Unternehmungen einließen, beneidete oft irgendeine dunkle Sizilianerin mit speckiger Haut und kehrte nach Hause zurück, während sie murmelte: »Ja, dieser da hat der Herrgott geholfen!« Mila hätte viele Jahre ihres Lebens dafür hergegeben, um ein solches vorspringendes Jochbein, eine kleinwüchsige Gestalt und einen drallen, vor Fleisch bebenden Körper zu haben.

Eingeschüchtert von ihrer Schönheit, begnügten sich die Männer – die glaubten, daß sie, einmal sich selbst überlassen, schnell die Grenzen des Lächerlichen überschreiten würden – damit, immer vor ihr her zu gehen, ja sie begnügten sich so sehr damit, kalt und gelangweilt zu erscheinen, oder nahmen eine sportliche und kameradschaftliche Haltung ein, daß sie weder ihrer Wesensart noch ihren Gefühlen und Stimmungen in jenem Augenblick entsprachen; und in den Bergen und am Meer traktierten sie das herrliche Mädchen mit Schlägen auf die Schulter, heftigen Knüffen und Worten aus humoristischen Wochenzeitungen, jenes Mädchen, vor dem sie – hätte sich die Situation ergeben, die sie verlangten, um sich aufrichtig zu zeigen – auf die Knie gefallen wären und verwirrt jene fünf oder sechs Liedchen gestammelt hätten, die sie im Laufe ihres Lebens erschüttert hatten.

Von all dem wußte Mila nichts, noch gelang es ihr, irgend etwas zu vermuten, obgleich ihr Schicksal an einem Julinachmittag die Dinge so arrangiert hatte, daß die schmerzlichen Mißverständnisse sich von einem Augenblick zum andern hätten aufklären lassen. An diesem Julinachmittag am Meer näherte sich ihr, als er über den Strand streifte, der Sohn des Bürgermeisters, der sie für das liebenswerteste Mädchen auf der Welt hielt. Da er sich sozusagen mit der Schnauze am Boden vorwärtsbewegte, tastete sich sein Blick vor ihm her wie die Fühler einer Schnecke. Mila fühlte sich brüsk berührt, schnellte aus ihrer Rückenlage hoch und schüttelte den Sand aus ihren Haaren. »Ich, Signorina«, hob der Jüngling an, der noch nie so nahe daran gewesen war, jenen Ton in der Stimme zu verwenden (doch die Wörter liefen aus seinem bebenden Körper nur so über), »seit langem schon, Signorina Mila... Mein Vater kennt Ihren Vater... Wir haben uns, glaube ich, beim Ball der Ruderer schon gesehen... Nun, ich... ich...« Und fast explodierte ein Wort in ihm, das ein Gerinnsel aus Blut, Fleisch und gebrochenen Wurzeln ergeben hätte, als Mila, die den Blick des Jünglings nicht ertragen konnte, ihren Kopf zum Meer hin drehte. Was, zum Teufel, ging in diesem Mädchen in dem Augenblick vor, da es das Meer betrachtete? Milas Gesicht, das – wenn sie das Meer betrachtete – stets einen eigentümlich ernsthaften Zug annahm wegen des Lichts, das die Augen auf den Wangen widerspiegelten, nahm die Tönung der Dämmerung an, die in den Kirchen auf jenen Statuen liegt, die in der Nähe eines Kirchenfensters stehen. Der Sohn des Bürgermeisters kam sich vor wie ein von der Leuchte des Küsters ertappter Dieb in dem Augenblick, da er zur Madonnenstatue hinaufklettern will, um ihr ein Armband zu stehlen. Die Verwirrung, die ihn überfiel, war derart, daß er auf das Gesicht eines Herrn trat, der neben ihm unter einer Sandschicht vergraben lag, aus der nur die Pfeife hervorschaute. Die Worte für eine Entschuldigung fehlten ihm nun, und daraus ergab sich eine sehr heftige Rauferei. Fausthiebe gab es reichlich, die Pfeife flog bis in ein Boot, und am Ende hatte der Sohn des Bürgermeisters eine angeschlagene Nase. Kaum fühlte er, daß er sehr häßlich geworden war, da drehte er sein Angesicht zur Seite, um es vor Mila zu verbergen, und flüchtete humpelnd von dannen wie ein vom ersten Flintenschuß getroffener Hase. Aus sicherer Entfernung, indem er zwischen den Stämmen der Palmen hindurchblickte, sah er, wie sein Gegner, ein Norweger und Schiffskapitän, seine Pfeife aufhob und sich wieder in den Sand eingrub, während er mit Mila einige Worte wechselte.

Er stammt aus ihrer Gegend! dachte der Sohn des Bürgermeisters. Sie werden sich gut verstehen!

Der norwegische Kapitän gefiel Mila nicht sehr. Doch der Vater sagte: »Meine liebe Tochter, du bist kein Kind mehr. Was erwartest du? Will dich jemand unter deinen hiesigen Freunden zur Frau nehmen? Wenn ja, so sag es!« Mila mußte zugeben, daß es niemanden gab, und ließ den Kopf sinken. Einige Zeit darauf fuhr Mila – mit einem Blumenstrauß in den Armen und mit Ohren, die noch von der Predigt des sizilianischen Priesters widerhallten, der die Wörter in einer für sie sehr angenehmen Weise verunstaltet hatte (das einzige jedoch, was sie in ihrem Trübsinn zum Lächeln gebracht hatte) – mit ihrem norwegischen Ehemann gen Norden.

Nach zwei Jahren jedoch kehrte sie zurück. Sie hatten sich nicht verstanden. »Dabei sagt man immer ›Das Blut‹!... Alles Unsinn!« kommentierten die Leute aus Messina. Mila hatte gefühlt, wie sie vor Verzweiflung dahinsiechte an der Seite dieses kalten und höflichen Mannes, dessen Kopf, in eine Wolke aus Pfeifenrauch eingehüllt, am vereisten Viereck des Fensters genau eine Stunde nach Mittag vorbeizog und der sagte: »Da bin ich! Guten Tag, Mila! Ist das Essen fertig?« Übrigens hat auch er sich an der Seite dieser verwirrten Frau sehr langweilen müssen, die schlagartig mal nach rechts, mal nach links in die Ferne blickte, als fühlte sie, wie zu jeder Zeit die Gitter sie einschließen. Als erster verließ er das Haus, mit einer anderen Frau natürlich. Eine Woche darauf reiste Mila nach Sizilien ab.

»Und was willst du jetzt machen?« fragte der Vater sie.

»Eine Büroarbeit suchen, mir mein Brot verdienen! Ich glaube nicht, daß die guten Leute von hier mir ein wenig Hilfe versagen werden!«

Und wirklich, seit 1927 arbeitet Mila als Sekretärin eines reichen Reeders, und um sechs Uhr abends sieht die Menge, die den Corso bevölkert, sie noch mit einer Ledertasche in der Hand vorübergehen. Über diese Frau konnte niemand etwas Schlechtes sagen, wie übrigens auch nicht über ihre Mutter. »Wenn man sagt, die Frauen von dort oben ... alles Unsinn!« kommentierten die Leute aus Messina. Nach 1938 konnte man Mila nicht mehr als elegante Frau bezeichnen, und sie hob sich nicht mehr von den anderen ab. Sie schien auch kleiner geworden zu sein. Aber die alten Herren blickten ihr auch dann noch nach, wenn sie selbst zwar längst flink aus ihrem Blickfeld entschwunden war, ihr Spiegelbild in den Schaufensterscheiben aber noch zu sehen war. So viele Erzählungen anderer stehen im Zusammenhang mit dieser reifen Frau, die noch immer glaubte, keinerlei Sympathie unter den Männern im Ort hervorgerufen zu haben, die ihr so sympathisch waren! Der Apotheker erinnert sich, daß er 1921 eines Abends, als er sie, ganz in Weiß gekleidet, aus der Nähe sah, von einem solchen Glücksgefühl ergriffen wurde, daß ihm schien, sein Kopf müsse so sanft platzen wie die Knospe einer Blume. Der Notar erinnert sich, daß er 1917 an einem Nachmittag, als er ihr von weitem folgte, bei den Klängen eines Pianofortes, die er unversehens vernahm, die Musik verstand, die er bis dahin gehaßt hatte. Und drei Rechtsanwälte erinnerten sich ... Und ein Grundbesitzer erinnert sich... Und schließlich erinnert sich noch ein Oberst... Der Saum ihres Kleides, der noch die starken Knie umwogt, läßt die Erinnerungen in alle Richtungen fliegen... Doch es ist Abend geworden. Die Lampen am Corso leuchten nicht mehr auf wie einst. Die Schaufenster erlöschen schlagartig.

Mila ist verschwunden.

1942

Ein Tanzfest

Mir will es nicht gelingen, dieses Tanzfest zu beschreiben! Ich versuche mich daran, wenn Sie so wollen, aber es gelingt mir einfach nicht! Mein Gefühl sagt mir, daß ich grandios versagen sowie meinen Ruf und meine Ehre verlieren und vor Scham in den Boden versinken werde! Freunde, es ist vergebene Liebesmüh', drängt mich nicht, laßt mich allein, es ist für alle eine Schmach, auch für euch! Würde es euch denn Freude bereiten, daß ihr einen zum Freunde habt, der nicht mal ein Tanzfest schildern konnte? Unter anderem schwör ich euch ... und zwar nicht aus Bescheidenheit ... aber die Feder kann den flinken Schühchen nicht folgen! Das letzte Tanzfest, das ich sah und zu schildern versucht habe, fand 1938 statt, als der Parteisekretär der Länge nach auf das frisch gewachste Parkett hinfiel und am Tag darauf den Vizepräfekten nach Sardinien strafversetzte, der ihn hatte hinfallen sehen, und auch den Polizeichef, der – um kundzutun, daß er ihn nicht gesehen habe – das linke Auge geschlossen hielt und ihm beim Aufstehen nicht geholfen hatte.

So viele Uniformen waren auf diesem Tanzfest, was für ein Gefunkel von Stiefeln! Was für Uniformschnüre, für Grüße, Koppel, elegante Lehrerinnen, Inspektoren, Inspektorinnen, was für ein Köpfedrehen, was für Spitzel, emporgereckte Kinne, Ordensbänder, Jacken, Lächeln,

Orden, Brüste, was für ein Respekt für die Mächtigen, was für Journalisten, Seefahrer, Zugvögel, Flieger, Hymnen und Hurrarufe!

Es war ein außergewöhnliches Tanzfest, ein wunderbares Tanzfest! Schade nur, daß es das letzte einer Epoche war, in der die unendliche Nachkommenschaft der Häßlichen glücklich lebte! Kurz darauf geschah dann, was Sie wissen, und der Salon, in dem dieses silberne Tanzfest stattfand, phantasiert jetzt im dunklen Abend wie eine aufgerissene Höhle, da eine Bombe die Fassade des Palazzo hinweggerafft hatte.

Es war dies die einzige Ruine, die einzige Feueröffnung, in der die schwarze Nacht sich noch finsterer und wehmütiger niederließ.

Doch lassen wir das! Sie kennen wie ich die Geschichte dieser Dunkelheit, die seit fünf Jahren die Sonne ausgelöscht hat, durch die Straßen unserer Städte und Dörfer rast, auf unseren Schultern wie ein Vampir landet, der größer als der Himmel selbst ist und uns das Blut aus den Adern saugt, die Schwärze aus unseren Haaren, den letzten Schimmer aus dem Herzen ...

Stellen Sie sich also meine Freude vor, als ich vor einer Woche – ich befand mich gerade an der Küste zwischen Cenerentola und Caprignana in der Provinz x, es war schon Nacht, und das Meer rauschte wie Seide –, als ich sah, wie plötzlich ein Balkon aufleuchtete. Wäre ein Stern aus dem Fußboden eines Gefängnisses aufgestiegen, in dem ich seit fünf Jahren ohne Hoffnung geschmachtet hätte, und hätte man mir meine Freilassung, eine himmlische Gnade, eine göttliche Hilfe angekündigt, ich hätte in der

Brust keinen solchen Schlag verspürt wie beim Anblick eines solch ungewöhnlich strahlenden Bildes. Das volle Licht leuchtete einen weiten Halbkreis in der Tiefe der Nacht aus, und darum herum vibrierte ständig ein klarer Staub bis zum Meer und in den Himmel.

Während ich hinsah, hakte sich ein Freund bei mir ein und sagte mir mit einem Schulterstoß: »Komm, laß uns tanzen gehen!... Der Signor Cavallaro organisiert ein Tanzfest!«

»Der Teigwarenfabrikant?«

»Der Teigwarenfabrikant! Gehen wir!«

Wir gingen hin.

Das Tanzfest (ich bin darauf hereingefallen, wie dumm, ich bin hereingefallen! Ich werde mich aber kurz fassen), das Tanzfest also fand auf einer Terrasse aus Stahlbeton statt, der sich das tiefschwarze Lavagestein von allen Seiten stürmisch zu nähern schien. Davor sah man und zum größten Teil ahnte man den verloschenen Schatten des Meeres, das ab und zu einen Streifen weißen, wogenden Schaums gebar.

Die Terrasse war zum Brechen voll mit Tänzern, die sich schwerfällig drehten, sich gegenseitig streiften und mit all ihren Kräften vermieden, gegen die Spieltische zu prallen, an denen der Teigwarenfabrikant Cavallaro und andere kleinere Teigwarenfabrikanten, ein Seifensieder, ein Schuhmacher und ein Apotheker das Kartenspiel »Fünf Lire« spielten, wie sie lachend sagten, während die ebenfalls lachenden Kavaliere ihren Damen als Erläuterung ins Ohr flüsterten: »Fünf Lire? Fünfhunderttausend Lire!«

»Und warum«, warf eine dümmliche Blonde ein, »sagen sie dann ›Fünf Lire‹?«

»Himmlische Seele! Engelchen!« seufzte verzückt ihr Kavalier und fügte diesen Worten, wie der Täuberich einen Schnabelhieb, einen leichten Schlag mit der Zunge auf das Ohr seiner Dame hinzu, die protestierte, indem sie die Augen aufriß – aber in Wahrheit hatte sie ihn sich verdient!

Die Kleider der Herrschaften waren weder neu noch geschniegelt, sondern äußerst prunkvoll und schnalzten auf allen Seiten wie Schleier, und die Ärmel knatterten wie Fahnen im Wind, und die Schleppen bebten, und die Schöße wanden sich, und der Zwickel sauste, und die Hutkrempen schlugen. Die toten und manchmal dunklen Farben der aufgespießten Schmetterlinge und der welken Blumen hatten die vielleicht ein wenig alten Kleider gefärbt; aber der Prunk drückte sich in der Breite der Gürtel und in der Opulenz der Seide aus, so daß es erlaubt ist zu folgern, daß zwei Kleider geopfert wurden, um einem das Leben zu schenken, und beide stammten nicht etwa von derselben Frau, sondern das eine war vorsichtig von der verbliebenen Wand in einem dritten Stock heruntergenommen worden, dessen Bewohner so tot waren wie die Mäuse in der Küche, und das andere war von falschen Polizisten in einer kleinen Villa auf dem Lande beschlagnahmt, auf einem Motorrad entführt, in eine Rumpelkammer gejagt und schließlich inmitten eines Sturms von Fliegen und Mücken auf dem Marktplatz verkauft worden.

Die gewöhnlichen Kleider werden zurückkehren – diejenigen, die man zum erstenmal anzieht –, doch keins wird so sein wie jene, die sozusagen sprechen können und anscheinend unter Tränen aus den Perlmuttknöpfen blikken, Kleider, die nach dem Tod ihrer alten Besitzerin verwitwet waren, jener, die den unbeseelten Stoff für sie aussuchte, im Geiste den Schnitt ausbrütete und sie noch mit Stecknadeln abgesteckt vor dem Spiegel anprobierte! ... Aber lassen wir das, und kehren wir zum Tanzfest zurück!

Auf einmal leuchtete eine überproportionierte Lampe, ein wahrer Hafenscheinwerfer, hoch oben auf der Mauer auf, blendete einen Großteil des Himmels und bespritzte den Kopf einer sehr einflußreichen Persönlichkeit in einer halbdunklen Ecke, den Kopf eines zitternden Alten, zu dem hin, wie die Fische zum Köder, von allen Seiten her Verbeugungen, Huldigungen und Hochrufe strömten, ein Wirbel, den der Gegenstand von soviel Jubel nicht sah, dessen Parfum und Würze er jedoch wahrnahm, während er sich den Bart, das Kinn und den Kragen mit der Freude an der Macht, der Glückseligkeit über die Macht, der Wonne der Macht und dem Machtrausch bekleckerte.

»Oh, er ist's! Er ist auch da ... Es ist der Commendatore! Sagt es den Herrschaften drinnen! Der Professore ist gekommen! Der Commendatore!«

Blitzschnell verbreiteten sich diese Worte, und im Gänsemarsch suchten weitere Gäste sich mühsam einen Platz zu verschaffen inmitten derjenigen, die sich bereits auf der Terrasse befanden. Als erster trat ein Signore ein, den ich im kurzen Aufblitzen eines Kanonenschusses in einer Nacht des vergangenen Jahres erblickt hatte, als er gerade auf den Balkon eines verlassenen Geschäftes hinaufkletterte; der zweite war ein Signore, der zwanzig Pelze aus einem Haus mit Parkblick entwendet hatte; der dritte war ein diebischer Angestellter, der nun nicht mehr als Angestellter tätig war und über seine ehemaligen Kollegen sagte: »Die Ärmsten! Die Unglücklichen! Wie machen sie's? Wie schaffen sie's bloß?«; der vierte war ein Hühnerdieb; der fünfte klaute elektrische Lampen; der sechste Wäsche, die auf Balkonen flatterte; der siebte Autoreifen; der achte hinterzog Steuern; der neunte stahl große Spiegel; der zehnte Überzieher und Schuhe; der elfte Hüte und Schuhe; der zwölfte Medikamente (Sulfonamide); der dreizehnte Seidenrollen; der vierzehnte Pendeluhren; der fünfzehnte Armbanduhren... Und so weiter: der eine klaute Nägel, der andere Ventile und Kondensatoren, der nächste Brillen, der übernächste Schwäne, der danach Gitarren, der letzte Sitzgelegenheiten aus Eisen.

Das Tanzfest wurde äußerst lebhaft, da niemand so geistreich ist wie die Langfinger. Diese Teufelsdiebe packten so richtig aus, kleine Geschichten, Witze, Sprüche, Zweideutigkeiten, Paradoxa, witzige Einfälle, Schnurren, Kalauer, bissige Bemerkungen, Spötteleien, Possen, Sprichwörter, geistreiche Redensarten... und sogar Aphorismen. Wo hatten sie die bloß hergeholt? Doch Diebe fragt man nie nach der Herkunft von irgend etwas!

Tatsache ist, daß die Damen und Herren sich totlachten, und weil sie so lachen mußten, befreite sich ein elfenbeinfarbener Apfel von der Bluse einer Dame, und alle, die am Geländer lehnten, sagten: »Oh, mein Gott!... Oh!...«, doch eine zweite Lachsalve ließ die schneeweiße Kugel wieder in die Schleier tauchen, was erneut ein »Oh, mein

Gott! ... Oh! ...« hervorrief, dieses Mal jedoch ernsthaft geseufzt.

Mazurken, Polkas und Walzer wechselten mit moderneren Tänzen ab, und bei diesen wie bei jenen zeigten die neuen Kavaliere eine unbeschreibliche Anmut. »Weißt du, was ich hier habe?« fragte mit heiserer Stimme ein Teigwarenfabrikant, indem er die Hand seiner Dame rechts an seine Brust führte.

»Ich weiß nicht ... Papiere!« murmelte die Dame, während sie versuchte, ihre Hand zurückzuziehen.

»Eine Million!« sagte der Teigwarenfabrikant. »Und was haben Sie da?« fügte er plötzlich hinzu, indem er seine Hand, mit der ihren darin, auf ihre Brust warf.

»Nein, tun Sie das nicht, Cavaliere! Ich bitte Sie!«

»Ich bin Commendatore!« röchelte er, und lief rot an wie ein Tier. »Die Engländer dürfen Sie anfassen, die Deutschen dürfen Sie anfassen, die Faschisten dürfen Sie anfassen, nur ich darf nicht! Warum nicht? Stinkt meine Hand etwa?«

Das Mädchen versuchte, sich vom Arm des Teigwarenfabrikanten zu befreien, doch vergebens. Eine halbe Stunde danach sah ich, wie sie eine Nadel suchte, um sich die Bluse festzustecken, an der ein Knopf fehlte. Der Teigwarenfabrikant schnarchte tief atmend auf einem Eisenstuhl, sein Brustkorb wiegte die Million aus Papier.

In demselben Augenblick erhob der Seifensieder sich vom Spieltisch und versuchte, vor einem Schwarm junger Damen zu flüchten, die ihn am Rock, an den Wangen, am Kinn, an den Haaren zerrten und von ihm wissen wollten, ob er gewonnen oder verloren habe.

»Ich hab verloren! Ich hab verloren!«

»Wieviel?«

»Ich weiß es nicht! Viel!«

»Aber wieviel? Sagen Sie's!«

»Fast eine Million!«

»Und sehen Sie den kleinen Strand, den wir gekauft haben, dort zwischen den Klippen?« sagte eine dicke Dame, die Mutter des Teigwarenfabrikanten, die sich mit einer Dame ähnlichen Umfangs, aber geringerer Größe unterhielt. »Sehen Sie?«

»Ja, ich sehe ihn... Muß sehr angenehm sein für Sie!«

»Wissen Sie, wieviel der uns gekostet hat?«

»Viel, nehme ich an!«

»Eine Million!«

Das Tanzfest, muß ich hier einfügen, war in diesem Moment unterbrochen.

»Ob ich ihr diesen Ring stehle?« hörte man einen Handelsvertreter für Medikamente fragen, vermutlich auch ein Dieb, der über die Hand einer Alten gebeugt war, deren Ringe das Licht von angewiderten Augen auf die Nägel mit Trauerrand warfen. »Los, klau ich ihn ihr?«

»Wissen Sie, wieviel ich für diesen Ring, nein, nicht den großen, sondern den kleinsten, bezahlt habe?«

»Für den kleinsten... Wieviel?«

»Eine Million!«

»Los!« schrie der Teigwarenfabrikant in herausforderndem Ton und pflanzte sich breitbeinig vor den Seifensieder hin. »Noch ein letztes Spielchen! Nur ein einziges! Mein oder dein, um diese zehn Lire *(eine Million)*!«

Doch hier setzte eine kreischende Frauenstimme ein: »Polizei! Heilige Madonna, Polizei!«

Alle drehten das Gesicht zur Tür hin, und auf der Terrasse tauchten im Gänsemarsch die folgenden Personen auf:

Der stellvertretende Polizeipräsident, der Fleischkonserven klaute.

Ein Oberst, der Feldbetten und Matratzen klaute.

Ein Kommissar der Geheimpolizei, der Jagdgewehre klaute.

Der Provinzarzt, der Mull und Watte klaute.

»Prima! Hurra! Aber warum so spät?« schrien der Teigwarenfabrikant und der Seifensieder. »Her mit den Stühlen, her mit den Stühlen! Bringt Stühle her, sakra! Und serviert das Eis! Wir erwarten niemanden mehr!«

1944

Das glückliche Haus

An einem Nachmittag des Jahres 1943 stießen sich zwei Spitzbuben aus der Via Etnea mit dem Ellbogen an, um sich auf eine Gestalt aufmerksam zu machen, die langsam zur Piazza Duomo hinabstieg. »Das ist er! ... Schon möglich! Was, zum Teufel, ist mit ihm los? ... Der sieht ja vielleicht heruntergekommen aus ... Er ist ganz verschimmelt ... Wo haben sie den bloß festgehalten, etwa im Feuchten? ... Komm, gucken wir mal, ob er's ist! ... Panarini, he, da, Panarini! ... Er ist's, er hat sich umgedreht! Da bleibt mir die Spucke weg ... Komm, verstecken wir uns hier! ... San Giuseppuzzo, was für Augen! ... Die haben sie ihm rausgeschlagen! Die haben sie ihm rausgekratzt! Die haben sie ihn ausspucken lassen!«

In solch abgerissenen Kleidern war vor den Augen seiner alten Bekannten ein Mann aufgetaucht, der sein ganzes Leben lang leidenschaftlich das Glück geliebt hatte, den die Natur durch viele Zeichen zum Glück bestimmt hatte und der sich nun schämte, kein glücklicher Mensch zu sein, so wie jeder andere sich schämen würde, in Handschellen ins Gefängnis abgeführt zu werden, um dort eine schmachvolle Strafe zu verbüßen.

Es würde zu weit führen, wollte ich die Geschichte dieses Menschen erzählen, der etwa um 1910 herum den Nachmittagsschlaf um eine Stunde zu verlängern pflegte, um sein »Profil aufzuheitern«. Zu jener Zeit war er zwanzig Jahre alt, doch seine Haltung, sein Gang und die üppige Fülle seiner ganzen Person ließen ihn gesünder und zugleich älter erscheinen als seine Altersgenossen. Die Weichheit eines Sacks Federn und die Feierlichkeit eines in den Hafen einlaufenden Schiffes waren leicht in ihm zu erkennen, wenn er durch die Straßen schritt. Sein Gesicht mit dem griechischen Profil, das von seinem Bart dunkel getönt wurde, besaß dennoch an einigen Stellen der Wangen und des Kinns die Weichheit einer Odaliske: Ein prächtiger dunkler Hut saß schräg auf seinem Kopf, so daß er das linke Ohr zusammengefaltet hielt, das – auf eine solche Weise mißhandelt – ständig rot wie eine Nelke schimmerte, und die rechte Wange bis an die Schläfe bloßlegte, auf deren goldenem Glanz eine mit Brillantine gefestigte Haarsträhne wie eine Lakritzstange klebte. Er las d'Annunzio, liebte die Musik, aber nicht das Leben von Musikern, das er für übertrieben mit Unglück und Not angefüllt hielt; wenn in den Gruppen beim Plaudern das Gespräch auf die Krankheiten und den Tod kam und sie dann nach ihm suchten, war er wie vom Erdboden verschluckt; er bestritt, daß es Kriege und Revolutionen gegeben habe, zumindest in diesem Jahrhundert; trotz der gewohnten Liebenswürdigkeit seines Ausdrucks nannte er die Astronomen »Dummköpfe«, weil sie irgendeinem Kometen die Macht zuschrieben, die Erde mit einem Schlag vernichten zu können. Das Glück erwiderte ihm diese so mutige Verteidigung, indem es ihn wie die Hitze einer Stichflamme mit einem Mal überschüttete, und dies aus den läppischsten Gründen: weil er in einem bequemen

Sessel saß, weil das Verhältnis von Kaffee und Milch genau stimmte oder, während er an der Küste beim Essen saß, ein Sonnenstrahl genau in dem Augenblick auf der Wasseroberfläche auftraf, in dem ein zitterndes Fischchen dort auftauchte. Eines Abends im Jahr 1911, als er sich während der Pause im Foyer eines Theaters befand, bemerkte er einen Unbekannten, der ganz allein an die Wand gelehnt stand und – da er nicht damit rechnete oder nichts darauf gab, daß er von anderen gehört werden konnte – murmelte: »Wunderschön! Göttlich! Weshalb wirst du nicht meine Frau?« Panarini sah zu jenem Punkt hinüber, den die Augen des andern fixierten, und war beeindruckt von einem weiß leuchtenden Mädchenkopf, der sich zwischen der dunklen Kleidung der Männer hindurch bewegte. Das Mädchen war nicht einmal siebzehn Jahre alt, aber wegen jener Würde, die die Menschen zu Beginn unseres Jahrhunderts noch besaßen, paßte das Wort Frau hervorragend zu ihr, von den kleinen Füßen bis hinauf zum schwarzen Dutt, in dem eine Spange steckte. Ein weiblicher Liebreiz, wie man ihn noch nie zuvor so vollkommen und vielsagend gesehen hatte, kündigte sich auf den Wangen und in den Augen an, wo das kluge, kindliche Lachen, das fast geschlechtslose, sich die letzten Male zeigte. Nichts Seltsames, Anormales, Sündhaftes, Verhängnisvolles überschattete dieses Mädchengesicht: sie war das gemeinsame Leben, die Ehefrau. Dennoch war die Erschütterung, die von der unaussprechlichsten Sünde herrührte, nichts im Vergleich mit der ungewöhnlichen Unruhe, die diese Frau mit dem so mädchenhaften Äußeren auslöste. Weder die Ausritte in den menschenleeren Wäldern noch die Spieltische, weder die Fackeln in der Nacht noch die Bewußtlosigkeit, weder die Rauschgifte noch die kleinen Fluchten, weder Erlebnisse noch Pistolenschüsse wurden durch diese reine Schönheit ins Gedächtnis gerufen. Im Gegenteil: die gewöhnlichsten Haushaltsgegenstände, das Ehebett, der Eßtisch, die Teller, die Gläser, die Katze, der Kanarienvogel, die Schlummerrolle, die Terrasse mit der Laube, die Gießkanne, der Wärmtopf, der Schal, all die Annehmlichkeiten, die Panarini innig liebte, spiegelten sich in ihr wider. Aber es waren nicht mehr jene nüchternen Dinge, die in den mondänen Unterhaltungen verachtet wurden: gespiegelt in ihr, wie im anmutigsten und reinsten Nachthimmel, bewahrten sie wohl das häusliche Aussehen und funkelten dennoch geheimnisvoll und sternengleich. Mit einem dumpfen Schlag gegen die Brust schien Panarini auf diesem wunderbaren Mund, nahe an den von veilchenblauer Luft flimmernden Grübchen, einen Satz zu lesen, so erhaben wie eine Arie von Bellini: »Liebster, möchtest du, daß ich dir das Bett vorwärme?« Eine derartige Schönheit konnte Panarini nicht ruhen lassen, der mit derselben Inbrunst das Göttliche und das behagliche Heim liebte. Er verliebte sich in das Mädchen. Als er dann erfuhr, daß sie eine Lauria war und Claretta hieß und im berühmtesten Palazzo Catanias wohnte, dessen eine weiße und herrliche Hauskante, indem sie die unordentliche Woge der Dächer und Balkone durchschnitt, sich dem Balkon seines Hauses zu nähern schien – dieser Anschein hatte ihn seit frühester Kindheit verzaubert und zum Träumen veranlaßt –, erreichte seine Liebe den Gipfel. Luigi Panarini stieg auf den Dachboden, und von einem kleinen Fenster aus konnte er einen Blick auf die Terrasse der Lauria werfen, auf der die Korbsessel, die Kübel mit den Palmen und einige purpurfarbene Schirme, so groß wie Baldachine, ihm im Hals ein solches Glucksen der Freude verursachten, daß er mehrmals husten und sich die Nase schneuzen mußte.

Das Viertel, in dem Luigi wohnte, war alt und ruhig, in der eigenen Unregelmäßigkeit sanft zusammengefallen, schwarze und blinde Mauern lösten sich mit kleinen Terrassen und Treppen ab, Balkone so riesig wie Kirchenportale und Einlässe so klein wie Mauerspalten, Schornsteine unten und frisch gewaschene Laken oben, eine alte Nonne, die hinter einem Geländer voller Himmel spazierte, hoch oben, so daß ein Zug Kraniche aus ihrem Halsschleier zu entschlüpfen schien, und eine ohnmächtig miauende Katze auf dem Dach eines Erdgeschosses, aschgraue und morsche Fensterläden und kalkweiße Vorhänge, eine Prostituierte, die auf einem inneren Balkon auf einer Zitrone herumkaute und sie in den Innenhof ausspuckte, und eine Dame, die sich an einem Fenster mit Spitzbogen, der von einer Rosette gekrönt wurde, ihre Handschuhe überzog, und hin und wieder wehten zwischen den schwarzen und barocken Mauern die Klänge einer Geige herüber, der Frühling griff plötzlich um sich, indem er Blumen kunterbunt aus Vasen, Lauben und Zitronenbäumchen herauslockte. In den Vollmondnächten schienen die Dächer emporzusteigen, einige Balkone zusammenzurücken, andere wiederum sich zu verbreitern, die Mauern einzustürzen, subtile Bilder aufzutauchen – es gab mehr als genug, was einen jungen Menschen wie Panarini begeistern konnte: Dazu kam noch die phantastische Hauskante des Palazzo

Lauria, die ständig auf ihn zu segelte und an Bord das schönste Mädchen der Welt mitführte, das eines Tages seine Frau werden würde, sowie den bequemsten und wertvollsten Hausrat, auf dem er sich eines Tages niederlassen oder die Hände aufstützen oder den Blick eines Besitzers ruhen lassen könnte. Bis dahin war das Häuschen, in dem er mit seiner Mutter wohnte, auch nicht »zum Verzweifeln«. Sein Vater, ein altgedienter Hauptmann, der zu Beginn des Jahrhunderts von einem kleinen Alten getötet worden war, der das neue Jahr dadurch feierlich begrüßen wollte, daß er wie wahnsinnig mit seinem Revolver herumballerte, hatte die Zimmer mit Teppichen und Fellen, Krummsäbeln, chinesischen Göttern, Pfeifenständern, Zigarettenschachteln mit Spieluhren, Bergamottendosen, Flaschenschiffen, Wappen, Rüstungen, Schemeln und Hockern vollgestellt. Man konnte sich nicht in den Zimmern bewegen, ohne ein gelindes Geläute oder einen leichten Staubwirbel, ähnlich einer Weihrauchwolke, zu verursachen. Luigis Schlafzimmer war derart mit Teppichen und Decken vollgestopft, daß er sich bis zum Balkon oder bis zum Schreibtisch vorarbeiten konnte, ohne je den unangenehmen Eindruck zu gewinnen, er habe sein Bett verlassen: seine Füße versanken weiterhin in einem lauwarmen und lockigen Fell. Im Wohnzimmer mit der ein wenig abgenutzten Tapete aus rotem Damast mit goldenen Stäbchen und den Sesseln mit goldener Rückenlehne, in dem er die Freunde empfing, die er schätzte und überaus mochte, und mit ihnen Kaffee schlürfte, fühlte Luigi sein Herz immer mehr von der Süße so eingeschnürt, daß er befürchtete, in Ohnmacht zu fallen. Zu diesem Zeitpunkt äußerte er die kühnsten Ansichten über die Gegenwart; erst zeigte er den Freunden den Kleiderschrank und dann einige Katalogseiten, in denen die Kleider abgebildet waren, die er in Zukunft tragen wollte; er wies vom Balkon auf den weißen Palazzo der Lauria; er bestritt, daß Claretta mit einem Herzog verlobt sei, bestritt auf jeden Fall, daß dieser sie heiraten werde, und bestritt auch, daß sie irgend jemand anderen heiraten werde...; der Tatsache, daß sie vollkommen ignorierte, von ihm, Panarini, geliebt zu werden, maß er keinerlei Bedeutung bei; dann zupfte er sich das Foulard vor einem großen Spiegel mit Goldeinfassung zurecht, der stellenweise schwarz geworden war; er bat die Freunde um die Erlaubnis, sich für eine Minute entfernen zu dürfen, um nachzusehen, ob Post für ihn eingegangen war, so sagte er ihnen, in Wahrheit jedoch, um seiner Mutter einen Kuß zu geben; von diesem Kuß kehrte er gerührt zurück und trug seine Vorhaben für die Zukunft vor, indem er zwischen Beistelltischchen und Sesseln umherging und über jeden Gegenstand mit dem größten Vergnügen seine Hand streichen ließ. Die im Likörservice eingehängten Gläschen klirrten, die Spieluhren surrten, die kleinen Kautschukhunde ächzten, in der Luft verbreitete sich der Duft von Bergamotte: Er schätzte diese kleinen Dinge, weil er das Glück schätzte, und schließlich tat er niemandem etwas zuleide.

Was die Kleider anbelangte, die er in Zukunft anziehen wollte, so war er an jenem Nachmittag des Jahres 1943, während er langsam zum großen Corso hinabstieg, folgendermaßen angezogen: er war barhäuptig, und seine Haare waren grau, trocken und zerzaust; die Jacke, vermutlich ein Waffenrock, war so fadenscheinig und trocken wie ein Fußabtreter und hatte eine riesige, rote Kugel auf der Seite des Sporns aufgenäht; die Wickelgamaschen waren teilweise aufgerollt, teilweise hingen sie herab; als Füße schien er zwei Besen zu haben, eingewickelt wie sie waren und in zwei Bündel Erika und Mohrenhirse gebunden; überall verteilt dann, von den Hosenumschlägen bis zu den Ärmeln, Hunderte undefinierbarer Flecken, die ans Wiesengras, den Tau, die üblen Soßen, die heftigen Stöße, die Zündhölzer, die Nägel, den Staub, den Schweiß und vielleicht auch an die mit den Ellbogen oder der Kniespitze getrockneten Tränen erinnerten. In diesem Harnisch ging er an den Schaufenstern vorüber, die ihn mit ihrem blendenden Schein an den Abenden dreißig Jahre zuvor sämtlich hatten glänzen lassen, vom Marmorkragen bis zu den spiegelblanken Lackschühchen. Und obschon die Schaufenster halbdunkel, das Glas geborsten und beschädigt, die Spiegel verschwunden und die Regale leer waren und er solcherart gekleidet war, versuchte er dennoch, in den langsamen und zufriedenen Schritt von einst einzufallen. Und mit diesem Schritt, dessen Besenrascheln zu überhören er sich zwang, ging er langsam vorwärts und deutete sogar ein paar Grüße an, die sich im Halbdunkel und in der traurigen Benommenheit derjenigen verloren, an die sie gerichtet waren.

Er schämte sich, daß er kein glücklicher Mann war, wollte sich um jeden Preis davon überzeugen, daß er es ein bißchen gewesen war und auch war, und hoffte, daß wenigstens die anderen sich davon überzeugen ließen; schließlich, und dies war seine größte Anstrengung, indem er allen Vorahnungen den Hals umdrehte, bestritt er, daß die Hoffnung auf glücklichere Zeiten vergebens war.

Das Schicksal, wie über eine Provokation erbost, hatte ihn in den schwärzesten Zeitabschnitt hineingestoßen, den man je gesehen hatte; um ihn herum hatte es Kriege, finstere Männer, unter den Pflichten die unangenehmsten, Ärger und Grobheiten ausgelöst; im Augenblick, da sie ihr Gesicht vor den Mikrofonen verzerrten, schienen die Diktatoren es auf ihn abgesehen zu haben, ja schienen sie ihn fast kilometerweit zu sehen; und sie wetterten ausgerechnet dann gegen die Gewohnheit, hinter den Fensterläden zu stehen, wenn er sich an einen Fensterladen gelehnt hatte; gegen die Fräcke just an jenem Abend, an dem er einen Frack vor dem Spiegel anprobierte; gegen die Junggesellen, als er, nachdem Claretta Lauria gestorben war, beschlossen hatte, Junggeselle zu bleiben; und sie drohten mit Krieg in den Monaten der Sommerfrische, versperrten mit Schiffen die schönen Strände und erschütterten nachts die Berghütten mit dem Rumpeln der Militärtransporter; und forderten Kupfer, als er das Haus mit Kupferkannen beheizte, und Gold, als man ihm zwei schwere Armleuchter aus Gold geschenkt hatte, und Judenköpfe, als auf seinem Kopfkissen in einem Landhäuschen der verliebte Kopf einer jungen Jüdin ruhte. Doch er hatte sich immer in der Art der wirklich freundlichen Menschen bemüht, dieses so grobe Schicksal zu entschuldigen, und seine Zeitgenossen nie dadurch gekränkt, daß er sich für den einzigen anständigen Menschen auf der Welt gehalten hatte. Auf diese Weise hatte er viele Dinge verloren, den Nachmittagsschlaf, das Vernügen, einen Frack anzuziehen, beim Grüßen den Hut zu ziehen, ein respektvolles Sie zu geben und entgegenzunehmen, gute Abendessen, ruhige Arbeiten, stille Ruhepausen, die Sommerfrischen, die Reisen, Claretta Lauria, die Jugend, einen großen Teil der Haare und Augenbrauen, und dann die bürgerlichen Kleider, die Freiheit, die Unversehrtheit; in Albanien hatte er sich mit Schlamm bedeckt und in Afrika mit Sand; die Engländer, die Franzosen, die Griechen, die Amerikaner und die Deutschen hatten auf ihn geschossen; man hatte ihn wie ein Pferd in einen Pferch aus Stacheldraht eingeschlossen; doch nie hatte er die Zuversicht verloren und war stets geneigt zu glauben, daß dies alles nur eines Mißverständnisses wegen geschehen sei, das einige Bösewichter provoziert hätten, ein Mißverständnis, das jetzt, jetzt endlich (die Diktatoren verschwanden ... die Freiheit kehrte zurück ... eine fliegende Festung hatte ihn über das himmlische Meer hinweg von Tunesien nach Sizilien befördert, ihn am Flughafen von Catania abgesetzt, wo sie ihm, mit einem Klaps gegen die Brust, sagten: »Vorwärts! ... Du bist frei! ... Hau ab, Blödmann!«) – vielleicht für immer – aufgeklärt würde.

Und nun, da er in seine Geburtsstadt vorrückte, aus der er drei Jahre zuvor losgezogen war und von der er in der letzten Zeit nur indirekte, ungenaue und widersprüchliche Nachrichten erhalten hatte, setzte er mit einem stets größeren Bangen einen Schritt vor den andern, indem er sich dem Stadtteil näherte, in dem sein altes Haus stand.

Sein Optimismus wurde auf eine harte Probe gestellt.

Als er die Piazza Stesicoro erreicht hatte, sah er hinten in einem Laden – im Lichtschein, der freigegeben wurde, als eine Gestalt beim Hinausgehen die Plane hochhob – sah und erkannte er das Gesicht seines Freundes, des Apothekers, mit dem er immer wieder darüber gestritten hatte, welchen Verlauf die Ereignisse nehmen würden, wobei er, Luigi, ihn ständig optimistisch und der Apotheker ihn ständig pessimistisch eingeschätzt hatte. Zweimal machte er ein paar Schritte auf die Apotheke zu, und zweimal kehrte er um; schließlich machte er sich entschlossen auf den Weg, hob das Zelttuch hoch und trat ein, blieb aber auf der Schwelle stehen.

Der alte Apotheker im grauen Hemd füllte vorsichtig ein weißes Pulver von einem Spachtel, auf den er mit dem Mittelfinger klopfte, in einige Tütchen auf dem Ladentisch: plötzlich murmelte er einen Fluch, da seine Hand gezittert hatte. Er legte den Spachtel hin, nahm die Brille ab, hob den Kopf und blickte Panarini mit offenem Mund an. Seine Augen ermatteten einen Augenblick lang vor Zufriedenheit und infolge des Verlangens, ihn zu umarmen, zu beglückwünschen, zum Platznehmen aufzufordern, auszufragen und ihm zuzuhören. Doch plötzlich hielt er inne: der Alte war mit Groll zum letzten, unterbrochenen Streit zurückgekehrt. »Na, hast du's gesehen?« sagte er kalt. Er hob die Stimme: »Hatte ich nun recht oder nicht, du Hornochse? Weißt du wenigstens jetzt, was für die Italiener besser wäre? Wenn sie sterben würden, alle ohne Unterschied, du, ich, diese gute Frau hier, die Passanten auf den Straßen, die Leute aus Messina, aus Rom, aus Mailand, alle Italiener, sag ich ... heute abend ... und zwar sofort! Was sollen wir tun, was müssen wir tun; sag du mir, was wir tun sollen?« Der Apotheker breitete die Arme aus und schüttelte sein Haupt, das so gebeugt war, daß er mit dem Hals über die Brust streifte. »Ich bin hier! Ich warte auf deine Antwort!« Er hob wieder den Kopf: »Aber darum kümmerst du dich einen feuchten Kehricht! Ja, für dich sind die Dinge ja auch besser ...«

Panarini stieß einen Schrei aus, vielleicht den ersten überhaupt in seinem Leben, und lief Hals über Kopf hinaus, das Herz wollte ihm in der Brust zerspringen. Nichts mehr wollte er wissen. »Ja, für dich sind die Dinge ja auch besser ...« Natürlich hatte der Apotheker sagen wollen: »ja auch besser gelaufen«. Weshalb sonst hätte er vorher »Aber darum kümmerst du dich einen feuchten Kehricht!« gesagt! Seine Mutter lebte also noch, und das Haus war heil geblieben. Nichts Unentbehrliches also war so zerstört worden, daß die besseren Zeiten ihm nicht auch das geliebte Glück hätten zurückbringen können. Wenn aber zufällig? ... Die Zweifel kehrten zurück und überfielen ihn. Wenn seine Mutter? Wenn das Haus? ...

»Deine Mutter ...«, ertönte in diesem Augenblick in der dunstigen und tauben Luft der Piazza die Stimme des Apothekers von der Schwelle seines Ladens aus, während er den Vorhang mit seiner linken Hand gerafft hochhielt. Panarini lehnte sich an den Fuß einer Palme, gekrümmt unter den Stockschlägen, die das Herz ihm blindlings auf Beine, Brust und Schläfen austeilte. »Deine Mutter«, brüllte der Apotheker wieder. »... Wo bist du, Einfaltspinsel? ... Sie ist bei mir, auf dem Lande!« Und dann etwas leiser: »Wer weiß, ob er's gehört hat, dieser Dummkopf...?«

Der Vorhang fiel zurück; die Öffnung wurde wieder stockdunkel.

Panarini schöpfte neuen Atem, fuhr sich mit einer Hand über die Brust und machte sich so langsam wie ein schlafwandlerischer Kranker, der beim Schlurfen einen schönen Traum hat und ihm mit der Mühe eines abgemagerten und verschlafenen Gesichts zulächelt, auf den Weg zum eigenen Haus, indem er die Piazza und den großen Corso hinter sich ließ.

Sein Herz schlug jetzt wieder ruhiger, doch als er nach und nach in den Gassen vorankam, wurden seine Augen aufmerksamer, und beim geringsten Anlaß pochte erneut sein Herz. In den Stadtteilen, die er jetzt durchquerte, hatten die rauflustigsten und keifenden Bewohner die Verdunkelungsvorschriften nicht beachtet. Das vom Schirokko feuchte Straßenpflaster schimmerte wie der Bauch einer Fledermaus; die Bratküchen stießen leuchtende Rauchwolken aus, die die Gesichter der Passanten, die farbige Halstücher trugen, einhüllten; die Münder schrien, und das plötzliche Aufflackern des Feuers in einem Ofen ließ deren Zähne aufleuchten. »Sie machen einen heiteren Eindruck!« dachte Panarini. »Sie sehen nicht danach aus, als kämen sie aus einem zerstörten Stadtteil! Offen gesagt, so ein Gesicht machen sie nicht!« Er war auf eine Piazza gelangt, von der aus man links die Einmündung zu seiner alten Straße sehen konnte. »Da ist sie!« rief er aus, indem er haltmachte. »Das ist die Straße! Da ist sie ja! Also da ist sie!« Die Hauskanten der beiden Palazzi, die

die Einmündung flankierten, waren so dunkel wie zwei Schiefertafeln: keine Stimme kam aus dieser Straße, eher schien ein größeres Dunkel daraus hervorzukriechen, aber mehrere Soldatengrüppchen tauchten brüllend, einige darunter singend, in der Straßeneinmündung auf. »Oh, mein Gott, man singt doch nicht«, murmelte Panarini vor Freude bebend. »Wenn man aus den Ruinen kommt, singt man doch nicht!«

Mutig ging er auf die Einmündung zu, hielt aber zwei Meter davor an und dachte: Ich könnte mich beim Kastanienröster erkundigen, bevor ich weitergehe... Dann würde ich alles erfahren... Doch nein, ich geh lieber! Mein Haus steht noch!

Schnell war er an der Einmündung, und er wandte sich blitzschnell mit der Wucht desjenigen nach links, der zu dieser Seite einen Fausthieb austeilen will; aber sofort schlug er sich mit der Hand an die Stirn: Wie dumm ich bin! Ich habe mich geirrt! Es ist nicht diese! dachte er. Kurz darauf aber, nachdem er einen zweiten Blick in die Straße geworfen hatte, nahm er die Hand langsam herunter, wie wenn er damit im Dunkeln das Gesicht einer Leiche berührt hätte: sie war es wirklich, es war diese Straße, oder besser gesagt, sie *war es gewesen.* An ihrer Stelle befand sich dort jetzt etwas Unförmiges, Kaputtes und Hohles; auf den Trümmerhaufen, zu denen eine Straßenzeile mit dreigeschossigen Gebäuden geschrumpft war, strichen Gruppen von Soldaten lachend herum, rutschten sie hinunter, gaben sich Knüffe und traktierten die nicht mehr wiedererkennbaren Überbleibsel der alten Fensterläden und des Hausrats mit Fußtritten.

Panarini eilte im Laufschritt (er, der immer so langsam gegangen war!) das erste Teilstück der Straße hinunter und stand endlich vor der Fassade seines Hauses. Sie stand noch. Panarini strich mit den Händen darüber, zuerst mit der Handfläche, dann mit dem Handrücken, dann wieder mit der Handfläche und wieder mit dem Handrücken, küßte sie und benetzte sie mit seinen Tränen. Dann lehnte er sich an die Fassade, strich fast mit der Wange darüber, bis er die milde Wärme des abgelaufenen Tages spürte, und gelangte ans Portal. Es stand weit offen. Er stürzte sich hinein und rief: »Gott, ich danke dir!«; und mit gesenktem Kopf, das Herz pochte ihm im Halse, vor Freude schreiend und röchelnd, stürzte er hinein, übersprang die Schwelle, vollbrachte diesen Sprung... und befand sich wieder draußen. Auch hier Trümmer über Trümmer, schreiende Passanten, auch hier Bratküchen mit blutroten Öfen. Das alte Haus war vollkommen verschwunden, das alte Haus hatte ihn verlassen, das alte Haus hatte nicht auf ihn gewartet, das alte Haus ruhte verschüttet zu seinen Füßen, auch das Dach lag unter der Erde, unter der Erde lag auch das kleine Fenster, von dem aus er die Sterne und den großen Palazzo der Lauria betrachtet hatte. Aus alter Gewohnheit sah er zu jener Stelle hinüber, an der früher die weiße Hauskante emporragte, die weiße Hauskante, die im Frühling vor Licht zu blühen schien, doch auch an jener Stelle war alles verschwunden, und der Himmel und die Leere leuchteten dort schweigend. Wo war die lauwarme Luft der Zimmer geblieben, wohin war der Duft der Möbel entschwunden, wohin die Teppiche, die Deckengewölbe, die Spiegel, die Türklinken, das Bett, die Stühle, die Fotos und die Briefe in den Schubladen, die Rüstungen, die Glöckchen in den Zigarrenschachteln, die Pendeluhren, die Tassen und der Likörständer? Der gute Mann raufte sich die grauen Haare und zog eine Strähne vor die Augen herunter; es war alles dahin.

In Albanien, in Afrika und im Pferch aus Stacheldraht hatte er immer davon geträumt, zu der Höhle zurückzukehren, in der er zu schlafen pflegte. Nur die Fledermäuse flogen vorbei, doch nicht einmal sie schafften es, dort haltzumachen; und der Platz, an dem er immer seine Freunde empfing und mit ihnen Kaffee schlürfte oder sich im Spiegel betrachtete, da war er nun, da war er, nicht mehr als ein Platz in der Luft, einer der unendlichen Plätze in der unendlichen Luft; und dort, wo seine Fensterläden, leicht schnarrend wie Nachtvögel, sich schlossen, war nun gar nichts mehr; und all das, was man mit dem Wort »zu Hause« bezeichnet, all das, was ihn zu sagen veranlaßte: »Zu Hause geht's mir gut... Heute abend, danke, es ist mir zu kalt, bleib ich lieber zu Hause... Wenn ich zu Hause bin, vergesse ich alles Übel!«, war auch nicht mehr, war tot, lag unter den Füßen der Passanten und der Soldaten, die sangen, sich Knüffe gaben und irgendein wegrollendes oder lärmendes Ding mit Fußtritten traktierten.

Auch die Fenster und die Balkone der Nachbarn, die Terrassen und die Dächer, der reizvolle Schauplatz, der das Viereck seiner Balkone und Fenster ausfüllte und der hinter dem Fensterglas verschwamm, wenn es vom teuren Atem derer beschlagen war, die mit ihm zusammenlebten, auch dieser Schauplatz war verschwunden. Tot waren auch die Glöckchen, die in den Treppen läuteten, die Portale, die nachts donnerten, tot war das Echo in den Innenhöfen.

Er fiel über einen Steinhaufen, weil er auf den Boden geblickt hatte, der so viele von den Dingen in Schlamm verwandelt hatte, die ihn, seine Kinder, seine Enkel und seine Urenkel hätten überleben müssen. Der Gedanke an seine Mutter schwirrte ihm im Kopf herum wie ein Vogel auf der Suche nach einem Nest.

Plötzlich legte sich eine Hand auf seine Schulter.

»Dachte ich's mir doch, daß ich dich hier finde! Ich irre mich leider nie!«

Es war der Apotheker.

Panarini erhob sich respektvoll.

Der Apotheker schaltete seine Taschenlampe an und beleuchtete damit die Fassade. »Na, hast du gesehen? Erinnerst du dich noch, wenn du mich am Portal getroffen und mir gesagt hast, ich soll zu euch hochkommen? Oben haben wir uns dann heftig gestritten ... Sieh mal, da ist noch eine Scherbe vom Spiegel! Und das ist aus dem Wohnzimmer, wenn ich nicht irre! ... Aber ich hatte doch recht, zum Teufel noch mal! Die guten Zeiten kommen nicht mehr wieder, sie kommen nicht mehr zurück, die sind vorbei!«

In diesem Augenblick suchte der Apotheker mit seiner Taschenlampe die Augen Panarinis, fand sie, pflanzte sein Licht darauf und feierte schweigend seinen bitteren Triumph: die Augen seines Widersachers – der ihm über so viele Jahre hinweg unrecht gegeben hatte mit seinem zählebigen Hoffnungsschimmer, der sich überhaupt nicht eintrüben wollte – erschienen schließlich glanzlos und matt.

»Sieh mal an, was sie angerichtet haben!« fügte der Alte kleinlicherweise hinzu, um seinen Sieg bis zum letzten auszukosten, und ließ den Lichtstrahl umherschweifen, der, da er von einem Punkt zum nächsten hüpfte, die Zerstörung in seinem Umkreis nur um so schrecklicher erscheinen ließ.

»Das haben die Menschen angerichtet!« kommentierte der Apotheker. »Die Menschen? Wilde Tiere!«

»Schimpf nicht auf die Menschen!« erlaubte sich Panarini mit zögernder und höflicher Stimme zu bemerken. »Es gibt böse Menschen, aber es gibt auch gute!«

»Scher dich zum Teufel! Du bist unverbesserlich!«

1944

Die Dusche

Im Jahr 1935, als er noch im ärmlichen und dunklen Haus seines Onkels, des Gemeindearztes, wohnte, konnte Giuseppe Gandolfo sich für einen der saubersten Bürger Catanias halten. Er duschte jeden Morgen, und sogar zweimal am Tag, im vollgestellten Schlafzimmer in einem behelfsmäßigen Behälter. Dabei überschwemmte er gewöhnlich den Fußboden des Flurs derart, daß ein Rinnsal unter der Tür des Arbeitszimmers hindurchkroch, eine kleine, braune Schlange, bei deren Anblick der alte Onkel, der im weißen Hemd am Schreibtisch saß, brummte: »Was, zum Teufel, machst du da? Du übertreibst!«

1940 war Giuseppe Gandolfo in die Toskana gezogen, doch drei Jahre später war er überstürzt heimgekehrt, teils im Viehwagen, teils zu Fuß, und war unverzüglich in sein Schlafzimmer geeilt wie ein Esel, der – nachdem er sich vom Strick losgerissen hatte und vor den Stockschlägen des neuen Herrn ausgerissen war – schweißbedeckt in den alten Stall zurückrennt.

Der wegen der spärlich vorhandenen Nahrungsmittel körperlich geschwächte Onkel, der ohne das gute Aussehen und Hörvermögen von früher gegen Mittag nach Hause zurückgekehrt war, hielt abends – während er, in den Bettüchern versteckt, an einem Zuckerwürfel auf seiner Handfläche knabberte – den Neffen für einen Einbrecher, der sich unter dem Bett versteckt hatte, er schrie auf, warf einen Stock nach ihm, erkannte ihn dann aber, weinte etliche Minuten lang vor Freude und sagte schließlich: »Zweimal am Tag duschen geht nicht mehr! Unmöglich! Die Frau des Hauswarts kommt nicht mehr saubermachen: sie ist reich geworden und hat eine Million, aber die hat sie im zweiten Stock geklaut, nachdem die Bewohner aufs Land geflüchtet waren!«

»Das macht nichts, lieber Onkel«, murmelte Giuseppe.

»Macht nichts bis zu einem gewissen Grad! Du mußt zweimal am Tag duschen; wenn nicht zweimal am Tag, dann wenigstens dreimal in der Woche. Wir schlagen in der Nähe des Balkons eine Öffnung für den Abfluß; von dort kann das Wasser ohne Umstände abfließen; der Laden darunter ist geschlossen, der Stuhlverkäufer wohnt in einem kleinen Dorf: er ist reich geworden und hat eine Million, aber die hat er im Haus gegenüber geklaut!«

Das Loch wurde tatsächlich geschlagen, aber nie vom Wasser befeuchtet.

»Weshalb duschst du nicht?« fragte der Onkel Giuseppe. »Aber vielleicht hast du recht; in diesem Zimmer zieht es, man müßte das Balkonfenster reparieren; aber das müssen wir selber machen, denn der Glaser kommt nicht einmal mehr, wenn wir ihn auf Knien darum bitten: er ist reich geworden und hat eine Million, aber die hat er sich aus dem Lager zusammengeklaut. Andererseits kommt bald die schöne Jahreszeit!«

Doch weder Anfang April, als die Sonne das Eisen des Balkongeländers zu dehnen begann und es leise aufstöhnen ließ, noch Ende Mai und nicht einmal im hohen Juni, als die Geranien erstrahlten, duschte Giuseppe Gandolfo. Bis mittags blieb er im Bett liegen, die Haare auf dem Kissen zerzaust und die Nase versteckt: Aus den Betttüchern sahen nur zwei rollende, verschreckte Kaninchenaugen hervor, während zu irgendeiner Nachmittagsstunde auf der Oberfläche der Decke, an jener Stelle, wo diese den Bauch berührte, sich sein Herzschlag zeigte.

Er ging wenig aus, und bei diesen seltenen Gelegenheiten außer Haus schloß er sich immer einer großen Gruppe an, da er nun weder die Kraft besaß, außerhalb der Stadt weite Spaziergänge zu machen, noch allein durch die belebten Straßen zu spazieren; er hatte nicht einmal die Kraft, Einladungen abzulehnen: so war er gezwungen, sich bei eleganten Empfängen zu zeigen. Dort benahm er sich wie üblich, tauschte mit den Damen Höflichkeiten, galante Dummheiten und Artigkeiten aus, die ihm aus alter Gewohnheit über die Lippen kamen; neu, ungewohnt und arglistig an ihm jedoch war folgendes: Er wußte, daß er schmutzig war; in den ausgebürsteten Kleidern und dem gewaschenen Hemd suhlte er sich in dem verderbten Vergnügen, sich schmutzig zu fühlen. Nachdem er einen Satz wie »Schwarz steht Ihnen gut!« gesagt hatte, wäre er unweigerlich aus Scham und Verzweiflung erblaßt, wenn ihm nicht der Gedanke zu Hilfe gekommen wäre, daß diese Worte einem eleganten Mädchen von einem Mann mit schmutzigen Füßen gesagt worden waren. Von nun an konnte er nur mit Hilfe dieses Paktes sein unbedeutendes Leben von einst weiterführen. Spaziergänge, den Dummköpfen die Hand schütteln, Unterhaltungen, der Austausch von Höflichkeiten, Lobreden auf

Pianisten und Geiger, Vorhaben für den kommenden Tag... alles Dinge, auf die er sich einließ und die er tolerierte und fast verzieh, nur weil er sie mechanisch verrichtete, ohne ihnen die geringste Aufmerksamkeit zu schenken; sein ganzes Gemüt war in jenes geheime, tiefe wütende Gefühl der eigenen Unsauberkeit eingetaucht, in dieses Bewußtsein, ganz und gar von Flecken, Schorf, Fetträndern bedeckt zu sein, die Leisten von Schweiß wie mit Weinstein überzogen. Diese Flecken, Krusten und Schmierigkeiten, die sich auf seiner Haut zusammenklumpten, waren dem im Jahr 1935 noch so eleganten und sauberen Mann von nun an eine Ausflucht: diese war, weiß Gott, nicht leicht zu verstehen...

Ende Juli ging er nur noch zweimal in der Woche aus, und zwar stets abends, wenn der Schirokko in der Luft hing wie trister und endloser Schweiß. In seinem Zimmer waren die Wanzen aufgetaucht. Die erste hatte er an einem Sonntagmorgen entdeckt, unbeweglich, wie eine kleine Pupille, die ihn von der Mitte des Bettuchs aus fixierte. In der folgenden Nacht spürte er einige Schweißtropfen, die, statt im Kissen zu versickern, auf dem er das Gesicht abrieb, sich verhärteten und daran machten, langsam wie Ameisen über seine Wange zu laufen. Er machte Licht und sah, daß das Bett von schwarzen Punkten nur so wimmelte, die – vom Licht überrascht – haltmachten und sich totstellten: Eine Schlange aus weiteren Punkten war auf dem angrenzenden Teil stehengeblieben und suchte sich so weit wie möglich zu versenken, als wären sie Nägelköpfe.

Er löschte das Licht und schloß die Augen. Die Angst, wegen dieser schlüpfrigen Empfindungen nicht einschlafen zu können, erwies sich als unbegründet: im Gegenteil, mit dem Zug dieser Insekten schien eine höhere und ewigere Nacht über seine Stirn zu ziehen; jedes Insekt, das ihn an der Oberfläche seines Körpers kitzelte, entriß seinem Innern einen Traum oder einen Gedanken, der seinen Schlaf hartnäckiger, schwerer und unterirdischer werden ließ. Am späten Nachmittag machte er wiederum Licht und sah eine endlose Anzahl der eigenen Blutstropfen schwarz zu den Betträndern rennen und sich jenseits der Bettücher auf dem Eisenrost verkriechen. Andere Blutstropfen hatten das Deckengewölbe erreicht und verschwanden dort, einer nach dem anderen, wie vom weißen Putz aufgesogen. »Um Himmels Willen!« jammerte er. »Um Himmels Willen!« und biß sich in die Hand. Er wollte sich gerade wehren und nach Wasser, Seife, Licht, Liebe, Glück, Würde verlangen... aber dieser Wunsch währte nur einen Augenblick: wieder umspielte das bittere Lächeln seinen Mund, wiederum trübte sich sein Blick, wieder suchte sein erschrecktes Gemüt begierig den Trost, den ihm die Unsauberkeit durch jede Pore seiner Haut hindurch zukommen ließ.

Er gewöhnte sich daran, mit den Wanzen zu schlafen. Im Dunkeln folgte er mit geschlossenen Augen den Windungen und den Abläufen in langen Reihen, in Truppen, in großen und weiten Schwärmen: Einige fielen auf ihn herunter wie ein kleiner Speicheltropfen vom Dach, andere begehrten ihn von weitem. Er kam sich im ganzen Zimmer verfolgt, beschnuppert und begehrt vor; und dann schien es ihm, daß sein ganzes Zimmer mit seinem eigenen Blut angefüllt war. Als er einmal plötzlich das Licht anmachte, schien er auf dem Bettuch eine zerstückelte und überall verstreute Wanderratte zu sehen; ein andermal kam es ihm im Dunkeln so vor, als hätten diese Punkte, die über seine Haut glitten, an Masse zugenommen und als wären noch die Schaben aus der Küche zu ihnen gestoßen.

Eines Nachts verspätete er sich mit dem Heimkehren, weil er boshafterweise mit dem Gedanken spielte, unter diesen tausend Insekten, die ihn zu gewohnter Stunde erwarteten, Angst und Unruhe zu schüren. Als er gemächlich durch eine baumbestandene Straße wandelte, begegnete er einer wunderbaren Frau, einer jener Damen, die er geliebt hatte, bevor sie andere Männer heirateten.

»Kommst du mit, Giuseppe?« fragte ihn die schöne Frau, indem sie ihm eine Hand auf den Arm legte.

Bei dieser Stimme, bei diesem Parfum, bei diesem süßen Licht um Augen und Gesicht sprang sein Herz vor Abscheu hoch wie ein aus seinem Bau gejagtes Nachttier, das plötzlich in die helle Sonne gerät.

»Tut mir leid!« antwortete er. »Man wartet auf mich!«

»Wer denn?«

Er befreite seinen Arm von ihrer Hand, trat einen Schritt zurück und sagte grüßend: »Gute Nacht!«

Der Onkel, der auf viele Dinge nicht mehr achtete, begann dennoch einen Verdacht zu hegen und die Nase zu rümpfen. »Vielleicht irre ich mich ja!« sagte er brummend. »Aber mir scheint, daß der Junge etwas muffelt!...« – »Du«, sagte er ihm eines Abends, »du schwitzt, mein Sohn... scheint mir!« Und an einem anderen Abend: »Du gefällst mir gar nicht! Du gefällst mir gar nicht! Du gefällst mir einfach nicht!« Und wieder an einem anderen Abend:

»Warum sagst du mir nicht, was du hast, zum Teufel? Darf man erfahren, was mit dir los ist?«

Giuseppes Gesicht verfinsterte sich, und er antwortete nicht.

»Also du willst dich nicht mehr waschen?« fuhr der Alte fort. »Also du gehst nicht mehr aus? Also du bleibst immer im Bett? Also du arbeitest nicht? Also du willst nicht heiraten?«

Eines Nachmittags betrat er unerwartet das Zimmer und lehnte seine Stirn an die verschmierten Fensterscheiben. Giuseppe tauchte unter dem schmutzigen Bettuch weg und fixierte den Onkel aus zwei im Schlamm abgeflachten Froschaugen.

Die Schulter zum Bett hin gewandt, die Stirn an der Fensterscheibe und die Augen nach unten gerichtet, brummte und sprach der Onkel eine ganze Stunde lang. Er nannte ihn *Schnecke* und *Schade um das Wasser, das du trinkst* und *Seeteufel, Herumlungerer, Regenschirm, Lümmel* und *Nachteimer*!

Aufgebracht kam Giuseppe unter dem Bettuch hervor.

»Ich habe ein kleines Mädchen umgebracht!« rief er aus. »Ja, das habe ich in der Toskana gemacht! Ich habe ein kleines Mädchen umgebracht! Ich habe ihm mit dem Handbeil eins über den Kopf gegeben!«

Der Onkel wagte nicht einmal mehr zu atmen.

»Ich habe zwei Frauen und ein anderes kleines Mädchen umgebracht!« fuhr Giuseppe fort. »Mit dem Handbeil!«

Hier entstand eine Pause.

»Das ist nicht wahr!« sagte der Onkel. »Das glaube ich einfach nicht, das ist nicht wahr!«

Und es stimmte wirklich nicht: Giuseppe hatte niemanden umgebracht, sondern hatte miterleben müssen, wie nur wenige Schritte von ihm entfernt drei fremde Soldaten, robuste und gutgenährte Männer, mit dem Handbeil – so langsam wie träge Holzfäller, die beim Sägen eines Baumstamms keine Eile an den Tag legen – zwei Frauen und zwei kleine Mädchen ermordet hatten.

Und nun – da er dieses Gefühl der Trägheit, der Gemeinheit und der Verachtung der anderen und sich selbst, aus dem sein ganzes Leben bestand, seitdem er dieses grausame Schauspiel miterlebt hatte, auf die Spitze trieb, indem er mit aller Kraft in den Himmel spie, damit der Speichel, wenn er herunterfiel, ihn mitten ins Gesicht treffe – hatte er, weil er mit lauter Stimme die Missetat der anderen auf sich nahm, jene grimmige und endgültige Ausflucht gefunden, die er zuvor nur teilweise und mehr schlecht als recht dadurch gefunden hatte, daß er seinen Körper mit Schmutz und mit Läusen bedeckte.

»Ich habe sie umgebracht! Es stimmt! Glaub's mir! Ich habe sie abgeschlachtet! Mit dem Handbeil!«

1945

Der Cavaliere

Am Gründonnerstag des Jahres 1943 war unter den Trümmern des Palazzo San Placido in Catania ein mattes Rufen zu vernehmen: »Ich bin der Cavaliere Luigi Arcidiacono!« Die Arbeiter und die Soldaten verharrten mit ihrer Spitzhacke in der Luft. Man rief den Hauptmann, der die Arbeiten leitete: »Hören Sie mal, Herr Hauptmann, es hört sich so an, als wär da irgend jemand noch lebendig!« Der Hauptmann, der nähergekommen war, befahl äußerste Ruhe und beugte sich über den Trümmerhaufen, eine Hand am Ohr. Nach einer Minute war das Rufen unter dem Gewirr der Trümmer wieder zu vernehmen: »Hilfe! Ich bin der Cavaliere Luigi Arcidiacono!«

»Wenn wir uns beeilen, können wir ihn vielleicht retten!« sagte der Hauptmann.

»Na, hoffentlich!« murmelte ein Arbeiter.

»Es wäre zu schade, wenn wir einen Cavaliere verlieren!« bemerkte ein anderer und wollte gerade loslachen, da begannen die Geschütze im Norden zu donnern; der Himmel füllte sich mit weißen Flocken: »Hier bin ich, hier!« kreischte eine weibliche Stimme, die aus der Brust jener Männer kam; Soldaten und Arbeiter verkrochen sich; und auf die Stadt, die mit Ruinen, Verwundeten und lebendig Begrabenen überfüllt war, auf die Straßen und auf die leeren Palazzi, die unter der Erde das Pochen der

Herzen verbargen, gingen mit einem Höllenlärm wieder die Bomben nieder... Danach, als die Staubwolke langsam den Himmel erreicht hatte, waren etliche derjenigen, die mit Angst und Schreien die Totenwache gehalten hatten, äußerst still und schweigsam geworden und flößten nun selbst Angst ein; die Verwundeten hatten als Antwort auf ihren Schrei: »Hilfe! Erbarmen!« durch eine neue, noch qualvollere Verwundung Hilfe erhalten, und einige von früheren Fliegerangriffen Verschüttete, welche die mühevolle Arbeit mit der Spitzhacke ganz allmählich näher ans Licht gebracht hatte, waren Knall auf Fall wieder ins Dunkel versenkt worden... die Arbeiter kamen aus ihren Unterschlüpfen ans Tageslicht, die Soldaten kamen heraus, der Hauptmann der Pioniere kam heraus, ein Priester, eine Nonne und schließlich ein kindischer Alter, der – aus der Obhut seiner auf das Land umgesiedelten Verwandten entkommen – zu Fuß in die Stadt zurückgekehrt war und auch die Unbekannten angehalten hatte, um ihnen zu sagen: »Wer ist das, in den Flugzeugen, Frauen?... Dreckstücke!«

Die Ruinen des Palazzo San Placido waren erneut zusammengestürzt, aber auf eine ziemlich merkwürdige Weise, denn der Cavaliere hatte sich genähert, und seine Stimme war deutlicher, aber er gab nicht zu verstehen, daß er die Stimme derjenigen hörte, die auf der Straße sprachen, und die Rettungsarbeiten kündigten sich als schwieriger an, da der Trümmerhaufen an jedem Punkt einzustürzen drohte. Man mußte also einige Balken aus einem Pfahlzaun herausziehen, sie festnageln, daraus Stützpfeiler machen... und langsam brach der Abend herein.

Die erschöpften Arbeiter setzten sich mit dem Rücken zum Tafelwerk. »Was, zum Teufel, macht wohl der Cavaliere?« sagte einer. Und mit lauterer Stimme: »He, Cavaliere, wie geht's Euer Hochwohlgeboren? Seid Ihr zu Bett gegangen?«

»Dummkopf!« sagte der Hauptmann. »Er könnte tot sein!«

»Bei jedem Treffer ein Cavaliere weniger!« bemerkte ein Soldat.

»Was für ein Cavaliere mag er wohl sein?« fragte ein anderer; und dann, ein heiliges Entsetzen simulierend: »Gott behüte uns, vielleicht ein Malteserritter?«

»Oh, sagt es mir lieber nicht, damit mir vor lauter Respekt nicht die Knie weich werden! ... Was ist ein Malteserritter?«

»Ein Cavaliere mit vier Fünfteln Adel im Blut!«

»Ich frage euch, heiliges Licht, was für ein Vergnügen macht es wohl, ein Cavaliere zu sein? Wäre es für ihn in diesem Moment nicht besser, er wäre eine Eidechse oder eine Schabe mit Flügeln?«

So redeten sie bis Mitternacht, bis ein neuerlicher Fliegerangriff sie in ihren Zufluchtsort zurückjagte; und auch dort, nach jedem neuen Treffer und jeder neuen Explosion, redeten sie über den Cavaliere:

»Die da bringt mir den Cavaliere um!«

»Immer schön langsam mit dem Cavaliere!«

»Addio, Cavaliere, es ist vollbracht!«

»O je, o je, jetzt sind wir ohne Cavaliere!«

Am nächsten Tag bei Tagesanbruch liefen die Arbeiter und die Soldaten auf die Ruinen des alten Palazzo. Mit frischen Kräften rammten sie die Spitzhacken und die Schaufeln in die Trümmerhaufen, versenkten sie dort bis zum Stiel, zogen sie mit einem wütenden Blick wieder heraus, wobei sie Geröll und Staub hochwirbelten, aber aus dem Innern des Trümmerbergs kam keine menschliche Stimme mehr. »Ah, mein Cavaliere, wie ich um dich weine!« stöhnte ein Gefreiter. Als bei Sonnenaufgang klarer als je zuvor die Stimme des lebendig Begrabenen an die Oberfläche drang: »Ich bin der Cavaliere Luigi Arcidiacono! Holt meine Frau und meinen Sohn! Hilfe!« umarmten Arbeiter und Soldaten sich, tauschten Knüffe auf den Bauch aus und schwenkten Hacken und Schaufeln in der Luft.

»Hoch lebe der Cavaliere!«

»Wie schön, der Cavaliere!«

»Nicht kleinzukriegen, der Edelmann!«

Gegen elf traf der Verbandsführer in Uniform ein, schwarz und mager wie eine Fledermaus, mit einem goldenen Huhn an der Mütze. Auf den Ruinen blähte er sich auf, während ein Arbeiter seinen Mund ans Luftloch hielt und zwischen dem Trichter seiner Handflächen nach unten schrie: »He, Cavaliere, ich bitte Euch, klopft auf Holz! Cartocciodifumo ist da!« Der Verbandsführer ging auf den Hauptmann der Pioniere zu und sagte ihm zwischen den Zähnen hindurch: »Seien Sie aufmerksamer! Ihre Soldaten verwenden das *Ihr*!«

»Ich hab mich um anderes zu kümmern!« rief der Hauptmann aus und zündete sich eine Zigarette mit einer solch verächtlichen Miene an, daß der Parteibonze, nachdem er ihn eine Minute lang angestarrt und währenddessen mit seiner Reitpeitsche auf die Stiefel geschlagen hatte, wieder in seinen Wagen stieg und eiligst verschwand, während er in aller Augen das Flattern eines Leichentuches hinterließ. »Der Teufel soll ihn holen!« sagten die Soldaten und die Arbeiter, die sich beim Aufstehen rittlings mit der rechten Hand abstützten, Hacken und Schaufeln wieder in die Hand nahmen und sich mit noch größerer Willenskraft als zuvor an die Arbeit machten. »Wenn wir den Cavaliere bis Mittag nicht rausgeholt haben, dann spuck ich mir in die Augen!« sagten sie.

»Und ich schneide mir meine Dinger ab!«

»Ich schneid sie mir ab und häng sie mir um den Hals!«

Doch trotz der Kraft und dem Schweiß aller war der Cavaliere zur Mittagsstunde nach wie vor begraben und blieb es noch bis zum Sonnenuntergang.

»Das ist ein Cavaliere, der nicht rauskommt!« sagten brummend die Arbeiter.

»Es ist ein gezeichneter Cavaliere!«

»Das heißt, daß der kleinen hübschen Sant'Agata die Cavalieri nicht gefallen!«

In der Nacht schliefen sie wenige Stunden, und um drei Uhr in der Frühe wurden die Arbeiten wiederaufgenommen. Unterdessen hatte sich die Nachricht, daß unter den Ruinen des Palazzo San Placido jemand verschüttet lag, der jede halbe Stunde rief: »Ich bin der Cavaliere Luigi Arcidiacono!«, über die ganze Stadt verbreitet, indem sie große Zwischenräume übersprungen hatte, da nur mehr wenige Bewohner im Innern der Wohnhäuser, der Hospitäler und der Zufluchtsstätten verstreut waren.

Am nächsten Tag, als die Sonne bereits hoch am Himmel stand und die Arbeiter mit Hilfe der Schaufelladungen und der Hackenschläge sich dem lebendig Begrabenen so sehr genähert hatten, daß sie mit ihm Fragen und Antworten austauschen konnten, tauchte wie ein Verrückter der Sohn Rosario Arcidiacono auf.

Die Arbeiter und die Soldaten umringten ihn: »Ah, Sie sind der Sohn? Der Sohn des Cavaliere? Und Sie wußten nicht, daß Ihr Vater hier ist? Vielleicht war der Cavaliere weggegangen und befand sich auf der Straße? Und wie ist Ihr Vater, groß, klein, dick, dünn? Wir fragen Sie das, verstehen Sie, damit wir es wissen, wenn wir ihn rausholen!«

Der Sohn antwortete nicht einmal, sondern kratzte und grub mit den Händen in der Erde, während er den Kopf zwischen die Steine steckte, als wollte auch er sich bei lebendigem Leib begraben.

»Papa!«

»Mein Sooohn!« hörte man unter den Steinen einen langen Ruf. »Mein Sooohn!«

In diesem Augenblick begann eine Glocke in einem fort zu läuten.

»Oh, die Glocke!« sagte ein Arbeiter verwundert. »Wir hatten vergessen, daß es noch Glocken gibt... Und wer läutet sie?«

»Bestimmt Pietro Simili«, antwortete ein Soldat, »er ist gestern auf Urlaub hergekommen und hat das Gelübde getan, die Glocke zu läuten!«

Auf dem nahen Glockenturm konnte man tatsächlich einen Soldaten erkennen, der wie ein Besessener das Seil mal nach links, mal nach rechts schwenkte.

Zwei weitere Glocken antworteten in der Ferne.

»Es ist Feiertag! Herr im Himmel, Feiertag!«

Einige Frauen, die vor einer Bäckerei Schlange standen, hörten auf, sich den Platz streitig zu machen, und umarmten sich weinend: »Ah, wie sie uns durcheinanderbringen!«

»Heute ist Ostersamstag!« rief ein Arbeiter aus, warf die Schaufel hin und starrte düster auf den Boden. Die anderen ließen ebenfalls Spitzhacke und Schaufel fallen und setzten sich hin, ließen die Hände zwischen den Knien baumeln, blickten auf den Boden und schüttelten das verbitterte Gesicht.

Ganz in der Nähe, fast über ihren Köpfen, begann eine schrille und silberhelle Glocke wie das Schellenhalsband eines Pferdes zu läuten.

Plötzlich tönte ein Schreckensschrei aus der Erde nach oben: »Wie? Sirenen?«

»Nein, es ist Feiertag!« antwortete der Sohn mit leiser und fast verschämter Stimme.

»Feiertag.« Hier entstand eine Pause, während der man inmitten all des Staubs und der Trümmer das Kratzen wie von einer Eidechse vernahm. »Ist deine Mutter nicht da?«

»Sie ist zu Hause!« antwortete der Sohn, und ins Ohr eines Soldaten flüsterte er: »Verwundet!«

»Hör mal, Rosario, sag deiner Mutter, sie soll die Ohrringe, den Ring und die Halskette verkaufen, und zahle den Arbeitern tausend Lire pro Minute! Jede Minute hier unten ist die Hölle!«

Ein Arbeiter fühlte sich verpflichtet einzuschreiten: »Cavaliere!« rief er. »Wir brauchen kein Schmierfett für unsere Hände! Wir haben gearbeitet und werden arbeiten, bis wir keine Seele mehr im Leib haben!«

»Wenn ich wenigstens morgen zu Ostern rauskommen könnte?« fuhr die unterirdische Stimme fort.

»Kann er rauskommen?« fragte der Sohn gedämpft, der sich ein Taschentuch vor den Mund gepreßt hielt.

»Wer kann das schon wissen?« sagte der Arbeiter seufzend. »Unser Herrgott ist aus seinem Grab rausgekommen! Aber hören Sie mal: Ihr Vater, was für ein Cavaliere ist das?«

»Hiiier bin ich! Hiiier!« riefen die Frauen, schrien die Frauen, die sich vor dem Laden des Bäckers drängelten. Die Arbeiter und die Soldaten packten Rosario Arcidiacono, der sich auf den Ruinen zusammengekauert und den Himmel betrachtet hatte wie jemand, der mit einem Steinwurf rechnet, und schleppten ihn gewaltsam in den Zufluchtsort.

Das Donnergrollen wiederholte sich im Norden und im Süden, begleitet von einem entfernten Echo von Schüssen. Ein Soldat, der an der Tür zum Zufluchtsort stehengebliebem war, sah, wie ein Unbekannter angerannt kam. »Unter den Steinen des Palazzo San Placido«, sagte der Neuankömmling, »liegt einer, der schreit: ›Weiche, Satan! Weiche von hier!‹«

»Wird wohl der Cavaliere sein!« meinte der Soldat.

Der andere riß die erstaunten Augen weit auf. »Der Cavaliere? Was sagst du da, verdammt noch mal? Welcher Cavaliere?«

Doch sie hielten inne: An einer Stelle am Himmel, der noch über dem eigentlichen Himmel zu liegen schien, waren zwei, drei, vier, fünf winzige silbrige Tiere aufgetaucht. Sie bewegten sich langsam, ernst und fast mühsam, wie Raubvögel, die ein dunkles Bangen und vor allem die eigene, übergroß und verzehrend gewordene Grausamkeit in der Nähe der Zielscheibe so behindert, daß die Gliedmaßen wie betäubt davon sind. Dann plötzlich stoßen sie senkrecht hinab, senkrecht und flink, mit einem seltsamen Funkeln und einer Sturheit, fast getroffen vom erschreckten und flehenden Blick derer, die in einer Minute getötet sein und die sie selbst dumpf betrachten würden. Eine entsetzliche Flut aus Donnern, Pfeifen, Dröhnen, mit Augenblicken von schwarzer Nacht an jenen Stellen, wo der Staub der zerstörten Palazzi einen undurchdringlichen Nebel bildet, ergoß sich zehn Minuten lang über die Stadt.

Rosario Arcidiacono bedeckte die Augen und die Ohren mit den Händen: ein Arbeiter half ihm mit den eigenen aus. Diesem Arbeiter zeigte der Soldat, der nah an der Tür stehengeblieben war, das Zeichen der Letzten Ölung.

»Un - ser Ca - va - lie - re! ...« skandierte er.

Der andere bewegte den Mund, als bäte er um eine Bestätigung; und der Soldat beschrieb mit dem umgekehrten Zeige- und Mittelfinger jemanden, der ein Pferd besteigt, dann, indem er die beiden Finger hob, wiederholte er das Zeichen der Letzten Ölung.

Nach dem Fliegerangriff hinderten drei Arbeiter Rosario Arcidiacono mit Gewalt daran, auf die Ruinen des Palazzo San Placido zu laufen, brachten ihn, wiederum mit Gewalt, in einen Ambulanzwagen und begleiteten ihn nach Hause.

»Aber warum, warum nur«, schrie der junge Mann, »warum laßt ihr mich nicht zu meinem Vater?«

Eine halbe Stunde später kehrten die drei Arbeiter vom Haus des Cavaliere zurück und versammelten sich mit der Gruppe der anderen Arbeiter und den Soldaten, die in einem Kreis um den Ort stehenblieben, an dem vor kurzem noch die Trümmer des Palazzo San Placido angehäuft waren und an dem jetzt ein Krater gähnte.

»Wißt ihr was?« sagte einer der drei Arbeiter. »Er war nicht wirklich adlig und schon gar nicht reich ... Ich hab seine Fotos gesehen: ein Männchen, etwa so groß, immer mit Stock und schwarzem Hut!«

»Und wovon hat er gelebt?« wollte ein Soldat wissen.

»Er hat alte Bücher verkauft.«

»Und war er wirklich Cavaliere?«

»Ach was, Cavaliere! Nichts war er!«

»Oh, so ein Angeber!« rief ein schielender Arbeiter aus. »Er war nichts, er hatte nichts, nicht mal das Salz für den Salzstreuer, und während er unter den Steinen lag wie eine Maus in der Falle, was hat ihm da sein verdammter Schädel eingegeben? Daß er Cavaliere ist! ... Oh, so ein Angeber!«

In der folgenden wie in der darauffolgenden Nacht kehrten die Bomber nicht wieder: Der Himmel, von dessen hohen Gestaden aus – wie von denen eines Teichs auf die Frösche – die Menschen Steine auf die Menschen gewälzt hatten, hatte wieder zu seiner tiefen Ruhe gefunden, war schweigsam und mondlos, jedoch von einem rosafarbenen Frühlingslicht überzogen, und feierte das Osterfest.

Die Arbeiter und die Soldaten schliefen unter freiem

Himmel um den Krater zu Füßen der Kirche herum, die sich nun, da die Ruinen des Palazzo San Placido verschwunden waren, über der Hauptstraße erhob. Häufig öffneten sie die Augen und sahen in die Höhe. Einem Soldaten kam es so vor, als sähe er die schwarze Mütze des flüchtig beschriebenen Cavaliere auf dem Kreuz des Glockenturms, und er sagte es seinen Gefährten. »Oh, so ein Angeber!« fing plötzlich der schielende Arbeiter zwischen Wachen und Schlafen zu brummen an. »Nicht mal das Salz für den Salzstreuer hatte er, er war nichts, und was hat ihm sein verdammter Schädel eingegeben?... Daß er Cavaliere ist!«

»Wo ist er denn bloß geblieben?« wollte ein Soldat wissen. »Wie kommt es, daß man von ihm nicht mal einen Finger gefunden hat?«

»Er ist da geblieben, wo alle Lumpen dieser Welt enden werden!«

»Oh, so ein Angeber!« antwortete der Arbeiter. »... Cavaliere!...«

In der Nacht darauf weckte ein Geräusch von Hämmern auf das Kopfsteinpflaster die Arbeiter und Soldaten. Alle richteten sich auf, doch hatte noch keiner gefragt: »Was ist das?«, als auch schon das Geräusch wie ein Dröhnen näherkam, das sich von einer Seite zur anderen wälzte, und über die mit Steinen übersäte Straße lief wie eine anstürmende Granate ein Pferd ohne Zügel und Sattel, blendete alle mit seiner schneeweißen Gestalt und verschwand im Dunkel der Nacht.

»Wem, zum Teufel, ist das durchgegangen?«

»Pah!«

»Sicher das Pferd unseres Cavaliere!« rief ein Soldat lachend aus.

»Oh, so ein Angeber!...«

»Es läuft zu seinem Herrn!«

»Oh, so ein Angeber!...«

In den folgenden Nächten noch sprachen Arbeiter und Soldaten vom Cavaliere, bis der Krieg sie verjagte, auseinandertrieb oder tötete.

Aber die Menschen vergehen, und ihre Worte bleiben bestehen: In Lumpen gehüllte Bettler, Nachtschwärmer, Wachtposten nahmen die Unterhaltung über den Cavaliere wieder auf, und so wurde langsam im Verlauf der Zeit die Piazzetta, die sich im Herzen der Stadt als Folge jener am Palazzo San Placido verschwundenen herausgebildet hatte, die ›Piazza des Cavaliere‹ genannt, und eine Legende herrschte dort vor, so feierlich wie die Kirche, die den Bühnenhintergrund zur Piazza selbst bildet.

In dieser Legende ist der Cavaliere weder ein eitler Armer noch ein stets schwarz gekleidetes Männchen: ganz im Gegenteil erscheint er als großgewachsener und stämmiger Jüngling mit einem vor Strenge und Traurigkeit schillernden Schleier vor den Augen. Als der Palazzo San Placido getroffen wurde und einstürzte, bildete er mit seinen Schultern einen Bogen und trotzte zwei Tage lang den Ruinen; unter dieser Brücke rief zwei Tage lang ein kleines Mädchen seine Mama, schlief, weinte und schrie: »Ich hab Angst, ich hab Hunger!« aber sie überlebte. Als der Verbandsführer auf den Ruinen umherging, erkannte der Cavaliere ihn an seinem Schritt wie ein Baum einen Rotmilan, der sich auf seinem Wipfel niedergelassen hat, an seinem Gewicht erkennt, und streckte seine Hand durch das einzige Loch, das zwischen den Trümmern geblieben war, schlug ihm kräftig auf die Schultern und schickte ihn purzelnd zu Füßen eines Arbeiters, während die Mütze mit dem goldenen Huhn auf das Kopfsteinpflaster rollte. Als dann die Steine weggeräumt waren, kam der Cavaliere mit einem Sprung heraus und übergab das Mädchen einer Nonne; dann setzte er sich auf eine Bank und, ohne Wasser oder Nahrungsmittel, verblieb er dort eine Stunde lang, blaß und nachdenklich. Auch gelang es nicht einmal, ihn von dort fortzubewegen, als die Stadt den grausamsten Angriff des Krieges über sich ergehen lassen mußte. Er blickte mit seinen traurigen und strengen Augen zum Himmel empor. »Aber Cavaliere!« rief ihm ein Soldat von der Tür zum Zufluchtsort aus zu. »Kommen Sie lieber hierher!« Der Cavaliere blickte ihn so traurig an, daß es den Anschein hatte, als wäre er ein unendliches Stück vom Himmel, in das es melancholisch regnete und in dem sogar die Engel zu Tausenden und Abertausenden schweigend weinen würden; dann blickte er zum Horizont, genau zu der Stelle, an der bereits die Flieger aufgetaucht waren. »Die ersten Tropfen Blut, die in die Luft fliegen«, sagte der Cavaliere, »sind die eines Kindes, und ihr werdet sie sehen!«

Und wirklich, nach den ersten Explosionen sah man – unglaublich, aber wahr – einen Strahl roter und leuchtender Blutstropfen in die Höhe schießen. Die Tropfen waren winzig und weit entfernt, doch ein jeder konnte sie so klar und deutlich sehen, als hätte er sie im eigenen Taschentuch. Und diese rote Traubendolde stieg und stieg und stieg, und je mehr sie langsam aufstieg, um so mehr wechselte sie von Rot zu Silbern, bis sie am dämmernden Himmel wie eine Gruppe von Sternen flimmerte. »Und nun«, rief der Cavaliere, »flieh, geh hinein! Denn jetzt bin ich an der Reihe!«

Der Soldat drängte sich in den Zufluchtsort und hörte dort, niedergekauert und geduckt, in sich selbst eingehüllt, die Hände auf den Ohren, wie das Maschinengewehrfeuer ohne Erbarmen die nahe Straße zerriß und zerfetzte. Nach dem Fliegerangriff war der Cavaliere nicht mehr da! Die Einschläge des Maschinengewehrfeuers befleckten, wie wütender Spuckauswurf, die Fassade der Kirche bis zu den Füßen des Erlösers, der in einer Nische stand. Und der Cavaliere? Vom Cavaliere war nichts übriggeblieben, nicht einmal ein Fingernagel, nicht einmal ein Hut, kein Kleiderfetzen. Er war verschwunden, spurlos verschwunden!...

Doch nachts fing eine Glocke aus dem Glockenturm an der Piazzetta von selbst zu läuten an. Und heute noch, bei gewissen Sonnenuntergängen, während der Glöckner in Trauerkleidung müde läutet, ergreift eine unsichtbare Hand das Glockenseil, und nachdem sie es nach links und nach rechts geschwungen hat, zieht sie mit einem übermenschlichen Ruck daran. Plötzlich stößt die kleine Glocke, zwischen den mythischen Glockenschlägen des Ave Maria, einen sehr hohen, klaren, zugleich sanften und mächtigen Ton aus, gerade wie ein himmlischer Schrei der Herausforderung. Bei diesem Klang oder Schrei, wie auch immer, bekreuzigen sich alle und beugen das Haupt; doch diejenigen, die zittern und erblassen, sind nicht etwa die Kinder noch die Frauen noch die Alten, nicht die Schwachen und Ängstlichen, und nicht die Tauben! Diese fühlen sich im Gegenteil ermutigt und stoßen einen Seufzer der Erleichterung aus. Dagegen zittern in ihren Zufluchtsorten und inmitten der Waffen die Gewalttätigen, die Tollkühnen, die Erbarmungslosen, zwischen den schwarzen Wolken zittern die Geier und die Rotmilane: Jeder, im Himmel wie auch auf Erden, der gesagt hat oder auf den Flügeln geschrieben trug: »Ich habe nie gezittert!«, dieser, mehr als jeder andere, beginnt zu zittern.

1945

Das Mädchen und die Wanze

Wer reiste im Jahre 1944 noch mit dem Zug durch Süditalien – wenn man diesen Konvoi aus Viehwagen, der mit einem kläglichen Pfiff die Ruinen der Städte begrüßte und häufig nicht mal die Kraft hatte, aus dem schwarzen Schoß der Berge hinauszufahren, in den er sich langsam und schwerfällig wie in ein Grab hineinbegeben hatte, überhaupt noch als Zug bezeichnen konnte? Mit diesem Zug reisten die Armen und die Hoffnungslosen, die ihr Elend und ihre Verzweiflung mit dem Anblick einer Öde, die sich am Horizont verlor, bitterlich trösteten, und ihre Toten mit der kalten und trübsinnigen Feststellung: »Mir... vielleicht irre ich mich... kommt jetzt ganz Italien wie tot vor!«

Die wenigen anderen dagegen reisten mit dem Überlandbus, einem großen, mit Sitzen ausgerüsteten Lastwagen, der seine Passagiere, da er nicht wie die Züge durch einen Tunnel schlüpfen konnte, einem ausgedehnten Spiel des Auf und Ab unterwarf, einmal trug er sie bis auf die Berggipfel über den Wolken, dann wieder hinunter bis mitten in die Sümpfe und ans Meer. Niemand hätte in den eingehüllten, vermummten und mit einer Kapuze bedeckten Reisenden, die in zweitausend Metern Höhe die Wälder durchquerten, dieselben Personen wiedererkannt, die kurz zuvor ohne Hut und in Hemdsärmeln sich gegenseitig auf die Segelboote am sonnenüberfluteten Strand aufmerksam gemacht hatten. Bei Sonnenuntergang verteilte der Fahrer geladene Gewehre an die Männer und ermutigte die Frauen mit den unglücklich gewählten Worten: »Werte Damen, Sie sehen, daß wir diesen widerwärtigen Straßenräubern unsere Haut so teuer wie möglich verkaufen werden!« – »Aber ich möchte sie weder teuer noch preiswert verkaufen!« erwiderte zu Recht eine junge Frau an einem Freitagabend. Drei Stunden später hielt der Bus vor dem Eingang einer Herberge. »Hier verbringen wir die Nacht!« rief der Fahrer und fügte wieder etwas unglücklich hinzu: »Wenn diese schmutzigen Banditen uns nicht besuchen kommen!...«

Die Reisenden reckten sich, gähnten wimmernd und stiegen einer nach dem andern aus, wobei sie sich auf die Gewehre und die Schirme stützten... So also reiste man 1944, und so reiste ebenfalls die Familie Tesc, Italiener aus dem Südtirol, die sich zum erstenmal nach Sizilien begab. Die Familie bestand aus fünf Personen: Anna, ihren Eltern, ihrer Tante und einer Gouvernante. Anna war siebzehn Jahre alt, und obwohl ein abgewiesener Liebhaber über sie das boshafte Epigramm verfaßt hatte: »Du, Anna, du Blume der Tyrannei, empfangen in einer Nacht der Tyrannei, geboren an einem Nachmittag der Tyrannei, deren Geburtstage auch die Jahrestage der Tyrannei waren...«, müssen wir dennoch sagen, daß das Mädchen unter den Zeiten, in denen sie lebte, nicht gelitten hatte. Im Gegenteil! Im Gegenteil! Der Mond selbst schien sie die ganze Zeit der Barbarei über in seine Obhut genommen zu haben, indem er sie mit seinem Licht an einem fernen Ort über der Erde umfing, auf der ihre gestiefelten Altersgenossen mit geschwellter Brust und verdrehtem Hals auf einen fahnengeschmückten Thron zumarschierten, indem sie auf rhythmische und mühsame Weise die Luft mit Fußtritten traktierten. Sie mochte weder den schweren Schlaf der abgekämpften Gipfelstürmer und der Matrosen unter den Tannen oder an der Küste, noch die Hurra- und Hochrufe, noch die kameradschaftlichen und rohen Stöße, bei denen die weibliche Schönheit ins Wanken geriet und wie die Flamme einer Kerze im Wind zu erlöschen drohte; ihr gefielen die weitschweifigen Reden nicht, die verunstalteten Worte und die gewöhnlichen Witzeleien; noch nie war sie nachts mit vor Wollust pochendem Herzen aufgewacht, weil sie vom Koch geträumt hatte, der sie in der Küche im Kochen unterrichtete, oder vom Jagdaufseher, der sich mit ihr im Hundezwinger eingeschlossen hatte; noch nie hatte sie sich beeilt, eine frisch verheiratete Schulfreundin zu besuchen, um zu sehen, ob diese auf ihre Fragen reagieren würde, die sie ihr mit den Augen stellte; und inmitten des riesigen Applauses, der wie ein berauschender Wirbelsturm über die Verbrecher und die Gewalttätigen niederging, fehlte das Klatschen ihrer langen und schwachen Hände; und als das Herz vieler Frauen schamlos für die schönen Deutschen schlug, die die schlechtgekleideten Polen zertraten, hatte sie, einen blauen Schleier mit den langen und schwachen Händen zusammenhaltend, in einer kleinen Borromini-Kirche mit gesenktem Haupt, aber aufrecht stehend gebetet, schlank und zart wie eine Kerze vor dem Propheten aus Marmor, der auf der Seite zum Ruhm Warschaus Annas Namen neben den der Gerechtigkeit und der Wahrheit eintrug. Weshalb auch hätte sie nicht für die Stadt beten sollen, die das heisere Ultimatum Hitlers mit dem Trauermarsch Chopins beantwortet hatte und unter dem Kanonenfeuer zusammenbrach, indem sie sich gleichmütig in den Staub ihrer Trümmer und die Noten ihrer Musik einhüllte?... Aber von diesen alten Geschichten nun kein Wort mehr! Anna übrigens hatte sie vergessen, und sie hatten in ihrem Herzen und ihrer Persönlichkeit keine Spuren hinterlassen. Wie bereits gesagt, Anna schien die Staub aufwirbelnden Zeiten der Militärmärsche an jenem Ort verbracht zu haben, der dem Mond am nächsten liegt und von diesem am besten beleuchtet wird, so daß man sich jetzt nicht darüber wundern mußte, wenn ihr kleines Gesicht ein leichtes, mondweißes Licht ausstrahlte, das sich auf ihrem Stirnband oder auf ihrem Schal brach, wobei es nach oben oder nach unten abgelenkt wurde und dabei mit einem Lichtschleier das Funkeln in ihrem Blick dämpfte.

Dies will nicht heißen, daß ihre Seele schwach und ihre Worte leer wie ein Windhauch gewesen wären! In manch einer Situation war sie sogar zu energisch, und die Fensterscheiben eines römischen Hauses klirren heute noch nach von ihrem: »Nein! Nein! Da hinunter will ich nicht fahren!« als Antwort auf die Nachricht von der bevorstehenden Reise in den Süden, die ihre Mutter ihr mitgeteilt hatte.

Vor dem Süden hatte Anna Angst, und die ersten Stationen der Reise waren nicht dazu angetan, sie aufzumuntern. Je mehr sich der Bus vom Pol entfernte, um so untersetzter, finsterer und behaarter wurden die Menschen; die Schnurrbärte, die Augenbrauen, die Backenbärte, die borstigen Wimpern schienen sich ihr zuzuwenden und ihr zu folgen, so wie der Schnabel eines auf dem Boden ausgestreckten und schläfrigen Raben dem Küken folgt. Wenn sie vorüberging, bemühten sich alle Männer, die alten ebenso wie die jungen, sich plötzlich mit irgend etwas zu beschäftigen: sie husteten, räusperten sich, zupften am Rock, gaben den Spazierstock von einer Hand in die andere, betrachteten sich in den Spiegeln der Geschäfte, richteten den Sitz der Krawatte, setzten die Brille auf, zündeten eine Pfeife oder eine Zigarette an, und einige, die gar nichts zu tun wußten, versetzten einem armen Hund einen Fußtritt und sagten: »Du dummer Kerl... na, was gibt's da zu gaffen?«

In der Nähe eines kleinen Hotels am Meer, auf dessen Balkon sie mit einem Buch saß, begannen drei junge Leute, die sich kurz zuvor wie drei Schafsköpfe niedergelassen hatten, kaum daß sie sie erblickten, zu lärmen und Geschosse wie Raketen auf sie abzufeuern: Einer hatte sich von einer sehr hohen Klippe kopfüber hinuntergestürzt und sich auf dem Meeresgrund die Augenbraue aufgerissen; ein anderer hatte Tausende von Liedern geträllert, eins nach dem anderen, ohne auch nur Atem zu schöpfen oder eine Minute lang seinen Vortrag zu unterbrechen; und der dritte war hin und her gegangen, zu Fuß, dann mit dem Fahrrad, in der Kutsche, mit dem Motorrad vorübergefahren und sogar hoch zu Roß vorbeigeritten und hatte dabei Hörner, Peitschen, Klingeln, Hupen, Räder und Füße erklingen lassen: ein wahres Teufelsspektakel! Aber all dies bereitete Anna keinerlei Freude, so wie dies bei einer reifen Frau oder einem verschlagenen Mädchen der Fall gewesen wäre; im Gegenteil, es flößte ihr Angst ein! Überall schien sich ein Männerauge zu verengen und sie aufs Korn zu nehmen wie ein Gewehrlauf. »Oh, diese Südländer!« sagte Anna fast weinend. »Oh, dieser Süden! ... Oh, diese verdammte Reise!«

Den letzten Halt mußten sie zwangsweise am südlichsten Zipfel Kalabriens einlegen, und zwar in einem Gasthaus, in dem sie bei Einbruch der Nacht eintrafen. »Es gibt nur vier Stunden Schlaf!« sagte der Fahrer. »Wecken um drei!«

Anna begab sich rasch auf ihr Zimmer, mit einer zischenden Kerze in der Hand, die bald abgebrannt war. Hastig entkleidete sie sich, wagte kaum, das eigene Kleid zu berühren, wegen des seltsamen Knisterns, das die Seide von sich gab, hatte es eilig, der Dunkelheit ihr Recht zurückzugeben, um die Fliegen zu besänftigen, die in Schwärmen unter der Decke summten; sie zog ein weißes Nachthemd an, legte sich auf das Bett und löschte die Kerze.

Doch eine Stunde später bewegte sich etwas heimlich mit winzigen Schrittchen auf ihrer Haut.

Anna zündete die Kerze an, die einen Lichtschein auf ihr Bett warf; und in diesem Kerzenlicht leuchtete das Bettuch vollkommen weiß auf, bis auf einen Punkt, der ein Loch, eine Münze, ein Auge zu sein schien.

»Eine Wanze!« schrie Anna außer sich und sprang aus dem Bett. »Eine Wanze!«

Die Kerze war erloschen, und die Zündhölzer waren im Dunkeln nicht zu finden. Anna blieb stehen und zitterte wie Espenlaub, während ihr ein Schauder des Ekels den Rücken hinunterlief, ähnlich den Schrittchen, die sie kurz zuvor geweckt hatten. »Bah!« sagte sie und preßte eine Hand gegen ihren Mund; sie entfernte sich von diesem gruseligen Bett, in dem ein Monster hauste, und versuchte Schritt für Schritt in dem dunklen Zimmer zum Balkon zu gelangen. Alle Gegenstände, gegen die sie mit der Hand oder der Stirn stieß, summten und brummten vor Fliegen, und sie hielt inne, da sie nicht wußte, wohin sie gehen konnte. Schließlich fand sie die Fensterläden am Balkon und öffnete sie mit Müh und Not: Die große Nacht des Südens war auf ihrem Höhepunkt, war voller Sterne und dunklem Laubwerk und Düften, die durch die Lüfte streiften, sich um den Hals wickelten und zu einem Schlangenknoten banden. Beim Anblick dieser gewaltigen, lebendigen und prallen Nacht, die ihr den weit aufgerissenen Rachen entgegenstreckte, trat Anna einen Schritt zurück. Wohin konnte sie gehen? Auf der einen Seite die schwarze, pelzige Nacht, die ein endloses und leichtes Schnurren durchzog wie das eines Tieres, das mit offenen Augen schläft; auf der anderen Seite das Bett, in dem eine Wanze thronte. Wohin konnte sie gehen? Im Zimmer sah man die eigene Hand vor Augen nicht. Doch ganz langsam begann sich im Sternenlicht eine Wand abzuzeichnen, dann ein Stuhl. Anna lief hin, schleppte ihn auf den Balkon und – so gekleidet, wie sie war – setzte sich verkehrt darauf, indem sie einen Arm auf die Rückenlehne legte und darauf ihre Wange. Hin und wieder warf sie einen Blick ins Innere des Zimmers, auf das Bett, in dem die Wanze schlief, allein und schwarz. Um sich Mut zu machen und die Zeit totzuschlagen, rezitierte sie leise einige Verse aus Eugen Onegin, und die sanfte russische Musik plätscherte in diesem Zimmer, das nur das Brummen der Fliegen und das Sirren der Mücken kannte; danach sagte sie eine Szene von Ibsen auf, die sie schon im Internat auswendig gelernt hatte, dann ein Gedicht von Keats, und wiederum Verse von Puschkin und ein Sonett von Petrarca... Plötzlich glühte die Kerze, deren Docht rot wie ein glühender Faden geblieben war, vielleicht wegen eines Windstoßes, wieder auf und brannte. Ein helles Licht erleuchtete das Zimmer. Was war geschehen? War die Sonne aufgegangen?... Doch in diesem Augenblick spürte sie das Kitzeln der bekannten Schrittchen, und diesmal auf ihrer Wange, ganz nah am Mund. Sie ergriff die Kerze, lief zum Spiegel über dem Waschbecken und sah sich an: Es schien ihr, als wäre ihr ein Nagel in die Wange hineingetrieben worden, dann schien ihr, als hätte sie ein Loch, schließlich sah sie, daß dort auf der Haut, ganz nah am Mund, eine Wanze hockte! Was tun? Wohin fliehen? Wen um Hilfe bitten? Sie stieß einen Schrei aus und fiel in Ohnmacht... Als sie die Augen wieder öffnete, saß sie auf einem Stuhl, das Kinn auf die Arme gestützt. Im Osten war ein weißer, leichter Nebel aufgekommen, und die Mutter klopfte an ihre Tür: »Annuccia, Annuccia, aufstehen! Wir müssen los!« Anna öffnete die Tür, und die Mutter trat mit dem Licht ein: »Aber, Anna, hast du denn auf dem Stuhl geschlafen?«

Sie umarmte die Mutter und fing zu schluchzen an. »Oh, dieser Süden! Was für ein verdammtes Land!«

Am Tag darauf eilte der Bus über die Straßen Siziliens.

»Aber, Anna, du hast ja ein Muttermal auf der Wange!« sagte die Tante. »Wann ist dir das denn gewachsen?«

»Wo auf der Wange?« fragte sie erschreckt und berührte mit Abscheu die von der Tante beschriebene Stelle. »Aber das ist ja die Wanze!« schrie sie dann und stand halb auf, als wollte sie fliehen. Acht Arme hielten sie zurück, und die Mutter, die einen kleinen Spiegel aus ihrer Tasche hervorkramte, gab ihn ihr und sagte: »Sieh dich an! Es ist ein Muttermal! Wie gut dir das steht, Liebstes! Oh, wie gut es dir steht, dieses Muttermal!«

Anna betrachtete sich im Spiegel, und verlegen, widerwillig, empört und mit aufzüngelndem Vergnügen mußte sie zugeben, daß auf der Wange, ganz nah am Mund, das schreckliche Insekt aus der Nacht zuvor sie schmückte, allerdings nicht mehr schwarz, sondern karmesinrot wie ein Rubin: ein winziger, harter und glatter Dorn. Doch, plötzlich, was geschah? Das Muttermal blieb nicht still sitzen... bewegte es sich? Es war doch kein Muttermal, sondern die Wanze!... und kroch langsam auf die Lippen zu. Was tun? Wohin fliehen? Wen um Hilfe bitten? Anna ließ den Spiegel aus ihren Händen gleiten, stieß einen Schrei aus und fiel in Ohnmacht...

Dennoch behielt sie das Muttermal auf der Wange, ganz nah am Mund, in der letzten Kräuselung des Lächelns; und obschon es Anna nicht gelang, es zu mögen, mußte sie sich tausendmal das Lob der Männer anhören, von den älteren Herren bis zu den Knaben; denn in Wahrheit steigerte dieses Pünktchen Annas Schönheit ins Unermeßliche. Und als sie vor Schrecken in Ohnmacht gefallen war, weil sie noch einmal gespürt hatte, wie das Muttermal zu den Lippen hin schweifte, glänzte das Muttermal auf ihrem Marmorgesicht so lebhaft, daß alle sie mit offenem Mund anstarrten und bewunderten und ganz vergaßen, daß sie in Ohnmacht gefallen war und Hilfe benötigte; das Muttermal glänzte in jenem Marmorgesicht so geheimnisvoll, als hätte die Nacht bei Tagesanbruch einen schwarzen Stern am weißen Himmel vergessen.

1945

Der Weg des Schweigens

Sterben die Menschen eines natürlichen Todes, wenn der Baum der Menschheit schrittweise das abstößt, was blaß und verwelkt ist, so kräuselt sich die weite Oberfläche des Schweigens – in dem für immer ertrinkt, wer zu sprechen und aufrecht zu stehen aufgehört hat – nicht im mindesten, wie groß auch immer die Anzahl derer ist, die jene Oberfläche kopfüber durchstoßen, um zum weit entfernten Grund zu gelangen.

Doch sterben die Menschen eines gewaltsamen Todes und werden sie mit Gewalt aus den eigenen Worten und den eigenen Schreien verjagt, aus ihrem Auge, das sieht, und aus ihrem Herzen, das schlägt, so ächzt das Schweigen wie ein zu stark angeschwollener Strom, dem es nicht mehr gelingt, die große Anzahl Steine, Pflanzen und Tiere zurückzuhalten und zu umfangen, die ihn auf verworrene und unerwartete Weise im Innern zugrunde richten. (In einer Sommernacht, einer Nacht, in der Tausende und Abertausende von Menschen im kurzen Verlauf einer Explosion oder eines Knalls aus der Welt geworfen wurden, habe ich, als ich unter einem großen, weißen Mond durch die Straßen Catanias schlenderte, jenes Gemurmel des Schweigens mit solcher Klarheit vernommen, daß ich meine Zigarette von der rechten in die linke Hand gewechselt habe, um mich zu bekreuzigen!)

Und hier nun meine Sizilianer, und unter diesen jene, die mir am liebsten sind, jene, die am Ende eines unsicheren Lebens oder mittendrin wegen einer einfachen beginnenden Manie das Gehör unter dem Samtkäppchen oder der Wollmütze oder dem Taschentuch mit den vier verknoteten Zipfeln hervorziehen, es auf dem Dachboden ausbreiten, wo die Maus wie ein Ball von einer Seite zur anderen rollt, und höher hinauf über die Dächer, auf denen die Katze miaut und der Herbstwind sich mit dem Rauch des Kamins vermählt, höher zu den kleinen, auseinandergetriebenen Wolken hin, die so leise und so hoch klingen, daß selbst die Kraniche es nicht mehr hören – und das Gehör sucht und wühlt und stöbert unter den leichtesten und luftigsten Geräuschen der Welt, ob es nicht ein noch leichteres und luftigeres finde: das Seufzen eines lieben Toten.

Unter diesen nun gibt es den Grundbesitzer Giovanni Damigella, einen Mann von siebenundvierzig Jahren, groß, dunkle Augen, die jedoch auch aus dem Weiß des Augapfels starr blicken, ja vielleicht sogar aus dem Weiß starrer als aus den winzigen Pupillen, denen seit etlichen Jahren lediglich die Aufgabe zugewiesen worden ist, sich zu wundern und Angst auszudrücken. Verschwinden die Pupillen nach oben unter die Wimpern, fast in die Stirn, so fühlt sich derjenige, der Damigella gegenübersteht, von diesem aus den riesigen, weißen Augenhöhlen herkommenden Blick abgetastet und beherrscht; kehren die Pupillen dagegen wieder in ihre Ausgangsstellung zurück, so fühlt sich der andere stärker und gewinnt den Eindruck, Damigella zu beherrschen und ihm Angst einzujagen.

Wie kleidete sich Damigella? Sehr einfach: winters wie sommers zog er denselben Anzug an. Und nachts? Oh, nachts zog er seinen Rock aus, das Hemd, das Unterhemd, nicht aber die Hose und die Schuhe; auf diese Weise war er bereit, aus dem Bett zu springen und zu fliehen ... wohin, das weiß nur Gott allein, denn vor dem Zubettgehen hat Damigella alle Türen verrammelt, die Querbalken vorgelegt, die Schlüssel im Türschloß und in den Vorhängeschlössern gedreht und die Riegel vorgeschoben, die Türklinke mit Schnüren und Ketten festgebunden, den Durchgang mit Tischen verstellt und auf die Tischflächen umgedrehte Stühle gestellt.

Bis vor fünf Jahren wußte Damigella nicht, ob er ein mutiger Mann oder ein Feigling war. Beim ersten Kanonenschuß von 1940, als er nackt aus dem Bett vor den Spiegel gesprungen war, hatte ihm ein so beunruhigendes Bild eines verängstigten Mannes vor Augen gestanden, daß er von jenem Tag an nicht mehr die Kraft aufbrachte, sich zurückzuhalten noch sich zu beherrschen. Wenn die Flieger am Himmel wie Mücken herumsausten, warf Damigella sich bäuchlings auf eine Matratze, bedeckte seinen Nacken mit beiden Händen, und indem er Augen und Ohren ins Kissen versenkte, suchte er die Dunkelheit, Empfindungslosigkeit, Entrückung, kurzum, einen Zustand, der dem Tod so nahe wie möglich kam und ihm für eine Minute Ruhe vor jener unerträglichen Todesangst, und besonders vor dem eigentlichen Tod selbst, gewährte. Doch der Herrgott schien es auf ihn abgesehen zu haben! Sein Hörvermögen glich in jenen Augenblicken einem Knäuel, dessen Ende ein feindlich gesinnter Engel in den

Händen hielt und davon einen kilometerlangen Faden abwickelte, der bis nach Malta führte, bis er ihm die Flugzeuge zu spüren gab, genau von jenem Punkt an, von dem sie aufstiegen; und sein Auge, obgleich gegen das Kissen gedrückt und auf die Ausmaße einer Fliege verkleinert, füllte sich mit Himmel, Wolken, Kanonenblitzen: alle Schornsteine der Stadt, die dürftigen Dächer, die sich – wie die Haut der Tiere, wenn sie einen Peitschenhieb erwarten – zusammenzuziehen schienen, die Balkone mit Blumenvasen und den in das Geländer eingravierten Namen von Verlobten, die Wäsche, die arme, die Hemden, die Unterhemden, die Leibchen, die hoch oben zitterten, während ihre Besitzer in den Zufluchtsorten unter der Erde zitterten, die Schwalben, die nach rechts und nach links stießen, als wollten sie eine Öffnung freilegen, durch die sie dieser niederträchtigen Welt entkommen könnten, die trägen und zerstreuten Katzen, die Glocken voller Schweigen, all diese Dinge kamen zu Hunderten und zu Tausenden, um ihren Sitz im kleinen Auge Damigellas einzunehmen. Dazu kam noch das alte Dienstmädchen, das sich während der Fliegerangriffe daranmachte, im Haus umherzuirren, indem sie laut vor sich hin sprach, was ihr gerade durch den Kopf schoß. »Jessesmaria, Jessesmaria! Jetzt haben wir sie am Hals! Sie sind direkt über unserem Haus!« Und sehr schnell: »Sie haben zugeschlagen, sie haben zugeschlagen!...« Und mit einer Pause nach dem ersten Ausruf: »O weh! – Wir werden sterben!« Vom Flur her kam unterdessen eine kleine Mädchenstimme, von der Tochter des Hauswarts: »Bomben, wir sind nicht da!« Und weiter: »Bomben, wir sind nicht da!«

Und immer wieder wie beim Singsang der Kinder, wenn sie Versteck spielen: »Bomben, wir sind nicht da!«

Damigella, der nunmehr so weit in der Matratze versunken war wie eine Handvoll neuer Wolle, die sich gegen die alte drückt und sie zusammenpreßt, traute sich nicht, seine Stimme durch jene Räume voller Gefahren zu schicken, ganz so, als könnte seine Stimme getroffen und zerstört werden; also schwieg er. Indem er dem Himmel seine Schultern zudrehte, spürte er deutlich – so deutlich, daß er ihn zu sehen glaubte – den blonden und großen Fremden, der mit Augen aus Metall auf ihn herabsah. Wohin blickte er? Wen suchte er? Vielleicht suchte er ihn? Und die Spitze jenes Blicks strich wie die einer dünnen und sehr langen Klinge über die Dächer, drang hier und dort ein, bis sie zu ihm ins Haus, in sein kleines Zimmer kam ... und sich in seine Schultern bohrte. Zum Teufel! Zum Teufel! ... Lieber nicht der Teufel: Herrgott! Jungfrau Maria! Alle Heiligen im Paradies! Gebenedeite Santa Rita! Ave Maria ... für uns ... und in der Stunde unseres Todes ... San Giorgio! San Pietro! ...

Der Blick wand sich aus seinen Schultern heraus und begann, weiter weg zuzustoßen.

Damigella atmete ganz langsam und begann im Geiste eine Unterhaltung mit dem Fremden, der mit Bomben beladen ihm wiederholt über den Kopf strich: »Was hab ich dir Böses angetan, ich? Hab ich dir was verkauft, das nicht gut funktioniert? Nein! Bin ich dir auf der Straße begegnet und hab ich dich nicht gegrüßt! Auch nicht! Bin ich dir auf die Füße getreten? Nein! War ich mit deiner Schwester verlobt und hab ich sie dann sitzenlassen? Nein!

Hab ich dir die Frau weggeschnappt? Nein! Wer hat dich je gesehen? Na, du Hundesohn, warum willst du mich dann umbringen? Bin ich vielleicht ein Soldat? Siehst du hier irgendwelche Waffen? In meinem Haus hat es nie Waffen gegeben! Welches Unglück führt dich her, was nimmst du mir übel, so wie ich in diesem Augenblick bin? Na, dann, du Hurenso...« In diesem Augenblick aber schien ihm, daß der Fremdling die Stirn runzelte wie jemand, der – weil er die Sprache, in der er beleidigt wird, nicht kennt – auf einmal den Sinn der Worte allein am Ton versteht, in dem sie gesprochen werden.

»Nein, mein Sohn, nein, mein Lieber«, sagte Damigella, der für Abhilfe sorgen wollte und die Hände aus dem Nacken zum Hinterkopf hochschob. »Nein! Was willst du tun? Kennst du mich? Weißt du, wer ich bin? Weshalb versuchst du nicht, zu Fuß hinabzusteigen? Eines schönen Abends, wenn es dir lieber ist, auch um zwei oder drei Uhr in der Früh, wann immer es dir gefällt, wann immer es dir paßt, klopf ruhig an meine Tür! Glaubst du etwa, ich würde schreien, die Polizei rufen oder an die Wand klopfen, damit der Nachbar aufwacht? Ich werde dich hereinbitten und dir zu essen geben wie ein Vater, kredenze dir ein kleines, zwanzig Jahre altes Weinchen, du schnalzt mit der Zunge, lächelst, wir lassen den Tisch abräumen, spielen Karten, ich schiebe dir, ich selbst mit meinen eigenen Händen, einen Schemel unter die Füße, damit du dich zurücklehnen kannst und ich dir nicht in die Karten sehen kann, wir schließen Freundschaft, weißt du, wie schnell? In fünf Minuten! Denn alle sind gut Freund mit mir! Ich bin nämlich allen sympathisch! Ich kümmere mich nur um meine Angelegenheiten! Ich störe niemanden! Ich möchte, daß alle tausend Jahre lang leben! Ich habe die Menschen gern! Ich mag alle! Ich mag dich auch, meine Seele, mein Atem, mein Herz, Schöner, Lieber, Guter, denn du bist gut...«

Aber an dieser Stelle seiner Rede setzte ein Lärm aus dem Süden ein, von jener Seite her, wo die Stadt auf das Meer geht, mit Brücken, Fabriken, jeder Menge Schwefel und Häuschen von armen Leuten.

»Nein, nein, nein, nein!« schrie Damigella. »Das halt ich nicht aus!«

Und er erhob sich vom Bett, verärgert und berstend vor Angst, begann sich im Zimmer zu drehen, gestikulierte wie ein Admiral, der auf dem Höhepunkt des Sturms seine Befehle erteilte, so sehr ließ die Strenge des Entsetzens ihn einem Helden ähnlich werden: »Nein, genug! Das halt ich nicht aus!« Und mit lauterer und verächtlicherer Stimme: »Ich hab Angst! Habt ihr's gehört? Ich hab Angst! Was wollt ihr, ihr Dummköpfe? Was wollt ihr, ihr Schufte? Ich schaff es nicht, ich schaff es nicht mehr! Ich hab Angst!«

Das Dienstmädchen ging murmelnd hinter ihm her: »Wir haben's gehört: Sie haben Angst!«, während die Nachbarn, die sich im Flur zusammendrängten wie die Schafe in der Herde, leise kommentierten: »Er hat recht, der Ärmste! Wenn er Angst hat, ist es besser, daß...«

»Besser, daß was?« brüllte Damigella aus dem anderen Zimmer, »besser, daß was?«

Die Nachbarn verstummten.

»Besser, daß ich hier abhaue, stimmt's? Dann habt ihr das Haus für euch, und ihr könnt einen Schweinestall daraus machen! Dann legt ihr euch im Flur hin und macht hier eure Geschäfte! Stimmt's? Stimmt's...? Und zieht in der Toilette gefälligst die Spülung, sonst fallen euch die Hände ab!«

»Wenn Sie mit mir reden, täuschen Sie sich!« sagte ein alter Amtsrichter, der im Flur in seinem Seidenpyjama saß, die blasse und gepflegte Hand auf den Silberknauf des Spazierstocks gestützt.

»Ich rede mit allen und mit keinem!« erwiderte Damigella. »Höre es, wer wolle: Ich geh nicht weg. Ich bleibe und leiste euch Gesellschaft!«

»Das Vergnügen ist ganz unsererseits!« fügte der Amtsrichter hinzu, und weil er seine auf dem Stock ruhende Hand in einer so weitschweifigen Geste vom Stock entfernt hatte, rutschte ihm die Stockspitze mit einem schrillen Kreischen weg, so daß Damigella wie ein Bär hüpfte.

»Ich bleibe hier!«

»Ausgezeichnet!«

»Ich bleibe hier!«

»Großartig!«

Doch trotz dieser kategorischen Bestätigungen verließ Damigella hastig Catania und flüchtete in ein kleines Dorf, so klein wie ein Innenhof, wo er am Tag darauf gezwungen war, dem Hahn eines Nachbarn heimlich den Hals umzudrehen, um ihm dieses entsetzliche Kikeriki abzugewöhnen, das dem Aufheulen der Alarmsirenen zum Verwechseln ähnlich war.

Und nicht einmal hier fand er Frieden. An einem Sonntag im April, gegen drei Uhr nachmittags, schoß eine dreimotorige Maschine wie ein Rennwagen in die Tiefe, warf – nachdem sie ihr angebliches Schicksal als dort zerschellendes Flugzeug hatte betrauern lassen – eine Bombe ab und spritzte wieder, wütend vor Freude, in den Himmel hinauf. Ein tosendes Dröhnen, eine schwarze Wolke, und ein ärmlicher Landgeistlicher mit sizilianischen Karten in seiner Linken, ein kleiner Alter mit der Pfeife im Mund, ein junger Arzt, der sich den Kneifer auf der Nase zurechtrückte, sowie ein Jungvermählter, der eine Hand in der Rockinnentasche versenkt hielt, um sanft das Photo seiner Frau zu streicheln, wurden zweihundert Meter hoch in die Luft geschleudert – noch höher als die Glocken, die zur Hochzeit ihrer Eltern geläutet hatten – und regneten dann in Fetzen herab.

»Teufel! Teufel! Was ist los? Warum nur? Darf man erfahren, warum?«

Es war Damigella, der vom Balkon schrie, während die Staubwolke, in der noch die Schwermut von vier Menschenleben hing, langsam vom Boden hochstieg, seine Hausfassade, den Balkon und das Innere der Zimmer verdunkelte, aus dem er gekommen war, um zu schreien:

»Warum nur? Warum nur?«

Niemand schenkte ihm Gehör; niemand wollte ihm sagen, warum. Andererseits, wer hätte es ihm sagen können? Wer las in den Köpfen derer, die am Himmel spazierenfuhren?

Am selben Abend verließ Damigella das kleine Dorf und machte sich auf den Weg zu einem Haus in den Bergen, wobei er sich um weitere tausend Meter dem Ort näherte, an dem die Bomben ausgeklinkt wurden, und sich um dieselbe Strecke von dem Ort entfernte, auf den die

Bomben fielen. Näher zu den Wölfen und weiter weg von den Lämmern: auf diese Weise fühlte er sich sicherer. Obschon, obschon ... Auch hier mußte er an Ereignissen teilnehmen, Geräusche hören, ahnen, erraten, phantasieren ... Er brachte drei Jahre damit zu, mit der Rechten das Kreuzzeichen zu machen und mit der Linken ein Medaillon der Muttergottes zu drücken, das er immer um den Hals trug; und damit, plötzlich auf die Knie zu fallen und um zwanzig Jahre gealtert aufzustehen; und damit, sein Herz zusammenzupressen wie ein Tier, das ausschlägt und beißt und ausreißen will, und damit, seinen Handrükken zwischen den Zähnen zu halten, zu weinen vor Müdigkeit und vor Selbstmitleid.

Endlich, endlich, entfernte sich der Krieg, der Himmel räumte die Gefahren weg, und Damigella konnte zu ihm aufblicken, zuerst zaghaft, mit flüchtigen, flinken Blicken wie jene, die ein Hund auf den Herrn riskiert, um zu sehen, ob er das Futter wirklich hingestellt hat, danach offener, länger, sich ins Blau versenkend, über alle Wolken hinweg, die Strahlen sammelnd und den farbigen Dunst, immer mehr darüber hinaus und weiter, bis zu den entferntesten Punkten, fast bis zu den letzten Funken des Sonnenlichts, die in der ewigen Nacht flimmern, der Blick dürstend nach Frieden, Gleichgültigkeit, Langeweile und einer äußerst süßen Nichtigkeit, die aber nicht der Tod war, vor dem er während des Krieges soviel Angst gehabt hatte.

Wie doch die Dinge auf der Welt ablaufen! Was für eitle Narren sind die Menschen doch! Wer traktiert sie mit

Fußtritten und schleift sie aus Unachtsamkeit wie leere Schachteln oder rollende Steinchen von einem Punkt zum gegenüberliegenden Punkt?

Kaum war der Krieg beendet, da war auch Damigella die Angst zu sterben vergangen, und wißt ihr, was an ihre Stelle trat? Ein Gefühl, das jenem vollkommen widersprach, das ihn über so lange Zeit hinweg beherrscht hatte ... In seinem Herzen nämlich hatte sich ein bescheidener, inniger und frommer Wunsch zu sterben eingenistet.

Der Toten hatte es zu viele gegeben, und er kam sich »zu wenig« vor. Aber damit haben wir noch gar nichts gesagt! Damit hätten wir allenfalls die Bestürzung erklärt, die sein Herz abends pochen ließ wie ein kleines, verirrtes Licht im finsteren Wald, und mit diesem engen und bedrückten Kreis wuchs von allen Seiten her seine Überzeugung, zu einem Ende kommen zu müssen. Hinzu kam noch, daß er sich beobachtet fühlte, fortwährend beobachtet, wo immer er auch ging und sich versteckte, beobachtet! Nicht etwa von offenen Augen wie jenen eines Gemäldes, die dem Betrachter an jeden Punkt im Zimmer folgen und ihm manchmal den Kopf schwirren lassen, sondern von den geschlossenen Augen der Toten. Die Starrheit der geschlossenen Lider, alle ihm zugewandt, alle auf ihn gerichtet, alle in seinem Rücken, war ihm unerträglich.

An welchem Ort auch immer er sich aufhielt, diese Kriegsgefallenen betrachteten ihn: Auf den Friedhöfen oder in den Gräbern, auf den Landstraßen oder in den Parks der Stadt – sie waren in der Luft verteilt, da sie schwächer und leichter waren als sie, die die Kraft hatte, sie zu tragen; unter dem Schnee oder dem Sand, sie schwebten im Meer zwischen den vollkommen schwarzen Wassern des Grundes und den höher gelegenen, in denen der Himmel gern sein Antlitz spiegelt – von allen Orten und Schlupfwinkeln aus betrachteten diese Toten ihn, Giovanni Damigella, der am Leben geblieben war. Warum war er am Leben geblieben? Weder beschuldigten sie ihn, noch machten sie ihm Vorwürfe: sie wollten lediglich direkt von ihm wissen – ohne Bitterkeit und ohne Groll, sondern wie um eine matte, ausgezehrte und unendliche Neugier zu stillen –, warum sie hatten sterben müssen und er am Leben geblieben war.

Wie sollte Damigella eine solche Frage beantworten? Was, zum Teufel, konnte er antworten?

Er wußte es nicht im mindesten, und nichts machte ihm so sehr angst, wie nicht zu wissen, warum so viele gute Leute gestorben waren und er dagegen überlebt hatte. Er regte sich auf, zerrte am Seidentuch um den Hals, und als er bei Tagesanbruch die Piazzetta des Dorfes auf dem Buckel eines verschlafenen Esels überquerte, klagte er mit lauter Stimme: »O weh, ich Ärmster! Gott bewahre! Gott bewahre!«

»Was ist das für ein Tier, das sich so quält?« murmelte jemand in seinem Bett.

»Darf man wissen, was Damigella gepackt hat?« fragte man sich abends in der Apotheke.

Und da es im Dorf reichlich Müßiggänger gab, die erlesene Experten im Studium von Personen waren, so brauchte diese Frage nicht lange auf eine Antwort zu warten. Damigella ist außer sich... sagten sie... er schließt sich in sein Zimmer ein; er hat zwanzig Kilo abgenommen; er will kein Wort über Tote hören; er weint; er hungert; er schläft nicht; er leidet an Verstopfung...

Von jenem Augenblick an wurde der arme Mensch nicht mehr in Ruhe gelassen. Sie luden ihn zum Plaudern ein; der Apotheker rief ihm von der Schwelle seines kleinen Zimmers zu: »Kommen Sie her, Signor Damigella! Wo wollen Sie denn so spät noch hin? Darf man wissen, wo Ihnen der Schuh drückt? Kommen Sie doch auf ein Schwätzchen zu uns!«; die Herren Zappalà, Sciuto und Spampanato begleiteten ihn unweigerlich nach Hause, die beiden ersteren waren Studenten der Medizin, der dritte Buchhalter, ein äußerst liebenswürdiger Mensch, ordentlich gekleidet, von schönem Äußeren und angenehm unterhaltend, auf alle Fälle sympathisch, obwohl er im August 1943 einem Toten die Goldzähne aus dem Mund geklaubt haben soll.

Als der gute Damigella sich in der Gruppe niedergelassen hatte, geriet das Gespräch wie ein Betrunkener so lange ins Schleudern, bis es auf die üblichen Themen gekommen war.

»Es heißt«, sagte einer, »daß man in einem deutschen Konzentrationslager hunderttausend Skelette von Soldaten entdeckt hat...«

Damigella zuckte zusammen.

»... und von Alten...«

Damigella zuckte wieder zusammen.

»... und von Kindern...«

»Ach!« sagte Damigella leise.

»... und von Frauen...«

»Ach!« sagte Damigella jetzt lauter. »Warum das?«

»Es scheint«, sagte ein anderer, »daß die Leiterin eines solchen Lagers sich Lampenschirme aus der Haut der Toten anfertigen ließ!«

»Nein!« schrie Damigella und drehte seinen Kopf nach links ab wie ein Pferd, das nicht will, daß man ihm den Halfter anlegt. »Nein, heilige Madonna, nein!«

»Trotzdem ist es so! Auch kleine Handtaschen ... hat diese Frau ... sich anfertigen lassen, so scheint es ...«

»Nein, Herrgott, nein!«

»So scheint es!«

»Das erzählt man sich!«

Damigella verließ gestikulierend und aufgebracht den Gesprächskreis und floh nach Hause; doch auf halbem Wege hatten Zappalà, Sciuto und Spampanato ihn eingeholt, sie flankierten ihn und suchten ihn sogleich zu beruhigen: »Das dürfen Sie nicht glauben, wissen Sie? Das ist übertrieben!«

»Ja, sicher, hier wird alles übertrieben ... Es ist ein Dorf voller Ignoranten.«

»Was für Lampenschirme denn und was für Handtaschen! Diesen Bären laß ich mir nicht aufbinden! Aus der Haut von Toten kann man keine Handtaschen machen! Die Haut der Menschen ist steif! ...«

»Laßt mich in Ruhe!« flehte Damigella sie an, fast außer Atem. »Laßt mich in Ruhe!« Und er ging allein nach Hause.

Eines Morgens wurde ihm vom Kirchplatz aus zugerufen: »Signor Damigella, Signor Damigella, kommen Sie her! Eine gute Neuigkeit! Eine große Neuigkeit!«

Damigella stieg hastig die kleine Treppe hoch.

»Wissen Sie, diese faschistischen Verbrecher?...« sagte der Gemeindearzt. »Diese Verbrecher, die so viele Menschen umgebracht haben?...«

»Ja«, sagte Damigella in zornigem Ton, »diese Verbrecher!...«

»Nun ja, die haben sie abgestochen wie die Schweine! Und mit den Füßen nach oben über die Haken einer Schlachterei gehängt! Sie haben sie mit Fußtritten traktiert, tot waren sie ja schon, und haben sie bespuckt...«

»... und mit Steinen beworfen!« sagte ein anderer.

»... und einer hat dort sein Geschäft erledigt!«

Damigellas Gesicht verfinsterte sich.

»Was haben Sie denn, Signor Damigella? Die haben nur ihre wohlverdiente Strafe bekommen! Sie haben die doch immer gehaßt!«

Hier entstand eine Pause.

»Tot... alle?« stammelte er verwirrt. »Sind sie alle tot?«

»Der größte Teil, Gott sei dank!« urteilte der Rechtsanwalt, der fünf Jahre zuvor eine grellfarbene Krawatte herumgezeigt und vertraulich mitgeteilt hatte, daß sie ihm von »Seiner Exzellenz, dem Parteisekretär« verehrt worden war (eine Krawatte, die allmählich im Verlauf der Zeit verbleicht war und ihm immer noch am Hals hing). »Die meisten!«

«O Gott!« sagte Damigella und stieg langsam die Stufen zum Kirchplatz hinunter. Als er Stufe für Stufe nahm, vielmehr hinunterstolperte, spürte er auf seinen gebeugten Schultern den Blick all derer lasten, die auf der Piazzetta geblieben waren, und hörte deutlich einige Wortfetzen:

»Wie denn? Ist er Faschist geworden? Jetzt denkt er daran, Faschist zu werden?«

Die üblichen drei Freunde holten ihn ein.

»Sind Sie übergeschnappt, Signor Damigella?« sagte Zappalà. »Wollen Sie sich bloßstellen?«

»Ich will überhaupt nichts! Ich möchte in Ruhe gelassen werden!«

»Aber entschuldigen Sie bitte!« sagte der Buchhalter Spampanato. »Was gehen Sie denn diese Faschisten an? Sie haben doch immer schlecht über sie gesprochen!«

»Sie sind tot!« sagte er heiser brummend.

»Und was gehen Sie die Toten an?«

»Die Toten!« erwiderte Damigella verstört und raufte sich die Haare. »Die Toten!...«

Eine ungewohnte Erregung wuchs in seinem Herzen, fiel über seinen Geist her und deutete nie gedachte Wörter und Sätze an:

»Die Lebenden sehe ich und sehe sie nicht, heute sind wir, morgen werden wir nicht mehr sein: Die Toten sind ewig!«

»Keiner von uns ist von ihnen getötet worden; wohl aber viele von ihnen von uns!«

»Die Lebenden, auch die Helden, sind zum Lachen: die Toten sind alle heilig!«

(In der letzten Zeit war es ihm tatsächlich so vorgekommen, als ob an die Stelle eines Lebenden, der für immer gefallen war, auf der Erde ein Heiliger zurückbliebe ... ein Heiliger, der, obgleich er ganz anders als der Gefallene war, ihm vom Gesicht her stark ähnelte. Und Damigella hatte Angst vor diesen Heiligen, die jenen Lebenden von einst auf finstere Weise glichen, die er dadurch gekränkt hatte, daß es ihm gelungen war zu überleben, ja er verspürte geradezu Entsetzen, wenn sie den Lebenden von einst glichen, die er verachtet oder unausstehlich gefunden hatte.)

Seine Beunruhigung steigerte sich und ließ noch ältere und gewichtigere Sätze anklingen.

»Mit den Toten werde ich mehr Zeit verbringen müssen als mit den Lebenden!«

»Ich möchte viel eher von den Toten als von den Lebenden geliebt werden!«

Doch wegen der Beschränktheit seines Geistes blieben diese Sätze verschwommen und unzusammenhängend in seinem Innern verschlossen, und er brachte nicht viel mehr als ein dürftiges »Die Ärmsten!« heraus.

»Die Ärmsten ... ja sicher: die Ärmsten!« sagte Sciuto. »Aber diese Toten haben ihrerseits Tote auf dem Gewissen!«

»Das müssen sie unter sich ausmachen!« murmelte Damigella. »Da mischen wir uns nicht ein!«

Und da er vor der Tür seines Hauses angekommen war, grüßte er mit einem Wink, trat flink ein und schloß die Türe sorgfältig hinter sich.

»Der ist schwer von Begriff, der da!« sagte Sciuto.

»Und dabei ist er Millionär!«

»Millionär?« sagte Zappalà, die Augen aufreißend.

»Was sagst du da, Millionär?«

»Ja, Millionär, Millionär!«

»Wenn er aber wie ein Hungerleider lebt?«

»Und trotzdem ist er Millionär!«

»Heiliges Kanonenrohr! Wer hätte das gedacht?«

»Millionär, sag ich dir, Millionär!«

»Millionär! ... Ah, ah!«

»Millionär? ... Oh, oh, Millionär! ...«

Laut lachend entfernten sie sich über einen steinigen Weg.

Damigella aber lachte nicht, nachdem er mit einer Kälte, einer Blässe und dem Unvermögen zu sprechen heimgekehrt war, das ihm die Haut vom Gesicht und von den Händen abzuziehen schien.

»Was haben Sie?« fragte das Dienstmädchen. »Vater, Sohn und Heiliger Geist, Sie sehen ja wie ein Toter aus!«

Er schlug die Pupillen hoch und zeigte der Frau gegenüber das Weiß seiner Augäpfel.

»Alle Seelen im Fegefeuer!« kreischte die Alte. »Machen Sie das nicht, sonst sehen Sie wirklich wie ein Toter aus!«

»Lassen Sie mich in Ruhe!« murmelte Damigella, ließ die Pupillen wieder sinken und milderte, angesichts ihres müden und erbarmenswerten Gesichtsausdrucks, das grimmige Weiß seiner Augen. »Bringen Sie mir ein Glas mit warmem Wein und lassen Sie mich in Ruhe!«

»Sie wollen also nichts essen?«

»Ich nehme dann später einen Bissen.«

»Wenn Sie sich eigenhändig umbringen wollen!« sagte die Alte mürrisch, als sie aus dem Zimmer ging.

Damigella blieb den ganzen Tag über mit einem Wintermantel auf den Knien und einem Kissen im Rücken sitzen und ließ seine Augen über die Wände schweifen.

Etwa zur Abenddämmerung warf er den Wintermantel ab und begab sich in die Küche, nahm das Tranchiermesser, und ohne ein Wort – mit dem demütigen und reuevollen Ausdruck dessen, der sich auf die Brust schlägt, mühe- und qualvoll, dabei vor Kälte, Schwäche und Schmerz zitternd, doch ohne auch nur einen Moment lang in seiner traurigen Handlung innezuhalten, noch von seinem Vorsatz abzulassen, bevor ihn nicht die Sinne verlassen hätten – stieß er sich die Klinge zwischen die Rippen...

Er fiel hin, und beim Aufprall vernahm er den Plumps seines eigenen Körpers wie einen dumpfen und entfernten Ton, und mit dem letzten Schimmer seiner Intelligenz wünschte er sich, diesen Sack mit Lappen bereits verlassen zu haben, der dort über den Fußboden rollte. Doch dann gab es nur noch Finsternis; und nach der Finsternis erschienen in seiner geschwächten Sicht, die ihm die Pupillen kaum merklich rot färbte, noch nicht die lieben Toten wieder, von denen er, dessen war er gewiß, eine ewige Freundschaft als Preis für sein Opfer erhalten würde, sondern die Lebenden, die gewöhnlichen Lebenden, die Lebenden, die lästiger waren als die Fliegen und die Mücken und die er weder durch Gesten noch durch Worte verjagen konnte, denn noch verfügte er weder über das eine noch über das andere. Er erkannte sie alle, bis auf einen, der riesig und schwarz war und ihm eine Heidenangst einjagte.

»Damigella! Damigella!« sagte dieser brummend. »Was haben Sie gemacht, Sohn Gottes?... Wollen Sie in der Hölle landen?... Die Madonna hat Sie zurückgeholt... Aber was denn?... Ein Mann wie Sie... begeht dieses Verbrechen... Ein grausames Verbrechen!... Die erste Person zu töten, die Gott uns anvertraut hat: sich selbst... Eine Seele, die den eigenen Körper abschlachtet und sich in den Höllenrachen stürzt wie eine Ziege in den Brunnen... Damigella! Sie sind ein Mörder!... Sie sind sich selbst ein Wolf... Der Hirte hat sich wie ein Wolf über das kleinste, schmächtigste, vertrauensvollste seiner Lämmer geworfen...«

Die Zeit verging: Eine fahle Sonne zeigte sich am Balkon; dann verschwand sie und überließ der Nacht ihren Platz; von neuem tauchte sie etwas strahlender auf; dann wieder die Nacht und zum drittenmal die Sonne... Der Priester, der neben Damigellas Kopfkissen saß, fuhr mit dem Brummen fort:

»Damigella! Damigella!... Sie hängen über dem Höllenschlund... Gott hält Sie mit zwei Fingern seiner barmherzigen Hand... Wenn Ihr Geist auch nur ein Wort denken kann, dann sagen Sie, sagen Sie mit aller Kraft, die Ihnen geblieben ist: ›Erbarmen!‹... Doch wenn Er sich in Seinem unergründlichen Ratschluß dazu entschließt, die Finger zu spreizen, mit denen Er Sie zurückhält, dann fahren Sie, Damigella, für immer in die Finsternis und ins Feuer!... Damigella!... Vor allen und vor allem haben Sie Angst gehabt... und fürchten nicht den Einzigen, der Ihnen eine Ewigkeit lang einen Schrecken einjagen kann!... Damigella, fürchten Sie sich nur vor Ihm!... nur vor Ihm... Angst!«

Und beim Anruf dieses Wortes, das ihn bereits aus dem Leben verjagt hatte, krümmte sich der arme Mann und sammelte all seine Kraft im Kopf, im Herzen, in der Brust, im Bauch und richtete sich dann langsam und mühevoll auf.

Aber wie er sich aufrichtete! Welch ein Mann aus dem

Bett stieg! In der ganzen Gegend hatte man einen so schwachen Menschen noch nie gesehen.

Wir erinnern uns, daß in einem Dorf ein Rechtsanwalt in den letzten Jahren seines Lebens den eigenen Hauswart nicht mehr erkannte und ihn jedes Mal erneut fragte: »Wo ist der Hauswart? Wieso hat er Sie überhaupt reingelassen?« Wir erinnern uns an eine Frau, die – laut schreiend und in Wut geratend – ständig im ganzen Haus ihre Brille suchte, die auf ihrer Nase saß, und nachts ihren Mann weckte, indem sie ihm ins Ohr brüllte: »Mit wem redest du? Hast du auch heute nacht wieder die Dirne in meinem Bett versteckt?« Wir erinnern uns an einen Ingenieur, der seinen Freunden seit 1935 Abend für Abend auf Treu und Glauben versicherte: »Mussolini ist tot! Ich hab's selbst im Radio gehört! ...« – »Im italienischen?« – »Im italienischen!« Doch keiner von ihnen besaß jenen leuchtenden Blick der Blindheit, diese marmorne Nase, diesen atemlosen Mund, die Giovanni Damigella zum geheimnisvollsten Wesen machten, das je in Sizilien gesichtet worden war (zumindest in Sizilien: denn ein Reisender berichtete leise, daß er etwas Ähnliches im Herzen Afrikas gesehen habe).

Kaum war Damigella in der Lage spazierenzugehen, ging er in die Kirche und beichtete, während er ein schrecklich ruhiges Gesicht, wie jene, über die sich der Kerzenschein legt, gegen das Gitter im Beichtstuhl drückte. Zwei Tage darauf empfing er die Heilige Kommunion, und alle sahen die Hostie auf seiner Zunge zwischen den aufgerissenen und starren Lippen einige Minuten lang weiß schimmern, so daß der Priester ihm einen Klaps unter das Kinn gab, damit er den Mund schließe.

Sciuto, Zappalà und Spampanato, die ihn am selben Abend besuchten, fanden sein Haus über und über mit Heiligenbildchen tapeziert und wimmelnd von lauter kleinen Kerzen und Öllämpchen, teils brennend, teils noch qualmend und andere wiederum noch nicht angebrannt.

Wer weiß, ob er sein Testament gemacht hat? dachten alle drei für sich, wobei jeder der drei nicht wußte, wo das seltsame Schweigen der beiden anderen herrührte.

Im Frühling gewann Damigella wieder etwas Gesichtsfarbe und Kraft zurück.

»Ich möchte sterben!« sagte er zu den drei üblichen Freunden, die es nie versäumt hatten, ihn zu besuchen.

»Signor Giovanni«, sagte Zappalà, »fangen Sie wieder mit der alten Geschichte an? Wollen Sie sich umbringen?«

DAMIGELLA: Nein! Gott behüte! Mich umbringen, nein. Mich umbringen, nein ... Ich möchte mit Erlaubnis der heiligen Kirche sterben!

SPAMPANATO: Was soll das heißen, mit Erlaubnis der heiligen Kirche? Etwa, daß der Papst schreibt: »Signor Damigella, Sie können sich ein Messer ins Herz stoßen! Und lassen Sie es meine Sorge sein, die Engel von Ihren guten Absichten zu überzeugen!«?

DAMIGELLA: Nein, nein, nein! So hab ich das nicht gemeint! Aber an manchen Abenden frage ich mich: Weshalb gibt es eigentlich keine Kirche, wo man hingeht, sich hinkniet und zu Gott betet, Er möge einen zu sich nehmen, und Gott nimmt einen wirklich zu sich? Einfach so, ohne Krankheit, ohne Messerstich, ohne Medikamente, ohne Menschen, die Lärm machen; Gott nimmt einen zurück!

Sciuto und Zappalà brachen in Gelächter aus, aber Spampanato blitzte sie mit einem scheelen Blick an.

SPAMPANATO: Das gibt's!

DAMIGELLA: Was gibt es?

SPAMPANATO: Diese Kirche, von der Sie gesprochen haben, die gibt's!

DAMIGELLA: Wie denn, was denn? Eine Kirche, wo einer hingeht und zu Gott betet...

SPAMPANATO: Ja, eine wundertätige kleine Kirche, wo einer hingeht, sich vor der Statue des Erlösers hinkniet und Ihn bittet, einen sterben zu lassen, wobei man selbstverständlich einige gute Gründe vorträgt, daß man müde und krank sei, daß man, kurzum, nichts mehr wissen möchte...

DAMIGELLA: Und was passiert danach?

SPAMPANATO: In neunundneunzig von hundert Fällen läßt der Erlöser sich überzeugen, streckt eine Hand aus, und ganz ohne Lärm, ohne den armen Menschen im geringsten leiden zu lassen, löst Er ihm die Seele aus dem Leib und nimmt sie mit Sich in den Himmel!

ZAPPALÀ *(im Geiste):* Was für ein Dichter!

SCIUTO *(wie oben):* Hundesohn!

DAMIGELLA: Und dieser Mensch wird nicht als Selbstmörder angesehen?

SPAMPANATO *(erhebt sich entrüstet):* Sie beleidigen die Religion!

DAMIGELLA: Nein, nein, Entschuldigung: ich will keinen beleidigen. Ich habe nur Angst, als Verdammter zu enden! ...

SPAMPANATO: Bei mir brauchen Sie keine Angst zu haben *(setzt sich wieder hin)*, Sie können mir ruhig glauben!

DAMIGELLA: Und wo ist diese Kirche?

SPAMPANATO: Na ja! Die Kirche gibt es zwar, aber man findet nicht leicht den Weg!

DAMIGELLA: Und warum nicht?

SPAMPANATO *(seufzend)*: Sie wissen doch, wie die Priester sind! Ohne Stola keine Beichte, und ohne Geld keine Messe!

DAMIGELLA: Bezahlen?

SPAMPANATO: Ja, bezahlen!

SCIUTO UND ZAPPALÀ *(im Geiste)*: Ein pfiffiges Kerlchen!

DAMIGELLA: Aber wofür denn bezahlen?

SPAMPANATO: Diese kleine Kirche halten die Priester sich für angesehene Freunde. Wenn ein armer Kerl sie fragt: »Vater, stimmt es, daß es eine solche Kirche gibt? ...«, dann machen sie wie die Katzen einen Buckel und fangen an zu schreien: »Bist du wahnsinnig? Häretiker! Exkommunizierter! Weshalb soll es eine solche Kirche geben?« Und ich rate Ihnen, Signor Damigella, nichts von dem verlauten zu lassen, was ich Ihnen gesagt habe, besonders kein Wort zu den Priestern.

DAMIGELLA: Aber dann kann man da nichts machen?

SPAMPANATO: Es findet sich immer ein Weg. Ich kenne jemanden ... Dieser hat einen Freund ... Erst spricht man mit dem einen ... dann trifft man sich mit dem andern ...

Kurz und gut, die Sache läßt sich schaukeln ... Aber dafür brauchen wir ... *(reibt Daumen und Zeigefinger aneinander)*

SCIUTO: Und viel auch!

DAMIGELLA: Aber ich habe nichts flüssig.

ZAPPALÀ: Da sind doch Grund und Boden, die Häuser ...

DAMIGELLA: Ich möchte nicht verkaufen.

SPAMPANATO: Eine Person, die sterben möchte, denkt doch nicht an solche Albernheiten!

DAMIGELLA: Und wie ist sie, diese Kirche?

SPAMPANATO: Ich kenne sie ... Eine kleine Kirche, für die man, wenn man sie sieht, keine Lira geben würde ... Und dabei ...

DAMIGELLA: Wo ist sie?

SPAMPANATO: Oben in den Bergen. Ein Weg durch den Wald führt zu ihr.

DAMIGELLA: Zu Fuß?

SPAMPANATO: Wollen Sie etwa mit der Kutsche ins Paradies fahren?

DAMIGELLA: Oh, wirklich eigenartig, wirklich eigenartig!

SPAMPANATO: Überlegen Sie's sich, Signor Damigella! Inzwischen kein Sterbenswörtchen! Ich empfehle mich!

DAMIGELLA: Ich bin verschwiegen wie ein Grab!

SPAMPANATO: Auch kein Wort zum Dienstmädchen!

DAMIGELLA: Auch kein Wort zum Dienstmädchen!

Und er hielt sein Versprechen.

Nachdem die Freunde ihn verlassen hatten, schloß er

sich in seinem Zimmer ein und gab sich ganz seinen Phantasien hin.

Ausgestreckt auf dem Bett liegend, ließ er seinen Kopf über die Matratze hängen, widmete sich einerseits dem Unternehmen, sein blutleeres Gehirn mit Blut zu versorgen, andererseits demjenigen, seinen dünnen und feinen Hals wie ein Lamm dem heiligen Beil hinzustrecken, das langsam, scharf, aber sanft und voller Frieden in das Fleisch eindringen würde: Das Beil, das bereits über seinem Kopf baumelte und das er um einen möglichst schnellen endgültigen Schlag anflehte, indem er sagte: »Ave Maria, Vater unser, Jesus mein Gebenedeiter! ...«

So phantasierte und so stammelte er, und schließlich war er eingeschlafen; er wachte auf, als die Sonne schon hoch am Himmel stand. Er fühlte sich besser und verspürte sogar etwas Hunger, den er aber nicht stillte, da ein Mißtrauen und ein Widerwillen ihn gepackt hatten gegen alles, was auf der Erde wächst und reift und dazu dient, das Leben zu fördern.

Die Toten sahen ihn nicht mehr so streng an; im Gegenteil schien ihm, daß die herzlichsten Fingerzeige für ihn aus der Dunkelheit und aus dem Schweigen kamen. Und diese letzten Tage, die, in Licht gehüllt, sich zur geliebten Finsternis hin öffneten – erschienen ihm fast angenehm.

Eines Morgens schickte Spampanato Sciuto, um zwanzigtausend Lire von ihm einzufordern, um »den Küster zu schmieren«; und Damigella händigte sie ihm sofort aus.

Abends kam Spampanato höchstpersönlich und sagte ihm unter tausend Grimassen und nervösem Füßescharren und in die Ecke Spucken wegen der Unehrlichkeit der

Leute, daß noch weitere dreißigtausend Lire erforderlich seien.

Damigella zuckte zusammen: Um sich diese Summe zu beschaffen, müßte er einem Vetter das Häuschen in Zafferana überlassen, an dem er so hing; aber das währte nur eine Minute: Das süße Murmeln der Toten füllte erneut sein Ohr. Damigella sagte: »Gut. Aber wann können wir hingehen?«

SPAMPANATO: Morgen, wenn Sie mir heute die dreißigtausend geben. Übermorgen, wenn ich sie morgen bekomme.

DAMIGELLA: Noch heute sollen Sie sie bekommen.

SPAMPANATO: Gut, dann gehen wir morgen. Aber ich flehe Sie bei Ihren Toten an! Kein Sterbenswort, kein Sterbenswort!

DAMIGELLA: Hab ich vielleicht jemandem davon erzählt?

SPAMPANATO: Stimmt, Sie haben mit niemandem darüber gesprochen. Aber nun beginnt der delikateste Teil der Unternehmung. Wir alle laufen Gefahr, verhaftet zu werden! Und in diesem Fall kann es Ihnen blühen, daß Sie zwanzig Jahre lang in einem Gefängnis schmachten.

DAMIGELLA: Oh, nein! Um Gottes willen nicht!

SPAMPANATO: Wir ziehen morgen gegen zehn Uhr los. Wir werden zu viert sein: Sciuto, Zappalà, ich und Sie. Wir tun so, als gingen wir auf die Jagd, und ich trage ein Gewehr!

DAMIGELLA: Auf die Jagd?

SPAMPANATO: Nur für die Leute... aber auch für uns: In den Wäldern wimmelt es nur so von Kaninchen und

Vögeln. Es ist Ihnen doch bestimmt recht, wenn ich ein paar davon erlege, falls möglich. Die Berge machen Appetit.

DAMIGELLA: Ich für mein Teil werde nichts essen.

SPAMPANATO: Aber wenn das Wunder geschieht, müssen Sie doch...

DAMIGELLA *(bang):* Ich?... Was ist dann mit mir?

SPAMPANATO: Dann gehören Sie nicht mehr zu uns.

Damigella ließ den Kopf mit einem Seufzer vornübersinken, bei dem man nicht wußte, ob es das Röcheln eines Ohnmachtsanfalls oder ein Murmeln des Trostes war.

SPAMPANATO *(ihn schüttelnd):* Los, Signor Giovanni! Sie müssen in Form sein! Morgen haben wir einen drei Kilometer langen Aufstieg vor uns!

DAMIGELLA: O Gott, o Gott, welch ein Glück!

Am nächsten Tag verließ die kleine Gesellschaft zu früher Stunde das Dorf.

Der Ätna ist ein einsamer Berg, der von keinem Nachbarn bedrängt wird, sondern frei und in der Lage ist, die Huldigungen der Sonne stolz entgegenzunehmen, die nach dem Aufsteigen aus dem Meer ihn sogleich und bis zu seinem Fuß in ihr Licht hüllt. Zafferana liegt in sechshundert Meter Höhe an seiner östlichen Flanke. Von dort aus blickt man auf ein Schauspiel aus Weinbergen, kleinen Dörfern, Städten mit Häfen, Frachtschiffen, auf das unendliche Meer, nach Norden hin auf die Berge, die Taormina einfassen, im Norden jener auf die Berge Kalabriens, im Süden auf den Golfo di Augusta und die Berge von Syrakus, auf deren Gipfeln sich im Sommer der feuerfarbene Wind aus Afrika zeigt. Schon von der Piazzetta aus, die die Form und das Geländer eines im Raum schwebenden Balkons besitzt, ist das sich bietende Schauspiel gewaltig für den, der sehen will, aber es genügen ein paar Schritte auf dem Weg, der aus dem Dorf hinausführt und zu den Apfelgärten von Cassone ansteigt, damit die Szenerie sich ins Unendliche ausdehnt und etwas in sich aufnimmt, das ganz allmählich ernster wird und so streng ist wie das Angesicht der Zeit und des Göttlichen selbst.

Diesen Weg hatte die kleine Gesellschaft eingeschlagen: Zappalà, Sciuto und Spampanato gingen zu Fuß (der letztere mit Gewehr und Patronentasche), Damigella dagegen, der quer auf dem Saumsattel eines Maulesels saß, stieg ein wenig schaukelnd bergan.

Die Wälder mit Kastanien-, Eichen- und Birkenbäumen, die sie durchquerten, waren größtenteils vom Herbst gebleicht und ergossen ein Licht auf Damigella, das genau mit seiner Gesichtsfarbe identisch war, so daß der gute Mann von Kopf bis Fuß in eine Blässe eingehüllt den Berg hinanstieg.

Kein Geräusch oder Ton und keine Aussicht hätte vermocht, ihn aus dem Frieden zurückzurufen, in den er hinüberschlummerte. In dieser Gegend war noch nie ein so unaufmerksamer Mensch vorbeigezogen: Vergebens funkelte und kräuselte sich die Birke, die als einzige den spärlichen Wind einfing, der im Wald umherirrte; vergebens schmiegte sich die marmorne Wolke prunkvoll an den Berg wie in einen Meerbusen; vergebens stieg das Meer am Horizont ganz hoch, um sein Gesicht zwischen die Stämme der Kastanienbäume zu stecken; vergebens sangen, pfiffen und piepten der Stelzenläufer und die Goldamsel und der graue Fliegenschnäpper, und Spampanato gab hin und wieder zornig einen Schuß auf sie ab, dem nach dem Knall und seinem Echo ein dumpfes Röcheln des Berges folgte; vergebens unterhielten sich Zappalà und Sciuto laut über den schönen Morgen, den schönen Spaziergang und leise über die künftigen Kapitalinvestitionen in Unternehmungen, die Gott weiß wie vernünftig und ehrlich waren; vergebens wichen die entfernten Wolken zurück und drängten sich zusammen, wodurch sie Taormina den Schatten wegzogen, gerade so, wie man ein Tischtuch von einem glitzernden Schatz wegzieht... Damigella wurde nicht im geringsten von diesen Anblicken oder Tönen berührt. Er fühlte sich jetzt jenen strengen Wesen gleich, die ihn eine so lange Zeit über verängstigt hatten: Er ritt zwar auf der Erde, jedoch mit der würdevollen Ruhe eines Menschen oder eines Tieres, dessen Blut schon für immer von der Erde getrunken und aufgesaugt worden war. Gesenkt waren seine Augen, gesenkt sein Herz. Wenn in seiner lebhaften Phantasie der am meisten gemarterte und unglücklichste aller Leichname erschienen wäre, wie es übrigens schon so viele Male geschehen war, hätte er deswegen keine Angst oder Gewissensbisse oder Scheu gehabt: Er fühlte sich bereits an dessen Seite liegend, und dieses Gefühl vergrößerte seine erhabene Seelenruhe wie auch die Vorstellung, auf dem höchsten der himmlischen Throne zu sitzen.

Und während die drei redeten und er weder zuhörte noch sie sah, war man auf halber Höhe angelangt.

In einer Biegung der einsamen Straße, die – nachdem sie ein Portal gestreift hat – seitlich bis zur Höhe der Fenster, des Daches und schließlich der Kuppel hinaufführte, sich dann in einem Wald, in einem Apfelgarten und endlich im Nebel verlor, tauchte eine Kirche mit weit offenstehendem Portal auf. Die Bäume wuchsen dicht daneben, das Gras hatte die Schwelle überwuchert, und einige kaputte Gläser, die verstreut zwischen Kieselsteinen herumlagen, spiegelten ihre Stufen wider.

DAMIGELLA: Ist sie das?

SPAMPANATO: Ja, das ist sie.

DAMIGELLA: Wie denn? Sie ist offen?

SPAMPANATO: Wir hatten mit dem Priester abgemacht, daß wir sie offen vorfinden würden ... Geld ist der Schlüssel zu allen Türen.

Damigella stieg vom Maulesel ab, betrat vorsichtig die kleine Kirche und machte in der Nähe des Taufbeckens halt.

Die drei waren auf der ersten Stufe stehengeblieben.

DAMIGELLA: Und wo ist die Statue des Erlösers?

SPAMPANATO *(von außen):* Weiter vorne, beim kleinen Gitter!

Pause.

DAMIGELLA: Was muß ich jetzt tun?

SPAMPANATO: Das, was Ihnen Ihr Herz eingibt. Knien Sie sich hin und beten Sie. Wir lassen Sie jetzt allein.

DAMIGELLA: Ich möchte Sie alle küssen.

Die drei trauten sich nicht, die Kirche zu betreten, und Damigella mußte herauskommen, um sie umarmen und küssen zu können.

SCIUTO: Wir gehen jetzt.

ZAPPALÀ: Wollen Sie uns noch etwas sagen?

DAMIGELLA: Nein... Niemandem. Ist der Maulesel schon bezahlt?

ZAPPALÀ: Noch nicht.

DAMIGELLA: Braucht ihr noch Geld?

SCIUTO: Ja, wenn Sie uns noch...

SPAMPANATO *(ihn unterbrechend):* Nein, wir brauchen kein Geld mehr. Denken Sie an Ihr Seelenheil! Den Maulesel bezahlen wir.

DAMIGELLA: Danke, vielen Dank!

SPAMPANATO: Wir gehen jetzt. Gott sei mit Ihnen!

Damigella ging allein in die Kirche zurück, ganz langsam, Schritt vor Schritt auf den Fußboden setzend, als wäre er aus Eis, und näherte sich der Statue des Erlösers, der in einer Hand sein nacktes Herz hielt und mitleidsvoll auf den Boden blickte.

Damigella kniete sich nieder und setzte sich diesem Blick aus, vertiefte sich mal mit dem Nacken, mal mit den Augen in ihn.

Ein Dämmerlicht fiel durch die Fenster in der Kuppel und die zerbrochenen Seitenfenster, neben denen die Straße hinaufstieg und sich einen Moment lang der Schatten des Maulesels zeigte, den Zappalà, Sciuto und Spampanato hinter sich her zogen, als sie auf die Wälder von Cassone zugingen.

Damigella jedoch, wie schon gesagt, hörte und sah nichts mehr, nicht einmal die Worte und die Gesichter der drei Freunde, die auf der Straße haltgemacht hatten, um durch die zertrümmerten Fensterläden eines hohen Fensterchens hindurch auf ihn – vornübergebeugt, wie er war – hinabzusehen.

SCIUTO: Und wenn es ihm einfällt, uns anzuzeigen?

SPAMPANATO: Mit dem geht's doch bald zu Ende... Kann sein, daß er tatsächlich stirbt!

SCIUTO: Wenn er aber nicht stirbt, können wir sehen, wie wir mit ihm fertig werden! Dann will er bestimmt sein Geld zurück.

SPAMPANATO: Heilige Jungfrau Maria, ihr seid wirklich Dummköpfe!

SCIUTO: Vorsichtshalber...

Er hörte und sah nichts, höchstens wie einen Engelsflügel den Widerschein des Jagdgewehrs, das Spampanato in der Nähe des Fensterchens senkrecht hielt und das einen Sonnenstrahl auf die Säule gegenüber warf. Er hatte sich nunmehr auf eine mitreißende Entrückung eingelassen und fühlte, wie er sich für immer löste und die Brust von den geheimnisvollen, grausamen und bis zu diesem Augenblick unentwirrbaren Knoten befreite und wie er immer mehr die wirren Wonnen des Nichts, des Paradieses, des Todes und der Vergebung einatmete.

Als dann ein Gewehrschuß durch das Fenster stieß, durch die abgestandene Luft der Kirche zischte und seinen Nacken durchbohrte, tat Giovanni Damigella nichts anders, als noch etwas mehr den Kopf zu beugen und sich noch etwas mehr von jenem Punkt zu entfernen, von dem er nunmehr sehr weit entfernt war: Von dem Punkt, den wir Leben nennen und der aus seiner Sicht wie ein Stein voller Würmer von Gewissensbissen, Mühsal und Schrekken nur so wimmelte.

Geschichte eines Mannes, der zweimal nicht lachte

In der Silvesternacht zum Jahr 1900 war Giacomo Licalzi schon vierzig Jahre alt. In den Häusern Catanias wurden in jener Nacht viele Flaschen entkorkt; es heißt, der Bürgermeister sei so betrunken gewesen, daß er seine Hose ausgezogen und sie außen an der Fensterbank aufgehängt habe; es heißt, zwischen zwei und drei Uhr in der Früh habe es geschneit; anderen zufolge aber hat es nicht geschneit, sondern ist ein heftiger Wind aufgekommen, der eine Stunde lang an den Fensterläden gerüttelt hat und dann so plötzlich in sich zusammengefallen ist wie ein Baum, der vom Blitz getroffen wird; wieder anderen zufolge hat es weder Wind noch Schneefall gegeben, sondern eine duftende und stille Nacht.

Man stieß auf das neue Jahrhundert an: es wurde dies und jenes gesagt über das Glück, den Fortschritt, die Verbrüderung, die Liebe und so fort; man redete viel und lachte noch mehr. Nur Giacomo Licalzi lachte überhaupt nicht und verbrachte die Nacht mit melancholischem Gesichtsausdruck, fachte die Glut im Kupferöfchen an, rauchte seine Pfeife und stand hin und wieder auf, um seine Söhne zu fragen: »Schlaft ihr?«

Die beiden Kinder wachten auf, rieben sich die Augen und antworteten: »Ja, Papa, wir schlafen!«

»Gut«, sagte der Vater, »... dann schlaft schön weiter!«

Bis kurz vor Jahreswechsel war er ein fröhlicher Mann gewesen; plötzlich aber hatte sich ein eigentümlicher Nebel über sein Gesicht gelegt; von da an hatte er aufgehört abends auszugehen, Karten zu spielen und ins Theater zu gehen; er hatte sich von seinem Hund, dem Pferd, dem Affen und dem Jagdgewehr getrennt und seine Unterhaltungen, Bedürfnisse und Vergnügungen eingeschränkt wie ein guter Kapitän, der sein Schiff leichtert, wenn er in eine unsichere See kommt, und war so ins neue Jahrhundert hinübergewechselt.

»Ein häßliches Jahrhundert!« sagte er, als er die Luft schnupperte. »Häßliche Dinge, häßliche Ereignisse, häßliche Affären; Sauereien, Langeweile, Ekel, und vor allem äußerst häßliche Menschen!«

Als im Jahr 1943 mit der Bombardierung Siziliens begonnen wurde, hatte dieser dreiundachtzigjährige Alte weder in seinem Gesicht noch in seinem Herzen noch einen Platz übrig für die Angst oder das Staunen, und zutiefst stumm starrte er die Menschen mit dem verständnislosen und kalten Blick an, der aus den halbgeschlossenen Augen eines Toten auf den Dieb fällt, der ihm die Schuhe stiehlt.

Er wohnte im obersten Stock unter einem Balkon, den auch der kleinste Splitter leicht durchbohrt hätte; den Söhnen und den Enkeln gelang es jedoch nie, ihn dazu zu veranlassen, in den Luftschutzkeller hinabzusteigen; und als der Krieg näher kam und die Einwohner Catanias aus der Stadt flüchteten, hatte das ganze Stadtviertel, die Kathedrale und die öffentliche Bücherei eingeschlossen, nur noch einen einzigen Einwohner: diesen stummen Alten, der in der ersten Nacht des Jahres 1900 als einziger nicht gelacht hatte.

Die Deutschen besetzten während ihres Rückzugs das Haus, und der General besuchte Giacomo Licalzi, allerdings mehr, um das Fenster zu untersuchen, als um das Vergnügen seiner Bekanntschaft zu machen.

»Ihr seid sehr grausam!« sagte ihm auf deutsch der dreiundachtzigjährige Alte, der seit drei Jahren nicht einmal mehr seinen Heimatdialekt sprach.

Der General zog sieben Photos aus seiner Brieftasche: zwei Alte, eine Frau, drei Kinder, ein Mädchen, und verteilte sie auf dem Tisch wie beim Kartenspiel, wenn ein Spieler den anderen dazu auffordert, eine auszusuchen, und sagte dann: »Alle tot!« Darauf zog er den Revolver und schoß wie wild auf die Balkone gegenüber. »Meinetwegen«, sagte er, »kann die ganze Welt verrecken! Alle sollen krepieren! Nur Hitler soll leben!«

Der Alte erhob sich und machte Anstalten, ihn hinauszukomplimentieren. Der andere ließ sich von diesem halbtoten Blick verjagen, stand stramm, salutierte und ging zur Tür hinaus.

Nachdem die Deutschen hinter dem Horizont verschwunden waren und während ihre Kanonen in den Wäldern des Ätna noch dumpf dröhnten, befand sich die Stadt in den Händen der Diebe. Als Deutsche, Engländer, Carabinieri und Faschisten verkleidet, brachen die Diebe die Portale auf, kletterten auf die Balkone und zeigten sich auf den Dächern. In jenen Tagen wurde jeder beliebige Gegenstand gestohlen, und bewegt von den Dieben, die sich darunter versteckten, begannen Schränke, Betten, Kommoden und Spiegel auf den verlassenen Straßen über die Trümmerhaufen hinwegzuspazieren.

Giacomo Licalzi verfolgte von einem Fenster in seiner Wohnung aus das traurige Schauspiel und rauchte Pfeife. Er wunderte sich über nichts mehr; all diese Dinge hatte er im Geiste schon in der ersten Nacht des neuen Jahrhunderts vorausgesehen; und er gratulierte sich, überhaupt nicht in das dämliche Lachen der anderen eingefallen zu sein, um »den Aufbruch ins neue Jahrhundert« zu feiern. In seiner Erinnerung kamen ihm die Leute, die lachend und grinsend die Flaschen entkorkt hatten, wie ein Volk berauschter und hüpfender Affen vor. »Zum Teufel mit ihnen, wie häßlich sie waren!«

Schließlich kamen die Engländer. Behutsam, umsichtig, indem sie auch unter den Parkbänken nachsahen, ob dort nicht etwa der Fuß eines Deutschen hervorguckte, kletterten sie bis zum Gewölbe hinauf, in dem der Alte sein Pfeifchen schmauchte. Ein Sergeant und ein Soldat baten ihn darum, die britische Flagge am Fensterchen aufpflanzen zu dürfen. Ein kaum wahrnehmbarer Funke leuchtete in Licalzis Augen beim Anblick dieses armseligen Gewebes auf, das über einer zertrümmerten Straße baumelte, Symbol einer bewaffneten Masse, die sich verängstigt hinter einer anderen vorwärtsbewegte, die verängstigt zurückwich.

»Ihr seid sehr grausam!« sagte der Alte in einem schlechten Englisch.

»Nein«, schrie der Sergeant, »nein, ganz und gar nicht, sehr gut!«

Der Sergeant sprach Italienisch und trug am Hals einen Rosenkranz. »Ich bin Katholik!« sagte er. Und da der Alte gleichmütig blieb, hob der Sergeant, der glaubte, der Alte habe nicht verstanden, seine Stimme und wiederholte: »Katholik!« Er bekreuzigte sich: »Im Namen des Vaters, des Sohnes und des Heiligen Geistes!« Er erblickte eine Statue der heiligen Rita auf dem ärmlichen Bett, kniete sich auf die Roßhaarmatratze und küßte die Füße der Statue. Dann stand er auf und sprang vom Bett. Auf eine liebenswürdige Weise zog er dem Alten die Pfeife aus dem Mund, füllte Tabak nach und steckte sie ihm wieder zwischen die Zähne. »Laß uns anstoßen!« rief er aus. »Großväterchen, laß uns anstoßen!« Er zog eine Flasche hervor, füllte ein Glas, das er auf dem Tisch gesehen hatte, und reichte es dem Alten. Er selber trank ungestüm aus der Flasche. »Es lebe der Frieden!« schrie er. »Frieden! Frieden! Wir werden immer Frieden haben! Und Sie, Großväterchen, werden hundertachtzig, ja vielleicht dreihundert Jahre alt!«

Der Alte war drauf und dran zu lächeln; als der andere jedoch in seinem Ungestüm hinzufügen wollte: »Frieden! Immer Frieden! Ein neues Jahrhundert beginnt!« verfinsterte sich die Miene des Alten, und noch einmal – neben einer Person, die sich vor Lachen krümmte – lachte er nicht.

Sebastiana

Über Taormina erhebt sich ein Berg mit einem sehr steilen Gipfel, auf den man über eine sehr enge Straße gelangt, die zwischen gigantischen Steinquadern eingezwängt und wie das Kiesbett eines Sturzbaches mit Kieselsteinen übersät ist. An diesen steilen Gipfel schmiegt sich das Dorf Castelmola, etwa hundert Häuser mit Türen nicht höher als ein Eselrücken, die sich aneinanderlehnen und zuweilen kunterbunt übereinanderklettern, wobei die Schwelle einiger Türen direkt auf dem Sturz eines Fensters ruht, während ein kleiner Balkon zwei Zähne seines Geländers in die Stufe einer Eingangstreppe schlägt.

Die Straßen winden sich um die frisch wiederaufgebaute Kirche herum, und um nicht den Berg herunterzurutschen, scheinen sich daran kurze und enge Straßen festzuklammern, die nach zwei oder drei Windungen plötzlich vor einem blendenden Himmel enden, vor einem um tausend Ellen über die dünne Strandlinie angestiegenen Meer, vor einer endlosen Kaskade aus Gärten, von denen jedoch kein Duft herüberweht, da das Dorf in den Gestank der niedrigen und gedrängten Ställe eingehüllt ist, in die kein Wind sich je einen Weg zu bahnen vermag. Eine ungeheuer große Uhr bürdet sich alle Viertelstunde lärmend das Gewicht der Zeit auf, und die große Glocke, die an Sonnentagen beim Läuten den eigenen Schatten aus dem

Glockenturm hinauswirft, bewegt heftig die wenigen einsamen Nippsachen im Innern der Häuser.

Und dennoch gab es in diesem Dorf jemand, der an einem bestimmten Tag zwanzig Jahre alt wurde und – nachdem sich der Abend herabgesenkt hatte, großer Frieden herrschte und der Mond mitten am Himmel stand – beim Betrachten der Schatten der Dächer, der glänzenden Steine und des unendlichen und undurchsichtigen Meeres von der Zukunft zu träumen begann.

In Castelmola war ein gewisses Mädchen namens Sebastiana zur Welt gekommen. Hier lebte sie äußerst ruhig und bescheiden wie eine Dienstmagd; sie errötete schnell, häufig begann ihr Herz zu pochen, sie schämte sich immer Gott weiß weswegen, war so rein wie Quellwasser, verzagt wie ein verkrüppeltes Geschöpf, von unvergleichlicher Schönheit und fürchtete sich so sehr vor Spiegeln, daß ihre Schwestern sie wie ein störrisches Schaf vor den Toilettentisch zerren und ihr dort mit vereinten Kräften gewaltsam die Augenlider aufreißen mußten, die zwei verdrehte und erschreckte Pupillen entblößten.

»Laßt mich in Ruhe!« pflegte Sebastiana zu sagen. »Ich lebe doch im herrlichsten Frieden. Laßt mich in Ruhe! Wem nehme ich die Sonne weg? Laßt mich in Ruhe! Wollt ihr ausgehen? Dann geht aus! Wollt ihr raus aus Castelmola? Geht fort! Aber laßt mich um Himmels willen in Ruhe!«

Und die Schwestern, die Mutter und der Vater ließen sie in Ruhe.

Sebastiana konnte es zwischen vier kleinen Wänden stundenlang aushalten und strahlte, während sie so dasaß, die Wahrheit ihres Herzens aus; Bescheidenheit, Liebe, Hingabe, Hoffnung, Verzeihung ergossen sich langsam von ihr über leblose Gegenstände, die den Tisch und die Anrichte überluden, und über arme Tiere, die sich am Gewölbe oder auf dem Fußboden zeigten. Glücklich über die Stille, selig darüber, so ruhig zu sitzen, und hingerissen davon, vergessen und vernachlässigt zu werden, lebte Sebastiana bis zum 9. September 1939, dem Tag, an dem sie morgens hohes Fieber bekam und bei Sonnenuntergang starb.

Sie wurde auf dem kleinen Friedhof von Castelmola beerdigt. Aber o weh!, ich habe euch noch nicht gesagt, daß dieser Friedhof auf einem Felsvorsprung balancierte und es den Anschein hatte, als unternähmen die Gräber tausend Anstrengungen, um nicht in die Tiefe zu stürzen. An diesem Ort nahm das Unglück Sebastianas seinen Lauf, wenn man überhaupt von Unglück reden kann bei einem armen Körper, der so früh von seiner Seele verlassen wurde, die ihm einen Glanz von Reinheit und Bescheidenheit verliehen hatte.

An einem stürmischen Tag rutschte der Friedhof ab, und Sebastiana, die zuerst im Nußbaumsarg, dann ganz allein in ihrem von der Finsternis und der Feuchtigkeit zerfressenen weißen Kleid den Abhang hinunterrutschte, landete schließlich mitten auf der Piazza in Taormina. Der erste Passant, ein alter Genuese, der sich auf der verlassenen Piazza vor diesem vor so vielen Monaten gestorbenen Mädchen wiederfand, das mitten auf dem Straßenpflaster kühn ausgestreckt lag, fiel vor lauter Angst fast in Ohnmacht.

Sebastiana wurde auf dem Friedhof in Taormina, ganz nah bei einem nicht zu lauten, aber auch nicht gerade ruhigen Gang erneut bestattet. Verliebte, Frischvermählte, Soldaten, Offiziere und Damen des Roten Kreuzes zogen in den Abendstunden singend, küssend und trällernd an ihr vorüber. Im Verlauf der Monate nahmen die Stimmen der Nacht – vielleicht wegen des dichten Dunkels, in das Meer und Erde sich nach dem Kriegsausbruch gehüllt hatten – einen besonders zärtlichen und ängstlichen Ton an. Menschliche Schreie und Getöse lösten sich mit diesen Stimmen ab und verscheuchten sie schließlich vollständig. Der Krieg rückte näher, rückte noch näher, bis ein Kanonenschuß Sebastiana der Erde entriß und auf den Strand von Giardini in der Nähe des Bahnhofs katapultierte.

Man schrieb das Jahr 1943, das Jahr, in dem die Deutschen sich auf dem Rückzug aus Sizilien befanden und in den Hütten auf dem Lande schlecht träumten, in denen sie sich zum Schlafen neben ihre Maschinengewehre und Feldstecher niederwarfen. Ein wortkarger bayerischer Offizier, eine trockene Bohnenstange, der zu drei Vierteln verrückt und zu einem Viertel erschöpft war infolge seiner Bemühungen, allen anderen zu verheimlichen, daß er verrückt war, glaubte in Sebastianas Leichnam das Antlitz seiner Verlobten wiederzuerkennen, die unter den Trümmern eines öffentlichen Gebäudes in Deutschland gestorben war. An diesem Punkt trieb der Wahnsinn, den er in sich eingesperrt hielt, die Dinge auf die Spitze, und jenes Überbleibsel an Intelligenz, mit dem er ihn zu ersticken suchte, wurde nahezu genial. Er fand einen Weg, Sebastiana in eine Munitionskiste einzuschließen, diese Kiste mit einem schwarzen Tuch zu bedecken und auf dem Geschützkarren unterzubringen und gemeinsam mit ihr den Rückzug anzutreten. Da die von dem Bayern befehligte Abteilung auf der Landstraße die Nachhut bildete, richtete sich auf den Geschützkarren der ganze Zorn der vorrückenden Truppen. Ein Höllenlärm begleitete Sebastianas Bahre auf ihrem Weg nach Norden; die Meerenge von Messina, die sie nachts passierte, wimmelte von Wracks und halb zerrissenen Toten und leuchtete von Zeit zu Zeit auf wie der Fußboden eines Salons, wenn sie ein wie eine Fackel auflodherndes Flugzeug an ihren Busen drückte. Der Deutsche, der stumm, finster und zusammengekauert auf der Kiste hockte wie ein Hund auf dem Grab seines Herrn, segelte rückwärts, die Schultern dem unheilschwangeren Kontinent und die Augen Sizilien zugewandt, das in einem Schein aufleuchtete, der für ihn so geheimnisvoll und unverständlich blieb wie der Sieg jener Männer, die so sehr viel weniger kriegerisch waren als er. Und während er so dahinsegelte, überließ er dem Wahnsinn jenes Überbleibsel an Intelligenz, mit dem er ihn bekämpft und überdeckt hatte. Als er an Land ging, war er vollkommen verrückt. Er nahm die Kiste mit dem schwarzen Tuch hoch, erklomm schreiend eine Anhöhe und schleuderte das arme Mädchen aus Castelmola von dort oben auf den Boden eines großen Floßes, das in jenem Augenblick nach Triest ablegte.

Ohne Lichter, ohne Flagge und ohne Waffen fuhr das Floß das Adriatische Meer hoch. Auf der Höhe von Bari aber wurde es in Brand gesetzt, zerstückelt und versenkt; die Kiste mit Sebastiana, die von einem Schiffbrüchigen vorwärtsgetrieben wurde, der sich daran wie an einen Rettungsring klammerte, legte im Hafen an, wo sie sofort auf einen Autozug geladen und, ohne jede Fahne und mit der Aufschrift »Dynamit« versehen, ins Herz Deutschlands transportiert wurde.

Im Mai 1944 traf diese Kiste in einem polnischen Konzentrationslager ein, wo fast eine Schlacht ausgebrochen wäre. Das Lager geriet von deutschen in russische Hände, von russischen in deutsche und wiederum in russische Hände. Ende Juli verfolgten Pfiffe und Explosionen noch immer die arme Tote, als würde die grausame Welt – vor der Sebastiana als Lebende geflüchtet war, indem sie sich in dem Häuschen in Castelmola versteckt hielt –, die den Leichnam zwischen ihre Klauen bekommen hatte, nie müde werden, ihn hin und her zu rollen, herumzustoßen, zu rütteln und zu schütteln und ihren wütenden Schrei in jenes Ohr hineinzubrüllen, das dank seiner himmlischen Taubheit für immer von allen Sorgen befreit war.

1946

Nachwort

»Unsere Kindheit liegt weit, sehr weit zurück, in einem anderen Jahrhundert. Den Neunzigjährigen war ihre Kindheit damals noch viel näher als die unsrige heute für uns.« So sah Vitaliano Brancati sich selbst seit dem Jugendroman *Singolare avventura di viaggio* (1934), und er schrieb seine Ernüchterung eines Verliebten, der von der eigenen Zeit doppelt enttäuscht wurde, in seiner bereits unverwechselbar klaren und melancholischen Prosa nieder. Doppelt deshalb, weil er erstens in eine Epoche geraten war, in der keine Spur mehr blieb von der unbeschwerten Zeit des liberalen Bürgertums des 18. Jh., in der dagegen Kriege, Dikaturen, Irrationalismen und Propaganda dominierten; und zweitens, weil auch er in seiner Jugend den Mythen des neuen Jahrhunderts seinen Tribut an Enthusiasmus geleistet hatte und deshalb sein Leben lang von Gewissensbissen geplagt wurde. Über die Sehnsucht nach der unwiederbringlichen Vergangenheit hatte sich daher ein Gefühl der Bitterkeit über die »verlorenen Jahre« unter dem Faschismus gelegt. Brancati wurde 1907 in Pachino in der Provinz Syrakus geboren, in eine Familie, die einige lokale literarische Traditionen hatte; seine ganze erste Jugendzeit verlebte er auf Sizilien, in Cantania. Wie die große Mehrheit der Jugendlichen von damals war er in der Literatur Dannunzianer, in der Politik überzeugter Faschist und leidenschaftlicher Vitalist gewesen: »Ich sah, wie auf eine Statue von Phidias, mit erstaunter Bewunderung auf Altersgenossen, die kräftiger und blöder waren als ich, und ich hätte zwei Drittel meines Gehirns für einen gut entwickelten Bizeps hergegeben. Ich gab dem Geist die Schuld daran, daß ich so mager war, und zahlte es ihm heim, indem ich ihm eine enorme Antipathie entgegenbrachte.« Die in jenen Jahren geschriebenen Werke, darunter ein dramatisches Gedicht, *Everest*, das 1930 in Rom aufgeführt wurde, verwarf er kurz darauf. Die seit langem schwelende Krise brach im Jahre 1933 aus. Er hatte die Aufnahmeprüfung für die Lehrerbildungsanstalt bestanden und sollte nach Rom gehen. Bis zum Sommer jenes Jahres, so erzählt er selbst, hatte er naiverweise Giuseppe Antonio Borgese, mit dem er eine freundschaftliche Korrespondenz führte, gebeten, in die faschistische Partei einzutreten. Dann versetzten vielleicht das korrupte und zynische römische Ambiente, (das Moravia einige Jahre zuvor in seinem Roman *Gli indifferenti* [dt.: Die Gleichgültigen] beschrieben hatte), vielleicht aber auch die aus Gründen der politischen Zensur verbotene Wiederaufführung seiner Komödie *Don Giovanni involontario* im Teatro delle Arti seinen Illusionen den Gnadenstoß. Im selben Jahr kehrte er nach Sizilien zurück und war ein anderer: antidannunzianisch, liberal, ein Schüler der Vernunft auf die ihm eigene Weise.

Die Ablehnung der Jugendzeit wird zum Mittelpunkt seines Lebens und seiner Kunst. Alberto Moravia hat zu diesem Thema einige treffende Worte geschrieben:

»Was damals in Brancati vor sich ging, hat er uns in

seinen Romanen und Erzählungen immer und immer wieder erklärt. Vermutlich aber war alles schwieriger, pathetischer, schmerzlicher und tiefer, als er uns glauben machen wollte. Es handelt sich nämlich um eine wirkliche und echte Bekehrung, mit allen typischen und historischen Merkmalen einer Bekehrung: Absage an die Vorteile und das Vergnügen einer moralisch unhaltbaren Situation; Demut einem noch vollkommen im Dunkeln liegenden Schicksal gegenüber; sozusagen eine Flucht aus der Welt. Brancati floh in Wirklichkeit aus dem imperialen Rom, wo er Karriere hätte machen können, in das provinzielle Catania, wo ihn eine Lehrtätigkeit erwartete.«

Moravia fügt einen eindringlichen Vergleich mit Verga hinzu, der an einem bestimmten Punkt ebenfalls der kultivierten Gesellschaft und den gesellschaftlichen Erfolgen in Mailand den Rücken gekehrt hatte, um sich enttäuscht nach Sizilien zurückzuziehen. Doch Vergas Enttäuschung »drückt sich positiv aus in der poetischen Entdeckung des bescheideneren Volkes auf Sizilien. Brancati dagegen erhält die Enttäuschung als Dreh- und Angelpunkt seiner eigenen Kunst aufrecht; und gleicht die Bitterkeit und die Leere mit Ironie und Witz aus.« In der Biographie des Autors gab es danach nichts mehr, was »Schlagzeilen« machte. 1941 kehrte er nach Rom zurück, als der Faschismus bereits unterging; und seitdem wohnte er mal in Rom, mal auf Sizilien, in den letzten Jahren in Zafferana Etnea. Er hatte die Schauspielerin Anna Proclemer geheiratet, die fortan in seinen Komödien spielte. Seine Präsenz im literarischen Leben Italiens nahm trotz seiner schattenhaften Zurückhaltung – er hatte sich in seinem wahren liberalen

Maß wiedergefunden und war vom moralischen Standpunkt aus aristokratisch, tolerant und ironisch – von Jahr zu Jahr zu. Die Romane, die Erzählungen, die dramatischen *pièces* und die Tagebuchnotizen, die er im *Corriere della Sera* veröffentlichte, trugen deutlich den Stempel eines höchst originellen Stils, so daß der Schmerz über sein Hinscheiden in der Blüte seiner Jahre tief empfunden wurde. Er starb im September 1954 in einer Turiner Klinik. In Vorahnung des nahen Todes gab er seinen Roman *Paolo il caldo* (dt.: *Paolo der Heißblütige*, detebe 21385), den er bis auf die letzten beiden Kapitel fertiggestellt hatte, zur Veröffentlichung frei.

Geno Pampaloni

Vitaliano Brancati im Diogenes Verlag

Walzertraum

Erzählungen. Aus dem Italienischen
von Linde Birk. Leinen

Dieser Band dokumentiert auf einmalige Weise Brancatis literarische Entwicklung. Bereits mit einundzwanzig Jahren hat er sein Thema gefunden: die heitere, verrückte und groteske menschliche Komödie, dargestellt am Beispiel Siziliens, aber mitnichten auf diese Region beschränkt: Seine »sizilianische Insel« liegt außerhalb des irdischen Meridiansystems. Mit dem *Walzertraum* liegt ein literarischer Glücksfall vor: Die einzigartige Verschmelzung realistischer und allegorischer Elemente mit aller Ironie und dem Humor, der Brancatis beste Werke auszeichnet; als scharfer und zugleich liebenswürdiger Moralist schreibt er Sittengeschichte.

»Brancatis Werk ist mehr als eine geistreiche, delikate und farbige Gesellschaftssatire von einzigartiger atmosphärisch sinnlicher Dichte; in der steten Umkreisung und Vertiefung der das sizilianische Leben dominierenden Hauptmotive der Erotik, der Langeweile und, mit beiden eng verwandt, des Schlafs und des Todes, stößt er in das Chaos vor, das dieses Leben umfaßt und als bunten Traum erscheinen läßt.«
Neue Zürcher Zeitung

Leonardos Freude

Roman. Aus dem Italienischen
von Jürgen Bauer. Leinen

Vier junge, wohlhabende Bürgersöhne der imaginären sizilianischen Provinzstadt Nataca haben im Sinn, nach Roman zu reisen, um Karriere zu machen. Aber Jahr um Jahr verstreicht in sehnlicher Erwartung des Tages, der ihnen die Kraft geben wird, ihren Entschluß endlich auszuführen – gegen die Macht der Mütter... Eine geniale epische Vorwegnahme von Becketts *Warten auf Godot*.

»Heitere, erfindungsreiche, ergötzliche Variationen über das Warten, im Innersten verwandt mit Tomasi di Lampedusas *Gattopardo*.« *Alice Vollenweider*

Der schöne Antonio

Roman. Aus dem Italienischen
von Arianna Giachi. detebe 21724

»In *Der schöne Antonio* nimmt Brancati das Thema des erotikbesessenen Sizilianers, das er im *Don Giovanni* als ausgelassenes Divertissement geschildert hatte, wieder auf – diesmal aber im Klima der Tragödie. Was den schönen Antonio, von dem alle glauben, er sei ein Frauenheld, an der Erfüllung seiner hitzigen Wünsche hindert, ist nicht wie bei Giovanni eine lähmende Schüchternheit, sondern Impotenz. Er ist nicht imstande, die Ehe mit der schönen, reichen und von ihm über alles geliebten Barbara Puglisi zu vollziehen. In dieser extremen Situation enthüllt sich die sizilianische Erotomanie in ihrer ganzen Absurdität.«
Alice Vollenweider

Paolo der Heißblütige

Roman. Aus dem Italienischen
von Arianna Giachi. detebe 21385

»Wenn das Prädikat nicht inzwischen schon abgegriffen wäre, dann würden wir sagen, daß Brancati mit vollem Recht als ein Klassiker bezeichnet werden kann. Worin besteht seine Klassizität? Vor allem in den formalen und inhaltlichen Grenzen, die er sich setzte, nachdem er sie in sich selbst und in der Wirklichkeit entdeckt hatte; dann in der besonderen Qualität seiner Begabung, die viel Volkstümliches und Archaisches an sich hat; und schließlich in seinem Stil, der den Dingen und den Figuren treu ist, in der Darstellung realistisch und objektiv, im Ausdruck subjektiv und lyrisch. Auf seine Weise war Brancati ein vollendeter Schriftsteller, und seine Bücher geben dem Leser jenes Gefühl von Zufriedenheit und Ruhe, das gerade die klassischen, also die vollkommen abgeschlossenen und klar konturierten Werke vermitteln.« *Alberto Moravia*

Don Giovanni in Sizilien

Roman. Aus dem Italienischen
von Hans Hinterhäuser. detebe 21849

»Ein Roman über den *gallismo* des sizilianischen Mannes, seine Art, als gackernder Hahn ständig auf seine Potenz aufmerksam machen zu müssen. Mit viel Sinn für Situationskomik und satirischen Witz, in schnell wechselnden Szenen erzählt Brancati von Don Giovanni, der sich und uns vorspielt, er dränge zum Weibe, und der tatsächlich die Weiber panisch flieht.«
Frankfurter Allgemeine Zeitung

»Ob sie Leonardo Barini heißen, Giovanni Percolla *(Don Giovanni in Sizilien)*, Antonio Magnano *(Der schöne Antonio)* oder Paolo Castorini *(Paolo der Heißblütige)*, Brancatis männliche Helden sind lethargische Müßiggänger, Schwadroneure, Dandys. Jugendliche Feinnervigkeit, die zugleich die Müdigkeit vieler Jahrhunderte auf ihren Lidern spürt. Das Leben ein Traum – auch ein Alptraum; das Leben ein Spiel, und der Bajazzo weint dazu.« *Die Weltwoche, Zürich*